うろつき夜太出現縁起

柴田錬三郎

この小説は、厭世感をともなう極度の不眠症のさなか、『週刊プレイボーイ』誌に、連載されはじめた。

私の担当記者は美濃部修君、挿絵を担当したのは島地勝彦君であった。

連載する前に、私は、島地君に、

「横尾忠則とは、どういう人物だね？」

と、訊ねた。

「純粋という二字がぴったりあてはまる天才ですよ」

島地君は、こたえた。島地君は、いささか物事を誇張して云う癖があるが、すこしどもりなので、かれの口からどもりながらきかされると、

——そうか。

と、全面的に信じる気になる。

で——私は、横尾忠則君を、人間の純粋性を堅持した人物と信じ、信じた上からには、常にコミュニケーションを持ちつつ、連載する

ことにした。

そのためには、横尾君のアトリエが成城にあることは不便なので、拙宅の近所にある高輪プリンス・ホテルに入ってもらい、ついでに、私も、入ることにした。

私は、すでに数万枚も、時代小説を書いていたので、パターン化したストーリイと従来の書きかたを、ここで、ぶち破ってやろう、と考えていた。そのために、横尾忠則という天才のイマジネーションに援《たす》けられたかった。

さいわいに、ホテルの一階にある、広い庭に面したティ・サロンは、向い合って、数時間すごしても、すこしも気分がそこなわれない、いい雰囲気があった。

そしてまた、たとい毎日でも、向い合っていることのできる気心が、横尾君と私の間に通じた。

『うろつき夜太』という自由人は、いわば、一年間、このティ・サロンに於ける雑談の中から、生れて、自由に、奔放に、行動した。

こういう経験は、長い作家生活で、はじめてであった。

横尾君は、私自身が制御しがたくなったような夜太を活《い》かすべく、全力を投入してくれた。

例えば、夜太が海辺に行くと、横尾君自身、その海辺に行き、半日も、じっと、眺めてすごした。

こうなると、私の方も、毎回、趣向をこらし、意表を衝くストーリィ展開をせざるを得なくなった。

――いかにして、横尾忠則を困らせてやろうか。

そういうあんばいとなった次第である。いわば、挑戦であった。

おかげで、作家が、挿絵画家とたたかえば、こういう小説がつくれる、という貴重な体験をした。

顧《かえりみ》れば……。

私は、横尾君と、ホテルのティ・サロンで向い合って、いったい、幾百時間を過したことだろう。

横尾君は、十余年間、一緒にくらした奥さんと交した会話の幾倍かを、私としゃべった、と感慨をもらしていたが、事実に相違ない。

人生とは、ふしぎなものである。二十年、三十年の知己であっても、話した時間は、数時間に満たない対手もいる。たといコンビを組んだとはいえ、わずか一年間で、これほど親しく、ありとあらゆ

る事象に関して、しゃべり合った対手もいるのである。

私にとっても、おそらく、横尾君との長い長い対話は、空前にして絶後であろう。

『うろつき夜太』は、まさしく、横尾君との合作である。

夜太は最後に、パリへ行き、フランス革命にまきこまれて、硝煙の中に姿を消すが、書きはじめた時、よもや、こんな突飛な結末になろうとは、作者自身、夢想だにしていなかった。これも、ホテルのティ・サロンに於ける雑談のおかげである。

いかにも夜太らしい最後ではないか、と自負している。

勿論——。

このような物語が完成するまでには、担当してくれた記者の、人知れぬ苦労があったことを、明記しておかねばならぬ。美濃部修君と島地勝彦君に、あらためて、ここで、感謝する。

二度と再び、このようなわがまま放題な物語を、書かせてくれる雑誌も記者も、いないであろう。

その意味でも、上梓《じょうし》されたこの豪華な本は、稀覯《きこう》の書として、のちのちまで、ねうちがある、と確信する。

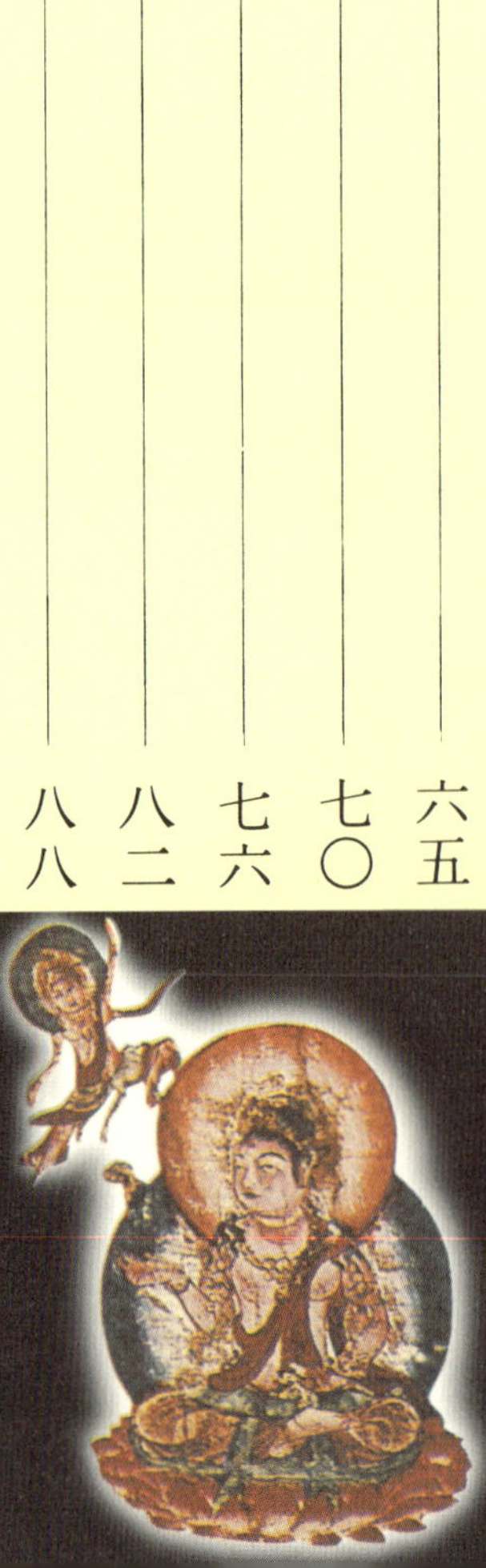

絵草紙
うろつき夜太
柴田錬三郎
横尾忠則画

うろつき夜太
海と男と女と

街道に、①ほこりも舞わぬ、うららかな春の陽ざしの中を、粋な小唄を、口ずさみながら、一人の洗い髪を肩に散らした若い女の姿が、潮騒にさそわれるように、海へ流れる川に沿うた土手に、姿を現した。

柴田錬三郎 作

横尾忠則 画

ここは、沼津の城下はずれで、たぶん、白馬（居酒屋）の酌婦であろう。

鬢のほつれに、粋をみせた、姿態のどこにも崩れのない小股のきれあがった女であった。

顔だちは整っているし、抜いた襟元の肌の色は、素肌の白さで、こんな沼津あたりの酌婦にしては、仇な匂いが、こぼれている。

白昼というのに、足どりに酔いがあったが、裾のさばきに色香をただよわせているのは、娘の頃に習った踊りのなごりであろうか。

花も色ゆえ、苦労する
仇な桜と、ほめそやされて
ついうれしさに、咲く一重
と想ううち
主のこころの八重ざくら
なぜか、まことが、うす桜

「おっと、あぶない、恋のかけ橋――」

川に架けられた古い橋を渡りかけ、ひとよろけして、裾から緋縮緬をこぼしながら、踏みとどまったか、たちが、きまった。

橋を渡ると、磯馴れ松の疎林であった。

孤独を好んで、よくここへ来るのであろう。

木立越しに、凪いだ海原を見やる眼眸《まなざし》に、微笑がうかんだ。

どこかの浜辺に生れて育ったのかも知れなかった。

「おや――、なんだ、これァ？」

女に、目をとめさせたのは、砂地にさしのべられた松の枝に、ひっかけられた品であった。

うすよごれた唐桟《とうざん》の着物と帯と、雲水でもかぶるような菅笠が、ひっかけられてあったのである。

下の枝には、無反りの道中差が、ぶらさげてあった。

女の目をひいたのは、その菅笠であった。ただの菅笠ではなく、浮世絵が描かれていた。それも、露骨な男女交合図が、きわめて丹念に、細密に、浮きあがっていた。しかも、絵具ではなく、漆塗りで、女の下肢からめくれた湯文字などは金泥という、凝ったしろものであった。

「へえ、あきれた。こんなしろものをかぶって、大手を振って、歩くなんざ、大した度胸だよ」

女は、呟きながら、砂地に脱ぎすてられた草履を追った視線を、海へ送った。

女は、ふっと、肩をすくめた。

かなりの沖あいから、ゆっくりと抜き手をきって、泳ぎもどって来る首が、見わけられたのである。

「世の中、さまざまだけど、酔狂な男が、いるものだよ」

女は、砂地を踏んで、渚に出た。

ゆるやかに打ちかえして来る波が、女の足を、濡らして、

「おう、つめたい！」

と、悲鳴をあげさせた。

こんな冷たい海を、泳いでいるとは、よほどの変り者に相違ない。女は、興味をそそられて、待ち受けた。

かなりの遠浅で、男が裸身を立てたが、濡れた面貌は、春がすみの中でぼやけていた。

波を分けて、近づいて来ると、意外に、眉目の整った、逞しい男っぷりであるのに、女は、

「ふん――」

と、満足の鼻を鳴らした。

女を視《み》た男の双眸には、冷たい光があった。

女のカンが、

――兇状持ちだよ、これァ。

と、自分につぶやかせた。

しかし、男の五体には、刺青《いれずみ》はなかった。ただ、肩と胸と右腕に、刀傷らしい痕があった。

❷

女は、その変った行為を問う代りに、

「焚火にあたるんじゃないのかい、お前さん。枯木をひろって来ようか」

と、云いかけた。伝法な、江戸女独特の歯切れのいい口調であった。

「べつに、おぼれたわけじゃねえ。尤《もっと》も、おめえの肌であたためてくれる、というのなら、別だが――」

かわいた、抑揚のない声音でこたえておいて、すたすたと、女のわきを通り抜けて行った。

女は、なんとなくあとにしたがった。

男は、からだを拭きもせず、唐桟をまとって、帯を締めた。

新連載小説 第一回

それから、胡座《あぐら》をかくと、松の根かたに置いてある瓢《ひさご》を把って、口のみした。酒であった。

「泳ぎを趣味にしておいでかい？」

「いや、海を眺めていたら、なんとなく、泳ぎたくなったまでよ」

「変っているね、お前さん――」

「べつに変っちゃいねえ。生きたいように、生きているだけだ」

その時――。

うらつき

女の視線が、男の足の裏へ、吸いつけられた。

足の裏に、刺青がしてあったのである。

「ちょいと、それ……、菩薩様じゃないのかい？」

「ああ——」

男は、うなずいた。

女は、足の裏へ、手をのばして、くっついた砂を落してみた。

あきれたことに——。

右の足の裏には、観世音菩薩が、いれずみしてあった。そして、左の足の裏には、十字架にかけられた裸像の人物が彫られてあった。

「こっちは、もしかしたら、伴天連の信仰している、耶蘇教の神様じゃないのかい？」

「そうだ。キリストという野郎よ。踏んづけているんだから、べつに、お上の咎めは、受けねえやな」

「だって、お前さん、観音様を踏んづけるってえのは、罰あたりじゃないか」

「そういうおめえは、神とか仏を信じているのか？」

「だって……」

「神や仏が、いってえ、おめえに、どんなお慈悲を呉れたんだ？……おめえだって、莫連《ばくれん》になるために生れたわけじゃあるめえ。十年前は、男にからかわれたら、耳朶を染めたおぼこだったのじゃねえのか」

「それは、そうだけど……」

「おれは、神だとか仏だとか、人間が勝手につくりあげたしろものは、信用しねえ」

「だって、なにも、足の裏まで、観音様を彫ることはあるまいに……」

「罰があたるかあたらねえか、ためしているまでのことよ」

云いすてておいて、男は、すっと手をのばすと、横坐りの女の足くびをつかんだ。

女は、べつに、その手を振りはらいもせず、

「あたしは、お妻。三枚橋のむこうの、蔦屋という白馬の酌婦さ。……お前さんは、渡世人かい？」

「人別帳から消された無職《ぶしょく》にはまちがいねえが……、まだ一度も、博奕打ちの家に、草鞋をぬいだことはないね。仁義というやつをきって、一宿一飯にありつく、などというのは、性分に合わねえ」

「じゃ、なんで、その日をすごしているのさ？」

「盗っ人だ」

「盗っ人？」

「行くさきざきの分限者の土蔵を破ったり、てら銭をたんまりかせいだ大親分の家へ忍び込んだり……、時には、大名行列を狙うこともある」

「本陣に忍び込むのかい？」

「大名行列というのは、どこか、間抜けたところがある。……大名という奴は、夜具から、台所道具から、風呂桶までかついで道中していやがるから、家来どもは、てめえの役目にばかり気をつかって、つまり、肝心のところが、めくらになってやがる。例えば、お殿様が風呂に入った時には、側用人も小姓も、そっちに気をとられていやがる。その隙を狙って、忍び込めば、十両や二十両、かっぱらうのは、造作もねえやな」

「お前さん、そんな稼業を、いつからはじめたのさ？」

女は、まじまじと、男の横顔を見つめて、訊ねた。

盗賊にしては、鼻梁の通ったその横顔には、いやしさがなかったのである。いや、いっそ、凛とした気品らしいものさえ、感じられた。

無数の男を看る目を持った女の、一種のカンといえた。

ただの水呑み百姓や貧しい職人の家の出ではない、と看てとったのである。

「昨日までのことは、忘れることにしている」

男は、こたえた。

「じゃ、名前だけでも、うかがわせておくんなさいな」

「むかしの名前も忘れた。……いまは、昼は昼太で、夜は夜太、と名のっている」

そう云いながらも、男の片掌は、女の足くびから、湯文字の蔭をすべって、脛から腿へと、忍び込んでいた。

お妻は、さからわなかった。

そこいらの雲助が、やることと同じなのだが、どういうものか、この男は、そのみだらな振舞いにおよそふさわしくない静かな無表情を保っていたからである。

男の指さきが、ついに、女の恥部にとどいた。

お妻は、膝からすべり落ちようとする着物と湯文字

を押えただけで、男の指のうごめくままに、身をまかせた。

3

お妻は、松の幹に凭《よ》りかかって、男の指を柔襞《やわひだ》の中へ容れながら、綿雲の散った青空を仰いでいた。

いつか、どこかで、こんな青空の下で、男に、このようなことをされた気がしていた。

しかし、そんな気がしただけで、実際には、いまが、はじめてであった。

お妻は、ちらと、男を見やった。男も、なんでもないしぐさをしているあんばいで、空いた片手の方で、瓢を把って飲んでいるのであった。

「……お前さん」

「うむ？」

「大きく、ひともうけする気は、ないかい？」

「どんなかせぎをやれというのだ？」

男の指は、完全に、柔襞の奥へ入り、ゆっくりとうごめいていた。

「千両箱を、かっぱらうのさ」

「………」

「但し、お前さんが、腕に自信があるというのならね」

「人を殺すのは、好かねえ」

「腕の方は、あまり自信がないのだねえ」

お妻が、そう云うと、男は、なにを思ったか、すっと、柔襞から指を抜きとった。

とたん、お妻は、秘部に、ちくりと痛みをおぼえた。

股間から出した男の指には、抜きとった恥毛が一本、つままれていた。

男は、それを、ふうっと、宙へ吹きあげた。

刹那――。

脇にあった道中差を、目にもとまらぬ迅さで、抜きつけに、吹きあげられた恥毛へ、送った。

「………」

お妻は、裾でみだれた緋縮緬の上に落ちた恥毛が、両断されているのを視て、息をのんだ。

ちなみに、その道中差は、直刀であるとともに、西洋剣のように双刃であった。

男は、白刃を鞘に納めると、ごろりと仰臥した。

「千両のかせぎを、きこうか」

「………」

お妻は、あまりの迅業《はやわざ》を見せつけられた衝撃で、薄気味わるくなり、男の寝顔を見まもって、ちょっと口がきけなかった。

「きかせろよ」

男は、目蓋を閉じたまま、うながした。

「はやぶさ馬を、襲うんだよ」

「ふうん――」

男は、双眸をひらくと、きらりと光らせた。

当時――。

武士をはじめ、飛脚とか渡世人などは、早く歩く法を修業したものであった。

忍者は勿論のことだが、兵法者などは、小鷹の術という、隼《はやぶさ》のごとく速《すみやか》に歩く方法を習んだ。隼人《はやと》、というのは、これから起っている名称である。

健歩急行は、当時唯一の秘術であったから、

「ねがわくば、鷹のつばさを身にもちて、千里《ちさと》の果ても日帰りやせむ」

など吟じられていた。

さて、徒歩よりも馬をとばす方が、最も速いのは、いうまでもないことであるが、日本の主要幹線である五街道を、馬で駆けることは、武士にしか、許されてはいなかった。但し、この疾馬も、おのが藩内のみでのことであった。

国許や江戸表で、異変が起った場合にだけ、藩士たちは、風のごとく馬で疾駆し、通過する他藩内での乗り打ち御免をみとめられたのである。

はやぶさ馬、というのは、これとはちがっていた。

大坂の大商人たちが、江戸の支店へ、急遽、金子を送らねばならなくなった際、かねてやとっている浪人者に、千両箱を乗せた馬を曳かせて、東海道五十三次を、馬で駆けさせる――それを、はやぶさ馬、といったのである。

幕府へ多額の御用金を、毎年さし出している大坂の大商人たちは、はやぶさ馬に、『公儀御用』の札を立てて、この手段を用いたのであった。

お妻は、このはやぶさ馬を襲撃することを、男にすすめたのである。

（つづく）

柴田錬三郎 作

うろつき夜太

敵と味方と

壱

自分のことを、昼は昼太、夜は夜太と名のる男は、沼津の千本松原の中の、伐り倒した小松の幹を、六尺ばかりに切って、せっせと削りながら潮騒の音を、きいていた。

作者は、昼太と呼ぶのはどうも、語呂がわるいので、かりに、夜太と称《よ》んでおく。

小股のきれあがった、仇っぽいお妻が、ここに、夜太を待たせておいてから、もう半刻以上が経っていた。

お妻は、枯松葉のつもったそこを褥《しとね》にして、夜太――盗賊を働くところまで堕ちるには、男も女も、どうせ他人には語れぬ暗い過去がある、ということか。

遠泳と酒と男女の営みを重ねた夜太はそのうち、ねむ気が来て、作りあげた六尺棒をほうり出して、寝そべると、うとうととまどろんだ。

跫《あし》音が近づいて来ると、夜太のからだは、多くの死地をくぐり抜けて来た者のみが備えている本能で、意識をぱっと冴えさせるようにつくられていた。

そして、殺気をこめて迫る者と、そうでない者とでは、べつに、鋭く神経を配らずとも、判断できた。

お妻と知って、夜太は、目蓋をひらこうともしなかった。

「あたしのカンは、あたったよ。今日あたり、はやぶさ馬が来るだろう、と思っていたら、やっぱり、来たは、一人じゃないよ。二人――それも、あたしの見たところじゃ、相当腕が立つよ」

「鴻池屋の用心棒ともなれば、町道場をひらけるぐらいの手練者《てだれ》をえらぶだろう」

「お前さんのことだから、よもや、返り討ちをくらっちまうことはないだろうけど……」

お妻は、すでに、夜太の魔術に似た迅業を見せられて、信頼しているものの、やはり、ちょっと不安な面持になった。

夜太は、顔をそ向けた。

からだを許した女が、急に示す親しい様子を、この男は、嫌悪するようであった。本名も素姓もすてたほど、過ぎたことを拒否している男には、信じられるのはおのれ自身のみのようであった。

に、からだをひらき、思うさまに官能の呻きをあげておいて、街道へ出て行ったのであった。

……女の匂いが、まだ、あたりにただようているようであった。

――辰巳の羽織になっても、一二を競えるほどの器量と姿と気っぷを持っているくせに、どうして、こんな沼津くんだりまで落ちて来て、酌婦をしているのか？

行きずりにかかわりあった女の素姓になど、あまり関心を抱かぬ夜太も、その不審が脳裡の片隅にあった。

江戸の生れであるこの男は、お妻の歯ぎれのいい江戸っ子口調に、郷愁に似たものをおぼえた、といえる。

いずれ、江戸にいられなくなった何か深い事情があるに、相違なかった。


よ。……問屋で、馬を換えて、ひと休みしているから、もう四半刻もすれば、ここへさしかかって来るよ。はやぶさ馬は、大坂の鴻池屋のものさ。千両が一万両、奪《と》られたって、蜂に刺されたほどの痛みもおぼえやしない大商人さ」

夜太は、やおら身を起すと、

「おめえの取り分を、きいておこう」

と、云った。

「はやぶさ馬には、どうやら二千両、のせているから、……あたしゃ、一割頂こうかしらね」

「莫連にしては、遠慮がすぎるな」

「じゃ、五百両もくれるというのかい？」

「折半といこう」

「ずいぶん、気前がいいね。……けど、運んでいるの

お妻の方は、その嫌悪に気づかず、ことより添って来た。

「あたしは、千両も手に入ったら、どうすりゃいいんだろうねえ」

「………」

「いまさら、家を買って、下女をやとって、猫を膝にのせて、長煙管をくわえる、という柄でもないしさ、博奕はきらいだし……迷っちまうよ、あたしは――」

「養ってやる男を、見つけることだ」

「やなこった。女にくらいつくだになんて、七里けっぱい、まっぴら御免だよ」

「いままでは、おめえのまわりには、そういうだにしか見当らなかったろうが……、そうでない男も、いる」

「どんな男さ？」

街道に、ほこりも舞わぬ、うららかな春の陽ざしの中を、粋な小唄を、口ずさみながら、一人の洗い髪を肩に散らした若い女の姿が、潮騒にさそわれるように、海へ流れる川に沿うた土手に、姿を現した。

横尾忠則画

「おれの知っている男で、歌麿でも北斎でもない、新しい絵を描こうと一心不乱になったあまり、女房にも逃げられ、子供を飢え死させて、なお、執念にとり憑かれて描きつづけていた絵師がいた」

「どうしたのかえ、その絵師は？」

「とどのつまり、おのれ自身も、血を喀いて、骨と皮に痩せて、死んだ。……そういう男なら、おめえも、みついでやる甲斐があろうぜ」

弐

夜太とお妻は、松林を抜けて、街道の並木の蔭にひそんだ。

「来たよ」

お妻が、幹から顔をのぞけて、云った。

千両箱二つをのせた馬を、はさんで、二人の浪人者が、かなりの速度で馬を進めて来る姿が、春がすみの中に見出された。

黄昏が来ていて、街道上に、人影はすくなくなっているとはいえ、ちょっとかぞえただけでも、旅人・地《じ》下《げ》人あわせて十人は歩いていた。

掠奪の光景を目撃されては、そのうちの幾人かを沼津城下へ、奔らせることになる。

二人の浪人者を手早く倒して、千両箱を千本松原のどこかにいったん埋めておき、姿をくらまし、日を置いて、取りに来る——その手段しかなかった。

夜太の右手には、道中差で削りあげた、六尺棒が、携げられていた。

白刃で闘えば、殺すことになるので、その棒をふるって、昏倒させるにとどめるつもりであった。

お妻は、夜太が伐った小松の幹を削りはじめるのを眺めて、それと察して、

「お前さんも、案外慈悲心があるんだねえ」

と、云ったことだった。

「用心棒連に、妻子の有無まで訊ねる余裕はねえからな」

夜太は、笑ってこたえたものだった。

道中差は、背中にまわして、差していた。

三馬がしだいに近づくのを待って、お妻の胸の鼓動が、速くなり、躍った。

と——。

三馬が夜太たちのひそむ地点から一町余へだてた阿弥陀堂の前にさしかかった時であった。

突如として、堂内から、覆面をした浪人ていの武士が、どっとなだれ出て来た。

十数人いた。

一斉に抜刀して、はやぶさ馬へ襲いかかる光景に、お妻は、悲鳴をあげ、

「畜生っ！　先手がいやがった！」

と、叫んだ。

二人の浪人者は、こういう襲撃もあろうかと予想して、やとわれているだけあって、一人は阿弥陀堂の屋根へ跳び、もう一人は、千両箱をのせた馬の尻を、鞭で打った。

「しめた！」

お妻が、夜太に、

「あの馬にとび乗って、お逃げな！」

とせきたてた。

すると、夜太がなにを考えたか、

「お前がつかまえておけ」

と、云いのこして、並木の蔭を奔った。

二人の浪人者と襲撃者の群がまき起した修羅場は、凄絶であった。

襲撃した面々の腕が立ったのである。

二人の浪人者の太刀さばきの冴えは、たしかに尋常ではなかったが、包囲陣の一糸みだれぬ攻撃をふせぐには、どうやら実戦の経験が乏しいように見えた。

浪人者の一人は、三人ほど地面へ仆したのち、背後から袈裟がけにあびせられた。即死であった。

もう一人は、阿弥陀堂の屋根から、跳び降りざま、ほとんど一閃裡に二人を斬ったが、とり巻いた白刃の輪が、急速にひろがったり、縮まったりするのに、いらだち、自身の方から反撃に出て、すこしずつ、五体各所を傷ついた。

そこへ——。

夜太が、とび出した。

うすぎたない浮浪者ていの男の出現など、襲撃の群は、目もくれようとしなかったが、棒の唸りの下に、一人、二人とぶっ倒されるや、

「こやつ！」

三人ばかりが、猛然と斬りつけて来た。

夜太は、一人を、突き倒したが、次の瞬間、その棒を両断されるや、とび退って、

「しょうがねえ。やるぜ！」

双刃の直刀を、抜きはなった。

襲うべき対手に、逆に味方する立場を、なかば無意識で、えらんでしまった夜太であった。

夜太の双刃直刀の使いかたは、敵の白刃を払う以外は、もっぱら突きであった。その突きの目にもとまらぬ速さもさることながら、きえーっ、びゅん、と斬り下し、あるいは薙いで来る敵の白い閃光をかわす迅《はや》さ

は、野性のけものの本能的な動きに似ていた。

参

闘いには、汐合がある。

のみならず、この襲撃は、千両箱を奪うことにあった。

襲撃した面々は、もう一人の浪人者が、どこかを手負うてよろめいた時、さっと散り、次の瞬間には、逃げたはやぶさ馬を追って、奔り出した。

しかし——。

街道上からは、馬の影は消えていた。

「女がいたぞ！　女が、乗って逃げたぞ！」

その叫びをききながら、夜太は、重傷に屈せず、起とうとする浪人に、近づいて、ささえてやった。

「ご助勢、か、かたじけない」

暮色の中でも、その顔面に死相の色が濃いのを、夜太は、看てとった。

「たのまれるぜ。鴻池屋の江戸店へ、千両箱をとどけりゃ、いいのだな？」

夜太が、云うと、意外にも、浪人者は、かぶりを振り、

「………小田原の……ういろう屋の——相模屋へ、た、たのむ——」

「………？」

「た、たのむ相模屋へ……、と、とどけて……」

その言葉をさいごに、がくりと落入った。

襲撃者たちは、二手にわかれた、一手は街道を三島へ向い、一手は、松林へ駆け込んで行った。

はやぶさ馬を発見したのは、後者の方であった。

馬は、渚近くの砂地に、黒い影《シルエット》になって、立っていた。しかし、その背中からは、千両箱二つは、消え失せていた。

襲撃者たちは、躍起になって、松林の中をさがしまわったが、すでに、闇が濃くなって居り、手さぐり状態では、発見することは、おぼつかなかった。

それでも、一刻以上、執念ぶかく、さがしまわった挙句、ついに、かれらはあきらめて、いったん、ひきあげて行った。

夜太は、はるか遠く、砂地に寝そべっていたが、かれらがひきあげた様子を察知して、のっそり起き上った。

渚づたいに歩いて来て、一艘の廃船が、腹をかえして、ひきあげられているのをみとめると、

「おい——」

と、声をかけた。

「あいよ」

船の下から、お妻の返辞があった。

餉《は》い出て来るお妻を、星あかりに見わけた夜太は、

「千両箱も、その下か？」

「うまいかくし場所を、見つけたろ。……あいつら、間抜けだねえ。馬の立っている近くの松林の中を、血まなこになって、さがしていやがるんだから、わらわせるよ」

「お妻、千両箱を、猫ばばするのは、止めたぜ」

夜太は、云った。

「なんだって?!」

「死んでいった浪人者のたのみに、おれは、承知した、とうなずいちまったんだ」

「だって、お前さん、どうせ、襲って、奪っちまう手筈だったじゃないか。なにも、先手が現れたからって、変な菩提心を起すことはないやね」

「おれは、浪人者たちを、殺すつもりはなかったんだ。……あいつらは、あっぱれな討死ぶりだったぜ。遺言をきいて、そのたのみをはたしてやるのが、心意気というものだろうじゃねえか」

「変っているよ、お前さんは！」

お妻は、舌打ちしたが、べつに、しいて反対はしなかった。

「おめえに、ちょいと、大きな夢をみさせてやっただけだったな」

「夢——。そうだねえ、千両なんて、そんな大金が、ふところにころがり込むなんて、あたしのような女には、夢でしかないんだねえ」

「すまねえ」

「お前さんがあやまることはないやね。……でもさ、げんに、二千両は、この船の下にあるんだよ。お前さんさえ、その気になりゃ、自分のものになるんだよ。……一度、箱の蓋を開けて、山吹色を拝んでみるかい？　そうすりゃ、気が変るかも知れないよ」

「気を変えたくはねえ」

夜太は、すげなく拒絶した。

お妻は、ちょっと間を置いてから、つぶやくように、云った。

「女を惚れさせる男だよ、お前さんは――」

（つづく）

定

一、関所を出入る輩は、笠・頭巾をとらせて通すべきこと

一、乗物にて出入る輩、戸を開かせて通すべきこと

一、関より外（西方）に出る女は、番所の女によって相改むべきこと

一、手負い人、死人、ならびに不審なる者、証文をなくして通す可からざること

一、堂上の人ならびに諸大名の往来、かねてより、そのきこえあるは、沙汰に及ばず、若し不審の事あるに於ては、誰人によらず改むべきこと

右条々厳密に相守る可きものなり

仍て執達件の如し

奉行

関所とはなれ業《わざ》と

柴田錬三郎 作

横尾忠則 画

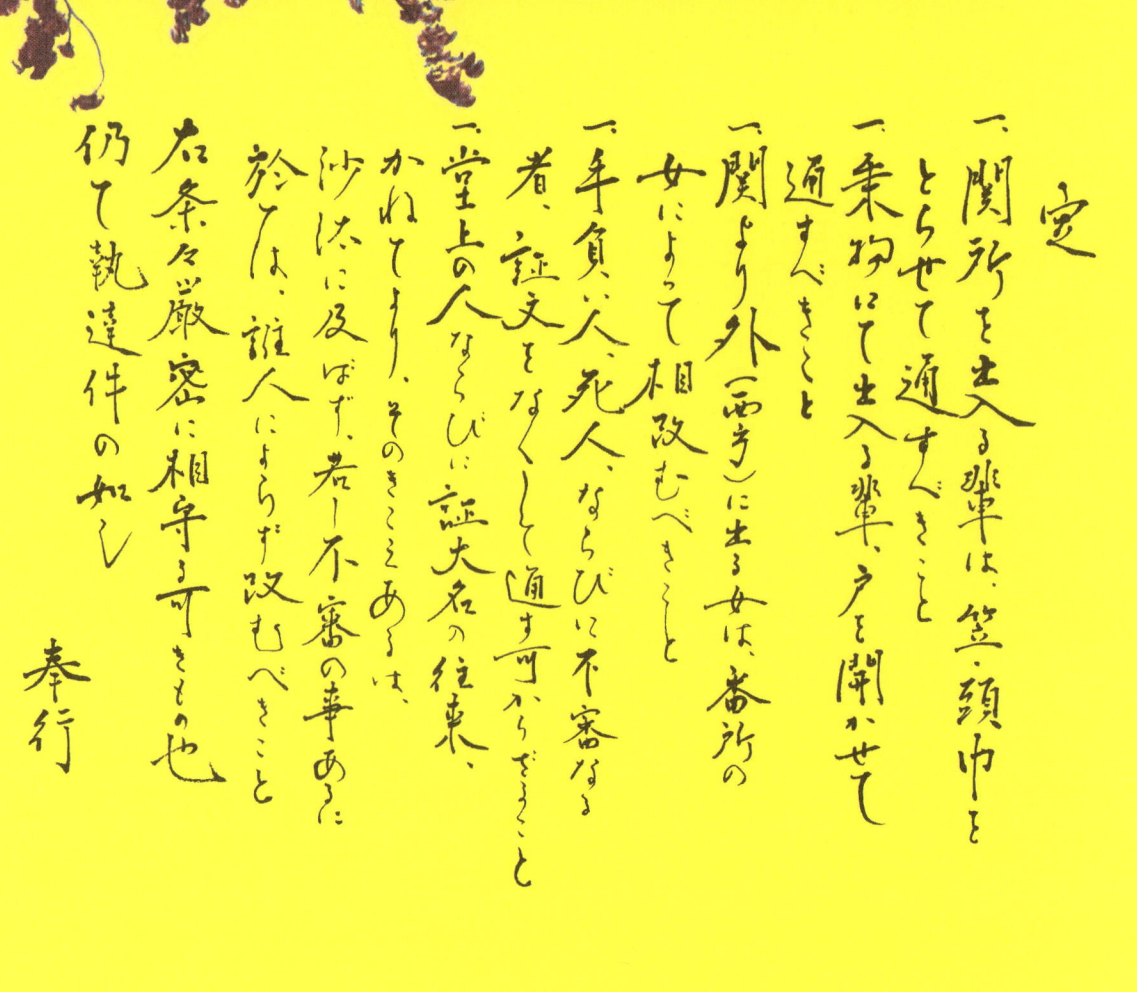

これは、箱根の関所に立てられてある高札であった。正徳年間にはじめて立てられて、それなり、とりかえられていない高札なので、近づいて、目をこらさなければ、読みにくい。

しかし、この『定』は、天保初年のいまも、厳重に守られている。

大名・旗本のほか、自由通行《フリー・パス》は、槍を持たせた身分の明らかな武家だけであった。

そのほかの旅客は、ことごとく、通行手形を出さねばならなかった。尤も、男の場合は、上り（西へ行く）には、絶対に通行手形を所持していなければならぬが、下り（東へ行く）には、怪しいと疑われぬ限り、不必要であった。女の場合は、上下とも、厳しく調べられた。武具の持ち出し持ち込みも、かたく禁じられていた。

但し――。

旅芸人は、番所の前で、それぞれの持芸を披露すれば、手形がなくても、通してもらえた。

関所は、明け六つ（午前六時）に開かれ、暮れ六つ（午後六時）に閉じられる。

その日の明け六つに、第一番に到着したのは、二挺の駕籠であった。

降り立ったのは、夜太とお妻であった。

「手形を――」

番士四人は、うさんくさいという目つきになった。

「へえ、あいにく、持参して居りませんので――」

夜太は、ぺこりと頭を下げた。

「どぶ鼠どもであろう。通すわけには参らぬ。ひきかえせ」

どぶ鼠というのは、当時、役人たちが、破落戸《ごろつき》、ごまの蠅、こそ泥、無職渡世、酌婦、夜鷹などをひっくるめて呼んだ蔑称であった。

たしかに、夜太とお妻は、どぶ鼠と蔑称されるにふさわしい風体をしていたのである。

「旦那、あっしらは、芸人なんでござんす」

「われら役人の目を、たぶらかそうとしても、そうは参らんぞ」

「いえ、嘘をついちゃ居りません。あっしら、浅草奥山で働いていた夫婦なんで、大坂まで、出かせぎに行って居りやした――その帰りなんで、へい」

「なんの芸だ？」

「あまり大きな声では、申し上げられねえ芸なんで……」

「見せられぬ、と申すのか。やはり、兇状持ちのどぶ鼠どもだな」

そう呶鳴られて、夜太は、お妻をふりかえり、

「しょがねえ。ひとつ、ご披露申し上げるか」

と、云った。

お妻は、顔を伏せて、

「お役人衆に、見物されるのは、はずかしいけど……」

と、こたえた。

内心では、

――仕損じは、しないかねえ。

と、あやぶんでいた。

「吟味所へ参れ」

番士の一人が、とげとげしい口調で、うながした。

二

吟味所は、百坪あまりの『白洲』であった。

番士の報せで、五十年配の関所奉行が、建物から姿を現して、広縁に就いた。

夜太とお妻は、土下座して、平伏した。

「どのような芸を演じるのだ？」

奉行は、訊ねた。

「開帳打ちでございます」

「開帳打ち？」

奉行は、そんな芸は知らなかった。

「ごらんに入れます」

夜太は、番士に、一畳台を所望した。

一畳台というのは、当時、夕涼みなどに用いられる、文字通り一畳大の脚つきの台であった。

それが、はこばれて来ると、夜太は、据る位置をきめて、お妻に、目くばせした。

お妻は、台の上に仰臥すると、膝を立て、そろそろと、開いた。緋縮緬の蔭に、白い膝奥がのぞいて、番士たちに、ごくりと生唾をのませた。

「お妻、お役人衆の面前だからといって、なにもご遠慮申し上げることはねえやな。剝き出してしまいな」

夜太が、命じた。

お妻は、しかたなく、着物と湯文字を、立てた膝から、すべり落した。

生れてはじめて、陽ざしの中で、秘部を、衆目にさらすのであった。たとえ、鉄火な莫連であっても、羞恥をふり払うことはできなかった。

関所を通る唯一の手段《てだて》だ、と夜太から呟《い》いふくめられているものの、いざとなると、全身がこわばり、

——こんなざまをさらすより、舌を嚙み切った方がましだよ。

と、胸のうちで、呟かずにはいられなかった。

奉行が、興味をそそられて、広縁から降りて来るのを、横目で、ちらと視やり、

——ド助平野郎！

と、ののしった。

夜太は、一畳台から十歩の距離を置いて立つと、懐中から、欝金《うこん》木綿で包んだ物をとり出した。

「なんだ、それは？」

奉行が、好奇の目を光らせて、問うた。

「ごらん頂きやす」

夜太にさし出されて、それが、鼈甲《べっこう》製の張形《はりがた》であるのを、奉行は、みとめた。

「ふむ」

奉行は、年甲斐もなく照れかくしのために、口をへの字に曲げた。

「では、首尾よく参りましたら、ごかっさいのほどを——」

夜太は、わざと、張形の亀頭を、口にくわえて、唾で濡らしてから、ぴたりと、手裏剣撃ちの構えをとった。

見る者が見れば、みじんの隙もない、見事な構えであった。

台上のお妻は、観念して、さらに大きく、下肢を拡げた。

「えい！」

懸声とともに、夜太は、手裏剣ならぬ贋男根を、放った。

宙を截《き》ったそれは、お妻の股間に、吸い込まれるように消えた。

奉行は、われ知らず、ずかずかと一畳台へ歩み寄って、開かれた秘部を、覗いた。

贋男根は、ふかぶかと、黒い茂みの蔭の柔襞の中へ、埋《うま》っていた。

「うむ！」

奉行は、うめいた。

箱根の関所をあずかるくらいであるから、おそらく、謹厳実直な人生を送って来た人物に相違なかった。

このようなみだらな芸があることなど、想像もしていなかったであろう。

朝陽にまともに照らし出された女の秘部を、われを忘れて覗き込んだおのれのあさましさをいささか慙《は》じた奉行は、いよいよ苦虫を嚙みつぶした表情になった。

「ただの芸ではないな。手裏剣撃ちの修業をいたしたな、お前は」

「餓鬼の頃、木曾の山中で育ったものでござんすから、……おまけに、父親が中風で倒れちまったんで、しかたなく、けもの獲りのあの手この手を習った。という次第で、へい」

おそらく、でたらめであったろうが、奉行は、尊大な態度をとり、

「うむ、よし。……通れ」

と、許した。

番士の一人が、駕籠の中に荷物が置いてありますが、中身を調べましょうか、とうかがいをたてると、

「なに、商売道具なんで——」

というさりげない夜太の返辞に、奉行は、

「調べるまでもあるまい」

と、云った。

身ずくろいしたお妻は、

——やれ、たすかったよ。

と、ほっと溜息をもらした。

夜太とお妻は、関所を通って、再び駕籠に乗った。

お妻は、自分の前に置かれた千両箱を包んだ荷物を眺めながら、

——こんな危険を冒してまで、自分は一文も取らずに、小田原のういろう屋に、そっくり渡してしまうのかしらね。

と、思った。

もったいない話であった。はやぶさ馬から強奪することをすすめ、夜太もそのほぞをきめて、待ちかま

えたものであった。

　——どこの馬の骨だか、覆面野郎たちが、先手を打っちまうから、あの人の料簡が、ころりと逆にころがっちまったんだ。……心意気は、わかるけど、あんまり、もったいなさすぎるじゃないか。棚から落ちたぼた餅を、どうして喰べちゃ、いけないんだろうねえ。……あたしに、死ぬほどのはずかしいまねまでさせてさ。

　お妻は、どうにも、割りきれない気分であった。

三

　昼すぎ、小田原城下に降りると、夜太は、いったん、江戸口に近い街道からちょっとそれた小ぢんまりした旅籠の前に、駕籠をつけさせた。

「おや、気が変ったのかしらね？」

　お妻は、そう思った。

　ここは、夜太の定宿らしく、結界内の番頭が、なつかしげに、立って来て、

「これはお珍らしい。いったい、どこにどうしていなすったので——」

　と、訊ねた。

「べつに、唐天竺まで、足をのばしていたわけじゃねえやな」

「けど、この前、泊りなすったのは、たしか、昨年の五月——もう、一年なりますよ」

「風の吹くまま、足の向くまま、ふらふらと、流れ渡っていりゃ、一年なんぞ、あっという間に経っちまわあ。……離れは、空いているね？」

「はいはい、どうぞ——」

　茶亭風の離れは、母屋と渡り廊下でつないであった。

　座に就くと、お妻は、

「なんだか、いよいよ、お前さんの正体が、見当つかなくなっちまった」

　と、云った。

「見た通りの家も血縁もねえ風来坊さ」

「底知れないところがあるんだよ、お前さんの、云うことも、為《な》すことも——」

「女というやつは、てめえの知っている男どものうちから、似ているのをさがして、そいつと比べて物差で計ろうとするくせがあるぜ。おれのような男に、はじめてぶっつかったから、とまどっているだけだろう」

「ちがうね。……これで、あたしは、自分のカンに、ちっとばかり自信があるんだ。お前さんは、ただの風来坊じゃない」

「たたけば、埃《ほこり》の出る身にはちげえねえが、その埃が、黒いか白いか、赤いか青いか——ふん、よけいな詮議を、莫連風情に、されたくはねえやな」

　夜太が、そっけない語気で云いすてた折、渡り廊下に、跫音がした。

「ごめんなさい」

　入って来たのは、風貌も体軀も充分すぎる貫録をそなえた初老の町人であった。

「お前さんが、若い綺麗な連れと泊るのは、珍しいことだね」

　にやりとする対手を、夜太は、お妻にひきあわせた。

　この旅籠『湊屋』のあるじ嘉久兵衛であった。

　挨拶したお妻を、嘉久兵衛は、じっと見まもって、

「江戸の生れだね、あんたは——」

　と、云いあてた。

「まさか、出女になった（箱根を越えた）いきさつを、おききになるんじゃないでしょうね」

「そんな野暮な問いはしませんよ。実は、わたしも、江戸は深川の生れでね、懇意にしていた料亭の女将《おかみ》と、お前さんが、どこやら、面差が似ているものだから……なに、ただ、それだけのなつかしさで、ちょいとむかしを想い出したまでのことさ」

　旅籠のあるじにしては、ドスのきいた口調であった。

「おやじさん——」

　夜太は、嘉久兵衛を、そう呼び、

「きいてえことがあるんだ」

「なんだね？」

「相模屋という外郎《ういろう》屋のことだが——」

「ああ、相模屋さんが、どうかしたかね？」

「あるじは、どんな男だい？」

「立派な商人《あきんど》だね」

「ふむ！」

「相模屋さんに、なんぞ、用があるのかね？」

「床の間の、その荷物は、実は、千両箱が二つ。これを、ある浪人者の遺言で、届ける約束したんだ」

「二千両、とはごうぎな話だが……、事情をきかせてもらってもいいかね？」

　お妻は、嘉久兵衛の鼻梁の秀でた横顔を、見まもりながら、

　——この男も、ただの鼠じゃないよ。

　と、直感を働かせていた。


（つづく）

月と小判と

一

「夜太さん、どうするんだい？　相模屋へ、いつ届けるのさ？」

お妻が、いぶかしい面持で、寝そべっている夜太に、訊ねた。

小田原の旅籠『湊屋』の離れに、行燈のあかりが増している時刻であった。

当時の旅籠の夕餉《ゆうげ》は、七つ半(五時)がしきたりで、夜太は、銚子を五本空けると、それなり、寝そべってしまい、ずうっと、動かずにいるのであった。

暮れ六つを告げる近くの寺の梵鐘がひびいて来てから、すでに小半刻も過ぎているのであった。

お妻が、じれるのもむりはなかった。

黙って動かずにいるこの男を眺めていると、なんとなく薄気味わるいものをおぼえるのは、どうしたわけであろう。

夜太は、ひとつ、大きなあくびをしてから、起き上ると、

「おめえ、ここんところ、男と寝たのは、いつだ？」

「今年は、まだ一度も、寝てないねえ。……昨年の暮、ぐでんぐでんに酔っぱらっているところを、やられちまってから、それきり男に無縁さ。……ちょうど、昨日、お前さんと出会った松原でね。気がついたら、まだ十七八の若ざむらいが、のしかかっていやがるじゃないか。目を血走らせて、ふうふう喘いでいるので、お初の体験と、すぐ判ってね、面白いから、黙って、されるがままにしていたら、やっとこさのひと突きで、おわりさ。……あとが、おかしいじゃないか。砂地へ両手をつかえてさ、拙者は、水野家次席家老水尾なんとか左衛門の次男数馬と申す。狼藉に及び申し、ご無礼の段、幾重にもお詫びつかまつる、かたじけのうござった、とさ」

「ふん……」

夜太は、薄ら笑った。

「そんなことより、どうするのさ、この二千両をさ」

「べつに、急ぐことはあるめえ」

夜太は、ふと猿臂をのばすと、お妻の手をつかんでひき寄せた。

夜具は、夕餉のあとすぐに、女中によって、延べられていた。

お妻は、ひき寄せられるままに、寝床へ身を横たえた。

「こっちの方を、いそぐのかえ」

夜太は、すぐに、お妻の上になった。

お妻は、目蓋を閉じながら、

「お前さんらしくもない、前技《わざ》抜きだなんて……」

と、呟いた。

「おめえの話をききながら、おれも、はじめて女を抱いた時のことを思い出していたんだ」

「あいては、女郎？　それとも、夜鷹だったのかえ？」

「おれのまま母だった」

「なんだって――？」

お妻は、すこしばかり潤《うるお》いかかった柔襞《ひだ》を、押し割って来る力に、下肢をひろげてやりつつ、目蓋をひらいて、夜太を仰ぎ視た。

「まま母にさそわれて？　それとも、犯しちまったのかえ？」

「密通男《みそかおとこ》をひき込んで、ひと合戦やっている現場中を、覗き見したのだ。……父親が戻って来たような物音をたててやったら、男がとび逃げやがった。そのあとへ、踏み込んで、おれが、やった」

「あきれた！」

お妻は、四肢を夜太の逞しい体軀にまといつかせながら、首を振った。

と――。

その時、渡り廊下に跫《あし》音がした。

お妻があわてて、押しのけようとすると、夜太は、平然として、

「嘉久兵衛だ。こんな光景なんざ、見なれている」

「だって……」

「箱根の関所では、奉行はじめ番士どもの目に、さらしているぜ」

「あれは、だって、……あの時は、背に腹はかえられないから――」

跫音は、障子の前に来て、

「ちょいと、いいかね？」

嘉久兵衛の声がした。

「ああ――」

夜太は、お妻の上から、返辞をした。お妻は、ひしと目蓋を閉じて、顔をそ向けた。

二

障子を開けて、その光景を目撃させられた嘉久兵衛は、しかし、べつに、おどろきも、あわてもしなかった。

やはり、お妻が直感した通り、ただの旅籠のあるじではなかった。

うろつき夜太

第四回

柴田錬三郎 作
横尾忠則 画

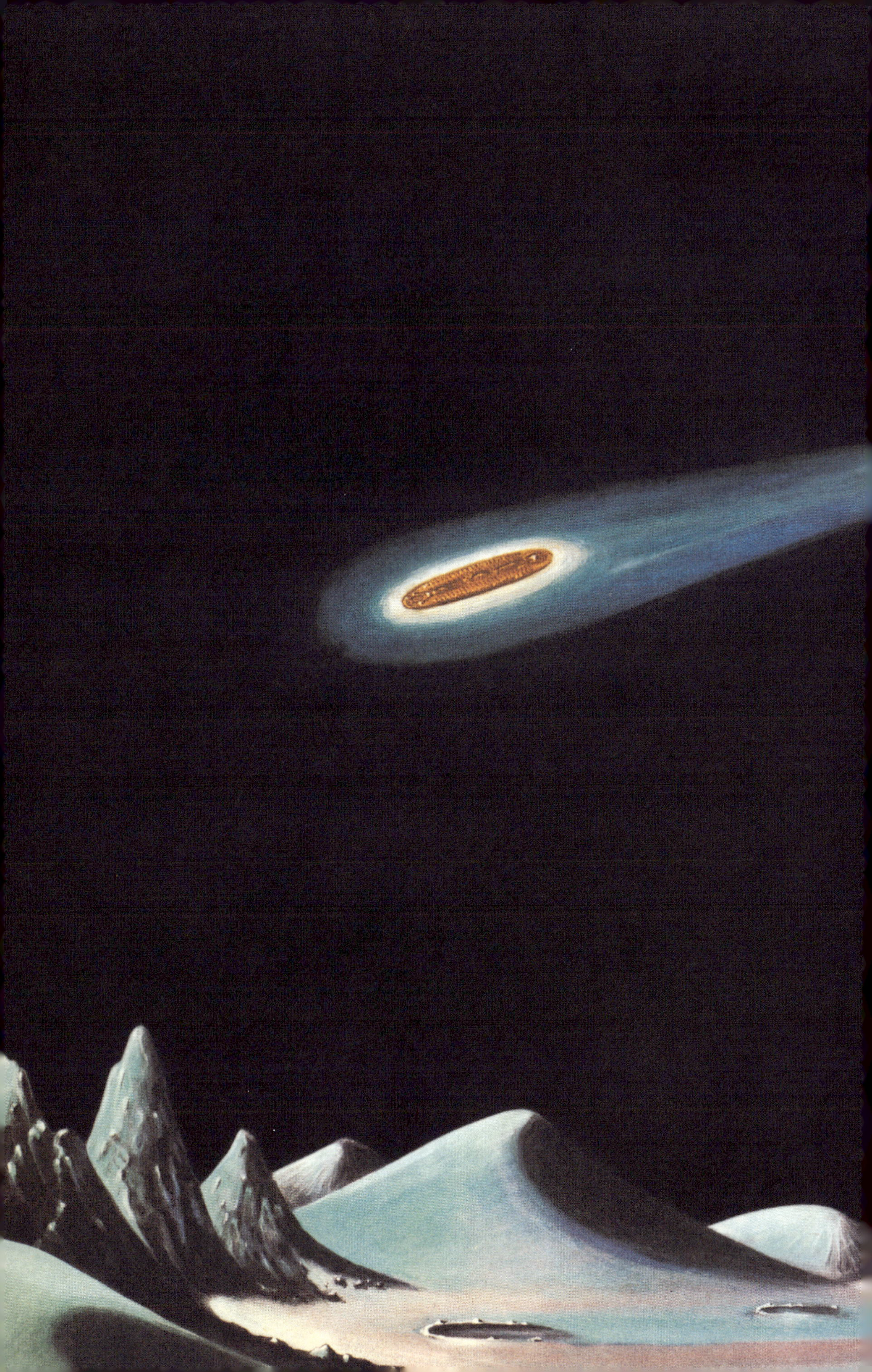

「その二千両だが……、はやぶさ馬の浪人者が、どうして、鴻池の江戸店ではなく、この小田原の外郎屋へ届けてくれ、とたのんだか――これには、なにか曰《いわ》くがありそうだね。くさいぜ」

嘉久兵衛は、云った。

「お前さんも、くさいと嗅いだから、すぐに届けようとしないのだろう？　どうだね？」

「こいつを狙っていやがる奴らが、血まなこになって、追って来ているような気がしているから、夜になるのを待っていただけよ」

「では、これから届ける、というのかね？」

「相模屋のあるじは、立派な商人だ、とあんたは太鼓判を捺したぜ」

「会って、話している限りでは、立派な商人さ。しかし、ひとつだけ、不審がある」

「なんだ、それァ？」

「前身が不明、ということだね。十年前に、つぶれかかった、相模屋を買いとって、あるじにおさまった。その前身は、誰も知らないのだ」

「……」

「ばか正直に、届けて、あとで、しまった、と舌打ちしても、手おくれだからね。老婆心までに、忠告しておくのだ」

「そいじゃ、あんたの智恵を借りて、ひとつ、相模屋をためしてみることにするか」

ようやく、夜太は、お妻の上から、身を起した。

それから、四半刻あまり過ぎて、『湊屋』の手代二人が、それぞれ、黒い荷物を風呂敷包みで背負って、出て行った。

『相模屋』という外郎屋は、街道に面した、かなり立派な構えの店であった。

七代つづいた老舗であったが、七代目が人の好い放蕩者で、大磯一帯を縄ばりとする博徒の奸智に長けた網にひっかかり、女と博奕で、屋台を傾けてしまったのであった。それを買いとったのが、いまのあるじ重兵衛であった。

重兵衛は、わずか三年で、小田原外郎屋十七軒随一の売り上げの店にしてみせていた。人柄も気前もよく、どこで仕込んだか、他の店とはちがう味をつけて、評判をとったのである。

「湊屋から参じました。ご主人に、ぜひごらん頂きたい品が、手に入ったと申しつけられまして、お届けに上りました」

そう言って、手代二人が渡した荷物は、小僧たちの手で、奥の座敷へはこばれた。

重兵衛は、包みをひらいて、それが二個の千両箱であるのを見出すと、ちょっと眉宇をひそめて、小首をかしげた。

「湊屋が、どうして、これを、届けて来たのか？」

腕を組んで、じっと、千両箱を見据えた。

小柄で、あまり風采のあがらぬ四十過ぎたこの商人は、どうやら人に知られてはならぬ秘密を持っている身であるらしいことを、人目のないこの奥座敷では、その表情にかくさなかった。

二千両が、大坂屋の鴻池屋のはやぶさ馬で届けられることは、あらかじめ、この重兵衛に、通報されていたに相違ない。

これを運んで来る用人棒とも、顔知りであったろう。

ところが――。

その浪人者は現れず、『湊屋』が、届けて来たのである。

運んで来る途中で、何事か、異変が起った、と推測されることだった。

「それにしても、湊屋が、どうして、これを受け取ったのか？」

と、つぶやいた――瞬間、重兵衛の表情が険しいものとなり、障子をへだてた中庭へ、視線を向けた。

「誰だ、そこにひそんでいるのは？」

鋭く、誰何《すいか》した。

「夜太という流れ者でござんす」

「なんの用だ？」

「その二千両のことなんで……、湊屋のおやじさんにたのんで、届けてもらったのは、このあっしでしてね」

重兵衛は、障子を開けて、縁側さきにうずくまる男の風体を、じっと視すかした。

「渡世人かな、お前さん？」

「ごらんの通り、無職にはまぎれもありやせんが、乞食に毛の生えたような風来坊なんで、へい」

重兵衛は、ちょっと、ためらっていたが、

「上りなさい」

と、招じた。

三

夜太が、端近に座に就くと、重兵衛には、この二千両をどうして届けてくれることになったのか、そのいきさつを尋ねた。

夜太は、自分が掠奪しようとした点だけは伏せて、昨日の沼津城下はずれの悽惨な出来事を語った。

重兵衛は、ききおわるまで、一語も口をさしはさまなかった。

「……と、まあ、そういうわけなんで――」

「失礼だが、見受けたところ、お前さんは、こんな大金を、あずかって、それを、そっくり届けて下さるにしては、いささか、貧しい人ていだが……なぜ欲を出そうとはしなさらなかったのだね？」

「悪銭、身につかず――と、殊勝な気持を起した、と云っても、これは、信じて頂ける返辞にはなりやせんね」

夜太は、にやりとした。

「お前さん、元はおさむらいだったのじゃありませんか？」

重兵衛は、訊ねた。

「昨日までのことは、一切すべて、忘れることにして居りやすんでね。……名前せえ、忘れて、いまは夜だから、夜太と名のって居りやす」

「ともかく、わざわざ届けて頂いて、お礼を申さねばなりません。有難う存じました」

重兵衛は、床の間わきの違い棚から、手函をとりおろして、十両を包むと、さし出した。

「ほんのお礼のしるしまでに……、どうぞ、受けとって頂きます」

「頂戴いたしやす。……しかし、その前に、念のために、その千両箱の中を、調べて頂きてえんで――」

「…………？」

「ちゃんと、千両ずつ入っているかどうか、たしかめて頂かねえと、せっかく、ご浪人さんの遺言を守ってお届けしたのだから、あっしの気がすまねえ、というわけなんで、へい」

「ご念の入ったお心掛けだね。じゃ、調べてみましょう」

重兵衛は、手函の中から、鍵をとり出すと、千両箱の錠前にさし入れた。

蓋が、開かれた。

とたん、重兵衛は、大きく目をみひらいた。

詰められていたのは、山吹色の小判ではなく、鉄の屑であった。

鍋釜のかけら、折れた庖丁、さびた安ものの鍔、曲った煙管等々。

もうひとつの千両箱にも、同様のがらくたが詰められてあった。

夜太は、それらを凝視した瞬間の重兵衛の、こめかみを痙攣させた険悪な形相を、ちらと観察しておいて、首を突き出し、

「へえ?! こいつは、いってえ、どうしたわけなんで――、あきれけえったぜ」

と、云った。

相模屋重兵衛は、しばらく、口をひきむすんで、一語も発しなかった。

「旦那、あっしは、おたのまれした通り、ただ、お届けしただけですぜ。こいつは、神明に誓って、申し上げておきやす」

もし、欲心を起していれば、届けるはずがないのである。

重兵衛としても、夜太を疑う気持が起るはずはなかったろう。

重い沈黙ののち、重兵衛は、

「ご苦労でした。おひきとり下さい」

と、云った。

「この十両は、お返しいたしやす。がらくたをはこんで来た礼金にしては、多すぎまさあ」

「いや、お前さんは、何もご存じなくて、届けて下さったのだから、お礼はさし上げねばなりません。受けとって頂きましょう」

「じゃ、一両だけ頂戴いたしやす。一両ありゃ、ひさしぶりに賭場で一晩たっぷり遊べやすからね」

「お前さんは、妙に義理がたいおひとだね。わたしの方は、お前さんのご苦労にむくいただけなのですよ」

――あいにくだが、がらくたと判っても、十両という礼金をくれようとする、その料簡が、こっちには、くせえにおいがするのさ。

夜太は、胸の裡で、そう云いすてておいて、

「ごめんなすって――」

と、座を立った。

「夜太さん――と云いなすったね。お前さん、湊屋さんとは、ずいぶん懇意のようですが、むかしからのおつきあいですかね？」

縁側へ送って出て、重兵衛が、訊ねた。

「へえ、旦那が、この相模屋を買いとりなすった前からの知りあいで、もう十二三年にもなりやすかね」

夜太は、自分の背中を刺す重兵衛の鋭い視線を感じると、なにを思ったか、月のある空へむかって、一両小判を、びゅーん、とほうりあげた。

とみるや――。

ひらひらと落下して来る小判へ向って、夜太は、背中にさした道中差を、左手で抜きざま、ひゅっと突き上げた。

双刃の直刀の切先は、みごとに小判を貫いていた。

（つづく）

賭場とオランダ人と

柴田錬三郎

❶

「は、はっ、はっくしょいっ！」

夜道を歩きながら、夜太は、途方もなく大きなくさめをした。

それから、空を仰いで、

「十三夜のお月さんよ、どうだい、今夜は、この夜太に、ツキがあるかねえか、教えてもらいてえな」

と、云った。

賭場へ行く時、夜太は、空を仰いで、月に、月のない夜は星に、星もない暗闇ならば、雲のむこうの見えない月か星に向って、そんな問いかけをするくせがあった。勿論、夜働きをする（どこかへ忍び込んで盗みを働く）時も、同じであった。

昼間は、決して、忍び込みもせず、賭場にも足をふみ入れなかった。

昼間は、金があれば旅籠《はたご》で、無一文の際には、神社とか寺とか、路傍の阿弥陀堂などで、ごろ寝をしている時の方が多かった。子供たちが遊んでいるのを、半刻でも一刻でも、ぼんやり見物していることもあったし、河や海で泳いでみたり、時には、社寺の境内などに、千年杉と称《よ》ばれている巨樹があると、それのてっぺんまでよじのぼってみたりする——全く、気まぐれなくらしをしている流浪の男であった。

飲む。

打つ。

買う。

その三拍子はそろって居り、それに、

盗む。

が、加わっているからには、世間の目から見れば、早くこの世を去ってもらいたい無頼の徒であった。

あいにく、三日も水ばかり飲んで、野宿しても、一向にへたばらぬ強靱なからだをそなえていた。生来の頑健さもあったろうが、その双刃の直刀の使いぶりから推して、十代の頃、異常な鍛えかたをしたに相違ない。

「そうか。なんだか、お月さん、にやっとしてみせてくれたぜ。ツキがあるな」

夜太が、自身のカンを口にした——とたん、物蔭から、

「ツキはないよ、今夜は——」

その声が、かえって来た。

お妻であった。

いつの間にか『湊屋』をぬけ出して来て、夜太が、『相模屋』から出て来るのを、待っていたのである。

「どうして、ツキがねえ、と思うんでえ？」

目の前に立ったお妻を、夜太は、いまいましげに、見据えた。

おぼろな月かげの中で、お妻の立姿は、一種の妖しさをただよわせ、ちょっと幽霊じみて、夜太の目に映った。

「がらくたを詰めた千両箱をとどけて、相模屋重兵衛をペテンにかけた夜太なんぞに、博奕をやって、勝つわけがないじゃないか」

「どっこい、左《き》にあらず、右にもあらずだ」

夜太は、ふところ手を、胸からのぞかせた。

その指さきは、一両小判をつまんでいた。

「がらくたと判りながら、相模屋の奴、ちゃんと、ご苦労代に十両くれようとしやがった。ペテンにかけた上に、十両もらっちゃ没義道《もぎどう》だから、一両だけ、もらって来た。……春で、おぼろで、十三夜——日本中のお寺が、ご開帳のまっさい中だあ。この小田原じゃ、道了大権現の前で、いま時刻、大にぎわいしているぜ。おめえも、今朝は、箱根の関所で開帳していらあ。そこへ、一両ただもらい、とくりゃ、こんな縁起のいい宵はねえやな」

「あたしのカンでは、だからこそ、賭場でオケラになるにきまっている、と云うのさ。あたるよ、これは——」

「やい、お妻の阿魔！てめえが、幽霊みてえに、前に立ちはだかって、ケチをつけやがる——それで、おれのツキが逃げるんだぞ。この一両が飛んじまったら、てめえのせいにしてくれるぜ」

そう呶鳴りつけておいて、夜太は、お妻をはねのけると、とっとと歩き出した。

お妻は、

「あたしのせいにされてたまるものかい。とにかく、あたしのカンがあたるのを、ちゃんと、見とどけてやるよ」

と、ついて来た。

「疫病神の使いみてえなてめえに、ついて来られてたまるけえ！ はり倒すぞ！」

思いきり大声で、きめつけておいて、夜太は、急にひくく押し殺した鋭い小声になると、

「尾《つ》けて来てやがる奴がいる。おめえは、湊屋へもどって、待っていろ」

と、命じた。

心得たお妻は、わざと疳高く、

「へん、オケラになって、ふんどしひとつになりやがれ」

毒吐《づ》いておいて、つと、横丁へ身をそらした。

②

尾行して来るのは、一人ではなく、すくなくとも四人以上、と夜太は振りかえらずとも、かぞえていた。

――さむらいじゃねえらしいな。

そのひそやかな跫《あし》音で、夜太は判断した。

武士と町人とでは、歩きかたがちがっていた。したがって、その跫音をきいただけで、夜太には、いずれであるか、知ることができた。

――さむらいじゃねえとすると、沼津の千本松原の街道で、はやぶさ馬を襲った奴らとはちがう。

とすると、あの相模屋重兵衛が、放って来た手輩と受けとってよい。

――無職《ぶしょく》どもなら、無縁仏にしてやるには、ちょうどいい宵だぜ。

夜太は、胸のうちで、つぶやいた。

今宵――三月十三日が、小田原で有名な大雄山最乗寺の道了大権現の開帳日であった。

ついでに述べておけば――。

江戸では両国の回向《えこう》院、深川の霊巌《れいがん》寺、下谷の長遠寺、法華宗では身延山の祖師ノ尊像、成田山の不動明王、京都嵯峨の釈迦如来、そしてこの小田原の大雄山最乗寺の道了大権現――これを日本の七大開帳、といったのである。

開帳場には、あらゆる見世物小屋が興行し、すべての商《あきな》いの露店がならび、夜明けの朝参り、陽が落ちてからの夜参りで、朝と宵が、押すな押すなの大にぎわいを呈するのであった。

この開帳にあわせて、どこでも、おびただしい数の博奕小屋が設けられる。幕府は、法例としては、博奕を禁じていたし、大名もまた、きびしく取締っていたが、こうした年中行事の縁日・祭日には、博徒の親分が、公然と賭場をひらくのを、黙許したのである。

夜太がいま行こうとしている賭場は、最乗寺のある足柄峠のふもと――関本であった。

大昔に関所があったので、関本という地名になっている。

夜太は、この関本を縄張りとする親分磯次郎とは、懇意であった。

三年ばかり前、酒匂《さかわ》川一円を縄張りとする曾我の孫七と、酒匂川の磧《かわら》で三十余人対八十余人の大喧嘩《でいり》をくりひろげたことがあった。その時、夜太は、関本の磯次郎の助《すけ》っ人《と》になり、人間ばなれをした働きを示した。おかげで、半数に満たぬ寡勢で、磯次郎側が勝ったのである。

夜太は、しかし、べつに、それで、磯次郎に恩を売りはしなかった。

磯次郎が、

「小田原に来たら、きっと、あっしの家に、草鞋をぬいでもらいてえ。幾日逗留してもいいし、草鞋銭も、十両でも二十両でも、おめえさんののぞみのままだ」

と、云ってくれたが、夜太は、

「おれは、渡世人じゃねえやな」

と、ことわっている。

あれから、二度ばかり、夜太は、磯次郎の縄張り内の賭場へ、入っているが、二度とも一文無しになりながら、磯次郎からは、金をもらってはいなかった。

街道をそれて、足柄道に入ったが、いつもなら、日が暮れれば人影の絶える道も、今宵ばかりは、夜参りの往き来で、いわゆる小田原提燈の灯《あかり》の行列が、えんえんとして、視界の果てまでつづいていた。

――このぶんじゃ、どうやら、尾けて来ていやがる奴らも、襲っては来るめえ。

夜太は、そう思った。

はたして、夜太は、何事もなく、賭場に着いた。

博奕小屋は、六つばかりならんで居り、渡世人《やくざ》ばかりの賭場と、かたぎの者だけの賭場とに分れていた。

夜太がえらんだのは、かたぎの者だけの賭場のひとつであった。

③

盆胡座《ござ》をかこんで、二十人ばかりが、勝負に熱中しているまっ最中であった。

賭場というものは、渡世人ばかりの方が、もの静かであり、ほとんど声もたてぬ。

かたぎの者だけの方が、むしろ、熱気をはらみ、悲喜こもごもの叫びが渦を巻いている。

夜太は、後者の雰囲気の方が好きであった。

「お！　夜太さん、珍しいね」

代貸の仙太郎という男が、にこにこした。

「今夜は、おれは、ツキがあるんだ」

夜太は、相模屋重兵衛からもらった一両を、そっくり駒札に替《か》えた。

うろつき夜太

第五回

ジョン・ペパード像

あらすじ――右の足の裏には、観世音菩薩、左の足の裏には、十字架のキリスト像の刺青、無反りの道中差に、露骨な男女交合の浮世絵の描かれた菅笠と変った風体の旅人―自から〝昼は昼太、夜は夜太〟と名のる男は、沼津千本松原の浜辺で、蔦屋の酌婦・お妻から、当時大阪から江戸へ急ぎの金子を送るとき、千両箱を馬に乗せ、東海道五十三次を駈けさせる、はやぶさ馬の襲撃を持ち掛けられた。ところが、襲撃は第三者の手で行なわれ、夜太は、はやぶさ馬を守る浪人に味方する羽目になり、彼の依頼で、二千両を小田原の相模屋重兵衛に届けることになった。しかし千両箱の蓋を開いた結果、そこには山吹色の小判ではなく、鉄屑がぎっしり詰まっていた。

題字　柴田錬三郎筆

たしかに――。
　座に就いて半刻もたたぬうちに、夜太の前には、駒札が山と積まれた。
三、四十両にはなっていたであろう。
　その折――。

　客が二人、入って来た。

　一人は、三十がらみの、ひと目でどこかの大店《だな》の手代と見わけられる町人であった。

　もう一人は、一瞬、賭場の全員の視線を集める異様な人物であった。

　銀髪の、青い目の、鼻梁の高い、六尺を越えた西洋人であった。

　その服装は、小屋の全員に代って、作者が教えるならば、オランダ海軍の軍服であった。

　腰には、長剣を携げていた。

　西洋人などという人種を視た者は、ほとんどいない時代であった。

　まして、軍人などに接したのは、全員が、はじめてであった。

　手代風の町人は、

「へい、ごめん下さいましよ。こちらは、長崎のオランダ商館から、江戸表へ、お使いに参られる御仁《おひと》でございましてね、一度ぜひ、日本の博奕場を見たいと仰言いますので、おつれ申した次第でございます。どなた様もよろしゅう――お仲間に入れてさしあげて下さいまし」

　と、たのんだ。

「ようござんすとも。わざわざおみえになるのなら、博奕好きの御仁でござんしょう。大歓迎でさあ。さ、どうぞ、どうぞ――」

代貸の仙太郎が、夜太のむかい側の座を、すすめた。

　微笑してうなずいたオランダ軍人は、いささか窮屈そうに、立膝で、座に就くと、

「私、すこし、日本語わかる。五十両ある。よいか？」

　と、云った。

「五十両お持ちなら、どんとおはりなさっても、夜が明けるまでお遊びになれます」

　仙太郎がこたえて、手代風の町人に、五十両を全部駒札に替えるかどうか、きいてみてくれ、とたのんだ。

　手代風の町人は、意外にも流暢なオランダ語で、説明した。

　オランダ軍人は、全部替えてよい、と承知した。

　――ふん。ひとつ、このオランダ野郎を、オケラにしてくれるか。

　向いの座の夜太は、ぐっと、丹田《たんでん》に力をこめた。

　その時であった。

　オランダ軍人の視線が、鋭く、胡座《あぐら》をかいた夜太の左の足の裏へ、そそがれた。

　そこには、十字架にかけられたイエス・キリストの像が彫られてあったのである。

「おお！」

　オランダ軍人は、大きく肩をすくめて、胸で十字を切ると、非常な早口で、なにか口走り、憎悪の視線を、夜太の顔へ射込んだ。

　睨みつけられた夜太は、にやっとすると、手代風の町人に、

「ここは、オランダじゃねえや。日本だ。キリストさんを、どこに刺青《いれずみ》していようと、こちとらの勝手だ、とつたえてくれえ、通辞さん」

　と、云った。

　手代風の町人は、オランダ軍人に何か云い、その言葉をきいてから、夜太にむかい、

「神をけがす者には、絶対に、負けられない、と申しておいででございます」

　と、告げた。

「わざわざ日本へ来た者なら、そっちの神様が、こちとらの国では、有難がられねえどころか、拝んだら磔《はり》刑《つけ》にされることぐれえ、知ってるだろう。どだい、神や仏を、あたまっから信じちゃいねえ男なんだおれは――。それが証拠に、こっちの足の裏には、観世音菩薩を彫ってらあ」

　夜太は、右足をぬっと、オランダ軍人めがけて、突き出してみせた。

　オランダ軍人は、怒気を満面にあふらせて、なにか叫んだ。

　手代風の町人が、あわてて、オランダ軍人をなだめた。

　これは虫けらのようなごろつきなのだ。たぶん、そう教えたものであろう。

　オランダ人は、手まねで、キリストの彫物を、自分の目からかくせ、と夜太に要求した。

「まっぴらだね。せいぜい拝んでもらいながら、勝負しようぜ」

　それが、夜太の返辞であった。

（つづく）

横尾忠則　画

金貨と度胸と

一

それから、二刻（四時間）が、過ぎていた。

その賭場の雰囲気は、異常なものに変っていた。

客は二倍にも増していたが、賭けているのは、向い合った夜太と、ジョン・ペパードと名のるオランダ軍人と――すなわち、二人だけのさしの勝負になっていたのである。

他の客は、すべて、座を降りて、二人の勝負を固唾《かたず》をのんで見まもっていた。たしかに、興味のあるたたかいであった。

ジョン・ペパードは、日本の博奕場へ乗り込んで来るだけあって、流石に勝負運の強い、度胸のあるギャンブラーであった。

最初いきなり、五十両全部を賭けて、倍にしてみせた。

その時、夜太もまた、目の前に積んだ駒札をぜんぶ、押し出して、やはり倍にした。

そのために、賭の金は、たちまちふくれあがり、脱落者が続出した。

その賭場に集っていた客は、小田原でも裕福な町人――問屋場の親方とか、網元とか、豪農とか、脇本陣の主人とかであったが、かれらの賭けた金は、みるみる、夜太とジョン・ペパードの前へ移ってしまった。

そして――。

ついに、すべての客が、夜太とオランダ軍人との勝負を見物する側にまわってしまったのである。

途中、一度は、ペパードが優勢になり、夜太は、窮地に追い込まれたことがあった。

誰の目にも、

――もう、オランダ人が全部さらって行ってしまう。

と、映ったことだった。

報せをきいて、渡世人ばかりの賭場から、親分の関本の磯次郎も、見物に来ていた。

夜太は、三百両以上も勝っていたのが、小半刻うちに、十四、五両まで減ってしまった時、

「こん畜生！　おれの業《ごう》力が、どれだけしぶといか、見せてくれるぜ」

と云って、いきなり、左の足の裏に彫ってあるキリスト像へ、べっと唾を吐きかけたものだった。

それを見て、神の恩寵をかたく信じているカソリック信徒のオランダ軍人は、大きく青い目をひき剝いて、なにやら罵倒の言葉を叫んだ。

それから、案内した手代風の町人に、何か命じた。

うなずいた町人は、

「このオランダの御仁は、お前さんの振舞に激昂されて、自分は、勝った金を全部賭けて、一発勝負したいが、お前さんは、もうそれだけしか残っていないから、あやまったらどうだ、と仰言って居りますよ」

と、通訳した。

「あやまるとは、なんでえ！」

夜太は、睨みかえした。

町人は、ペパードに訊き、

「つまり……、その左の足の裏を、焼いてしまうならこれで、かんべんしよう、というわけなのですよ」

と、伝えた。

「べらぼうめ！　そんなことをされてたまるけえ」

「けれど、もうお前さんには、十四、五両しか残って居りませんよ。それでは、勝負にならないじゃございませんか」

「畜生っ！」

夜太が、呻いた時、親分の磯次郎が、

「夜太さん、不足分を、あっしが、まわしてあげよう。やってみなされ」

と、すすめた。

「おれは、盗みは働いても、人からめぐみを受けたことはねえんだ。風来坊であっても、乞食にゃなりたくはねえ」

夜太は、こたえた。

「いや、あっしは、不足分を借そう、と云っているのだ」

「五両や十両の金じゃねえんだぜ、親分……。対手は、ざっと見ても、四百両を積んでいらあ。もし、負けた時は、おいそれと返せる額じゃねえやな」

「かまわないじゃないか、夜太さん。無利息無期限ということにしよう」

「親分、おれは渡世人じゃねえんだ。草鞋銭さえ、もらったことはねえんだ。博奕打ちから借金するわけにはいかねえ」

おのれで、おのれの処世方針をきめて、それを守りつづけて来た夜太は、この期に及んで、わが掟を破る気は、みじんもなかった。

「夜太さん、お前さんも頑固だが、ここは、もう、のっぴきならないよ。対手はオランダ国の、どうやら恰好から推し測って、さむらいらしい。……日本人の面目にかけて、挑戦に応じないわけにいくまいじゃないか。ひとつ、気がるく、あっしのまわす駒を、受けちゃくれまいか

磯次郎に すすめた

「いいや、そいつばかりは、親分の好意だけ、頂戴するぜ。……よし！」

夜太は、ほぞをきめた。

「通辞よ、云ってくれ。不足分は、このキリスト像だあ。おれが負けたら、その手で、煮るなり焼くなりしてもらおうじゃねえか」

二

オランダ軍人ジョン・ペパードは、町人から通訳されると、冷笑をうかべて、大きく合点した。

賭場の空気は、さらに緊迫した。噂をききつけて、他の賭場から、渡世人やかたぎの客が押しかけて来て、見物させろ、とおもてでひしめきあい、関本の乾分たちが、さえぎるのに、苦労していた。

半裸の中盆も壺振りも、まなこを血走らせた。

「勝負っ！」

中盆の懸声も、うわずった。

ペパードは、駒札の山を、盆胡座へ、押し出した。

夜太の方は、残った十四、五両の駒札の上へ、左の足を乗せて、まっすぐに、敵の鼻さきへ、その十字架にかけられたキリスト像を、突き出した。

「半！」

ペパードは、叫んだ。

「ようし、丁だ！」

夜太は、応じた。

壺振りは、柿渋を引いた紙張り目籠《めかご》の壺へ、二個の賽を投げ込み、からからと音たてて、ぱっと、胡座へ伏せると、すすっとわずかに、すべらせて、ぴたっと止めた。

勝負する二人はもとより、見物する者たちも数十人は、息をのんで、壺を凝視した。

「壺っ！」

中盆の一声に呼吸を合せて、壺振りは、壺を、頭上高く、上げた。

「三三の丁！」

とたん、夜太は、ふうっと息を吐いた。

文字通り、イチかバチかの勝負であった。

オランダ軍人は、負けたくやしさを、大きな身振《ジェスチャー》に示したが、どうにも、それで、座を立つ気になれないらしく、通辞の町人に、口早に、何か云った。

町人は、ひどく当惑のていで、かぶりを振り、それはいけない、とことわった。

しかし、オランダ軍人は、肯《き》き入れず、上衣のポケットから、金貨を一枚とり出して、これを自分は、宿舎にたくさん置いてあるから、日本の金に一個いくらと換算して、もう一度、勝負したい、と申し出た。

「面白い！　オランダ金貨だろうとなんだろうと、金にかわりはねえ。こっちの金高と見合うだけの金貨を、宿《やど》から持って来い」

夜太は、応じた。

長崎商館から、出府して来るオランダ政府の役人や商人は、たいがい、幕府の御用船で、海路を通るのであったが、陸路をえらぶ場合は、大名領ならそこの城に泊るのがならわしであった。

この小田原だけは、大久保家の小田原城ではなく、宮廷の使者を泊める貴賓接待屋敷が設けられてあり、日本で唯一の交易国であるオランダから来た者も、そこに泊るのであった。

だからこそ、このジョン・ペパードという軍人も、気軽に

ペパードは、通辞の町人に、貴賓接待屋敷から、母国の金貨を持って来るように、命じた。

町人は、いくども、とどめたが、ペパードは、断乎として、勝負すると主張した。

その様子を眺めて、夜太は、

「へへ……、さすがは、国はちがっても、さむらいだぜ。いや、当節の旗本直参や藩士らのうちに、これだけの度胸のある奴は、めったにいねえや。対手にとって不足はねえ。やるぜ！」

と、闘志を全身にたぎらせた。

親分の磯次郎は、

「オランダ金貨で、異人さんが勝負をするのは、末代までの語り草になるよ、夜太さん。……負けても、悔いはあるまい」

と云った。

「そういうことよ。おれは、このオランダさむらいが気に入ったぜ」

夜太は、にやっとして、右手をさし出した。西洋には、親しくなる場合、手をにぎり合うならわしがある、といつかどこかで耳にしていたからである。

すると、ジョン・ペパードも、夜太の度胸っぷりをみとめていて、握手に応じた。

三

通辞の町人が、しぶしぶ、起《た》って、金貨を取りに行こうとしかけた――その時であった。

おもてで、

「夜太さんっ！　大変だよっ！」

お妻の必死な叫び声が、つらぬいて来た。

「ちえっ！　疫病神の使いが、とんだ瀬戸際に、やって来やがった」

夜太は、いまいましく、かぶりを振った。

お妻は、血相を変えていた。

「大変だよ！　湊屋さんが、殺《や》られちまったよ！」

「なんだと?!」

「十五、六人も、押し入って来て、めった斬りにされちまって……、家の中を、めちゃめちゃにあらしまわって、ひきあげて行きやがったんだ」

「おいっ！　そいつら、浪人どもか、それとも、無職どもだったか？」

「どいつもみんな、三度笠で顔をかくした旅人《たびにん》ていだったよ」

「くそっ！　おれが、相模屋から出て、ここへ来るまで、尾け狙っていやがった奴らに相違ねえ」

夜太は、憤怒の形相になると、

「おい、通辞さんよ、オランダさむらいに、告げてくれ。おれが懇意にしている旅籠の主人が、曲者に斬り殺されたから、下手人をつきとめて、敵を討たなきゃならねえ。勝負は、ひとまず、おあずけだ、とな」

と、云った。

ジョン・ペパードは、通辞の町人からつたえられると、大きくうなずき、自分はこれから江戸へ行くから、江戸で、必ず勝負しよう、待っているから、早く敵討をして来るがいい、とみとめた。

「かたじけねえ！」

夜太は、勝った大金を、磯次郎にあずけておいて、小屋をとび出した。

大股に急ぎながら、喘ぎあえぎついて来るお妻に、

「ツキがなかったのは、おれじゃなくて、湊屋だったぜ、お妻」

と、云った。

「そうだったねえ。……でも、お前さん、尾けられている時、あたしに、湊屋にもどって待っていろ、と云ったのは、なにやら、不吉な予感があったからじゃないのかい？」

「ああ、予感といえばいえたが、まさか、湊屋ほどの大物が、むざむざ、殺《や》られるたァ思ってもなかった」

「夜太さん！」

「うむ——？」

「湊屋嘉久兵衛って、ただの旅籠のあるじではなかったんだろ？」

「ああ——」

「正体は、なんだったのさ？」

「おれより、ひとまわり大きな盗っ人だった」

「はじめて、会った時、そんな気がしたよ。なにせ、お前さんがあたしを抱いているのを見ても、眉毛一本動かさなかったからね」

「江戸で、千代田城はじめ、大名屋敷だけを狙って、夜働きを、十数年もつづけて、一度も、御用べんにならならかった男だからな。天井裏から、将軍家が女中に手をつけている光景をのぞきおろしたのは、あとにも先にも、嘉久兵衛ぐれえのものさ。……おれとおめえがつながっているのなんざ犬猫のそれを見るほどにも、感じなかったろうぜ」

「そいで、足を洗って、何食わぬ顔をして、この小田原へ逃げて来て、旅籠をひらいていたのかえ」

「そうじゃねえ。二十歳すぎた頃に、あの湊屋で後家になっていたおつうという、七つ歳上の別品に、入聟になって、ずうっとくらしていたんだ。……女房のおつうさんさえ、嘉久兵衛の正体は、知らずに、死んじまったろうぜ。月に一度、江戸へ出て、夜働きをして、盗んだ金を、貧民窟へばらまいていたんだ。一文も、てめえのふところにはしなかったから、おれとは、出来がちがっていた。……畜生！　あんな大物を殺しやがって、金輪際許せねえ！」

夜太は、そう云ってから、急に、あたりに神経を配り、

「お妻、おめえは、どこかにひそんでいろ！」

と、云いのこしておいて、ぱっと奔《はし》り出した。

自分を狙う敵の気配を、すばやく察知したのである。

（つづく）

うろうろ夜太

血文字と地獄人と

一

小田原の江戸口に近い、裏道にある旅籠『湊屋』の屋内は、なんとも名状しがたい地獄図絵をくりひろげていた。

土間には、逃げ出そうとしたらしい十二、三歳の小僧が、血の海の中に仆《たお》れていたし、番頭は結界にがくりともたれかかって事切れていた。二人の女中は、抱き合うようにして、階段下で死んでいた。あたりに運んでいた膳部の料理が、散乱していた。料理場では、庖丁で立ち向ったらしい板前が、洗い桶に首を突っ込んでいた。七輪の上では、鯛が焼けこげて、まっ黒になっていた。

客は、十二、三人泊っていたらしいが、その大半は、最乗寺の開帳に夜参りに出かけていて、無事だった。そして、逃げ出した者もお妻をふくめて二、三人いたらしいが、まきぞえをくらった不運な客が二人、階段の途中と、部屋の中で、あけにそまっていた。

とび込んで、その地獄図絵を見とどけた夜太は、かえって、おちついた表情と態度になり、ゆっくりとした足どりで、母屋とをつなぐ渡り廊下を歩いて行った。

あるじ嘉久兵衛の姿は、奥の居間には、見当らなかったのである。

嘉久兵衛は、夜太とお妻が泊っているその茶亭風の離れに、いた。

血ぬれた刀を右手にして、床の間の縁へ顔をかけ、左手をさしのばしたなり、俯伏していた。

夜太は、べつに嘉久兵衛を抱き起してみようとはしなかった。これまで、無数の修羅場をくぐりぬけて来た者の目には、完全に息が絶えている、と一目で判ったからである。

夜太の顔には、表情がなくなっていた。その無表情が、逆に、この風来坊の前身を暗示するかのように、態度に凄味を加えた。

いうならば、それは、剣の道に心身を打ち込み、天稟をきたえあげた兵法者が、生死を賭けた試合をする――その直前の、無気味な静けさを保っている姿にも、似ていた。

「…………」

夜太は、嘉久兵衛のさしのばさせた左手の、血汐にまみれた人差指が示している方角を、視線で追った。

床の間には、ごくありきたりな山水の掛物があった。

その掛物の下方に、夜太は、嘉久兵衛が、おのが血汐で書いた文字を、読んだ。

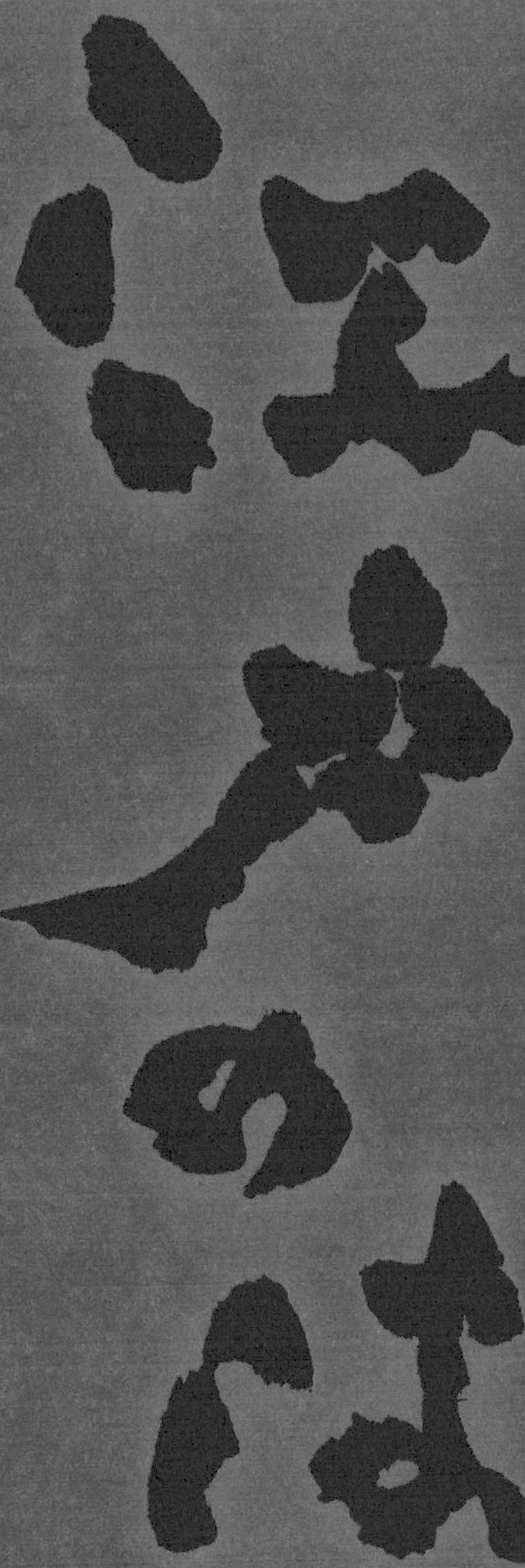

そう読めた。

屋内のありとあらゆるところを、さがしまわり荒らすだけ荒らした形跡であったが、襲撃者どもは、目的の物をさがしあてられずに、ひきあげたらしい。

その間、嘉久兵衛は、異常な気力で、生きていた。

敵が、ひきあげてから、その血文字を記したに相違なかった。

この夜太に、教えるためであったのだ。

「江戸のはる、か」

夜太は、つぶやいた。

とっさには、それが、何を意味しているのか、夜太には、判らなかった。

二

庭に、人の気配がした。

視線を向けた夜太は、それがお妻であるのをみとめると、床の間の掛物を、ひきちぎり、その血文字を破りすてた。

「ど、どうなったのさ、こ、こんなことになって…」

お妻の声音は、まだふるえていた。

「相模屋に、がらくた入りの千両箱を、届けたのが、まちがいだった、ということだ」

「ここで、中身を入れ換えたのが、相模屋には、わかったんだね？」

「そういうことだ」

実は、二つの千両箱の中身を、がらくたに入れ換えてくれたのは、嘉久兵衛であった。

そのあいだ、夜太とお妻は、風呂に入っていた。

風呂からあがって来た時、その作業は、ちゃんとすまされて居り、嘉久兵衛は、笑いながら、

「面白いことになりそうだよ、夜太さん」

と云った。

「なんですかい？」

「ただの千両箱ではなかったよ。入っていたのは、小判じゃなかった」

「へえ——」

夜太は、大して興味もなさそうであったが、お妻が、眸子《ひとみ》をかがやかして、

「なんだったのです、旦那？」

と、たずねた。

TADANORI YOKOO

レタリング・柴田錬三郎

柴田錬三郎

「小判以上の宝、とだけ云っておくよ」

「気を持たせないで、その宝を拝ませておくんなさいな」

「あいにくだった。お前さんがたが長風呂だったもので、もうここにはないのだ」

「なんだって?!」

お妻は、柳眉をさか立てた。

「冗談じゃないや！ あたしたちが、いのちがけではこんで来たんですよ。それを、棚からぼた餅みたいに、横奪《ど》りされてたまるもんか！」

「わたしが、どんな男か、この夜太さんが、いちばんよく知っている。千両箱から出て来たのが、思いがけない珍宝なので、お前さんがたからきかされた話を合せて考えてみて、ここに片刻も置いておくことは、危険だと判断してね、いそいで、安全な場所へ移したというわけだ。もういま頃は、わたしの持船にのせてあるだろうよ。べつに、わたしが、横奪りするわけじゃない。この宝には、きっと大変な秘密の取引きが、からんでいるに相違ないね」

「じゃ、旦那を信用するとして、中身がなんだったか、教えて下すってもいいじゃありませんか」

「その宝のひとつだけは、のこしておいたから、夜太さんが相模屋さんから戻って来たら、見せるとしよう。留守中に、その宝が、どこのものか、調べておく」

おあずけをくって、お妻は、舌打ちしたが、夜太は、べつに、じらされることに不服な顔つきにもならず、『湊屋』を出て、『相模屋』へ向ったのであった。

そして――。

嘉久兵衛の不吉な予想は的中し、自身までが一命を落すこのような惨状をひき起してしまったのである。

「……だから、あたしゃ、きいたんだよう。中身が、どんな宝だったかさあ」

縁さきで、お妻が、くやしげに、吐き出した。

とたん――。

夜太は、「戻って来たら、見せるとしよう」という嘉久兵衛の言葉を思い出して、すっと、死体がさしのばした左手をつかんだ。

その左手は、血文字を書いた人差指だけのばして、あとの四指はしっかと握りしめられていた。

夜太は、まず親指を、次に中指と薬指を、力をこめて、のばしてみた。

「あった！ こいつだ！」

その叫びに、お妻が、庭からはねあがって来た。

嘉久兵衛が、かたくにぎりしめていたのは、西洋金貨であった。

お妻は、のぞき込んだものの、

「金細工物らしいけど、なんだろう？」

と、小首をかしげた。

「オランダ金貨だ。……おれは、さっき、こいつと同じやつを、見せられた」

「え？ どこでさ？ 賭場でかい？」

「ああ――、オランダさむらいが、博奕に来て、おれとさしで勝負して、オケラになりやがった。するてえと、よほど、度胸のあるさむらいで、もうひと勝負してえ、自分の国の金を宿《やど》から持って来るから承知しろ、と云った。その時、見せたのが、これと同じ金貨だった。……つまり、このオランダ金貨が、あの二つの千両箱に、びっしりと詰まっていたというわけだ」

「へえ、これが、オランダ国の小判かい」

お妻は、受けとってみて、ずしりとした重さに、ほっと吐息した。

「さて、これから、どうするかだ」

「こんなむごたらしいまねをしやがったのは、沼津ではやぶさ馬を襲った浪人どもだろうね？」

「ちがうな」

「じゃ、どこのどいつさ！」

「庭へ入って来やがった野郎に、きいてみな」

「えっ？」

びっくりして、庭へ視線をまわしたお妻は、中仕切りの木戸を押し開けて、音もなく入って来たひとつの黒影をみとめて、ぎょっと、肩をすくませた。

三

洗い髪とふたつの名を持った莫連を、おびえさせるほど、出現した者は、只者ではなかった。

浪人ていであったが、

『幽鬼』

この世にそれが実在するとすれば、こういう人間のことを指《さ》していうのであろうか。

月の光と屋内から流れ出る明りを受けたその立姿そのものが、妖魔の化身《けしん》じみていた。

面相が怪異であった、というわけではない。むしろ、端整な相貌であった。ただ、その双眸から放たれる光が、なんとも筆紙には尽しがたい妖しさをたたえて居り、口辺に刷かれた非情そのものの冷たい色と、夜目にも判る死人のような蒼白さが、見る者をふるえあがらせる。

右肩から、その腕が殺《そ》ぎ落されていて、袖がダラリと垂れているのも、無気味さを加えていた。

ゆっくりと入って来る跫音を消した歩調も、幽鬼の雰囲気をつくるのに役立つ特長があった。

夜太は、しかし、こういう人間がやって来ることを予測してでもいたように、平然として、縁側へ出た。

「おめえさん、相模屋重兵衛にやとわれた用人棒だな？」

「六木《むつき》神三郎。人からは、地獄人《にん》と称《よ》ばれて居る」

幽鬼さながらの浪人者は、名のった。

「地獄人？　刀を抜けば必ず地獄へ送る男、というわけかい。成程、いい称名《あだな》だ。……だが、この夜太は、地獄には送られねえぜ。ついさっきまでは、いつ、どこで、斬り殺されようと、のたれ死しようと、ままよ、と思っていたんだが、いまは、ちがうぜ。やらなけりゃならねえ、仕事ができたんだ。おめえさんが、どれほどの使い手だろうと、斬られるわけにには、いかねえ」

「千両箱に入っていたものを、もらいに来た」

地獄人・六木神三郎は、ぼそりと云った。

「この湊屋嘉久兵衛を斬ったのは、おめえさんか？」

「かくしたものを、渡すがよい」

「嘉久兵衛を斬ったかどうか、きいているんだ」

「尋常に、渡せ、と申して居る」

「欲しけりゃ、勝手に、さがしやがれ」

「わしは、地獄人だ。……ひとつしかない生命を、むだにすてるな」

「おめえさんには斬られねえ、と言っているぜ」

夜太の言葉がおわらぬうちに隻腕の地獄人・六木神三郎は、文字通り飛鳥が翔《か》け込むに似た早さで、縁側へ、跳びあがって来た。

こうした場合、庭へさそい出すのが常識であるが、六木神三郎は、反対に、地歩の利不利を無視して、おのれの方から襲ったのである。

夜太は、紙一重の差で、地獄人が躍りつつ、抜きつけに、きえーっ、と薙《な》いで来た切先を、かわした。

かろうじて、背中にさしていた、双刃直刀を、抜いただけで、敵にあびせるいとまはなかった。

それほど、意外な攻撃であり、幽鬼の姿にふさわしい迅《はや》業であった。

夜太は、帯と着物の前が截断されているのを知った。

横尾忠則　画

お妻は、悲鳴をあげて、障子へ背中を貼りつけた。

六木神三郎は、十畳の部屋の中央まで、翔け込んでから、やおら夜太に向《むか》い立った。

その時、白刃を構えもせず、下げていた。

「地獄人というだけあって、迅業を使やがる！」

夜太は、ひと息ついて、双刃直刀を片手構えにした。

六木神三郎は、冷たく薄ら笑って、

「虚撃だ、いまのは——」

と、云った。

斬るべくして襲ったのではなく、きもをひしぐべくはなった迅業《はやわざ》であった、という。

「置きやがれ！」

夜太は、はじめて、憤怒の表情になった。

「てめえなんぞに、むざむざ、おどかされて、縮みあがってたまるけえ。きんたまは、まだ、ぶらりとぶら下っているぜ」

「虚撃の次は、どこを斬るか、予告いたす」

「なにおっ！」

「その右手を、肱から両断してくれるか」

「てめえと同じ不具《かたわ》になるのは、まっぴらだ！」

夜太が、ぺっと唾を吐きかけると、隻腕の地獄人は、すーっと、肉薄して来た。

白刃を下げていた左手を、きわめてゆるゆると、挙げた。

真剣の決闘には、汐合《しおあい》というものがある。その汐合が、きわまってから、双方が動くことになる。

しかし——。

この隻腕の地獄人の剣の術は、そういう汐合を、むしろはずして斬る——そこに、特質があるようであった。

したがって、殺気を発せず、構えもとらず、白刃を移す動作も隙だらけなものであった。

夜太は、しかし、生れてはじめて、五体を戦慄が走るのをおぼえた。

対手は、尋常一様の使い手ではなく、幽鬼そのものに、見えて来たのである。

人間が、幽鬼に勝てるはずがない。

——右手一本、やられるかも知れねえ。

思った瞬間、右手がじいんとしびれた。

（つづく）

うろつき夜太

柴田錬三郎
横尾忠則

女心と謎と

一

夜太が、地紋入り・六木神三郎から、右手をへし折られるのをまぬがれて、湊屋から、脱兎のごとく逃げることができたのは、

女心と謎と

一

六木神三郎が、目にもとまらぬ迅業をはなとうとした——刹那。

金貨のおかげであった。

お妻が、危機に臨んだ時の女のカンの働きで、

「きいっ！」

金切声とともに、手にしていたそのオランダ金貨を、六木神三郎めがけて、投げつけたのであった。

金貨は、地獄人の頬にあたり、そのために生きている幽鬼の迅業に、狂いが生じた。

その隙をとらえて、夜太は、こうもりのごとく、大きく宙をとんで、庭へ遁《のが》れ、

「おい、地獄人！　おれを斬るかわりに、その女でも抱きやがれ」

それをすてぜりふにして、かるがると、高塀を越えると、姿を消したのであった。

六木神三郎は、白刃を腰に納めると、お妻を、じろりと見やった。

「あの下郎は、おのれを救ってくれたお前を、わしに抱け、と云いのこしたぞ」

お妻は、とっさには、言葉が口から出なかった。

自分をすてて逃げた夜太を、うらめしく思う気持は、すこしもなかった。

幽鬼さながらのこの地獄人に対する恐怖心もうすれていた。

ただ……。

なんとなく、ぼんやりとした心地になっていた。

「どうした？　わしに犯されてもよいのか？」

「ふふ……」

お妻は、急に、ふくみ笑いをもらした。

「地獄人さん——、貴方も、あの夜太さんも、このあたしも、なんだか、どこかの、悪智慧のかたまりみたいな人間に、糸でつるされたあやつり人形みたいだねえ」

「……」

「ばかばかしくなって来た。抱きたけりゃ、抱くがいいさ」

「……」

まばたきもせずに、お妻を凝視する六木神三郎の双眸に、はじめて、人間の感情の色が、微かににじんだ。

「どうなと、おしよ。夜太さんの身代りに斬ろうと、犯そうと……！、あたしゃ、べつに、こわくはなくなったんだ」

投げ出すように云うお妻に、六木神三郎は、と、たずねた。

「お前は、武家のむすめであったろう？」

「あたしが、将軍様の落し胤《だね》だろうと、乞食女の父《てて》無し子だろうと、あんたにかかわりのないことじゃないか」

「かかわりがあるかも知れぬ」

「なんだって？」

「ふと、そんな気がしたまでだ。……夜太と申す男に、つたえておけ。この旅籠のあるじはじめ、使用人や客を斬ったのは、地獄人ではない、とな」

そう云いのこして、六木神三郎は、音もなく、庭へ降りて、木戸から去った。

その時、はじめて、お妻は、へたへたと、湊屋嘉久兵衛の死体のかたわらへ、坐り込んでしまった。

腰が抜けたのである。奇妙なことに、女らしい恐怖心が、はじめて、どっと、全身を駈せめぐり、あふれ出たのであった。

「畜生！　夜太のやつ、あたしを、見すてて、逃げやがって……」

二

その夜太は、酒匂川の川口の浜辺を、うろついていた。

夜太は、『湊屋』の持船が、このあたりに碇泊《ふながかり》していることを知っていたのである。

月夜丸というその五十石船は、夜目でもすぐ見分けられる。夜太が、月夜丸と名づけて、幾度も乗っていたからである。

「いねえな。どこか、ほかへ、場所をかえちまったかな？」

沖あいをすかし視たが、もう十三夜の月も落ちたこの時刻では、水平線は闇に溶《と》け込んでしまっていた。

砂地へ腰を下した夜太は、

「さて、と——」

昏《くら》い海をにらんで、つぶやいた。

「面倒な謎解きをやらされることになったぜ。おれは、岡っ引みてえな謎解きは、好きじゃねえんだが……、嘉久兵衛は別としてまきぞえにして、多数のかたぎの衆を死なせたのは、つまりは、千両箱を持ち込んだおれのせいだからな。謎は解かざあ、ならねえやな。……ひとつ、順々に考えてみるか」

於累卵　難於上天

大坂随一の豪商鴻池屋のはやぶさ馬が、二人の用心棒に守られて、運んで来ていた二個の千両箱には、小判ではなくて、オランダ金貨が、詰められてあった。それを、こっちが掠奪する前に、浪人者の一団が、襲った。

二人の用心棒は斬り死したが、その一人の遺言で、夜太は、小田原の外郎屋《ういろうや》『相模屋』へ、とどけることになった。

懇意の『湊屋』嘉久兵衛の知慧で、千両箱には、わざとがらくたを入れ替えて、『相模屋』へ渡し、夜太は、そ知らぬふりをして、一両の礼金をもらって、おもてへ出ると、その足で、賭場へ行った。

「そこへ、オランダさむらいが現れたのは、偶然だが、……あのオランダさむらいが、江戸へ行こうとして、この小田原に泊っているのと、オランダ金貨が、はやぶさ馬で運ばれようとしていたのは、どうも、偶然じゃねえような気がするぜ」

外郎屋『相模屋』は、ただの商人《あきんど》ではなかった。

湊屋嘉久兵衛が、前身は、実は大泥棒だったように、相模屋重兵衛も、一皮ひんめくると、意外な正体をあらわすに相違ない。

「大坂の鴻池屋が、抜荷（密輸）をやって、西洋金貨をため込んでいた、というわけかな！　相模屋重兵衛が、鴻池屋の手先ということなら、筋みちは通っているんだが……」

金はためればためるほどきたなくなる、という諺《ことわざ》がある。金持になればなるほど、さらに、いかなるあくどい手段方法をとっても、その金をふやそうとする。

鴻池善右衛門という大金持ともなると、抜荷などやらずとも、利が利を生んで、千両箱は、ふえてこまるのではあるまいか。

夜太は、去年の正月に出された『日本持丸長者鑑《かがみ》』という番付表が、どこかの旅籠の壁に貼られてあるのを、ちら、と見たおぼえがあった。

東の大関・鴻池善右衛門。

西の大関・加島屋久右衛門。

そして、関脇は、辰巳屋久左衛門、住友吉次郎となっていた。

四人とも、大坂の商人であった。

夜太は、その番付表を見た時、

――湊屋嘉久兵衛が、足を洗っていなけりゃ、二人で、大坂へ行って、鴻池屋や加島屋の土蔵を破ってやってもいいんだが……。

そんなことを思ったものだった。

鴻池屋は、日本一の両替商であった。

両替商――すなわち、現代の銀行である。そのシステムが、現代の銀行とちがうところは、預金には利子をつけず、貸附にのみ利子をとった。両替商の貸附利子を、日歩といった。

元銀一貫目に対して日歩五分をとった。こんなぼろい商売はない。

鴻池屋は、大名貸の両替商であった。すなわち、各大名に金を貸しつけていたのである。そのために、貸しつけた大名がたから、扶持《ふち》をもらっていた。その扶持だけで、一年にあわせて一万石になっている、という。

これでは、もはや、立派な大名といわざるを得ない。

岡山池田家、広島浅野家、福岡黒田家などの殿様は、国許と江戸との参観《きん》交替の途次には、わざわざ、鴻池屋の店さきへ、行列を止めて、乗物から立ち出て、主人善右衛門に、挨拶している。

金を借りた者の弱さである。

大名も、商人に、頭を下げなければならなかった。

夜太は、大坂をうろついた時、大名貸の両替商の店さきを通ったことがあるが、どの店の構えも、きわめて、つつましく、下げた入口の麻のれんは古びて、破れた箇所をつくろってあった。また、主人も番頭も、みな、河内縞に小倉帯、というはなはだ質素な服装をしていた。

いわゆる「始末する」（倹約をする）ことが、信用第一の大坂両替商のモットウであった。

夜太は、店構えも服装も、あまりに質素なので、盗みに入るのを、やめたくらいであった。

実は――。

質素はみせかけで、裏ではどんなぜいたくをしているのか、想像もつかぬ珍奇な宝物を集めているのかも知れなかった。

「えい、くそ、……お星さんよ、[redacted]解きなんざ、おれの性分に合わねえや」

夜太は、明《あけ》の明星に向って、そう云っておいて、砂地へ、ごろりと寝そべったと思うと、もう寝息をたてていた。

三

遠くから、忍びやかに、迫って来る人の気配が、ぱっと、夜太の睡りをさまさせた。

迫って来るのは、一人だけではなかった。

しかも――。

八方から、包囲の陣形をとって来ている。

夜太は、目蓋をひらいた。

空いちめん、厚い雲に掩《おお》われているどんよりとした朝であった。

殺気が、おのれ一人に向って、集中して来ているのを感じた夜太は、

——じたばたしても、はじまらねえや。

と、胸のうちでつぶやいて、黒瞳《くろめ》だけを、ぐるりとまわして、迫り寄って来る者たちを、眺めやった。

すべて、浪人者であった。

——九人か。

かぞえた夜太は、かれらが、沼津の千本松原前の街道で、はやぶさ馬を襲撃した面々であると、さとった。

——こいつらも、オランダ金貨を、血まなこになってさがしていやがる黄金亡者だ。

包囲の円陣は、五歩あまりの距離で、ぴたりと停止した。

夜太は、なお、仰向けに寝そべったふりであった。

「起きろ！」

鋭くあびせられたが、夜太は、

「寝起きがわるい方なんでね、睡気がとれるまで、ちっとばかり時間がかかるんだ」

不敵な返辞をした。

「一命を奪《と》ろうとは申さぬ。掠奪した千両箱を渡してもらえばよい。女と共謀して、どこへかくした？ ……あの金は、なんとしても、われわれに、渡してもらわねば相成らぬ」

——はてな？

夜太は、その言葉をきいて、直感をはたらかせた。

——この連中、ただの食いつめた素浪人じゃねえな。どこかの大名の家中だな。

夜太は、やおら身を起すと、

「おめえさんがたも、かっぱらおうとしたのじゃねえか。先に盗《と》った者の方が勝、てえことになるぜ」

と、云った。

「お前は、すでに千両箱の中身を見て居ろう。お前などの使用できる金子ではない。当方へ渡してくれるならば、百両、礼として呉れよう」

「ひと足おそかったぜ。どじを踏んじまったのだから、あきらめた方がいいのじゃねえかな」

「黙れっ！ どうしても渡さぬ、と申すのであれば、ひっとらえて拷問にかけねばならぬぞ！」

「おめえさんがた、どこのご家中だね？」

夜太は、一人一人の顔を、ぐるりと見わたした。

とたんに、かれらの表情が、さらにけわしいものになった。

——まずかったかな、こんなことをきいて……。

夜太は、ちょっと後悔した。

きいた以上は、あとへはひけなかった。

「おめえさんがたの言葉のなまりから察して、九州だな。それも、ずうっと下って……薩摩あたり、という見当だぜ」

「こやつ！」

一人が、抜刀した。

「待て——」

首領格らしい四十年配の男が、とどめて、

「お前一人で、われわれから遁れることは、叶《かな》わぬ。かくした場所へ案内いたせ」

と、云った。

「それが、あいにく、おれにも、あの金の行方がわからねえのさ」

「ごまかしは、われわれに通用せぬ」

「本当なんだから、しょうがねえ」

「この期に及んで、なお、たばかろうといたすか！」

「嘘は吐いちゃいねえ。おれが預けた男が、どこかへかくした。そして、その男が殺された、となりゃ、おれも、おめえさんがたと同様、さがしまわる番にまわったのさ。……昨夜、この小田原の小さな旅籠で、皆殺しにされた騒動は、おめえさんがたの耳にも、入っているはずだぜ。その主人の嘉久兵衛というのが、おれの預けた男さ」

そう語りながら、夜太、おもむろに、立ち上った。

「嘉久兵衛なる男が、お前にかくし場所を知らさなかった、とは云わせぬぞ！」

「知らせてくれる前に——おれが賭場で大勝負をやっていたあいだに——何者かに、殺《や》られちまったんだ。嘘じゃねえ」

しかし、それは、包囲の武士たちには、云いのがれとしか、きこえなかった。

——ここで無縁仏になるかも知れねえ。

夜太は、覚悟をきめた。

東海道
五拾三次之内
平塚

広重画
忠則画

武家娘と眠狂四郎と

一

東海道平塚――。

いまにも、ざあっ、と降って来そうな、灰色の雲が、ひくく頭上に掩いかぶさって来た午后なので、街道を行く旅人たちの足は、しぜんと速《はや》くなっていた。

たった一人だけ、天気とはかかわりなく、むしろ、のろくさい足どりで行く者がいた。するめをむしゃむしゃ、かじりながら、無精髭を、抜きながら、歩いていた。

追い抜いて行く旅人たちは、例外なく、この男を、振りかえって、いささか薄気味わるそうに、眺めやった。

この男が、背中にぶら下げている三度笠のせいであった。

その三度笠には、極彩色の男女秘戯図が描かれてあったからである。こんなしろものを、平気で、人目にさらしながら、道中する者は、まず、まれである。

反《そり》のない長脇差を、腰にではなく、背中へ差して、しりからげした風体は、自分で、無頼の風来坊であることを、示している。

薄気味わるそうに振りかえる人々の視線など、全く意識に入れていない無表情の面貌が、意外に眉目が整い、衣服をかえれば、立派な直参旗本としてでも通用しそうなのが、さらに、人々をびっくりさせた。

「おい――」

一軒の立場茶屋の前にさしかかった時、この男に、声をかけた者があった。

「夜太、礼ぐらい云って、通ったらどうだ？」

そう云ったのは、地獄人という通称を有《も》っている六木神三郎であった。

この浪人者の方は、身装《みなり》こそべつに変ったところはないが、一瞥しただけで、人に悪感をおぼえさせる、幽鬼じみた雰囲気をただよわせている。

夜太は、隣の床几に就くと、

「おやじ、一本、つけてくれ」

と、たのんでおいて、

「べつに、あっしは、お手前さんに、助けてくれ、とたのんだおぼえはありませんぜ」

憎たれ口をきいた。

他の者が、こんな口のききかたをすれば、地獄人に抜き討ちをあびせられるかも知れない。夜太が、云うと、なんとなく、当然そんな返辞をするであろう自然さがあって、対手を苦笑させる。

昨日の夜明け――。

酒匂川の川口の砂浜で、夜太は、どうやら西国大名の家中らしい、それぞれ腕におぼえのある九人の武士たちに、包囲されて、鴻池屋のはやぶさ馬から掠奪した二個の千両箱を、どこへかくした、と迫られたのであった。

夜太に空とぼけることを許さぬ、殺気をみなぎらせた面々であった。その必死な態度は、かれらが、生命をすてても、目的をとげなければならぬ上司の命令を受けていることを、夜太に、直感させたことだった。

――こいつらの捕虜《とりこ》にされるかも知れねえ。

危険をおぼえた――その時。

いつの間にか、気配もなく、そこへ、この地獄人六木神三郎が出現したのであった。

その隻腕がふるった迅業は、幽鬼の姿にふさわしい凄じさであった。

十とかぞえぬうちに、武士の一団は、一人のこらず、砂を血汐で染めて、仆《たお》れた。いずれも、一太刀で生命を喪《うしな》ってしまった。

夜太は、ただ、あぐらをかいて、その迅業を見物していただけであった。

地獄人は、白刃をぬぐって、腰に納めると、冷たく薄ら笑いながら、

「今日は、お前、逃げぬのか？」

と、問うた。

「お手前さんの迅業に見惚れているうちに、逃げそこなったのでさあ」

夜太の返辞は、それであった。

すると、地獄人は、黙って、きびすをまわして、遠ざかって行ってしまったのである。

二

夜太は、茶碗酒を、ひと息に飲みほすと、

「お手前さんは、相模屋重兵衛の用心棒を、止めたんですかい？」

と、訊ねた。

「相模屋に飼われていたわけではない。たまたま、相模屋に泊っていて、お前を斬ってくれ、とたのまれたにすぎぬ」

「じゃ、もう、あっしを斬るのも、あきらめなすったので――？」

「お前という男、こうやって逢っていると、おれに、刀を抜かせぬ妙な人なつこいところがある。……おれ

うろつき夜太

第九回

柴田錬三郎
横尾忠則

に、斬る気を起させる時は、いずれ、来るだろう」

その折、夜太は、くるっと視線をまわした。

ちょうど、地獄人の真うしろの床几に、旅姿の武家娘が、腰をおろしていたのである。

笠をかたむけて、顔をかくしていたが、かくしきれずにのぞいている口もとやあごのかたちのよさ、頸すじのういういしさ、肩の線の美しさなど、夜太は、ここへ立寄った時から、ひそかに好色の生唾をのんでいたのである。

その武家娘が、立ち上ったのであった。

覗きあげた夜太が、

――まるで、天女だぜ、これァ！

と、茫然となった――それくらい、美しい気品のある面立であった。

しかも――。

茶代を置いた武家娘が、

「そろそろ、参ります」

と、声をかけたのは、あきれたことに、地獄人六木神三郎にだった。

二人は、連れであった。これほど、つりあわぬ男女一組は、またとあるまい。

地獄人は、うなずいて、腰をあげた。

とたん――。

何気なく、街道へ視線を向けた地獄人の表情が、一変した。

夜太は、その視線を目で送った。

地獄人六木神三郎が、睨みつけたのは、通り過ぎて行こうとする一人の浪人者であった。

黒の着流し、ふところ手の、痩せた長身で、その横顔は、異人の血でもまじっているのではあるまいか、と思われるほど彫が深かった。

「待て！ 眠狂四郎！」

地獄人の口から、その奇妙な名前が、ほとばしった。

眠狂四郎と呼ばれた浪人者は、

「……」

無言で、地獄人を視かえした。

冴《さ》え冴えとした双眸には、地獄人の眼光とは、また異質の冷たい色があった。

「お、おのれを、さがして、それがしは、日本中を、さがし、まわっていたぞ！……この片腕を落された恨みを、はらさねば、死んでも死にきれぬからな。……勝負だ、ここで！ ……こんどこそ、その円月殺法を破って呉れる！」

吼号しざま、街道上へ奔《はし》り出た地獄人の様子は、それまでの幽鬼じみた雰囲気をふり払って、ひどく人間くさいものになっているのを夜太は、みとめた。

眠狂四郎の方は、なおふところ手のままであった。

六木神三郎も、対峙はしたが、まだ、抜刀しなかった。

「抜けっ、眠狂四郎！」

六木神三郎は、対手に円月殺法という業《わざ》を使わせておいて、抜きつけの――居合術を放つ心算らしかった。

通行の人々は、あわてて、東へ、西へ、逃げた。

この瞬間、さすがの夜太も、かたわらの美しい武家娘の存在を忘れて、固唾《かたず》をのんだ。

「抜けっ！」

六木神三郎が、再び、せかした――その時、眠狂四郎は無表情で、

「今日は、勝負になるまい」

と、ひくく抑えた声音で、云った。

「なに！」

六木神三郎は、もはや、対手が抜くのを待っていられないらしく、大刀の柄へ手をかけた。

と――どうしたことか。

六木神三郎が顔を仰向けて、「う、うっ！」と、のど奥を鳴らした。そしてみるみるうちに、顔面を痙攣させ、唇をわななかせると、肩を大きく上下させた。

地ひびきたてて、仰のけに棒倒しになる神三郎のていを眺めて、夜太は、

――てんかん持ちだったぜ、こいつは！ 地獄人もただの人間だったというわけだ。

と、眉宇をひそめた。

それから、眠狂四郎という浪人者を眺めやり、

――発作を起すのを、ちゃんと先に看破しやがったとは、この浪人者、おそろしい野郎だぜ！

と、ぶるっと、身ぶるいした。

眠狂四郎は、ゆっくりときびすをまわして、遠ざかって行った。

三

夜太は、神三郎を肩にかついで、茶屋へもどると、

「おやじ、奥の部屋を借りるぜ」

と、云って、どんどん入って行った。

武家娘は、まるで、神三郎がてんかんの発作を起すのを予想してでもいたように、ものしずかな態度を、すこしも、変えなかった。

——天女みてえな容姿をしていやがって、ひどくつめてえ娘だぜ。

夜太は、反感をおぼえた。

寝かされた神三郎の発作は、なお、しばらく、つづいた。

武家娘は、笠もとらずに、はなれたところに端座したまま、沈黙を守っている。

夜太は、しだいに、いらいらして来た。

「失礼でござんすが……、この御仁は、貴女様と、どういうご関係なんで——？」

「家来筋にあたります」

武家娘は、こたえた。

「へえ、家来筋にねえ。……するってえと、貴女様はどこかの大層なご大家のご息女というわけで——？」

「大名のむすめです」

きっぱりとした声音で、こたえた。

「大名のお姫《ひぃ》様が、こんな地獄人——いや、家来をたった一人だけ連れて、道中なさっておいでてござんすかい？」

たしかに、その容姿は、大名の息女にふさわしい気品と美しさをそなえていたが、道中するなら、行列を為《な》す、というのが、慣例であった。たとえお忍び道中でも、十人以下の護衛を供にしていないはずはないのであった。

「わたくしは、国許で、郷士の家にあずけられて、育ちました。これから出府して、江戸屋敷にて、父上に、むすめであることを、みとめて頂きに参るのです。……家中の者たちも、養ってくれた郷士夫婦も、反対いたしました。それで、わたくしは、そっと、国許を抜け出て参ったのです」

「つまり、貴女様は、御国御前の腹からうまれた娘御じゃなかった、というわけでござんすね」

大名の正夫人は、江戸屋敷に住んでいる。その領地には、御国御前と称される側妾がいた。側妾ではあるが、御国御前は、そこでは正妻と同格にあつかわれていた。

御国御前の息女なら、郷士の家などに、あずけられるはずはなかった。

——その大名が、馬で遠乗りにでも出かけた折、どこかの百姓娘で、器量の佳《い》いのを見つけて、手をつけて、うませた、というところか。

夜太は、見当をつけた。

娘は、すっと、立ち上った。

「わたくし、参ります」

「参りますって、この御仁を、ここに置いてけ堀にしてでござんすかい？」

「この者は、発作のあと、半日あまりは、起き上れませぬ。……そなた、供をして下さい」

「しかし、あっしは、ただ、ごらんの通りのうすぎたねえ行きずりの風来坊で、お姫様のお供などできる柄じゃありませんや」

たとえ、家来筋にあたる者とはいえ、持病で倒れたのを、すげなく、見すてて行こうとする冷酷さが、あまりに美しいだけに、夜太には、どうにも、気に食わなかった。

——性根の点じゃ、莫連のお妻の方が、ずっと上等にできているぜ。お妻には、心意気があらあ。この大名の落し胤《だね》は、文字通り外面は菩薩で、内面は夜叉、というやつかも知れねえ。からだ中に、氷のようにつめてえ血が流れているような気がするぜ。

「いやだ、と申すのですか？」

「い、いやだとは云いませんがね」

たとえ、内面が夜叉のように非情だろうと、やはり、これほど稀世の美女だと、夜太は、腰を上げざるを得なかった。

出て行きがけに、夜太は、ちらと、死んだように横たわっている六木神三郎を見やった。

——こんな男でも、このお姫様には、首ったけ惚れているので、お守り役をしてやがるんだろうな。

そぞろな同情が、ふっと、胸のうちを横切った。

街道へ出てから、夜太は、

「貴女様も、小田原では、相模屋に泊っておいでなすったので？」

と、訊ねてみた。

大名の息女は、返辞をせず、歩き出した。

夜太は、空を仰いで、

「降って来やがるぜ」

と、つぶやいた。

（つづく）

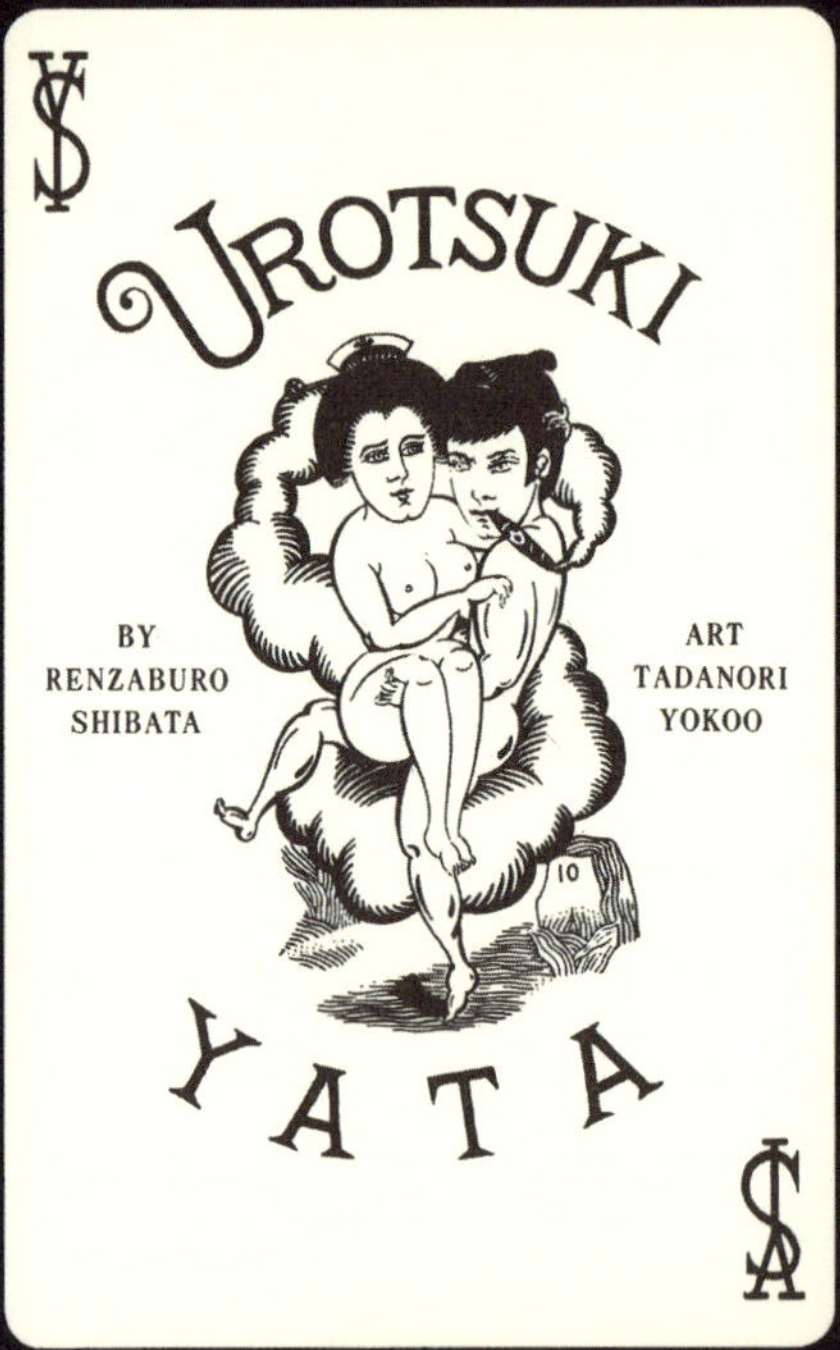
UROTSUKI
BY
RENZABURO
SHIBATA
ART
TADANORI
YOKOO
10
YATA

札《カード》と煙草《シガー》と

A♥

平塚宿から程ヶ谷宿までは、約七里半の道程《みちのり》であった。

夜太を供させた大名の息女と称する——華香《はなか》と名のった——武家娘は、すたすたと歩きつづけたが、その歩調は、なみの速《はや》さではなかった。

華香は、藤沢宿でも、戸塚宿でも休息しようとはしなかった。

夜太は、いささかあきれて、

——まるで忍びの術でも習っているみてえだぜ。

と、疑ったことであった。

程ヶ谷宿に入ろうとした地点で、ぽつりぽつりと、かぶった笠へ、雨が落ちて来た。

「お姫《ひい》様、降って参りやしたよ。暮れるには、まだ、ちっと時刻が早えが、宿《やど》をおとりいたしやす」

「たのみます」

その折であった。

彼方から、馬蹄の音が、せわしくひびいて来た。

ふりかえった夜太は、眉宇をひそめた。

「なんでえ、あれァ？」

たしかに、当時、日本六十余州には存在しない乗物が、そぼ降る雨中を、疾駆して来たのであった。

それは、四頭立ての馬車であった。（読者は、西部劇で必ず出て来る駅馬車を、上等な造りにしたのを、想像して頂きたい）

馬車は、たちまち、華香と夜太の脇を走り抜けたが、とたん、十歩あまりむこうで、停止した。

馬車の窓から、顔をのぞけたのは、夜太とはすでになじみの顔であった。

オランダから派遣されて来た海軍将校ジョン・ペパードであった。

こちらへ向って、なにか大声で呼びかけたが、勿論、その言葉が判る道理はなかった。

ジョン・ペパードは、馬車から降り立った。つづいて、通辞役の町人が、降りて来た。

ペパードは、大股に近づいて来ると、華香に対して、母国の貴婦人にするようなうやうやしい騎士《ナイト》の挨拶をしてみせた。

通辞役の町人が、

「貴女様のようなお美しい女性《にょしょう》は、日本へ来てはじめて、お見かけした、と申されて居ります。こちらは、オランダ商館から江戸表へお使いに往かれるオランダのおさむらいでございます。……雨の中を道中なさるのはお気の毒ゆえ、あの馬車へ、お乗せしたいと、申されて居ります」

と、云った。

「あなた、美しい！　すばらしい！」

ペパードが、アクセントのはっきりした日本語で賞讃して、再び敬礼した。

「助平野郎！」

夜太は、ひくく吐き出すと、華香をかばうように、前へ出て、

「おれが、供をしているんだ。よけいなお節介は、止めてもらおうぜ」

と、呶鳴った。

町人は、ペパードと何やら云い交していたが、華香に向って、

「こうした場合、馬車へお乗せして、お送りするのが、オランダでは、武士としての礼儀作法である、ということでございます」

と、云った。

「なにをぬかしやがる。こんたんはみえすいていらあ、ド助平め！」

夜太は、場合によっては、ペパードと一戦まじえるのも辞さぬ身構えになった。

ペパードは、殺気立った夜太を眺めて、通辞の町人に、自分の意志をつたえさせた。

自分は、お前という男が気に入っている。好きである。小田原のあの博奕場で、江戸に於て、あらためて、勝負しよう、と約束したが、ここで、勝負したい。自分が勝てば、その美しい婦人を、馬車へ乗せて、送る。負けたならば、オランダ金貨を、両手一杯、支払うが、どうか？

「面白え！　受けるぜ」

夜太はうなずいてから、

「お姫様、この勝負、ご承諾頂きとう存じます」

と、願った。

「よろしいように——」

華香は、眉毛一本うごかさずに、こたえた。

通辞の町人は、ペパードから云われて、

「夜太さん、こんどの勝負は、丁半博奕ではなく、ヨーロッパの各国でつかっている——つまり、うんすんカルタでやろう、と仰言って居られますが……」

「合点だ。……むこうの信濃《しなの》坂を越えたところに、さかい寺というのがあらあ。そこの境内の鐘撞《つき》堂で勝負しようぜ」

2 ♦

さかい寺というのは、武蔵国と相模国との、ちょうど境にあるからであった。

雨が、かなりつよく降って来たので、夜太は、華香を、さかい木宿《じゅく》の旅籠に、一時休息させておいて、ペパードと通辞の町人と三人で、さかい寺の山門をくぐった。

境内南隅にある鐘楼の梵鐘は、源頼朝が寄進した、といわれている由緒ある名品であった。

したがって、近年にいたって建て直された鐘楼は、舞殿のように広く、立派であった。

ペパードは夜太と対《むか》い合うと、上衣のポケットから、西洋歌留多《トランプ》をとり出して、通辞の町人に渡し、勝負の方法を、説明させた。

町人は、夜太の前に、ずらりと五十三枚の札《カード》をならべてみせて、きわめて要領のいい数えかたをした。

キングは将軍家、クイーンは御台所《みだいどころ》、ジャックは老中、10は若年寄、9は町奉行………といったあんばいに教えて、

「このA《エース》というのは、つまり、むかしでいえば、宮本武蔵のような兵法者といったところでありましょうかな。1とかぞえることもできるし、キング・クイーン・ジャックの10よりも強く、11とかぞえることもできます」

「よし、判った。……ところで、この妙てけれんな絵札は、なんでえ？」

「これは、ジョーカーと申し、なんの役にも立たぬ零《ぜろ》札で――」

「つまり、おれみてえな風来坊だというわけか」

さて、その勝負のやりかたは、きわめてかんたんであった。

互いに、二枚をくばり、一枚を表にして、21を限度とする勝負であった。数が足りなければ、あと幾枚引いてもよいが、21を越えれば、文句なしに負けであった。

すなわち、現代でも、各国の博奕場《カジノ》でおこなわれているブラック・ジャックという勝負であった。

「よし、やってくれえ。受けるぜ」

夜太は、ペパードに、札《カード》を切らせ、配らせた。

夜太の表札は、7であり、裏札をそっとめくってみると、3であった。

ペパードの表札は、老中《ジャック》であった。

「ちょいと、待ってくんねえ」

夜太は、ひょいと立ち上ると、撞木の綱をつかむや、ひとつ、

ごおーん！

と、梵鐘を鳴らした。

神仏は信じない男であったが、妙に縁起だけは、かつぐ男であった。

「こいつは、どうしても、もう一枚引かなけりゃならねえが、その前に、オランダのおさむれえに、条件をつけるぜ」

「なんですかね？」

通辞の町人が、訊ねた。

「もし、おれが負けて、お姫様を、あの馬車に乗せて送ってくれることになっても、絶対金輪際、助平なまねはしねえでもらいてえ。万が一、手ごめにでもしようというこんたんを持っているなら、きれいさっぱりと、すててもらいてえ。その誓いをたててくれなけりゃ、この勝負をすてるぜ」

ペパードは、町人からその旨を、告げられると、胸で十字を切ってみせた。

町人は、これは、いわば、日本の武士の金打《きんちょう》（白刃をすこし抜いて、ぴたりと鞘へ納め、音をたてて、誓約をたがえぬしるしとする動作）と同じ意味を持つ、と告げた。

「よおし！　さあ、もう一枚、もらおうじゃねえか」

夜太がさし出した掌へ、ペパードは、裏をみせた札を置いた。

そうっと、見ると、将軍《キング》であった。

――二十か！　おれの勝だぜ、これは！　野郎の裏札は、せいぜい、六か七というところよ。

夜太は、自信を持った。

「勝負だ！　あけろい！」

ペパードは、それまで、裏札を見ようともしていなかった。

ペパードは、その裏札を、無造作につまみあげてみた。そして、微笑すると、

「わたしの勝です」

と、云った。

「なんだと！　こっちは、二十だぞ」

「わたしは、21です」

ペパードは、A《エース》を示した。

「こん畜生！」

夜太は、うめいた。

「わたし、あの娘さんを、江戸まで送ります」

「勝手にしやがれ」

町人は、ペパードから云われて、

「この御仁は、江戸では、御浜御殿を宿舎となさいま

J
J

す。お娘御は、そこへおつれするゆえ、お前さんは出府なさったら、そこへ、おいで頂きます」

と、告げた。

「どこへなと、連れて行きやがれ」

ふてくされた夜太を、ペパードは、見まもっていたが、上衣のポケットから、革張りの小函をとり出して、云った。

「貴方に、あげます」

「おめぐみなんざ、まっぴらだあ」

「これは、煙草《タバコ》です」

3♥

Schimmelpenninck Tip
MADE IN HOLLAND

そうしるされた小函の蓋をあけると、ペパードは、指ほどの太さの葉巻《シガー》を一本、つまみとって、

「さ、どうぞ」

と、すすめた。

「ど、どうするんでえ！」

夜太は、それをちぎって、粉にして、煙管《きせる》の雁首へつめるものと思ったが、あいにく、煙管入れを腰にぶらさげてはいなかった。

通辞の町人が、

「それを、口にくわえればよろしいのですよ」

と、云った。

「へえ？」

夜太は、云われる通りにした。

すると、ペパードが、爪楊子状の細い軸木で、床板をすっと、こすった。とたん、先端に、火がついた。

こんな燐寸《マッチ》などという便利なしろものをはじめて見せられて、夜太は、目をまるくした。

ペパードは、燐寸の火を、夜太のくわえた葉巻《シガー》のさきにつけて、

「吸いなさい」

と、すすめた。

吸ったとたん、口腔内から咽喉奥まで、一挙に、煙が入って来て、夜太は、

「うっ！」

と、むせかえり、咳をした。

夜太は、ペパードと通辞の町人が、境内から立去るのを見送ってから、

「所かわれば品かわる、というが、毛唐ってえ奴は、同じ煙草でも、火をつける道具でも、ちがってやがるぜ。どうも、こっちよりあちらさんの方が、文明ってえのが一歩さきに進んでいらあ」

と、独語して、あらためて、ぷかぷかと葉巻《シガー》を吸ってみた。

「味は、しかし、煙管《きせる》でのんだ方が、うめえようだな」

ともかく、暮れて来たので、夜太は、そのさかい寺の本堂で、今夜は泊ることにした。

ところが――。

本堂に入ってみると、すでに先客が、須弥《すみ》壇下の、住職の読経用の座布団に、肱枕で、寝そべっていた。

「お！」

夜太は、すぐ、蠟燭のあかりの中で、それが、何者か見分けた。

地獄人・六木神三郎が宿敵として、右腕を両断された怨みをはらすべく、さがしまわっていた浪人者――眠狂四郎にまぎれもなかった。

六木神三郎は、狂四郎に巡り逢って、決闘を挑《いど》もうとした瞬間、てんかんの発作を起して、ぶっ倒れたのであった。

冷然と、そのさまを見やっておいて、遠ざかって行った黒の着流し姿が、夜太の眼裏には、焼きついていた。

夜太が、これまで出会った男の中で、最も冷たい、無気味なけはいをひそめている人物であった。六木神三郎は、幽鬼を連想させるほど、凄味をおもてにむき出しているが、こちらの浪人者の方は、孤独な無常感を、内にかくしている、といえた。

地獄人と眠狂四郎とでは、その冷たさは、全く異質であるようであった。

このことは、夜太の経験とカンが、さとった。

「へい、ごめんなすって――。あっしも、降りこめられて、この本堂で、相宿ということにして頂きてえものでござんすが、よろしゅうおたのみ申しやす」

夜太は、背中を向けている寝姿へ、頭を下げた。

返辞は、なかった。

夜太は、なるべく、距離を置いて、円柱によりかかった。

半刻（一時間）も過ぎてから、眠狂四郎が、寝そべったままで、

「庫裡から、酒を都合つけて来てもらおう」

と、云った。

「へえ、ここの住職とはお知りあいなんで――？」

「知らぬ。知らぬから、無断で、ここに泊って居る」

「そいじゃ申し上げますが、このさかい寺の住職は、ケチで鳴りひびいて居る坊主なんで、勝手に入り込んだ他人に、寝酒をわけてくれるような慈悲心なんぞ、

のか。入って来た時の様子でそのように受けとれた」
その言葉であった。

（つづく）

怒りと急所と

二

夜太が、さかい寺の庫裡に忍び込んで、住職の寝酒らしい小ぶりの朱塗樽と大杯《ぐいのみ》を盗んで、本堂へひきかえして来るまでに、ものの四半刻（十五分）も、かからなかった。

「へい、どうぞ、召し上がって頂きやす」

夜太に、云われて、眠狂四郎は、やおら、起き上った。

無言で飲みはじめたこの異相の浪人者に、夜太も、黙って酌をし、自分も飲んでいたが、ふと、

「旦那、あっしは、いつかどこかで、以前、お逢いしたことはござんせんかね？」

と、訊ねた。

「お前の左足の裏に彫られた、十字架にかけられた裸像の人物に、どこやら似ているからだろう」

狂四郎は、こたえた。いつの間にか、それを目にとめていたのである。

「そうだ！　これだ！　耶蘇の親玉のキリストに似ていなさるんだ。……旦那も、つまり、西洋人の血がまじっている御仁《おひと》なので？」

「お前は、過去を忘れて居る男ではないのか。わたしに、そんな質問は、野暮であろう」

「ちげえねえ。その通りでござんした。……どうぞ、ごかんべんを――」

あやまってから、夜太は、ふと思いついて、こころみに、

「旦那――、江戸のはる、というと、なにを連想なさいますかね？」

と、訊ねた。

「謎解きか？」

「実は、そうなんで――。殺された男が、息をひき取る時に、てめえの血汐で、床の間の掛物に、江戸のはる、と書きのこした、とお思い頂きやす」

「……」

夜太は、小田原の夜に於ける凄惨な兇事を、正直に打明けた。

黙然とてききおわった狂四郎は、

「江戸のはるか。――はるが春夏秋冬の春ならば、花見だろう」

と、云った。

「成程！　あと十日もすりゃ、江戸は、桜は満開でござんすね。上野の山と王子飛鳥山と品川御殿山と日暮里の道灌山と、それから、向島だあ。花見の場所が多すぎらあ……。嘉久兵衛が、江戸のはる、と血文字をのこしたのが、花見のことだとすると、あっしは、十日後は、江戸中を、血眼になって、駆けずりまわらなけりゃならねえや。どうせ書きのこすなら、もっと、はっきりと千両箱のかくし場所を書きのこしておいてくれりゃ、よかったものを……、おれの足をすりこ木にさせるつもりで、謎の文字を書きやがったのか」

狂四郎は、ぶつくさと云う夜太をあいてにせず、飲みつづけて、やがて、肱枕になると、目蓋を閉じた。

夜太が、目をさました夜明けには、眠狂四郎の姿は、すでに、何処かへ消え去っていた。

起き上って、たかだかと両手をさしあげ、思いきり大あくびをした夜太は、

「ふうん！　世の中には、いろいろと、変った奴がいるものだぜ。どこかの大名のお姫様のお供をしている地獄人とか、めっぽう博奕好きのオランダさむらいとか、切支丹の親玉のキリストに似ている、眠狂四郎などという奇妙な仮名を使っていやがる浪人者とか……、それから、日本中をうろつきまわっているこのおれとか――」

と、そこまでつぶやいて、

「待てよ！」

にわかに、真剣な表情になった。

「おれは、なにも、こんな古寺でごろごろと宿《やど》借りしていなくてもいいんだぜ。小田原の賭場で、おれは、あのオランダさむらいから、四百両も勝っていらあ」

そのイチかバチかの大勝負に負けたジョン・ペパードは、そのまま、ひきさがらず、自分が所持しているオランダ金貨を日本の小判に換算して、もう一度、勝負したい、と申し入れて来たのであった。

面白い、とばかり夜太が受けた矢先、お妻が血相変えて、駆け込んで来て、湊屋嘉久兵衛が殺された旨を、急報したのである。

そこで――。

夜太は、そのまま、賭場をとび出したのであった。

つまり、四百両は、関本の磯次郎に、あずけた結果になっていた。磯次郎は、その金を猫ばばするようなケチな親分ではなかった。

一筆したためて、飛脚を奔《はし》らせれば、そっくり、送りとどけてくれるに相違なかった。

「へへ……四百両ありゃ、特別あつらえの駕籠にゆられて江戸入りして、その足で、吉原へくり込んで、くるわ随一の花魁《おいらん》を抱けらあ。それとも、辰巳へ行っ

うろつき夜太

て、深川芸妓を選《よ》り取り見取りできるぜ。……箱根を越えるまでは、無一文だったおれが、いまは、四百両の分限者になっているんだ！」

二

夜太は、朝陽のさしそめた街道を、突っ走って、程ヶ谷宿の問屋へ、とび込んだ。

「おい、早飛脚をたのまあ！」

結界の中の番頭が、夜太のうすぎたない風体を、うさんくさそうに、じろじろ眺めて、

「どこまでだね？」

「小田原だ」

「小田原なら、ひとっ走り、自分で駆けて行きなすったらどうだね」

「わらわせるな。……この程ヶ谷宿で一番の旅籠は、桔梗《ききょう》屋だろう。おれは、そこの最上等の部屋で、酒池肉林の大散財をやりながら、小田原から、四百両を積んだ荷駄《にだ》が到着するのを、待っている、という寸法だあ。……さあ、筆と紙を出してくれ。一筆啓上奉り候だあ！」

夜太が、わめいた折であった。

おもてから、

「関本の磯次郎親分のところへ、飛脚をたてるのなら、むだだよ、夜太さん」

その声が、ひびいた。

「なんだと?!」

目をひきむいた夜太は、街道上に、手をかくした袖を胸で合せて、すらりと立っているお妻の仇姿を見出した。

「ちえっ！　また、疫病神の使いが、現れやがった。……飛脚をたてるのが、どうして、むだなんでえ？」

「磯次郎親分は、もうこの世の者じゃないからさ」

「このおれをかつぐ気か、お妻！」

「風来坊をかついだって、一文の得《とく》にもなりゃしないじゃないか」

「磯次郎親分が、頓死したとでもいうのか？」

「殺されたんだよ」

「なに！」

夜太は、ひとっ跳びに、お妻の前に立った。

「誰に殺《や》られた？」

「下手人が、判っていりゃ、昨日のうちに、血まなこになって、お前さんを追いかけて来ているさ。……お前さんが、せっかく、オランダさむらいから勝った大金は、フイになっちまったよ。うろつき夜太、という風来坊は、やっぱり、金には縁がない男だねえ」

「置きやがれ！　金に縁があるかねえか、江戸へ入って、おめえに、おれの腕とツキをみせてくれらあ。……磯次郎親分を殺《や》りやがったのは、およその見当はついたぜ。その下手人も、黄金亡者の一人だ。やがて、江戸へ来やがるに相違ねえ。その時、小田原の敵を、江戸で討ってくれる！」

夜太は、江戸へ向って、まっすぐに大股に進みはじめた。

「やけに自信ありげだねえ」

お妻は、小走りに、ついて来ながら、云った。

「うるせえ！　ついて来るのなら、黙ってついて来やがれ！」

四百両を湯水のごとく使う夢のやぶれた夜太は、おそろしく機嫌がわるかった。

程ケ谷から神奈川宿までは、一里九丁。

当時の神奈川宿は、いまの横浜駅の後方にあり、街道は、丘陵をゆるやかな傾斜をつくって、つづいていた。

つまり――。

現代の横浜は、その当時は、まだ海だったのである。街道に沿うて、旅籠や掛茶屋がならび、その裏手まで、浪が打ち寄せていた。浜辺には、漁師の小屋が、二三十軒ちらばっているだけであった。

明治の初年になって、富豪高島嘉右衛門が、鉄道の敷設をうけおって、神奈川湾を埋めたてて、市街地をつくったのである。（高島町という町名は、いまも横浜にある）

神奈川宿の立場茶屋の軒端から、夜太とお妻が眺めおろす海が、百数十年後、横浜というはなやかな港になろうなどとは、二人の夢想もできぬことであった。

帆かけ船が、ゆっくりと動き、鷗が飛び交うまにまに、春がすみをへだてて、黛《まゆずみ》をひいたように、はるか彼方に、上総《かずさ》房州の遠山が、うっすらと浮いていた。

夜太は、そんな景色など、どうでもよく、足早に、神奈川宿を通り抜けようとしたのであったが、お妻に乞われて、しぶしぶ、ちょっと、休憩することにしたのであった。

お妻は、茶屋の奥の手洗いをかりていたが、やがて、出て来て、

「女って、これだから、いやんなっちまう」

と、云った。

お妻は、歩いている途中、急に、月の物《メンス》になったのである。

「まだ、ちゃんと、月に一度のめぐりがあるところをみると、股の奥の壺の中はまだぶっこわれちゃいねえ

柴田錬三郎

らしいな」

夜太は、薄ら笑った。

三

「お前さんに、千本松原で、かんたんにからだを許したからといって、夜鷹あつかいにされたくはないね。……これでも、手桶番は、あまり日が狂ったことはないんだから――」

「……？」

夜太は、お妻の言葉をきいて、じっと、鼻梁の通った唇のかたちのいい横顔を見まもった。

「おめえ、もしかすると、江戸城の大奥につとめていたのじゃねえのか？」

手桶番――これは、月経の隠語であった。一般庶民は、この隠語を知らぬはずであった。

そのむかし、宮廷の女官たちが、月経の期間中は、不浄のからだ、ということにされ、平常の勤務をはずされ、便所の手桶の番人を命じられる風習があった。そのことに由来して、江戸城内でも、月経になると、

「手桶番にして頂きまする」

と、自分の役目を辞退したのである。

お妻は、不用意に、口にした隠語から、夜太に、前身をあてられて、すこしあわてた。

「お互いに、過ぎ去ったことは、忘れるようにしているのじゃないのかい？」

「すまねえ。おめえが、江戸城大奥の女中だったか、どうだったか、おれの知ったことじゃねえやな」

夜太は、云った――次の瞬間、お妻を突きとばし、おのれ自身も、はじかれたように床几《しょうぎ》からとびはなれた。

一本の矢が、宙をうなって、飛来したのである。

夜太が腰かけていた宙をかすめて、ちょうど奥から、酒を持って出て来た小女の胸を、ぐさと貫いた。

小女が悲鳴をほとばしらせて、仆《たお》れた時、夜太は、双刃直刀を抜いて、まっしぐらに、街道を横切り、丘陵の斜面に躍りあがっていた。

そこに、矢を射かけて来た者が、松の木蔭にいた。

この矢をつがえさせるいとまを与えず、夜太は、無言で、体当りに、双刃直刀を突き出した。

敵は、どこから見ても、いかにも実直そうな町家の番頭ていの男であった。

業《わざ》をきたえているとみえて、夜太の突き出した双刃直刀を、紙一重でかわすと、弓矢をすてて跳び退りつつ、道中差を抜いた。

「てめえ、相模屋重兵衛の手先か？」

じりじりと肉薄しつつ、夜太は、問うた。

「……」

対手は、無言で、道中差を青眼に構えた。

「罪もねえ茶店の小女をまきぞえにしやがったてめえは、許せねえ！……そうだ、てめえだな、湊屋の女中や客まで殺《や》りやがった殺し屋は！」

夜太は、肚の底から憤怒していた。

「……」

敵は、あくまで、無言だった。

……猛然と、反撃に出て来た敵の白刃さばきは、目にもとまらぬ迅業《はやわざ》であった。

いわゆる太刀行きの正しさがあった。これは、一流道場で修業した証拠であった。

夜太は、右肩と左手に、薄傷を負った。

街道上には、陽盛りなので、通行人が多く、その斜面上の闘いを見つけて、騒然となった。

怒りの激しさが、夜太の身の動きをかえって、敵の目に、隙を見つけさせた。

まっ向から、斬り下げて来た敵の一閃が、もし、松の枝にじゃまされていなかったならば、あるいは、夜太は、したたかに、顔面を割られていたかも知れなかった。

次の刹那――。

夜太は、身を沈めて、敵の股間へ、双刃直刀を、びゅっと、突きくれていた。

「うっ！」

敵は、棒立ちになった。

男根と睾丸を、刺し貫かれたのである。

灌木を鳴らして、どさっとのけぞり倒れる敵を眺めて、夜太は、
ふうっ！

と、大きく肩で吐息した。

敵は、それだけの手傷では、生命を落してはいなかった。疼痛で、うめき、のたうっていた。

夜太は、しかし、とどめを刺そうとはしなかった。

「……これで、てめえの一物は、もうこれからの一生、役に立たねえぜ。ざまをみやがれ！」

（つづく）

正体と涙橋と

一

当時——。

東海道には、道中の宿唄《しゅくうた》があった。

この歌は、江戸から京へ向って上るのと、京から江戸へ下るのと、二通りの文句があった。

旅客も継馬人足も、西へ向う時は、上り唄をうたい、東へ向う時は、下り唄をうたったものである。

上り唄の方が、現代までのこっていて有名である。

お江戸日本橋七つ立ち、初のぼり、行列そろえてアレワイサノサ、コチャ高輪夜明けて提灯《あかり》消す、コチャエコチャエ

恋の品川女郎衆に袖ひかれ、乗りかけお馬の鈴ヶ森、コチャ大森細工の松茸を、コチャエ、コチャエ

六郷渡りて川崎の万年屋、鶴と亀とのよね饅頭コチャ、神奈川いそいで程ヶ谷へ、コチャエ、コチャエ

下り唄の方は、次のような文句であった。

花の藤沢過ぎかねて神のつゆ、土にくだけて戸塚より、コチャ程ヶ谷までも物思い

思うこころを神奈川や、川崎過ぎれば、やがて六郷川、コチャ大森八幡《やはた》の鈴ヶ森

酔いは鮫洲《さめず》に品川の、女郎衆に心ひかれて旅人の、コチャうつつを忘れてお江戸入り

さて——。

川崎から、いよいよ品川に入るには、六郷川を、舟で渡らなければならなかった。

当時は、六郷川の水は、多量であり、徒歩《かち》で渡るのは不可能であった。

六郷川の上流が、多摩川であることは、いうまでもないが、その水が非常にきれいで、布晒《さら》しの名所であった。調布とか砧《きぬた》とか、いまもその地名が、布晒しの名所であった証拠として、のこっている。

その日、六郷川は、夜来の雨であふれ、渡し舟の往き来がおくれ、川崎側の河原の立場茶屋は、ひどく立てこんでいた。

その立場茶屋の一軒に、夜太とお妻はいた。

お妻は、名物の米まんじゅうを、せっせと口にはこんでいたが、夜太の方は、むすっとして、腕組みしていた。

「どうしたのさ、お前さん、ひどくご機嫌ななめじゃないか」

「うん。いま、ふっと、江戸に入ったら、ろくでもねえことが起りそうな予感がしやがった」

「へん、うろつき夜太らしくもない弱気を出したものだねえ。江戸には、オランダ金貨のつまった千両箱が二つも、お前さんを待っているというのにさ。お前さんから、度胸をとりのぞいたら、いったい、なにがのこるんだい。……縁起をかつぐのなら、そこの厄除大師にお参りして、頭を下げて来な」

「うるせえな！　厄ばらいなら、おれのやりかたがあらあ」

不意に、床几から立った夜太は、あっという間に、うすよごれた唐桟の着物を脱ぎすてると、すたすたと、水際へ出て行った。

「あきれた！　とんだ垢離《こり》だよ」

ざんぶと、流れへとび込んで、抜き手をきって泳ぎ出した夜太に、お妻は、首をすくめてかぶりを振った。

二

蒲田の梅屋敷の前に、二人がさしかかった時であった。

「もし――」

声が、かかった。

視線を向けた夜太は、町人ていだが、目つきの鋭い男が、床几に腰かけているのをみとめた。

「なんでえ？」

「てまえのあるじが、奥の座敷で、折入ってご相談したく、お前さんを待っていなさる」

「厄ばらいをした矢先だぜ。妙な野郎と会いたくはねえやな」

「相模屋重兵衛が、お待ちしている、と申しても、ことわりなさるかね？」

「なんだと?!」

夜太は、目を光らせた。

「野郎、先まわりしていやがったか」

夜太は、止めようとするお妻の手をふりはらうと、梅屋敷の奥へ入って行った。

相模屋重兵衛は、泰然として、抹茶をすすっていたが、夜太が入って行くと、

「お前さんの運の強さに、頭を下げましたよ」

と、云った。

「さんざん、人の生命を狙やがって、運の強さに頭を下げるもへったくれもねえものだ。新手を思案したのな

ら、早えところ、かかって来てもらおうぜ。懐中から、短銃をとり出す、などという手は、このおれには、脅しにならねえぜ」

「わしが、ここで待っていたのは、お前さんに、こちらの正体を打明けるためなのだ」

相模屋重兵衛の態度が、急に、厳しくあらたまった。

「きこうじゃねえか」

「それがしの正体は、薩摩島津家の隠し目付・東明寺典馬と申す」

「へえ?! 薩摩藩の隠し目付が、小田原で外郎《ういろう》屋に化けていたとは、こいつは、あきれたねえ。……おめえさん、こんな風来坊に、やすやすと正体を打明けていいんですかい」

「お主という男、運も強いが、信用もできる、と看た」

「殺しそこなった挙句、こんどはてのひらをかえして、抱き込もうという方針にきりかえたか。……へい、さいですか、とやすやすと豹変するほど、甘くはできていねえつもりだが……」

「ともかく、一応、当方の事情をきいてもらいたい。それがしは、薩摩藩六十万石の財政を一手にとりしきっている調所《ずしょ》笑左衛門殿のふところ刀の役務をはたして居る。存じて居るかも知れぬが、調所笑左衛門殿は、天才と申してはばからぬ御仁だ。この十余年間で、借財の山を背負っていた島津家の財政をたてなおし、国許ならびに江戸屋敷の金蔵に、六百万両を貯えられた。いかにして、これだけの貯えを為したか、くわしく語っているいとまはないが、その一手段として、国禁を犯し、外国との密貿易による莫大な利益をあげた、とだけ申しておこう」

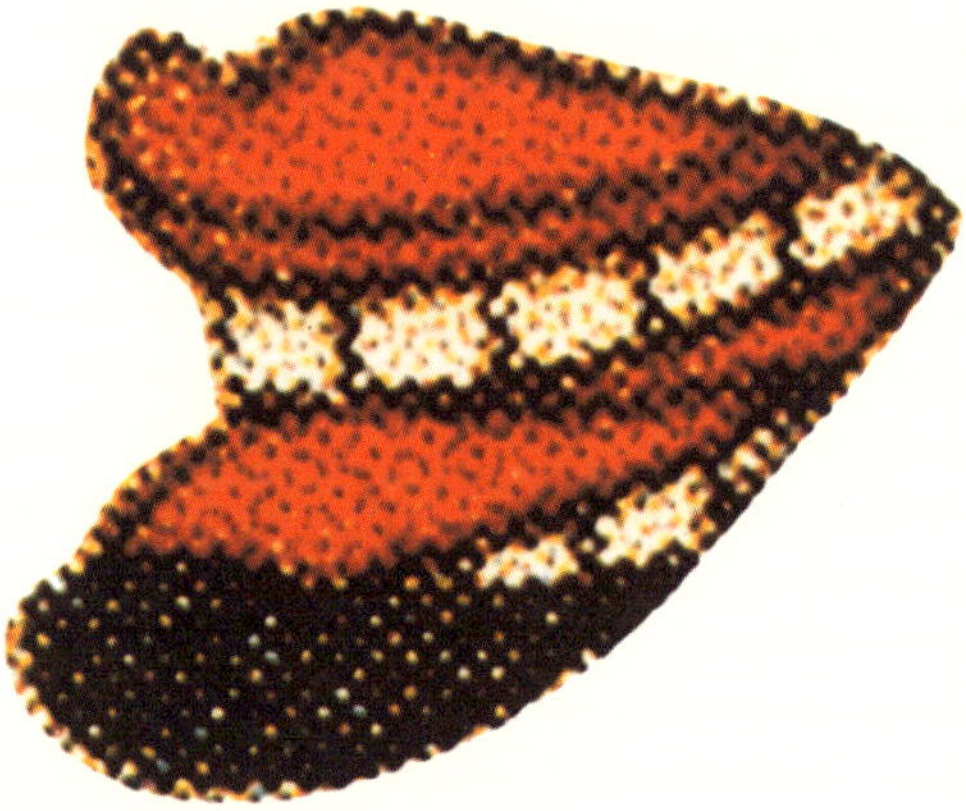

「ふうん――」

そんな打明け話は、夜太には、一向に興味がなかった。

東明寺典馬は、話をつづけた。

「で――、お主が横奪りした鴻池屋のはやぶさ馬の千両箱は、当島津家が、江戸屋敷へはこんでいた金子であった」

「つまり、抜荷によってせしめたオランダ金貨であった、というわけですかい」

「左様――、調所笑左衛門殿は、あのオランダ金貨を、公儀閣老に、披露して、国を富ますには、いかに、諸外国との交易が必要であるか、自ら国禁を犯した罪を堂々と披瀝して、開国を願い出る決意のもとに、実行しようとされて居るのだ。……ところが、家中には、この乗るかそるかの大博奕を、薩摩藩改易の危険をまねく、と反対する者もすくなからず、調所殿の冒険を阻止せんとして、沼津に於て、これを襲って、奪取せんとしたのだ」

「ははあ、すると、あれは同じ家中の、味方同士の争いだった、というわけですかい。それで読めた。酒匂川の川口で、あっしを捕虜にしようとした連中が、どうもただの浪人どもじゃなくて、言葉のなまりから察して、薩摩あたりと見当つけたのは、あたっていたぜ」

「そこで、相談だが……、あの千両箱は、是非とも、島津家江戸屋敷に、はこび込まねば相成らぬ。あのオランダ金貨が、わが日本の鎖国制度を解き、開国のきっかけをつくることになるのだ、と思ってもらいたい。目下、出府しているオランダ商館の使者――お主も知っているあのオランダの武士が、この開国論を、閣老に説いてくれる手筈になって居る。……お主、何卒、この点を料簡して、返してくれまいか。たのむ！」

東明寺典馬は、頭を下げた。

「その話が、真実とすりゃ、返さなけりゃなるめえが、あいにく、あっし自身が、これから、江戸へ、そのかくし場所をさがしに行こうとしているんでね。……お前さんが、湊屋を殺したのは、まずかったぜ。湊屋が、たぶん、金貨を家の中にかくした、と思って、刺客を送り込んだのだろうが、湊屋という大泥棒は、そんなへまはしねえやな。さっさと、どこかへ――たぶん、江戸だろうが――船ではこび出してしまったのさ。……お互いに、これから、江戸で、さがしまわる競争になりますぜ」

「かくし場所の手がかりぐらいは、お主、つかんで居ろう」

「競争対手に、そんな訊問は、野暮というものですぜ。こっちは一人、そっちは島津家という六十万石の大藩だ。どっちが、さきに、さがしあてるか、こいつはひとつ、先陣あらそいといこうじゃござんせんか」

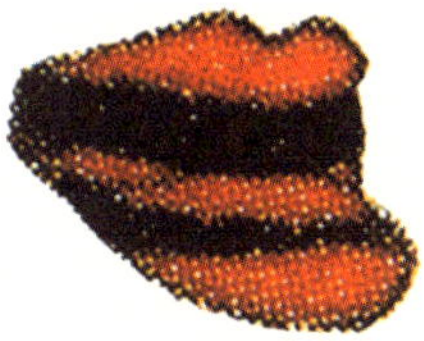

夜太は、にやりとした。

「やむを得ぬ。その代り、お主の身辺には、それがしの配下ならびに調所殿排撃派の一統――薩摩藩の手練者たちが、絶え間なく監視の目を光らせることに相成るぞ」

「ようがすとも。その方が、やり甲斐がありまさ。但し、こっちも、条件をひとつ、つけますぜ」

「なんだ？」

「もし、あっしの方が、さきに、見つけたら、オランダ金貨をお返しする代りに、それだけの見返りものを頂戴してえ。こいつを、しかと、約束して頂きてえ」

「よかろう。何が欲しい？」

「それは、見つけた時に、考えまさ」

三

夜太とお妻は、大森を過ぎ、鈴ヶ森を通り、涙橋を渡った。

涙橋の名称の由来は、さだかではない。

むかし、鈴ヶ森は、罪人の処刑場であり、斬り落された首が、三日間さらされたものであった。犯した罪を悔いた者もあったろうし、無実の罪を問われて、処刑された者もあったであろう。江戸市中を馬でひきまわしの後、鈴ヶ森へ連れて行かれたが、その橋を渡れば、処刑場なので、罪人は、其処で、泪を流した。また、しのびやかに、あとを追って来た血縁や深い交りの人々が、橋を渡るのを許されず、橋たもとで泣き崩れた。

まことしやかに、そう記した古書もある。

あるいは、西へ長旅する良人を送って、品川まで来たが、なおなごりを惜しんで、鈴ヶ森までつけて来たものの、江戸初期は、鈴ヶ森は、追剝強盗の出没する物騒な深い森であったので、やむなく、鈴ヶ森に入る橋で、泣いて別れた。それで、涙橋と称《よ》ばれるようになった、ともいう。

お妻は、その涙橋を渡りながら、

「五年ぶりだねえ、江戸へもどるのは――」

しみじみとした口調で、つぶやいた。

「帰る家は、ねえんだろう？」

夜太が、云うと、

「お前さんじゃあるまいし……」

その言葉が、かえって来た。

「そいつは、お見それいたしやした。元をただせば、江戸室町あたりの大店の箱入り娘で、行儀見習いに、江戸城大奥にご奉公あそばしていたが、何に蹴つまずいたか、ころんだか、とうとう江戸にいられなくなって、沼津くんだりで、白馬の酌婦になり下った――きくも泪の物語というやつか」

「見当ちがいもいいところだね」

「だいたい、海道筋の酌婦になっている女なんざ、坂をころがり落ちる筋書きは、あまりちがっちゃいねえはずなんだが……。おめえは、神奈川宿で月に一度のめぐりを、手桶番と云ったろう。大奥に奉公した女でなけりゃ、知らねえ言葉だからな。……おっと、そうだ、お互いに、古傷にはふれねえことにしているんだったな」

「夜太さん、あたしが、もし、千代田城の大奥で産み落された女だ、と云ったら、信じるかい？」

「大奥で生まれるのは、将軍家の子しかいねえじゃねえか。まさかおめえが、将軍家のご落胤てえわけじゃあるめえ」

「世の中にはね、想像もつかないような秘密が、いくらでも、かくされているものさ。といって、べつに、あたしゃ、将軍様の落し胤《だね》というわけじゃないよ。ただ……これだけは、教えておく。あたしゃ、まちがいなく、大奥で、種《たね》づけされて産み落された女さ」

「そのさきは、口が裂けても、云いたくねえのだろう」

「いつか、気が向いたら、べらべらとしゃべっちまうだろうよ。……それより、梅屋敷の奥座敷には、本当に、相模屋がいたのかえ？」

「いたぜ。てめえから、正体をぶちまけて、取り引きしようとほざいた」

「正体って？」

「薩摩六十万石島津家の隠し目付・東明寺典馬――それが正体だった」

「へえ、おどろいた！　なんでまた、島津家の隠し目付が、小田原あたりで外郎屋に化けていたんだろう？」

「箱根湯本に、島津の殿様の隠居所があるんだ。なにせ、島津家には、金使いのあらい隠居が二人もいるからな。隠し目付が、小田原で、両隠居を見張っていても、べつにふしぎはねえやな」

島津家の両隠居とは、重豪、斉宣《なりのぶ》であった。

この重豪という人物が、湯水のごとく金をつかい、大坂商人たちに、五百万両以上の借金をしてしまったのである。そのために、幕府から、むりやり隠居させられたが、その子斉宣は、病弱で大藩の国守の任には堪えられなかった。

そこで、ついに、斉宣もまた隠居させられ、目下、当主は、斉興《なりおき》であった。

斉興が、薩摩藩財政たてなおしに起用したのが、御側用人調所笑左衛門であった。

調所笑左衛門は、茶坊主あがりであったが、剃刀《かみそり》のように切れる頭脳の持主で、御側用人にまで出世したのであった。

この人物の努力によって、島津家の財政は、完全にたちなおったのである。

そして――。

横尾忠則

うろつき夜太は、調所笑左衛門が江戸へ送ろうとしたオランダ金貨を横奪りしたために、この大藩を敵にまわすことになったのである。

（つづく）

桜花と挑戦と

（まず無駄噺から）

江戸の春。

あだし世の、夢にうつろう紫の、色ある花も一時――そのひとときを千里のあたいあるものとする春を迎えて、散りぬれば後はあくたとなる花から花へ、舞い移る蝶は、花のいのちよりも、おのがいのちの方がみじかい、と知るや知らずや……。

ともあれ、爛漫の桜花は、江戸市民を浮かれさわがせ、御世泰平をうたわせる。

飛鳥山、道灌山、上野、高輪御殿山、向島――その木のある処、人々は、花を呑み酒に臥す。

名木の一本桜の下で、散りゆく花の名ごりを惜しみ、一首一句をものして、枝に短冊をつるし、心しずかに清酒をくみかわす風流閑雅は、ほんのひとにぎりの文人墨客にまかせておいて、大衆というものが、群《む》れて組んで、どっと花見扮装《いでたち》、茶番好みで押し出し、じゃじゃ三味線で踊り狂って、酔い倒れるのを好むのは、むかしも今も、かわりはない。

花が多ければ多いほど、むらがる人数も多くなるのは道理であるが、いくら花が多くとも、飛鳥山のごときは、いささか道程《のり》が遠すぎて、その帰途、日が暮れると、婦女子のおそれる野道、また武家屋敷町、寺院地のものさびしい往還があり、道灌山、御殿山は程近きも花がすくなき遺憾があり、さて、上野の山となると、将軍家の霊場、東照宮寛永寺境内であるため、三味線をひくことを許されず、暮六つの鐘を合図に、山同心が怒り肩で、黒門外へ追い払う掟《おきて》があり、夜桜見物などもってのほか、となれば、江戸庶民の花見は、墨堤《ぼくてい》向島ということになった。

墨堤にならぶ桜樹数千本、とはちと大袈裟だが、三百数十本の花が空を掩いかくし、隅田川の清流を鳴物入りの屋形船で渡るのも、花見のしかけとしてはこの上の陽気はなく、水面に浮ぶ都鳥は、いざ言問《ことと》わん在五中将の昔をしのばせ、梅若の由来や源頼朝の故事は知らずとも、肩にひっかけたる瓢箪《ひょうたん》には酒があり、堤にあがるともう、鼻唄まじりの千鳥足になっている、というあんばいであった。白・赤・青のしぼりの揃い手拭いを頸にまき、野郎が女に、婦女子が男に扮《なり》装を変えて、絵日傘をかざし、早速に花の下に緋毛氈をひろげて、はじめられる茶番芝居の趣向の凝っ

T. Y.

たところへ、目が集まり、花より団子の子供らは、樹を三巡《めぐ》りの鬼ごっこ、角《つの》に縁ある牛の御前社の境内では社殿内やら縁下やらへかくれん坊。三筋の糸の調子がちと狂おうと一向に耳ざわりにならず、唄うほどに、踊るほどに、酔うほどに、いよいよ、群れ集う大衆の状況は、からみもつれて、乱麻となって、弥生《やよい》の中空に舞いあがる。

こうした乱ちき騒ぎの中へ、江戸へ出て来た勤番侍などが、のこのこと花見にやって来ると、たちまち、酔っぱらった江戸っ子から、何事ぞ花見る人の長刀、からまれ、ののしられ、はては小便までひっかけられるしまつに相成る。

花見の無礼は、公儀黙許のことで、帯刀のてまえ、やむなく慮外討ち、などという武士道の吟味ぶりは、ずっとむかしのこととなっている。

新参の藩士が、花見に出かけようとする場合、定府の上司から、

「よいか、町人どもが酔い狂って、どのような無礼を働こうとも、決して、争いを起しては相成らぬぞ」

と、きびしく忠告されて、送り出されるのである。

ところが、からんでも、ののしっても、むこうが我慢するとなれば、いよいよ図に乗るのが、八さん熊さんの常で、咲きほこる桜花の下では、むしろ、体面を保とうとする武士は、江戸っ子どもにとって、恰好の酒の肴になった次第。

あらすじ——足の裏に観世音菩薩とキリスト像の刺青、無反りの道中差、〝昼は昼太、夜は夜太〟と名乗る風来坊の夜太は、沼津千本松原の浜辺で、お妻という莫連女から、〝はやぶさ馬〟襲撃を持ちかけられたことから、奇怪な事件に巻き込まれた。その〝はやぶさ馬〟の荷は、オランダ金貨が、ぎっしり詰まった千両箱二箇だったが、その中身はすでに第三者の手ですり替えられていた。それを狙って、大泥棒の湊屋嘉久兵衛、地獄人と称ばれている片腕の浪人六木神三郎、その主人という大名娘の華香、博奕好きのオランダ海軍の軍人ジョン・ペパード、神三郎の片腕を落した眠狂四郎、正体不明の浪人者などが、東海道を江戸に向って、争いつつ下っていった。

うろつき夜太

一

この日――。

花曇りの下の両国橋を行き交う通行人の半数も、花見客とみえて、なんとなく浮かれた足どりであった。

その一人――小ぶとりで、小柄だが、丹後縞の小袖をぞろりと着流し、裾をひるがえすたびに、艶な紅絹《もみ》をちらつかせた四十年配の男がいた。

坊主頭に宗匠頭巾をかぶり、腰に脇差を一本だけさしていた。

江戸城勤めのお数寄屋坊主、と一瞥で判る。

　八重一重
　山もおぼろに薄化粧
　娘盛りはよい桜花
　嵐に散らで主さんに

三下りを、しぶいのどできかせながら、渡りかかって、

「む！」

と、欄干にあご杖ついている男の後姿へ、目をとめた。

極彩色の男女交合図を描いた菅笠を、背中へのせているのに、べつに、おどろいたわけではなかった。

懇意な間柄の男が、いつの間にやら――三年ぶりに、江戸へ舞い戻って来たのを、みとめたのである。

「おい、夜太――じゃねえ、いまは昼だから、昼太か――どうしたい？　いつ、江戸へ舞い戻って来た？」

声をかけられて、不機嫌に川面を見下していた夜太は、向きなおって、

「河内山の旦那かい。江戸中浮かれさわいでやがって、くそ面白くねえやな。……おれは、江戸のはる、という謎解きに、ここ数日、脚をすりこ木にして、花見の場所という場所を、駆けずりまわったあげく、どうやら、場所は、向島と見当だけは、つけたんだが、それから先が、皆目さっぱり見当がつかねえんだ」

「その話、この河内山宗俊が、ひと肌脱いでくれようか」

お数寄屋坊主が、そう云ったとたん、夜太の脳裡に、ひらめく直感があった。

程なく、両国橋袂の水茶屋で、宗俊と夜太は、さし向っていた。

夜太の話を、ひと通りきき了えた宗俊は、しばらく、思案していたが、

「たしか、湊屋嘉久兵衛は、江戸にかくれ家を持っていたな」

と、云った。

「思い出してくんねえ、その家を――」

「ちょっと待て」

河内山宗俊は、湊屋嘉久兵衛とは、同じ穴のむじなであった。嘉久兵衛が、江戸城へ忍び込むことができたのも、宗俊の手びきがあったからである。

やがて――。

宗俊が、「そうだ！」と、膝を打った。

「嘉久兵衛が、掛物に書きのこした江戸のはる、というのは、はるはるでも、春じゃねえらしいぜ」

「……………？」

「女の名前だ、そいつは――」

「嘉久兵衛のこれか？」

夜太は、小指を出した。

「そうだ。それにちげえねえ。あの向島の長命寺の桜餅が有名なことは、おめえも知っているだろう。長命寺門前に、ちぎりやという、桜餅を売っている小さな茶店がある。いつぞや、おれは、嘉久兵衛と、その店に立寄って、桜餅を食ったことがある。いや、食ったのはこの河内山で、嘉久兵衛は、甘いものは一切口にしない男だった。おれを連れて行ったのは、嘉久兵衛だったが、ちぎりやの若い綺麗な、小股のきれあがった女と、嘉久兵衛が、さりげないやりとりをしていたのをきいたが、そこはそれ、この河内山宗俊だァな、この二人ただの仲じゃねえな、とにらんだ目に狂いはねえ」

「そこだ！　オランダ金貨を詰めた湊屋の船が、江戸へひそかに、はこんだ場所は！」

夜太は、叫んだ。

二

その夜三更（午前零時）すぎて――。

そのちぎりやへ、夜太は、音もなく、忍び込んで、女あるじの居間へ踏み込んだ。

小女を一人使っているだけの、三間きりの店であった。

おはるという女は、夜太がそっと声をかけて呼び起すと、まるで待っていたように、おびえもせずに起き上った。

「嘉久兵衛の手下が、千両箱を二つ運んだはずだぜ」

「おまいさん、夜太さんという御仁《おひと》でしょう？」

「そうだ」

「待っていました。千両箱は、床下にかくしてあります」

「有難え」

　夜太は、夢中で、畳を上げ、床板を剝《は》いだ。たしかに、そこには、千両箱が二箇、かくされてあった。

「おめえに、生れてはじめての珍しい山吹色のお宝を拝ませてやるぜ」

　蓋を開けた――とたん、夜太は、啞然となった。

　詰められてあったのは、一箱には船の錨《いかり》、そしてもう一箱には無数の赤い円い小石があった。

「畜生っ！　嘉久兵衛の奴、なんの料簡で、こんなものを、わざわざ詰めて、この江戸まで運びやがったんだ！」

　夜太は、かっとなった。

　おはるは、微笑して、

「あの御仁《おひと》は、用心に用心を重ねる御仁でした」

「おめえ、本当のかくし場所を知っているな？」

「それは存じませんが、見当はつきます」

「どこだ？」

「湊屋の持船は、この千両箱を、ここに運んでおいて、江戸を去りました」

「それで？」

「去りがけに、船頭の佐右衛門さんが、これを最後に、あっしは、陸に上った河童になる、と申して居りました」

「陸に上った河童になると？」

　夜太は、目を光らせた。

「オランダ金貨は、船頭の佐右衛門が最後の仕事として、別の場所へかくした、というわけか？」

「そうだと思います」

「その場所を、佐右衛門は、おめえに、そっと教えて行ったか？」

「いいえ、そこまでは、佐右衛門さんは、打明けては下さいませんでした」

「湊屋の奴、おれをどこまで、うろつきまわらせやがるのか！」

三

　二日後、夜太の姿は、ジョン・ペパードの滞在している御浜御殿に、現れた。

　勿論、尋常の訪ねかたではなかった。

　海から猪牙《ちょき》を寄せて、邸内のうっそりと茂る林の中へ侵入し、時刻を見はからって、貴賓座敷へ、すっと、音もなくすべり込んだ。

　時刻は、夕餉時をすぎたばかりで、ペパードは、洋剣の修練をしていた。

　日本刀に比べると、光もにぶく、刃の冴えもなく、美しさにはおよそ程遠かった。ただ、細身の剣の半円にたわむしなやかさは、発条《ばね》のように、威力があった。

　ペパードは、畳の上に、孟宗竹を幾本も、竝《なら》べて、立てておき、いずれも、ただの一突きで貫き、天井へはね投げあげていた。はねあげる刹那、剣は、びゅんと弧を描いていた。

　夜太は、障子の隙間から、その手練ぶりを、ぬすみ視て、

　――途方もねえ使い手だぜ、これァ！

と、舌をまいた。

「ごめんなすって……、夜太でござんす」

「おお、夜太どの」

　障子を開けると、そこは、西洋家具調度がそろった、夜太には物珍しい部屋であった。

「通辞を呼んで頂くのは、ちとまずいので、さしでお話し申し上げてえんで、へい」

「サシ？」

「つまり、おめえさんと（とペパードを指さし）このあっしと（と自分を指さし）二人だけで、ご相談してえんでさ」

“You are courageous, and have a very appealing character. You may consult me with whatever problem you have.”

「そう、ペラペラ、やられても、ちんぷんかんぷんだが、妙なものだぜ、気が合っていれば、およそ、何を云っているのか、のみ込めらあ。……薩摩の島津とおめえさんが、抜荷の取引をした金貨の、かくし場所が、あっしには、およそ見当がついたんだ」

　夜太は、そのことを、手まねやら表情やらで、どうにか、ペパードに伝えた。

「金貨は、シマズのものです。シマズに、返しなさい」

「あっしは、おめえさんと、もう一度、勝負がやりてえんだ」

　夜太は、賽ころを壺に入れて振るまねやら、トランプを切ってならべるまねやら、やってのけてみせて、こんどは、ペパードの剣と自分の腰にさした刀との勝負を、手まねでやってのけた。

“Granted. I begin to like you more than ever. whoever wins, it will be an exciting match.”

柴田錬三郎　横尾忠則

「つまり、その面つきじゃ、承知してくれた、というわけでござんすね。……で、あっしが、もし勝ったら、金貨は、こっちのもの。判りやすね。あっしは、しかし、この日本で通用しねえオランダ金貨なんぞ、手に入れても、どうにもなりやしねえ。島津家へ、返すことにするぜ。それとひきかえに、あっしは、島津家から、望みのしろものをもらうと、小田原で外郎屋に化けている島津家の隠し目付の東明寺典馬てえさむれえと約束したんだ。しかし、東明寺典馬に、はいどうぞと返すのは、あまりに芸がねえ。だから、おめえさんと、死ぬか生きるか、一騎討ちして、負けりゃおだぶつ、勝ったら金貨をてめえのものにして、島津の調所笑左衛門とじか取引することにしたのさ。判りやすね？　オランダさむらいと、ごくつぶしの風来坊が、いっちょう、男の面目をかけて、勝負するんだ」

文章にすれば、すらすらと、こうなるが、夜太は、ものの半刻（一時間）もかかって、ペパードにのみこませた。

そして、最後に、

「それまで、あの氷のように冷てえお姫《ひい》様は、おめえさんにあずけておきやすぜ」

と、知らせた。

（つづく）

入江と公儀隠密と

一

三頭の馬が、まっしぐらに、東海道を西へ向って、疾駆して行く。

おそらく、品川の大木戸を、明け六つ（午前六時）開門と同時にとび出したものであろう。

その疾駆ぶりは、文字通り旋風《つむじ》のごとく、松並木をかすめ、宿《しゅく》に入っても、速力をおとさなかった。

先頭をきっているのは、三つ葉葵《あおい》の紋の熨斗目《のしめ》の衣服をつけた武士であった。

当時は、徳川家の紋どころである三つ葉葵を、勝手に用いれば、死罪であったから、当然この武士は、徳川家一門——さしずめ、尾張家か紀州家かの次三男あたりか、と受けとれた。しかし、それにしては、奇妙なのは、衣服のつけかたがひどくぎこちなく、胸ははだけていたし、毛むくじゃらな腕がむき出して居るし、乗りかたもどこやら一風変っていた。

上級の武士は、少年時代から、いわゆる馬責めという稽古を毎日やって、馬場や遠乗りやらで、きたえているものである。そして、いかに、疾風のごとく馬をとばそうとも、絶対に、正しい姿勢を崩さぬように修練していた。

ところが、この武士は、そんな作法を全く無視した乗りかたをしていた。

宗十郎頭巾をかぶって、顔を目ばかりにのぞかせているのは、身分をかくすためであろうが、いやしくも、徳川家の紋服をつけているにしては、供がたった二人というのも、いぶかしい。

しかも、一人は家臣らしい身装だが、しんがりを行くのは、馬などに乗る身分ではない男であった。

すなわち、一瞥して、なんともうすぎたない風来坊であった。地上にいる者からは見えぬが、かぶっている菅笠には、極彩色の男女交合の浮世絵が描かれていたのである。鞍を置かぬ裸馬にまたがっているのは、役人に見咎められた時、前の武士の供ではない、という弁解のためであろう。

夜太がくっついている対手ならば、もはや、紹介するまでもあるまい。

先頭を駆けている武士は、ジョン・ペパード、その家臣の身装をしているのはペパードにずっと随従している通辞役の町人であった。玉助と名のっていた。

ジョン・ペパードが、夜太の挑戦に応じて、オランダ金貨のかくし場所へおもむく旨をつたえると、玉助というその通辞役の町人は、

「無断で、この御浜御殿をぬけ出すのは、公儀の許可を必要といたします。てまえが代理で参ります」

と、とどめた。

ペパードは、どうしても行く、と云いはった。

玉助は、ちょっと思案していたが、

「その場所は？」

と、夜太にたずね、

「熱海のてまえの、真鶴《まなづる》岬の入江だ」

その返辞をきくと、「箱根の関所を通るのでなければ——」と、ペパードに、その変装をさせたのである。

生れてはじめて、東洋JAPANの武士の衣服をきせられたオランダ海軍の軍人が、恰好がつかないのは、むりもなかった。第一、大小の刀を腰にさすのは、馴れていないと、さまになるものではなかった。

自身の長剣《スオード》は、布で包んで、鞍にくっつけていた。

ともあれ——。

宿《しゅく》から宿へ——東海道を、ただの小半刻の休息もせずに、駆け通すには、徳川家の紋どころが、ものをいった。

旅人も、土地の者も、どうせ尾張家あたりの利《き》かぬ気の次三男坊が、無茶な早駆け道中をしているらしい、と受けとった。

大磯を過ぎた地点で、国許へ還るどこかの小大名の行列に追いついたが、ペパードは、断りもせず、さっと追い抜いた。

玉助が、その大名の乗物わきを駆け過ぎる際、大声で、

「火急の御用なれば、乗りうち御免！」

と、叫んだことだった。

小田原の木戸に到着したのは、その木戸口が閉じられようとする暮六つ（午后六時）であった。

うろつき夜太 ⑭

柴田錬三郎　横尾忠則

玉助が、ペパードを追い越して、

「尾張様の若殿、お通り召さる！」

と、ことわって、三馬は、あっという間に、通り抜けた。

その夜は、小田原の貴賓接待屋敷に泊ることになった。

屋敷の接待役頭には、玉助が、

「ペパード殿が、是非とも熱海の湯につかりたい、と申されまして、ご公儀の許可なきご職業なれども、何卒、お見のがしのほどを――」

と、弁解して、諒承を得た。

二

当時は、箱根七湯は、湯治客でにぎわっていたが、熱海は、小田原からの道中が、きわめてけわしい山径であるため、駕籠舁さえも行くのをいやがったくらいで、わざわざ、そちらをえらぶ人はすくなかった。

途中、幾箇処かは、山径が切れて、荒浪の嚙む岩から岩へ跳ばなければならなかったし、その磯辺から、また山中へ登る坂は、おそろしいほどの急勾配であった。老幼婦女子が辿りつける温泉ではなかった。

翌朝はやく、小田原を出たペパード、玉助、夜太の三人は、しかし、山径も荒磯も、なんの苦にもせず、進んで行った。

山賊でも巣食っていそうな密林の中を、半刻あまり辿ると、山径は、大きく曲折して、急に視界がひらけた。

むこうに、真鶴岬が海原をさえぎり、眼下に、小さな入江があった。岬の蔭にかくれたその入江は、湖水のように静かな海面が、砂浜に弧線を描いていた。

「着きやしたぜ、オランダの旦那」

夜太が、入江を指さした。

「どうして、ここにかくされている、とお判りなさったのだね？」

玉助が、訊ねた。

「湊屋嘉久兵衛から、いつか、きかされたことがあるのさ。自分は、熱海のてまえの真鶴岬の蔭にある入江の、たった一軒だけの貧しい漁師の伜だった、とね。……これは、あっしの推測だが、湊屋は、小田原でつつましい旅籠をやりながら、江戸へ出ては、千代田城はじめ大名屋敷を片っぱしから狙う夜働きをやっていたんだが、同時に、乾分を十数人もかかえて、海賊もやっていたにちげえねえ。持船の月夜丸てものが、その海賊船さ。船頭の佐右衛門は、琉球生れだそうだから、たぶん、高砂（台湾）はおろか、呂宋や安南あたりまで押し渡った海の荒くれだったろうぜ。寄る年波には勝てず、ここらあたりで、海賊稼業から足を洗おうと思っていたところへ、親分の湊屋から、オランダ金貨を運べ、と命じられた。そこで、これを最後の仕事にする、という条件で、引き受けた。……そのかくし場所は、江戸向島の湊屋の女の店に、といったんは相談したが、なにぶんにも、この金貨を狙う奴らが多

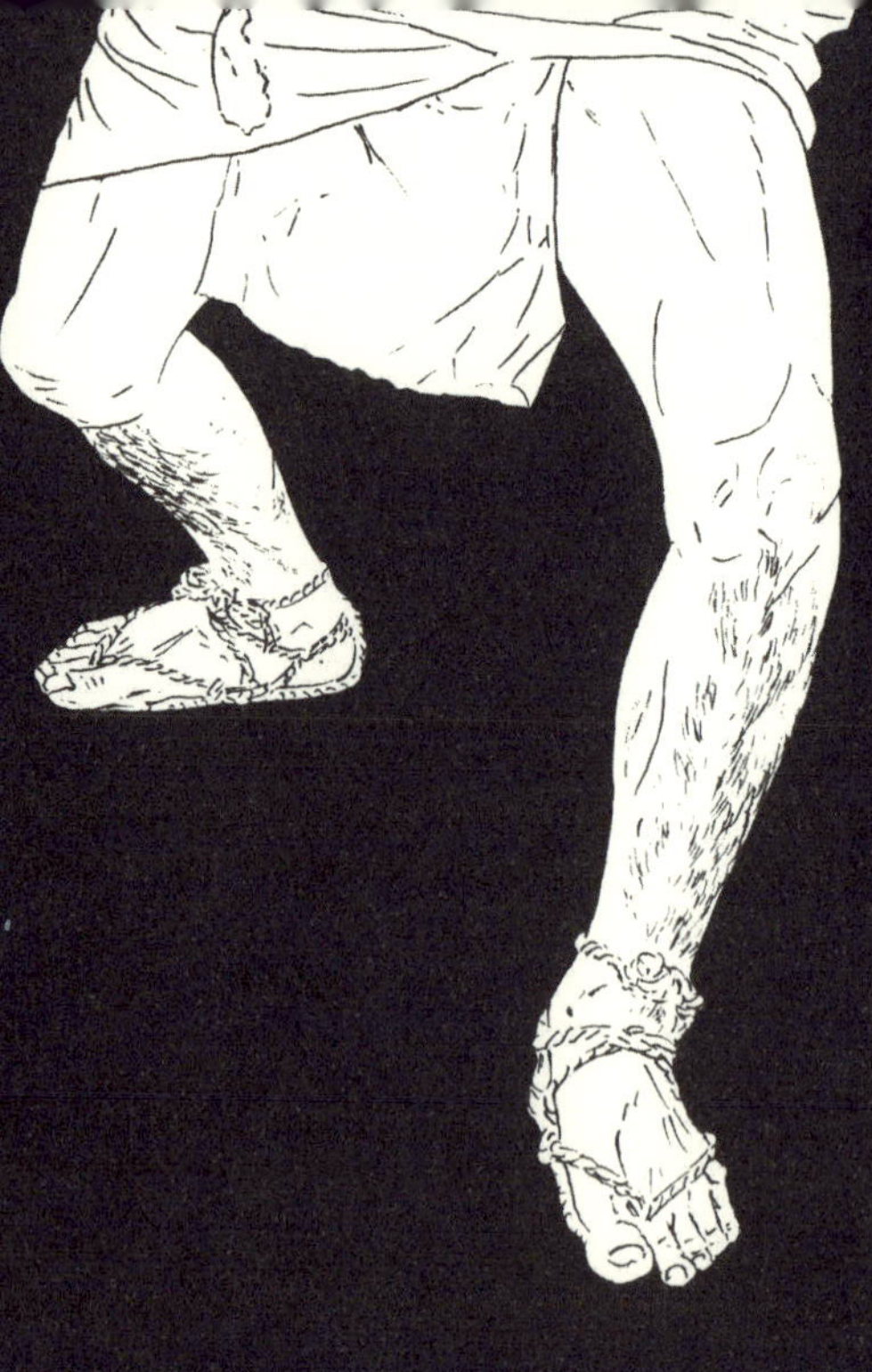

いので、向島のちぎりやには、本当のかくし場所を暗示する品を詰めておいた。ひとつの千両箱には船の錨、もうひとつの千両箱には赤い小石。……嘉久兵衛が、云っていやがった。自分が生れて育った入江には、どういうわけか、赤いきれいな、まんまるな小石が砂浜にちらばっている、ってな。……というわけで、かくし場所がこの入江だ、ということは、すぐに見当がついたわけよ」

夜太は、自分の推理を、すこしばかり得意気にしゃべってみせた。

すると、玉助が、急に、眼光を鋭いものにした。

「お主の役目は、終ったようだ」

口調までが、がらりと一変した。

夜太は、びっくりするかわりに、にやっとした。

「知っていたぜ、おれは——、おめえが、ただの通辞じゃねえことぐれえはな。……公儀お庭番、ってえところだろう。隠密でなけりゃ——ただの町人が、江戸から小田原まで、馬を乗り通すことなんぞできやしねえ。……おい、オランダのおさむれえさんよ、おめえさんは、公儀の隠密に、ずうっと、くっつかれて、や

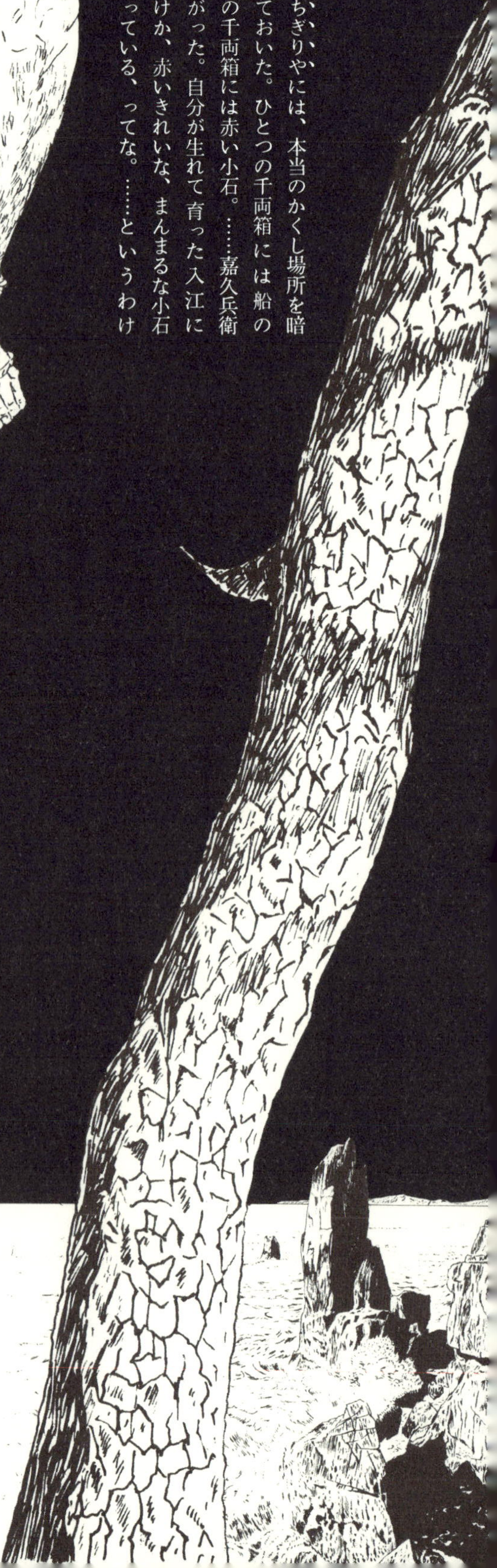

(注①) ——————「この男と決闘するのは、私だ！」

ることなすこと、監視されていた、というわけだ。と教えても、言葉が通じねえんだから、じれってえや」

夜太が、云いおわらぬうちに、公儀隠密は、ただの杖とみせかけた仕込杖から、白刃を抜くがはやいか、お庭番独特の、首を両断する凄じい横薙ぎを放って来た。

ペパードが、叫んだ。

"It's me who is to fight in a duel against this man." (注①)

夜太は、紙一重で、敵の迅業をのがれて、跳び退ると、背中にさした双刃直刀を抜いて、片手構えしつつ、

「おい！　オランダ旦那、こいつは、おれを殺《や》ったら、こんどは、おめえさんも殺《や》るこんたんだぜ。判るかよ、おい！」

と云って、自分の首が刎ねられるまねをして、次に、ペパードもそうされることを、手で示した。

ペパードは、その意味が解《わか》ったが、信じない、という身振りをしてみせた。

「ちえっ！　わざわざ、この日本へ使いに来させられるぐれえの奴だから、脳みその出来加減は、上等だと思っていたが、くそったれ！　あきめくらだァおめえは――」

夜太が、しゃべるのは、そこまでだった。

公儀隠密の攻撃は、息もつかせぬ迅業の連続であった。

三

もし、その場所が、わが身をかばってくれる物が何ひとつない平地ででもあったならば、夜太は、あるいは、胴から首を刎ねとばされていたかも知れなかった。

山径の一方は断崖であり、一方は雑木と灌木の茂る急斜面の、山腹という地形が、夜太得意のすばしこい動きには有利であった。

雑木の中を跳びはねる動きは、夜太の方がまさった。それでも、数度は、追い詰められ、間髪の差で遁れた。

やがて――。

夜太は、巨きな岩と老松が背後をはばむ地点へ、後退させられた。そこは、雑木がなく、平面の地形になっていた。公儀隠密は、計算の上で、其処へ向って、夜太を追い詰めたのである。

はっ、と気がついた夜太は、左右へ視線を走らせた。

左右いずれの茂みも、敵の刃圏内から遁れるには、距離がありすぎた。

「畜生っ！　来やがれ！」

夜太は、双刃直刀を、両手づかみにして、そのこぶしを帯の前あたりに置き、直立させる奇妙な構えをとった。突くか、薙ぐか、旋回させるか――その三手のために工夫して、つくらせた白刃であったにもかかわらず、夜太は、敢えて、それを直立させ、刃面で自分の顔をかくす構えをみせつつ、すうっと身を沈めたのである。

公儀隠密は、一瞬、三尺あまりまで身を沈めた夜太に、眉宇をひそめたが、次の刹那、大きく踏み込んで夜太の首を刎ねとばす一閃を送りつけた。

同時に――。

夜太の身は、翼があるように、地上から跳躍した。

公儀隠密の誤算であった。

薙ぎつければ、夜太は、地面へ倒れて、ころがって遁れようとする、と看てとったのである。夜太は、逆に、地を蹴って、跳びあがった。

次の瞬間――。

夜太の身は、宙にぶらりとぶら下っていた。双刃直刀の尖端は、老松の高処《たかみ》にさし出た太枝を突き刺していたのである。

「おのれ！」

公儀隠密は、はじめて、激しい狼狽の様子《てい》をむき出した。

次の攻撃に移ろうとした――その隙といとまを与えず、夜太は、太枝に突き刺した双刃直力の柄から両手をはなし、落下しざま、充分に縮めて、力をたくわえていた両足で、公儀隠密の顔面を蹴とばした。

のけぞり倒れた敵の上へ、ぱっと馬乗りになった夜太の十指は、その頸を締めつけた。

それこそ、渾身の力をこめて、唸りたてつつ、締めつけた。

公儀隠密としては、なんとも不面目きわまるぶざまな最期であった。

「ざまァみろい！　てめえ、隠密らしくもねえ短気さで、襲って来やがるから、こうなったんだ。こっちがオランダ金貨を、見つけて、そいつに気をとられた隙でも狙って、背中から、ぐさりと殺《や》りゃ、かんたんに、おれはあの世へ行ったんだぜ。なまじ、腕が立つのを自慢にして、気どりやがって、お主の役目は終った、なんぞとほざいて、斬ろうとしやがるから、てめえ自身、無縁仏になっちまやがった。南無あみだぶつ――」

夜太が、双刃直刀を、背中の鞘に納めて、斜面の灌木をかきわけて降り立つと、ペパードは、右手をさし出した。

「貴方、立派でした。よく勝ちました」

夜太は、その手を握りかえしながら、

「おれが殺られていたら、次は、おめえさんも殺られていたさ」

と云った。

「ヤラレテイタ？」

「つまり、こんどは、おめえさんが、これ（と、手で頸を刎ねられる手まねをしてみせて）だったということよ」

「おお、ノウ！　私、強いです」

「あ、そうだったっけ。こんどは、おめえさんとおれの一騎討ちをやるんだっけ。……ちょっ！　こっちは、いまの勝負で、くたびれてらあ。差がついたぜ」

ぶつぶつ云いながら、夜太は、入江へ降りる箇処をさがした。

浜辺に立つまで、容易ではなかった。

ペパードは、木枝に、袂や袴をひっかけて、あちらこちらを裂いたり破ったりした。

夜太は、砂地を見まわして、

「成程、赤い円石《まる》が、ちらばっていやがる」

と、合点した。

その入江に在ったという湊屋嘉久兵衛の生れて育った小屋は、あとかたもなくとりこわされていた。

うららかな春の陽ざしの下で、入江は絵に描いたような、ひっそりとした無人の美しい景色であった。

「さて――、金貨は、どこにかくされてあるのか、だ」


（つづく）

柴田錬三郎作
横尾忠則画

TADANORI YOKO

取引と幽霊と

壱

　夜太は、その小さな入江を、文字通り、うろつき、目を皿にしてかぎまわった。

　ジョン・ペパードの方は、砂土へ腰を下して、岬の彼方の水平線へ、視線を投げて、いかにも無心放念のていであった。

　さがしあぐねて、ペパードのそばへ寄って来た夜太は、「ちえっ！」と舌打ちして、

「お庭番を殺《や》って、いいかげんくたびれている身で、こうして血まなこになっているんだぜ。オランダ旦那よ、おめえさんも、さがすのを、ちったァ手つだってくれても、よかろうじゃねえかよう」

と、云った。

　すると、ペパードは、ふっと微笑してみせて、まっすぐに指さすと、

「アソコではないですか」

と、云った。

　指さしているのは、海面であった。

「なんだと？　海の中に沈めている、というのか？」

　夜太は、眉宇をひそめた。

　入江は、遠浅になっていた。

　小波も立たぬ渚へ、歩み出た夜太は、澄んだ海面を、しばらく、じっと視やっていたが、

「おっ！」

と、声をあげた。

　七八歩さきの水底に、なにやら文字らしいものが、赤い円石で書いてあるようであった。

　ざぶざぶ、と入って行った夜太は、そこに、

おらんだ

という四文字を、見つけた。

「畜生！　てめえ、さっきから、これを見つけていやがって、なんで、教えねえんだよう、くそったれ！」

　夜太は、ペパードを振りかえって、呶鳴った。

　夜太は、陸地に――砂地や雑木や岩のどこかに、かくされているものとばかり、思い込んでいたのである。

　海の中にかくされているのではないか、と推測しなかったのは、夜太の働かせた知能力に盲点があった証拠である。

　船頭の佐右衛門は、脛までつかる浅瀬に、赤い円石で、『おらんだ』と書いて、そこがかくし場所であることを、教えていたのである。

　海の男は、やはり、海の中へ、宝をかくしておいたのである。

　ペパードは、呶鳴りたてる夜太に、微笑をかえして、やおら、立ち上った。

　夜太はそのまま、砂地へ上って来ると、

「ようし！　かくし場所は、これで、判った。あとは、おめえさんとおれと、どっちが生き残るか――結着をつけようぜ」

と、云った。

　すると、ペパードは、

「ノウ！」

と、かぶりを振った。

「ノウたァなんでえ？」

「夜太どの、アナタ、つかれています。私に、勝てません」

「やってみなけりゃ、勝つか負けるか、わかるけえ。……さあ、来やがれ！」

　夜太は、双刃直刀を抜きはなった。

　すると、ペパードは、両手を左右に大きくひろげて、

「私、このカッコ駄目です」

と、云った。

　たしかに、生れてはじめて着た日本の侍の衣服は、ペパードが口にするまでもなく、夜太の目にも、かな

り滑稽で、珍妙な恰好に映った。おまけに、いたるところ、ここへ降りるあいだに、裂けたり破れたりしていた。

「たしかに、あんまりみっともよくはねえやな。しかし、べつに、勝負をするのに、さしつかえはねえじゃねえか」

「日本のさむらいに武士道があるように、オランダの軍人にも chivalry（騎士道）あります。オランダの軍人は、オランダの軍服つけて、勝負するのが礼儀です」

ペパードは、つづけて、云った。

「**The whole of chivalry is in courtesy. Life is not so short but there is always time enough for courtesy.**」

夜太には、もちろん、なんの意味やら、ちんぷんかんぷんであった。

作者が訳してみると、次のような文句になる。それは、ひとつの箴言であった。

『騎士道のすべては、礼儀にあり。人生は、いつも礼儀を守る余裕がないほど、短くはない』

夜太は、ひとつ大きく、くしゃみをしてから、

「そう云われてみりゃ、まァそうだな。こちとら、野良犬同様の風来坊だから、ぼろっきれつけていようと、ふんどしひとつだろうと、かまやしねえが、おめえさんは、さむれえだからな。……もし、その恰好で、くたばったら、恥っさらし、てえわけにならァな」

「イエス！」

「イエスと来たぜ。あとへキリスト、と来りゃ、おめえさん、あいつは、素っ裸で、十字架にひっかかっているぜ。あんまり恰好のよくねえ神様だぜ。……が、まァいいや。勝負は、おあずけにしてやらあ」

弐

オランダ国使節の四頭立ての馬車が、高輪南町にある薩摩藩島津家の下屋敷へ、品川方面から、乗りつけられたのは、それから十日後であった。（ちなみに、島津家の上屋敷は、三田にあった）

馬車は、表玄関まで、乗り入れられた。

降り立ったのは、ジョン・ペパードであった。立派な軍服姿にかえっていた。つづいて、降り立ったのは、夜太であった。

ペパードと夜太は、例の千両箱二箱分のオランダ金貨を、小田原まではこび、ペパードの要請で、江戸から――御浜御殿から、軍服と馬車を、小田原の貴賓接待屋敷まで、はこばせたのであった。

どうやら、ペパードは、夜太の味方になった模様であった。

すでに、通報があって、上屋敷からは、島津家六十万石の財政を一手にとりしきっている調所笑左衛門が、やって来て、書院で待ちかまえていた。

その脇にひかえているのは、小田原の外郎屋に化けている隠し目付・東明寺典馬であった。

床の間に、ひとかかえもある巨きな地球儀が、据えてあるのが、目立った。

次に、夜太の目をひいたのは、壁いちめんに貼られた世界地図であった。

勿論、日本製ではなかった。横文字の地名の下に、丹念に、平仮名が、朱で書き込まれてあった。

「この男が、金貨を奪った夜太と申す男でございます」

東明寺典馬が、調所笑左衛門に、紹介した。

「ほう、この男がな」

小肥りの、あまり風采のあがらぬ、五十年配の島津家随一の切れ者は、じっと夜太を見据えていたが、

「ここへ――」

と、床の間の地球儀を指さした。

「へえ」

夜太は、のこのこと立って、そこへ近寄った。

「見るがよい。わが日本は、これじゃ」

示された竜の落し子のような小さな島に首をのばした夜太は、

「どうも、よく判らねえ」

と、かぶりを振った。

「なにが判らぬ?」

「あっしらの住んでいる世界が、どだい、こんな円い球《たま》ってえのが、合点がいかねえし、日本てえのが、こんなちっぽけな国であるのも、納得できませんや」

「はじめて知らされれば、そうであろうな。そちらのジョン・ペパード殿の国オランダは、ここじゃ」

「ふうん」

夜太は、首を振った。

「どうだな。この地球には、これだけ多くの国がある。これらの国と交易を断ったために、二百余年、わが日本がかくのごとく貧窮していることが、よく判るであろう。交易をすれば、さまざまの品が輸入できるし、また、わが日本の産物を輸出できる。国を富ませるのは、開国しかないのじゃ」

「ちょっと、待っておくんなせえ。あっしのような風来坊が、公儀の政道をひっくりけえすようなお説教を、きかせてもらったって、どうなるものでもありませんや。公儀とのやりとりかけひきは、そちら様の仕事でさあ。……あっしは、横奪りしたオランダ金貨を、返しに来たにすぎねえ。御側御用人さんとあっしとの取引を、さっさとすませて、退散させて頂きてえものでさ。それには、さいわい、このオランダ旦那が、仲介人になって下さるそうだから、都合がいいや」

「東明寺とは、金貨を発見して、返す代りに、望みのものを欲しい、と申した由だが、何を所望いたすのだな?」

「あっしは、ごらんの通りの風来坊で、住所不定でさ。そこで、ひとつ、どでかい家を持ってみてえ、と思いつきやした。……きけば、この薩州さんは、江戸に、五つも下屋敷を構えておいでなさるそうだから、そのうちのひとつを、頂戴いたしてえものでござんす」

「下屋敷をくれ、と申すか」

「左様で——。そこの隠し目付さんは、ちゃんと、取引に応ずる、と約束して下さいましたぜ。おまけに、この取引には、オランダ旦那も、立合い人になって下さって居りやす。……もし、駄目だ、と拒絶なさるなら、馬車に積んである金貨は、持ちかえらせてもらいやす。どうせ、使えねえ金だし、といって、金座へさし出すのも業っ腹だから、江戸湾のどまん中へでも、ほうり込んで、これで一件落着、てえことにさせて頂きやす」

「相判った。屋敷をひとつ、つかわそう」

意外にも、笑左衛門は、あっさりと承知した。

「へえ、ひと悶着が起る、と覚悟の上で参上したんだが、島津家をたてなおしなさっただけあって、お手前様は、話が判りやすね」

「ジョン・ペパード殿が、立合い人ならば、やむを得ぬ」

「それで、どこの下屋敷を、頂戴できるんで——?」

「本所押上村にある下屋敷を、つかわそう」

笑左衛門は、即座にこたえた。

参

「有難え。頂戴いたしやす」

夜太は、ペコリと頭を下げた。

「敷地は一万八千余坪。建物総坪数は三百二十七坪。庭園には、築山も池泉もある。但し——」

「…………?」

「三十七年前より、空屋敷に相成って居る」

「三十七年も、ほったらかしでござんすかい？」

「そうだ」

「そいじゃ、まるで、化物屋敷になっているに相違ねえや」

「左様——、幽霊が出る」

「幽霊が——？」

夜太は、眉宇をひそめた。

「幽霊が出るゆえ、空屋敷にして、そのまま、放置いたして居る」

それをきいて、夜太は、頤《あご》をなでた。

「この取引は、ちっとばかり、こっちに分がわるいや」

「その方は、当家の江戸屋敷のうちのひとつを欲しい、と申した。どの下屋敷を、とは指定いたさなんだぞ。……黙って、受けとるがよい」

——ちえっ！　狸爺め、まんまとしてやられたぜ。

幽霊屋敷をくれる、とぬかしやがる。つまり、これまで、大町人たちに売ろうにも、買い手のつかなかった不吉なおんぼろ屋敷だったわけだ。

夜太は、笑左衛門を睨みかえしたが、考えてみれば、もともと、オランダ金貨は、島津家の所有であった。こっちが、横奪りしただけのことである。

この取引は、べつに、夜太の損ではないのであった。

「よいな、夜太、不服をとなえることは許さぬぞ」

「つまり、お手前様は、あっしに、幽霊退治でもさせてやろう、というこんたんを起しておいでだ。……ようがす。幽霊屋敷を、頂戴いたしやす」

夜太は、肚をきめた。

通辞の役人が、この取引成立の旨を、ペパードに伝えた。

ペパードは、微笑して、合点した。

半刻後——。

ペパードは、夜太をつれて、御浜御殿へもどって来た。

廊下に、衣ずれの音がして、すっと入って来たのは、例のお姫様——華香であった。

相変らず、能面のように動かぬ冷たい表情で、上座についた。

「お姫様は、お父上のお大名衆に、晴れてご対面なさいましたので——？」

夜太は、訊ねた。

「いいえ、対面の儀、叶《かな》いませんでした」

「そいつは、お気の毒に……」

「よいのです。そなたが、島津家の下屋敷のひとつを、頂いた由、きき及びましたゆえ、わたくしは、そこへ移り住むことにいたします」

「ちょ、ちょっと、待って頂きてえ。その下屋敷は、三十七年前から空きっぱなしで、おまけに幽霊が棲みついているという、曰くつきの……」

「かまいませぬ。そなたが、わたくしを守ってくれましょう」

「あっしは、ごらんの通りの風来坊で、その日まかせの気分ですごしている野郎でござんす。失礼さんでござんすが、どういう風の吹きまわしで、そのう……、貴女様に、夜這いをしかけるか——、てめえでてめえを制御することのできねえ男なんで……」

夜太は、正直に、ぶちまけた。

しかし、華香は、眉毛一本うごかさず、

「わたくしは、いったん、心にきめたことは、ひるがえすのは性分に合いませぬ」

と、こたえたことだった。

（つづく）

第拾五回

新鐫本所絵図
合印
御紋御上屋敷
中屋敷
下屋敷
神社仏閣
町家
道并橋
川池溝
山林土手馬場田畑
御竹蔵
加納備中守
内藤豊守
松平越前守
細川能登守
土岐豊前守
本法寺
前田丹後守
竹本主水正
酒井左門尉
津軽越中守
銭座
加藤於菟之郎
佐竹右京大夫
堀丹波守
小梅村
押上村
柳島村
板元
江戸麹町六丁目
尾張屋

居候と厠《かわや》と

柴田

①

「こいつは、なんともはや、途方もねえ屋敷だぜ。ただで呉れるといっても、大方《おおかた》の野郎は、しり込みしやがるに相違ねえ」

本所押上村の島津家下屋敷の門前に、立った時、流石《さすが》の夜太も、無精髭の顎《あご》を、なでまわした。

薩摩六十万石の下屋敷だけあって、格式に則《のっと》って、その構えは、広壮なものであった。

もともと、こういう大きな屋敷は、万事万端細心の手入れをして、海鼠塀《なまこべい》一箇所が剝げても、ただちに修理しなければ、美観がそこなわれるものである。

それが、なんと、表門の屋根は、瓦は落ち、ペンペン草がのび放題になり、ぴたりと閉じられた扉の幾箇所かは、子供たちの悪戯らしく、いたるところ、石をぶつけられ、いくつかの孔も開いていた。

高い海鼠塀は、崩れかかっていたし、それに沿うた家士の住んだ長屋の屋根も窓も、滅茶滅茶になっていた。

この二十年あまりの間に、十指にあまる猛烈な台風が、襲来して居り、そのたびに、いたるところ破損したなり、すてて置かれたに相違ない。

ちゃんとしたものといえば、塀越しにさし出た松や楠や榎などの樹木であった。尤も、これらも、手入れがなされずに、放置したままになっているので、枝ぶりに風情などあるべくもなかった。

「お姫様――」

夜太は、供をして来た駕籠の中の華香に、呼びかけた。

「出て来て、この屋敷のざまをごらんなすって頂きてえ。……このまま、駕籠でひきかえす、と仰言いますぜ」

しかし――。

御浜御殿から駕籠をかついで来た陸尺《ろくしゃく》に、草履をそろえさせて、すっと、立ち出た華香は、しごく無表情で、荒廃しきった屋敷を、眺めやったが、

「そなたは、住むのが、怕《こわ》いのですか！」

と、云った。

夜太は、あきれて、華香の冷たく美しい顔を、あらためて、つくづくと見なおした。

「あっしは、山の中だろうと、乞食部落の中だろうと、ぼろ寺の床下だろうと、平気でごろ寝をして来た風来坊でさあ。こんな屋敷をもらったのは、もったいねえと思っているんだが……、貴女様が、そうやって、平気でおいでなのは、どうも合点がいきませんや。よござんすかい。お姫様――貴女様は、あっしと二人きりで、この幽霊の出る、途方もねえだだっ広い、荒れはてた屋敷に、住むことになるんですぜ。……眉をしかめるぐれえの様子を、見せて頂かねえと、あっしの方が、とまどいまさあ」

「わたくしは、いまだ、幽霊というものを見たことがありませぬ。興味があります。……そなたこそ、幽霊が現れて、腰など抜かさぬようにするがよい」

その言葉をきいて、夜太は、小声で、

「お袋の子宮の中に、何かを忘れて来て、生れて来た娘だぜ、これァ」

と、呟いた。

「なんと申しました？」

華香が、ききとがめて、訊ねた。

「貴方様のような、鉄棒みてえな図太い神経を持った若い女子衆には、はじめて、ぶっつかった、ということでさあ」

華香は、夜太の言葉をきき流して、

「入ってみましょう」

と、すたすたと、門へ近づいた。

――勝手にしやがれ！

夜太は、ふてくされながら、ともかく、白昼でも、魑魅魍魎《ちみもうりょう》が棲息していそうな荒廃屋敷へ、踏み込むことにした。

②

当時――。

深川・本所が、江戸では庶民の人口の密度がいちばん濃かったが、東方は、横川を境にして、風景が一変した。

つまり、横川までは、人家がびっしりとつまっていたが、橋を越えたとたん、がらりと眺めが別のものになった。

たとえば――。

深川は、横川を越えると、大名の下屋敷が、ずらりとならんでいた。細川越中守下屋敷（六万坪）、一橋家別邸（八万坪）、一橋家のとなりは、十万坪以上の新田がひらけていた。つづいて、砂村新田とか、八右衛門新田とか、大塚新田とか、見わたす限りの田畑と林であった。洲崎、猿江、亀田などは、人家は林の蔭にかくれて、すべて芋畑であった。

本所となると、田畑の中に、大名の下屋敷と古寺が

Tadanori Yokoo

ちらばっているあんばいで、もうこの当時は、その下屋敷は、留守居役が守っているだけで、ほとんど空屋敷同然であった。

深川と本所をへだてる竪川の左右に、柳原町、茅場町など町家がならんでいたが、本所北方は、小梅村、押上村と、百姓家がまばらに、風除けの林の蔭に、うずくまっているばかりであった。

そして、それらの田畑の中に、いくつかの古寺がちらばっていたが、景色としては、陰気くさい配置であった。

島津家下屋敷は、押上村も最も北のはずれに、かまえられ、周囲は、すべて欅林であった。

往還上に、人影はまれであった。というよりも、おそらく、農閑期などは、一日に一人も通らぬ日があるほど、ものさびしい地域だった。

そういう地域に、三十七年もうちすてられた空屋敷が、いまだ、建ちのこっていたのである。

敷地一万八千余坪、建物総坪数三百二十七坪——これが、三十七年間、なんの手入れもされずに、放置されたままになっている光景は、筆者たる私自身、わが目で眺めない限り、形容のいたしようもない。

表玄関までの長い石敷きの道は、枯葉でうずまっていたし、左右の植込みの枝葉は茂るにまかせて、空を掩《おお》うていた。

表玄関に達するまでに、先を行く華香の前を、鼬らしいけものが、ぱっと横切ったりした。ふつうの娘なら、それだけで、悲鳴を発して、立ちすくんでしまうところだが、この大名の息女は、まことに平然たる態度で、枯葉を踏む歩調をかえなかった。

——あきれたぜ。こんなくそ度胸のすわった娘に泊り込まれたんじゃ、幽霊も出るのを遠慮すらあ。

夜太は、数日分の食糧を容れた荷を、振り分けにかついで、あとにしたがいながら、首を振ったことだった。

ところで——。

大名屋敷というものは、たとえ下屋敷であっても、建物は表御殿のほか、奥御殿、御広敷、長局、と棟がわけられていた。

表御殿は藩庁、奥御殿が藩主の私邸、御広敷は役人の詰めている事務所、長局は女中たちの住居であった。

奥御殿には、藩主の居間、寝所、対面所、夫人の居間、化粧室、そして仏間などがあった。

夜太が、表玄関の檜扉を押しひらくと、華香は、さっさと上って、いたるところ蜘蛛の巣が張った長廊下を、ほこりの中へ足跡をつけながらまっすぐに進み、奥御殿に入った。

「わたくし、すまいはこの部屋にいたします」

華香が、えらんだのは、正面に、床の間の代りに大きな仏壇が、壁にはめ込んである仏間であった。

「なんで、わざわざ、仏間をおえらびなさるんですかい？」

夜太は、蜘蛛の巣をはらいながら、たずねた。

「当屋敷内で、幽霊が現れる比率の高いのは、ここでありましょう」

「まるで、幽霊に会うために、来なすったというわけですかい」

「すぐに掃除をして下さい」

錬

華香は、命じた。

「掃除ぐれえ、貴女様はおできになれませんかねえ。あっしは、これから、晩飯のしたくをしなくちゃならねえんですぜ」

「わたくしは、掃除などしたことはありませぬ」

「おことわりしておきやすが、この屋敷のあるじは、あっしですぜ。貴女様は、いわば、押しかけ居候だ。その居候に、あるじの方が、いちいち、あごでこき使われたんじゃ、間尺に合わねえや」

「わたくしとそなたは、身分がちがいます。わたくしをともなった上からは、身分に応じたとりあつかいをしてもらいとう存じます」

華香は、きっぱりと云った。

——こいつが、おかちめんこか皺くちゃ婆あなら、横っ面をぶっとばして、叩き出してくれるんだが…。

どうやら、生涯で二人と出会いそうもない﨟《ろう》たけた美女が、対手であった。しかも、この美女と、一緒に住むのであった。

夜太は、しぶしぶ、華香の命令にしたがうことにした。

空屋敷にされているとはいえ、流石は島津家だけあって、調度品、道具類は、すべてそのまま、置きのこしてあった。

夜太は、とりあえず、仏間の掃除をすませると、次に台所をきれいにして、夕餉のしたくをした。

魚を焼いたり、吸物をつくったりしているうちに、夜太は、ふと、料理に熱中している自分に気がついて、

——どういうんだ、これァ？ いつの間にか、このおれが、お姫様の忠僕になってやがる。

と、われながら、いささかあきれたことだった。

三 ③

郎

「へい、お待ち遠うさまで……。なにしろ、風来坊のつくった料理でござんすから、味加減には、文句をつけねえで頂きとうござんす」

食膳を、華香の前へはこんで、夜太は、ことわった。

華香は、その料理を眺めやって、

「わたくし、酒《ささ》をたしなみます」

と、云った。

「へえ？ 貴女様は、晩酌をおやりなさるんで？」

「大名のむすめが、飲んではならぬ、という法度《はっと》はありますまい」

「法度はねえだろうが、あまり、きいたことはありませんや。……お飲みになるのなら、持ってめえりますがね」

夜太は、一本だけ銚子をはこんで来たが、華香が盃を口にはこぶ早さにあわてて三回も、燗をつけるために、仏間と台所を往復しなければならなかった。

——とんだうわばみ姫《ひい》様だぜ。もしかすると、一枚皮を剥いだら、お妻以上の女狐かも知れねえや。

そんな疑惑さえ、起った。

華香は、夕餉を了えて、しばらくすると、

「厠《かわや》へ参ります」

と、告げた。

夜太は、あわてて、厠の掃除をしなければならなかった。

八畳敷きの立派な便所であった。着換えの次の間もついていた。

夜太が、掃除をすませたところへ、華香はすっと入って来て、

「拭き役を、つとめてくれますよう——」

と、云った。

とっさに、夜太には、その意味が解《げ》せなかった。

「たのみまする」

華香は、そう云いおいて、裾をからげると、落し口へしゃがんだ。

夜太は、ごくりと生唾をのみ込んだ。

捲《まく》られた淡紅色の綸子《りんず》の腰巻の蔭から、雪肌の二つの円《まる》い弧線があらわれているのを、灯かげが浮きあげたのである。

夜太は、殺された湊屋嘉久兵衛が語っていた江戸城大奥や各大名屋敷の奥向きのくらしぶりを、いま、思い出した。

「御台所とか大名の奥方とかは、はずかしい、ってえことをまるっきり知らねえのさ。便所に入っても、ちゃんと尻拭き役を、うしろに控えさせてやがるんだから、あきれけえるじゃねえか。四十、五十の婆さんになっているのなら、まだ話もわかるが、花もはじらう十七八の姫君までが、平気で女中に尻を拭かせているんだぜ。天井裏から覗いているおれの方が、こっぱずかしくなっちまったァな」

——そうか！ おれに、尻を拭かせようというのか。

江戸城大奥や大名屋敷の奥向なら、尻拭き役は、女中だから、生れた時から習い性《さが》になっていれば、べつに、羞恥心も起るまいが、この場合、こっちは、男なのである。

氏素姓も知れぬ風来坊に、平気で、尻拭き役を命ずるとは！

——いくら、お姫様でも、大胆不敵すぎらあ！

夜太は、なんとも名状しがたい当惑をおぼえるとともに、異常な好奇心をそそられた。

——やっぱり、これは、お姫様でなけりゃやれる芸当じゃねえ。お妻が千人の男と寝た莫連でも、尻を拭いてやる、と云ったら、冗談じゃないよと顔を赤くしやがるに相違ねえやな。

その白い美しい二つの円い弧線の間から、下方へ落ちてゆく汚物のかすかな臭気を、かがされた夜太は、

——一緒に住んでいるかぎり、毎日、拭き役をやらされることになるとは、迷惑なのか、有難えのか…？

われながら、奇妙な気分にならざるを得なかった。

華香は、したたかな小水の音をたててから、

「すみました」

と、云った。

「へい」

夜太は、片隅の黒塗りの函から、柔かなぬぐい紙をとって、近づいた。

——おれも、むかしは、これで、二百石取りの武士だったのだぜ。

自嘲しつつ、ぬぐい紙を、しゃがんだ女体の股間へあてたことだった。

（つづく）

横尾忠則・画

『歌枕』と死装束と

一

「やすみますゆえ、褥《とこ》をのべて下さい」

便所から仏間へもどって来た華香は、夜太に命じた。

尻拭きまでやらされた夜太は、この屋敷に住むかぎり、下男役と賄い方と女中代りと──一人三役を勤める覚悟をきめていた。

──ついでに、お伽《とぎ》役をやらせてもらえりゃ、それで帳消しになるんだが……。

夜太は、大名屋敷には幾度も、盗みに忍び込んだことがあるので、屋内の構造には知識があった。

仏間から二部屋へだてて、大名の夫人の居間、化粧室があることを知っていた。化粧室につづいて納戸があった。納戸に置かれたさまざまな調度類は、ほこりをかむったまま、整然と場所を占めていた。

長持のひとつに、夫人用の夜具がしまってあった。

大名というものは、屋敷をとりこわしてしまわぬかぎり、茶碗一個も持ち出さぬ不文律があった。

城とか領地とか屋敷とか、すべて、自分のものであって自分のものではないのが、大名なのであった。たとえば、幕府によって改易させられた場合、城・領地・屋敷はすべて、返上しなければならなかった。

そういう法規があるために、下屋敷の品物も、そこに再び住むのを止めたとしても、動かさずに置きのこしておくならわしになっていた。

空屋敷にするくらいならば、富有な町人に売りはらうとか、とりこわしてしまえばいいようなものだが、薩摩六十万石島津家のような大大名ともなると、面目の上から、そうできぬのである。

「よいこらしょ」

夜太は、長持を廊下へひきずり出して、蓋を開けると、掛具と敷布団を、ひっかついだ。

すると、なにやら書物らしいものが、ころがり落ちた。

夜太は、何気なくそれを、ふところに突っ込んで、夜具を仏間にはこんで来た。

華香は、酔いが出たらしく、仏壇前の大きな木魚によりかかって、うとうとしていた。

「いい気なもんだぜ」

褥をのべておいて、華香に声をかけようとした時、ふところに突っ込んでいた書物に気がついた。

「なんでえ、これァ？」

取り出して、有明行燈のあかりに近寄せてみた夜太は、

「へっ、こいつは、愉しめるぜ！」

と、にやっとした。

それは、歌麿が描いた傑作『歌枕』であった。

序
吉野川の帯を解《とき》て姉背《いもせ》の縁をむすび、筑波の山の裾をあらはして男女のかたらひをなす。霞の屏風を籠《こめ》て、花の蒲団《ふとん》を敷き妙《たえ》の枕絵を、爰《ここ》に鳥が啼く吾妻《あずま》の錦に摺《すり》て、都ぞ春のもて遊びとす。みる目もあや、こころもときめき、魂は飛んで井出の下紐の下に止《とどま》り、おしでるや難波のあしをからむで、玉くしげ箱根から腰を遣《つか》ふが如し。嗚呼《ああ》、絵のことの素より、色ごとの粋《くろ》き何某《なにがし》の毫《ふで》、ちからをも入れずして、かく人の心を動かす。此一冊、名ずけて何と呼ばん。夫《それ》よ、かの遍昭《へんじょう》が歌の様《さま》に比し、清女《せいじょ》が文《ふみ》の題を借り、且《かつ》は画工の名に寄《よ》せて、艶本歌枕となずけ、春の寝覚《ねざめ》の伽《とぎ》となすものならし。

夜太は、華香を呼びおこすのを忘れて、『歌枕』をめくりはじめた。

二

海の中で、二匹の河童に襲いかかられている図、異人の男女が接吻している図、桜花の下で野合している図、破落戸《ごろつき》に人妻が犯されている図、秋の夕ぐれに船宿で逢瀬を愉しんでいる図、殿様が女中の下肢を思いきりひろげさせている図、嫉妬に狂った女が若衆を責めたてている図、町家の女房が優しい良人に抱かれて恍惚《うっとり》とまじわっている図、ふとした隙に、男に後から陽物を入れられて顔を袖でかくしている後家の図など……。

天明寛政の江戸に生きた『女』の、男に与え、男に犯されている女体の姿態《ポーズ》が、流麗で繊細な描線で、はだけた衣類から、白練《ねり》絹のような美しい柔かな膚《はだ》を浮きあげて、一枚毎に、夜太に生唾をのみ込ませた。

この『歌枕』を見入っていると、夜太は、行きずりの旅絵師に一両呉れて描かせた三度笠の男女秘戯図が、いかに下手くそか、ということが、よく判った。

同時に――。

夜太の股間は、痛みをおぼえるくらいの変化を起こしていた。

「そなた、何を見ているのです？」

不意に、華香から声をかけられて、われにかえった夜太は、この男らしくもなく、うろたえた。

「いや、なァに……そのう、べつに――」

「見せなさい」

華香は、片手をさし出した。

「お姫様が、ごらんなさるようなしろものじゃ……」

夜太は、云いかけて、この『歌枕』が、島津家夫人の夜具の中から現われたのに、気がついた。

島津家に輿入れする時、持参したか、それとも、この下屋敷で、殿様が上屋敷からやって来るあいだの、空閨のもだえをなぐさめるために入手したものか？

いずれにしても、これは、べつに、大名の息女に絶対に見せてはならない図絵ではなかった。

生娘ならば、むしろ、女となるための教育の参考書であった。

「お姫様に、申し上げやすがね、こいつをごらんになると、貴女様の前に、こういう営《いとな》みがしてえと血をわきたたせている男がいることを、ひとつ、覚悟して頂きてえんでさあ。それを承知の上でなら、ごらん頂きやしょう」

夜太は、そうことわっておいて、『歌枕』を、華香に手渡した。

華香は、黙って、一枚一枚、眺めはじめた。

夜太は、どんな様子を示すか、好奇の視線を、華香の顔へ据えつけた。

あきれたことに、華香は、終始無表情で、なんの変化もみせなかった。しかし、一枚を、じっと眺める時間は、長かった。破落戸《ごろつき》が人妻を犯している図とか、殿様が女中の下肢を思いきり大きくひろげさせている図などは、特に丹念に、まばたきもせずに、長い間、眸子《まなこ》を吸いつけていた。

――尻拭きをさせるぐれえだから、羞恥心てえものを、母親の子宮に置き忘れていやがるんだぜ。

夜太は、華香の端然としてみじんも変化させぬ態度に、いっそ、感服した。

ようやく、すべてを眺め終えた華香は、視線を夜太へ向けた。

「そなたにききますが、そなたが所有する男子の品物は、この図絵のように、巨大なのですか？」

――きくにことかえて、こんなことに返辞をさせられるのは、やりきれたものじゃねえや。

「そいつは、その、……誇張がありまさ。実物は、せいぜい、半分ぐれえ、てえところでござんすがね」

「見せなさい」

「え？　あっしのを、ですかい？」

「そうです」

「冗談じゃねえ！」

夜太は、いささかあわてて、手を振った。

「わたくしは、是非見たいのです」

「お姫様、その枕絵をごらんなすったのだから、それだけで、見当がついておいでのはずですぜ。……あっしのやつなんざ、お姫様にお目にかけるしろものじゃありませんや」

「はずかしいのですね、そなた」

華香は、はじめて、微笑した。

――これじゃ、まるっきり、立場が逆じゃねえか。

夜太は、急に、腹が立って来た。

「その枕絵のしろものと、あっしのしろものと、比べてみようなんて、お姫様も、人がわりいや。かんべんして頂きてえもので――」

「そなたは、わたくしの褥《しとね》に入って来るかも知れぬ、と申しましたね。女子に生れた上は、いずれ、このような経験をいたさねばならぬと思って居ります。はじめての男が、そなたのような下賤《げせん》な者であるのは、少々うとましいと存じますが、こうして、この屋敷に、二人きりでくらすことになったゆえ、そなたが、無理無体に暴力に及ぶなら、わたくしの抵抗力では、とうていしりぞけられますまい。……そなたが、どうしても、わたくしを犯したいのであれば、いたしかたがありませぬ。ただ、その前、そなたのものを一見しておきたく存じます。どのような実物が、わたくしのその中へ入って参るのか、知っておかねばなりませぬ」

――えい、くそ！　勝手に、見やがれだ！

夜太は、度胸をきめると、

「そうまで仰言るなら、ごらんに入れまさあ。とっくりと、ご検分のほどを」

すっと立ち上って、うすよごれた唐桟の着物を、勢いよくぱっと脱いだ。

ふんどしをはずす瞬間、さすがの夜太も、われにもあらず、目蓋を閉じてしまった。

三

ゆっくりと二十もかぞえるくらいの、沈黙の時間が経った。そのあいだ、夜太は、ずうっと目蓋を閉じていた。

やがて、華香が、云った。

「わかりました」

夜太は、正直ほっとして、いそいで、ふんどしをつけ、着物をまとった。

華香は、その実物に対しては、べつになんの意見も、口にしなかった。

その代りに、

「そなたは、次の間で、やすむがよい……。もし、わたしを犯したいのであれば、わたくしが睡ってからにして欲しい」

と、云った。

「へえ？　だが、あっしが、この褥へ匍《は》い込んだら、お姫様は、すぐ、目を覚されますぜ」

「わたくしは、さきほどたしなんだ酒《ささ》に、睡り薬をまじえました。あと半刻もすれば、前後不覚に睡って、たとえ、そなたに犯されても、意識はもどりますまい」

——へっ！　犯されるのを、ちゃんと計算に入れて、準備をすませてやがる。それじゃ、まるで、死人を抱くようなものじゃねえか。

夜太は、これまでの女に対する常識と概念を、ことごとく、ひっくりかえされて、なんとなく、げんなりした気分になっていた。

華香は、やおら衣裳を脱ぐと、緋縮緬の長襦袢すがたを、褥へ横たえた。

夜太は、次の間へ、夜具をはこんで来て、延べながら、

——おれのような風来坊から、操を守るには、こういう逆手を使った方がいい、というわけか。

と、胸のうちで呟いた。

仏間と次の間との襖を閉じておいて、夜太は、牀《とこ》に就いたが、

——こういう場合、男の意地というやつは、犯すべきか、犯さざるべきか、どっちをえらんだら、筋が通るんだ？

と、自問自答した。

飲む、打つ、買う、の三拍子に、盗みを加えた無頼漢である夜太にも、武士であった前身の意気が、心の片隅にのこっていた。

いや、武士の世界に嫌悪をおぼえるや、なんのためらいもなく、二百石の家を敝履《へいり》のごとく棄て去ったこういう男こそ、いざとなると、人一倍意気を重んじるといえよう。

——畜生っ！　ここは一番、ぐっとてめえの欲情を抑えつけてくれらあ！

ひとたびは、おのれ自身に云いきかせて、目蓋を閉じた。

しかし、睡魔のおそって来る状況ではなかった。第一、まだ、宵のうちであった。

それでも、夜太は、微動もせずに、仰臥の姿勢を保ちつづけた。

……およそ、二刻（四時間）が、過ぎた。

九つ（午前零時）をまわったであろうか。

全く睡れぬまま、堪えつづけて来た夜太は、急に、

——お姫様は、犯されるのを覚悟して、睡り薬を嚥んでおいであそばすのだぜ、おい、夜太！　なにも、鉄棒みてえに固くなったこいつを、これなり、使用しちゃならねえ理由《わけ》はねえじゃねえか。

と、自分を叱咤した。

「ようし！　据膳くらうぜ！」

夜太は、掛具をはねて、起き上った。

次の間は、しんの闇であったが、仏間は有明行燈に、燈心一本が油に浸《つ》けてあって、灯がともされていた。

燈心一本のあかるさは、せいぜい、調度品の輪郭が、仄かに見わけられる程度であった。

夜太は、音をたてぬように膝行して、仕切りの襖へ、寄った。

その襖へ手をかけた——とたんであった。

夜太は、なぜか、ひどい胸さわぎをおぼえた。そして、全身を、なにやら——真綿にでも包まれて、じわじわと締めつけられるような重苦しい圧迫感に襲われた。

生れてはじめての経験であった。

——大名のむすめを犯すのに、この夜太ともあろう男が、なんでえ、こんな妙とけれんな気持になるとは、わらわせるぜ。

夜太は、自嘲しつつ、思いきって、すっと、襖をひき開けた。

とたん——。

夜太の双眼は、かっと裂けんばかりにみひらかれた。脳元から四肢の指さきまで、五体に戦慄が走った。

華香のやすむ褥のむこうに、壁を背にして、白裃《かみしも》白衣白袴の死装束の武士が、数十人も、ずらりと居竝《なら》んで、有明行燈の仄ぐらい明りの中に、浮きあがっていたのである。

（つづく）

夜這いと位牌と

一

一瞬間の戦慄が、五体を旋風《つむじ》のごとく走り抜けると、夜太は、かえって、おちついた。

尤《もっと》も――。

「幽霊が出る」

と、島津家の財政出頭人・調所笑左衛門から、きかされていなかったならば、夜太は、大いに泡をくらって、あるいは、悲鳴をあげて、遁走していたかも知れない。

予備知識が、この場合、夜太に、遁走させなかった。

「幽霊ってえのは、お前さんがたかい」

臍下丹田に力を入れて、云いかけた。

華香がやすんでいる褥のむこうに、ずらりと居並《な》んだ死装束の薩摩藩士たちは、一語も発せず、じっと、夜太を、見つめているばかりであった。

「あっしはね、幽霊が出る、と調所笑左衛門さんから、きかされてやって来たんだ。覚悟の上だあ。泡をくらって、三十六計をきめこんだりはしねえぜ」

夜太は、わざと大声で、云った。

しかし――。

幽霊たちは、深い沈黙を守ったなり、整然と居並んで、微動だにせぬ。

自決をとげた面々であった。

右手の短刀で、腹をかき切って居り、白い死装束を、真紅に染めていた。

「おことわりしておきやすがね、この下屋敷は、オランダ金貨のつまった千両箱二つとひきかえに、頂戴した――この風来坊のものですぜ。すまい主がちがったんだから、お前さんがたが、現れたって、あっしとは、べつにかかわりあいはねえやな。追い出そうとしたって、そうは、いかねえ。あっしは、居坐りやすぜ。一度現れたら、気がすむのでござんしょう。あとは、もう二度と現れてもらいたくありやせんぜ。よござんすかい？」

そう云ってから、夜太は、華香の寝顔を見やった。

睡り薬が、充分に利いたとみえて、全く意識不明の深い睡りに陥ちていた。

「このお姫様《ひい》だって、幽霊の出そうなこの仏間をえらんでおいでてさあ。こうして、睡り薬を嚥んで白河夜船でいるのは、風来坊に、はじめて肌身をゆるすためなんだ。……どうですかね、いい加減で、消えてもらえませんかね。お前さんがたに、そうやって、ずらりとならんで、見物されながら、お姫様を抱くのは、いくら恥知らずの風来坊でも、あっしの趣味には合わねえやな」

夜太が、胡座《あぐら》をかいて、居直ってみせると、どこからともなく、

「拙者らの位牌のある仏間にて、娘を犯すのを許すことはできぬ！」

毅然たる声音が、きこえたような気がした。

「そう云われりゃ、たしかに、男と女が契るのに、ふさわしい部屋じゃねえや。奥方の居間あたりが、こういういとなみには、ちょうど恰好なんだが、それにはまた、その部屋を大掃除しなけりゃならねえ。こちとら、掃除やら料理やらで、いい加減くたびれているんでね。なろうことなら、この仏間で、手とり早く、ことをすませてえ。見のがしておくんなさいよ」

と、云いながらも、こんな多勢の幽霊の出現で、夜太の欲情は、どこかへ、ふっとんでしまっていた。

「仏間における男女の契りは、言語道断！　許される行為ではない！」

「わかってまさあ。しかし、この仏間をえらんだのは、お姫様で、あっしがきめたんじゃありやせんや」

「たとえ、この娘御がえらんだにせよ、お家のために割腹したわれら五十一人の位牌が、仏壇の中に安置してある――その面前で、お前ごとき破落戸《ごろつき》が、意識を喪った大名の息女を犯すのは、断じて許すわけには参らぬ。……お前も、この息女も、明朝早々、立退いてもらいたい」

その声音は、どこからきこえるのか、夜太には、見当つかなかった。

壁ぎわに居並んだ死装束の島津家の藩士たちは、口をひらいてはいないのである。

夜太は、自問自答しているようなあんばいであった。

華香が打掛で掩うた有明行燈の仄明り――というより、月明りよりも、もっと暗い闇の中で、夜太は、まばたきもできずに、かれらを見つめかえしていた。

いつの間にか、夜太の股間は、萎《な》えてしまい、華香の褥にもぐり込む気分など、まるきり消え失せていた。

「しょうがねえや。今夜は、おとなしくひきさがりやす。……しかし、重ねてことわっておきやすが、この

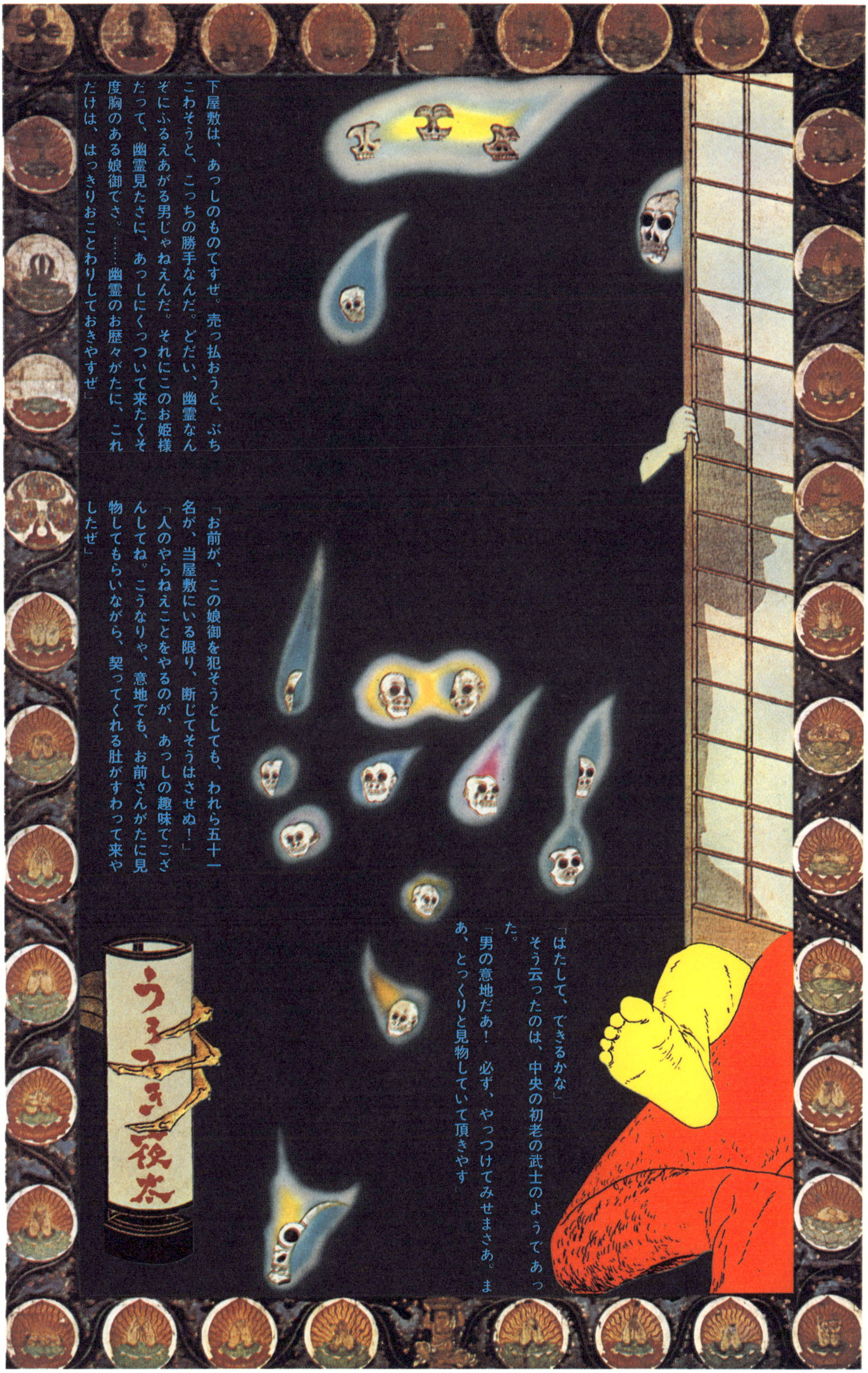

下屋敷は、あっしのものですぜ。売っ払おうと、ぶちこわそうと、こっちの勝手なんだ。どだい、幽霊なんぞにふるえあがる男じゃねえんだ。それにこのお姫様だって、幽霊見たさに、あっしにくっついて来たくそ度胸のある娘御でさ。……幽霊のお歴々がたに、これだけは、はっきりおことわりしておきやすぜ」

「お前が、この娘御を犯そうとしても、われら五十一名が、当屋敷にいる限り、断じてそうはさせぬ！」

「人のやらねえことをやるのが、あっしの趣味でござんしてね。こうなりゃ、意地でも、お前さんがたに見物してもらいながら、契ってくれる肚がすわって来やしたぜ」

「はたして、できるかな」

そう云ったのは、中央の初老の武士のようであった。

「男の意地だあ！　必ず、やっつけてみせまさあ。まあ、とっくりと見物していて頂きやす」

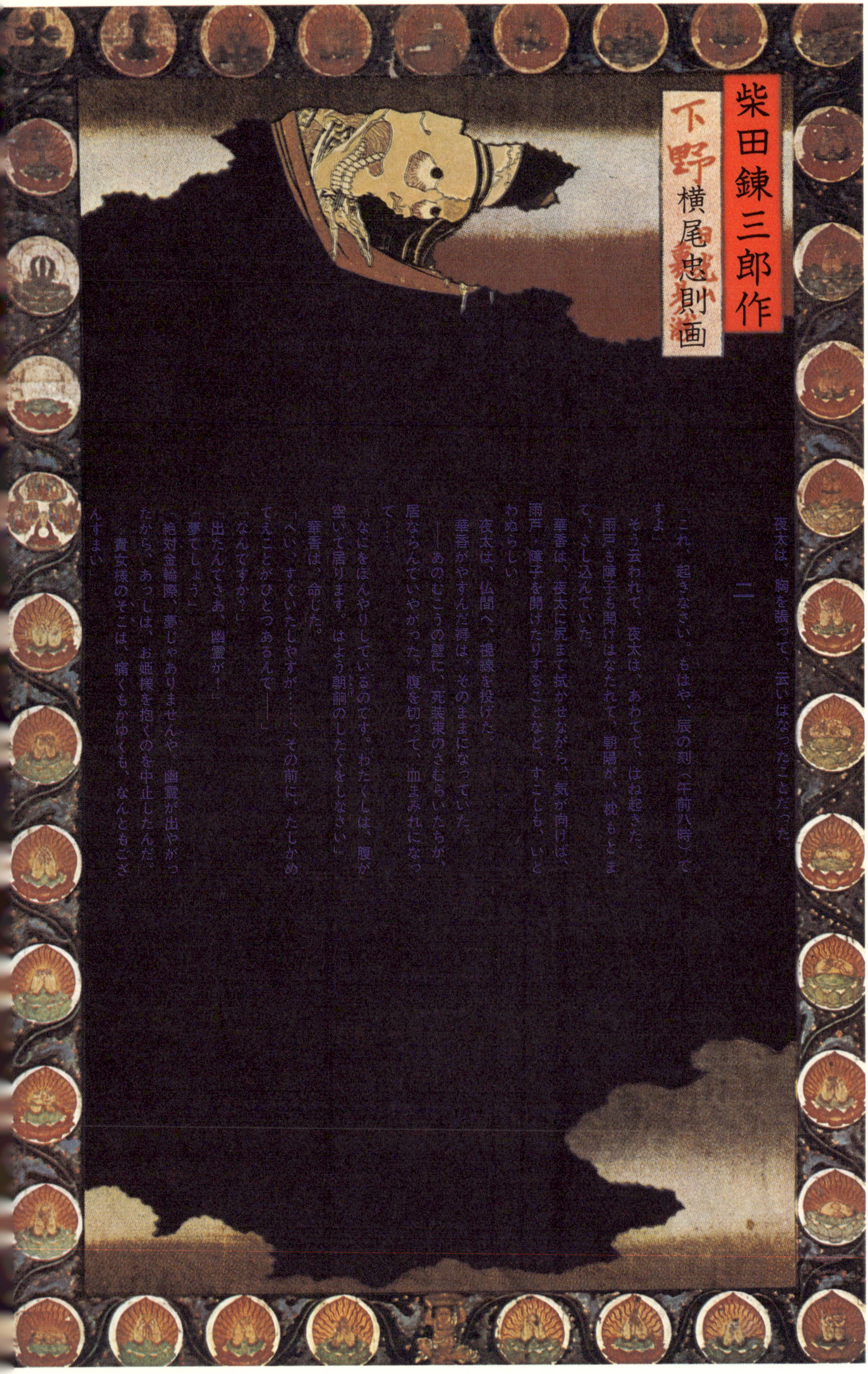

下野

柴田錬三郎作

横尾忠則画

夜太は、胸を張って、云いはなったことだった。

二

「これ、起きなさい。もはや、辰の刻（午前八時）ですよ」

そう云われて、夜太は、あわてて、はね起きた。

雨戸も障子も開けはなたれて、朝陽が、枕もとまで、さし込んでいた。

華香は、夜太に尻まで拭かせながら、気が向けば、雨戸・障子を開けたりすることなど、すこしも、いとわぬらしい。

夜太は、仏間へ、視線を投げた。

華香がやすんだ褥は、そのままになっていた。

――あのむこうの壁に、死装束のさむらいたちが、居ならんでいやがった。腹を切って、血まみれになって……。

「なにをぼんやりしているのです。わたくしは、腹が空いて居ります。はよう朝餉《あさげ》のしたくをしなさい」

華香は、命じた。

「へい、すぐいたしやすが……、その前に、たしかめてえことがひとつあるんで――」

「なんですか？」

「出たんでさあ、幽霊が！」

「夢でしょう」

「絶対金輪際、夢じゃありませんや。幽霊が出やがったから、あっしは、お姫様を抱くのを中止したんだ。貴女様のそこは、痛くもかゆくも、なんともござんすまい」

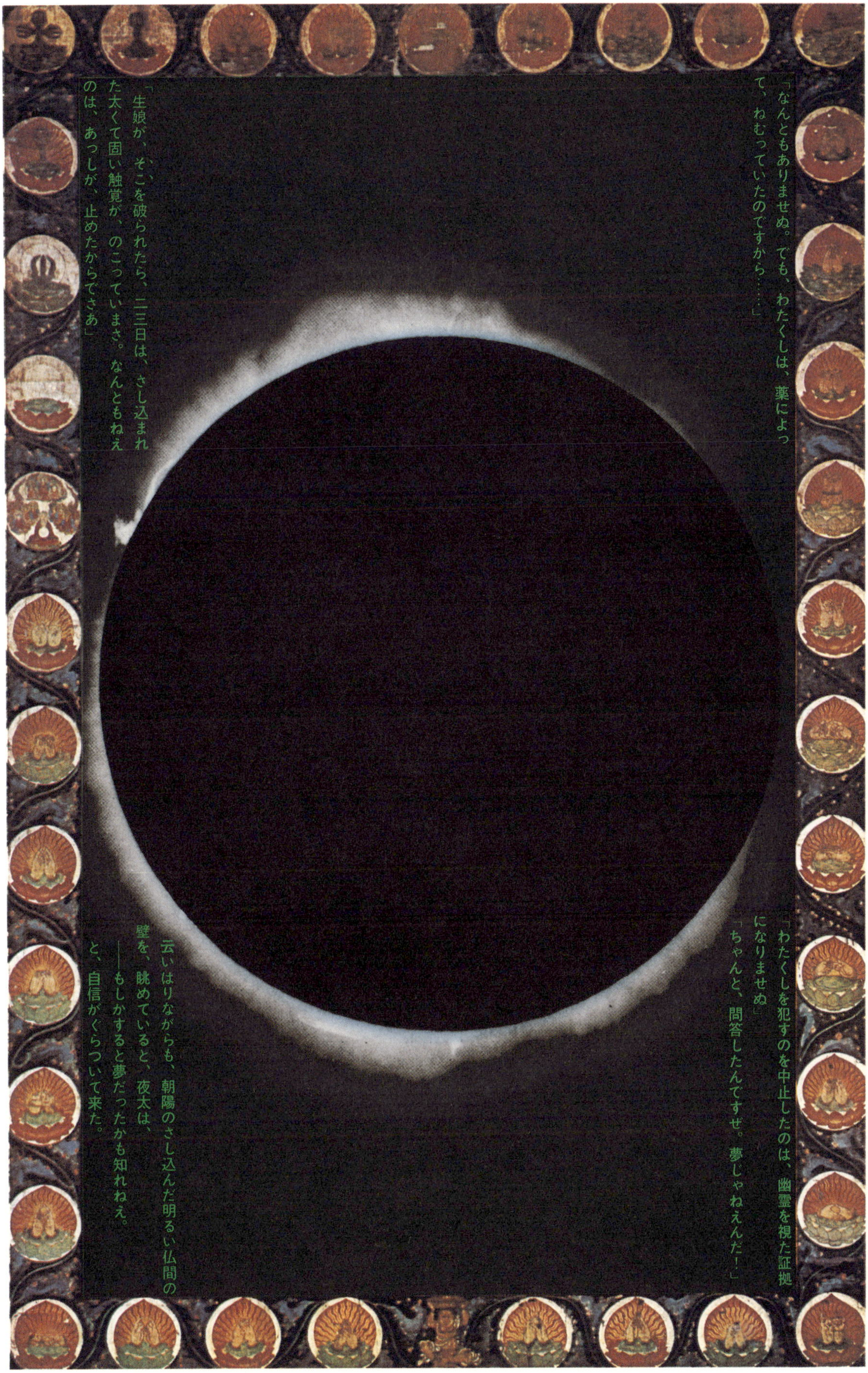

「なんともありませぬ。でも、わたくしは、薬によって、ねむっていたのですから……」

「生娘が、そこを破られたら、二三日は、さし込まれた太くて固い触覚が、のこっていまさ。なんともねえのは、あっしが、止めたからでさあ」

「わたくしを犯すのを中止したのは、幽霊を視た証拠になりませぬ」

「ちゃんと、問答したんですぜ。夢じゃねえんだ！」

云いはりながらも、朝陽のさし込んだ明るい仏間の壁を、眺めていると、夜太は、

——もしかすると夢だったかも知れねえ。

と、自信がぐらついて来た。

夜太は、腕を組むと、宙を睨んだ。

「わたくしは、空腹だと申しているのですよ」

華香のせきたてる声音を、きき流しながら、昨夜の幽霊との問答を、思いかえしていた夜太は、不意に、

「そうだっ！」

と、叫んだ。

「どうした、というのです？」

「お姫様、その仏壇の扉をひらいて頂きてえ。ならんでいる位牌が、五十一あったら、あっしが、幽霊を視た立派な証拠になりますぜ」

華香は、夜太の真剣な様子にうながされて、仏壇の前に行った。

扉が、軋《きし》めきながら、開かれた。

夜太は、わざと、次の間から動かずにいた。

華香は、ならべられた位牌をかぞえていたが、

「たしかに、五十一基あります」

と、云った。

「やっぱり、夢じゃねえや。出やがったんだ！」

夜太は、とび立つようにして、仏壇の前へ走った。

「位牌になったこの人々が、ずらりと、壁ぎわにならんでいたんでさあ」

「まことですか？」

「あっしが、この仏壇の中に、どれだけの位牌があるか、知っているわけがねえのに、ちゃんと、五十一ある、と云いあてたじゃござんせんか。幽霊が云ったんでさあ。お家のために割腹した五十一名の位牌が、仏壇の中にある、とね」

「………」

華香は、じっと位牌の列を見まもっていたが、そっと、手をのばして、上段中央の、その一基だけひとまわり大きく立派な位牌を、取った。

そして、裏がえしてみた。

俗名　平田籾負《ゆきえ》正輔　行年五十一歳
そう記してあった。

三

——幽霊というやつは、たしかに、この世にいやがるんだなあ！

夜太は、夜具を片づけたり、米をといだり竈《かまど》へ薪を突っ込んで火をつけたり、沢庵をきざんだりしながら、絶えず、心の中でくりかえし呟いていた。

「へい、お待ち遠うさんで、どうぞ、召し上って頂きやす」

膳部を、華香の前へはこんで来て、夜太は、仏壇の位牌の列を、あらためて眺めやった。

——お前さんがた、冥土へ行けずに、宙に迷っているらしいが、お家のために切腹したのなら、べつに、迷うことはねえ、と思うがね。

「なにか、申しましたか？」

華香が問うた。

「いえ、べつに、なにも申しませんぜ」

夜太は、かぶりを振った。

「そなた、位牌に向って、なにか云いかけたのではありませんか」

——へえ？　つい、声に出しちまったのかな？

夜太は、自身をいぶかりつつ、

「なにね、忠義のさむれえがたが、成仏しねえのは、ちょっと、面妖《おか》しい、と思いやしてね」

と、云った。

すると、華香が、急に、声をたてて笑った。

夜太は、むっとなって、華香を睨んだ。

「そなた、足の裏に、観世音菩薩をいれずみして、みほとけをけがして居りながら、成仏などという言葉をするのは、どうしてですか？」

「なるほど、そう仰言られると、ぐうの音《ね》も出ませんや。……ただ、昨夜、幽霊に出られるまでは、あっしは、死んだら、皮も肉も腐って、骨はいずれ土になり、きれいに無に帰すにきまっている、と思って居りやしたがね、ああして、ずらりと出現されてみると、魂魄ってえやつは、目に見えねえだけで、この世にとどまっているのか、と思いたくなりましてね」

「わたくしは、今夜は、睡り薬をのまずに、起きて居りましょう。この目で、たしかめたいと存じます」

「お姫様が、起きておいでだと、どうも、幽霊は、現れねえような気がいたしやすが——」

「現れなければ、そなたの話は、嘘になります」

「そう勝手にきめられちゃ、こまりますぜ」

「そなたの前には現れて、わたくしの前には現れぬ、とは理に叶《かな》いませぬ」

「それァまあ、そういう理屈にはなりやすがね」

華香の朝餉がおわった。

夜太の方は、台所で、飯を食うことにした。

飯に味噌汁をかけて、おそろしい早さで、腹に落し、二杯目を茶碗によそおった時であった。

杉戸をへだてたむこうの廊下を、みしっみしっ、とたてる足音を、夜太は、ききとった。

「へっ！　幽霊め、朝っぱらから、出やがる！」

夜太は、そっと立ち上ると、しのび足で、杉戸へ近づいた。

とたん――。

「夜太だな、そこにひそむのは」

その声が、かかった。

「おっ！」

夜太は、ぱっと跳び退った。

杉戸が、ひき開けられた。


痩軀隻腕の地獄人・六木神三郎が、そこにいた。

「旦那、あっしらがここにいることが、よく判りやしたね」

「姫君は、奥か？」

「たしかに、お前さんに代って、お世話申し上げて居りやす。大層手のやけるお姫様でござんすね。お前さんも、なんですかい、尻拭き役も、つとめていなさるんで――？」


「おのれがっ！」

地獄人の顔が、一変して凄じい形相になった。

「貴様、厠までお供をしたのかっ！」

「冗談じゃねえ。こっちが願って、拭かせてもらったわけじゃねえや」

夜太は、六木神三郎の抜きつけの一撃を警戒して、五六歩後退した。


（つづく）

狸と鯉とかくれ志士と

一

翌日の午すぎ――。

夜太は、仏間の次の間で、茫然と自失のていで、いつまでも、寝牀の上に、胡座《あぐら》をかいていた。

仏間の褥《しとね》は、そのまま敷かれていたが、華香の姿は、消え失せていた。

地獄人・六木神三郎が、連れ去ってしまったのである。

夜太が、目覚めたのは、つい、さっきである。

起き上った時、頭の芯が、ずきずきと疼《うず》き、ひどい吐き気がした。

昨夜、華香を上座にして、六木神三郎とさし向って、晩酌をやっているうちに、夜太は、くらくらとめまいがして来て、それなり意識を失ってしまったのであった。

目が覚めてみると、ちゃんと、寝牀に横たえられていた。

――面妖《おか》しいな！

夜太は、頭痛をふりはらうように、いくども、ぶるっぶるっとかぶりを振ったが、どうやら、これは、相当つづきそうであった。

夕餉は、六つ半（午後七時）頃からはじめられ、がくっとなったのは、それから小半刻も過ぎてからであったから、夜太は、現代の時間で、十五六時間も、睡りつづけていたことになる。

立ち上ろうとして、夜太の視線は、仕切り襖の一箇所へ、止った。

『幽霊なんぞ出現いたさなかったぞ、たわけ!』

そう達筆で記した紙が、貼られてあった。
六木神三郎が、書き流したものに相違なかった。

Fig.9

「畜生め！」

はじめて、夜太は、やっと、合点がいった。

——地獄人め、おれが燗をつけに、台所を往復しているあいだに、おれの膳の酒に、お姫様が持っていた睡り薬を、入れやがった！

憤りが、むかむかとこみあげて来た。すると、頭痛が一層激しくなり、

「げえっ！」

と、吐きかけて、あわてて、手で口をふさいで、縁側へ出た。

やっと、おさまって、荒れはてた庭園へ視線を投げた夜太は、

「ざまァねえや！」

と、自嘲の一言をつぶやいた。

しかし、考えてみると、華香という大名の息女は、勝手に、この屋敷について来たのであった。そして、地獄人・六木神三郎は、その守護役であった。

六木神三郎が、このような怪しい空屋敷から、女神とも天女とも仰ぐ姫君を、連れ去ったのは、当然であり、夜太が、いまさら、腹を立てる筋合はなかった。

「……やっぱり、風来坊には、あんな身分の高え、綺麗な生娘には、縁がねえのか」

睡り薬でねむって夜太が犯すのを許そうとした華香を、五十一名の幽霊に邪魔されて、抱くことができなかったくやしさは、やはり、心の隅にのこっていた。「勝手にしやがれだ。掃除や食事の仕度や、尻拭きをしなくて、た

すからあ」

　そうは云ったものの、なにやら、物足りない腑抜けの状態から、しばらくは、抜け出せそうもなかった。

　夜太は、気分を変えるために、仏間に入り、仏壇の扉を開いた。

　いささか神妙になって、正座した夜太はずらりと竝《なら》んだ五十一基の位牌を、仰いでいたが、

「お前さんがた、起きて待っていたお姫様と六木神三郎の前には、どうして現われなかったのですかい？　あっしの夜這いだけを、邪魔したのは、どうも気に食わねえ御仁がたですが」

　と、云いかけた。

　仏間はもとより、邸内は、しいいんとしずまりかえって、なんの物音もなかった。荒廃した庭園でさえずる小鳥の声だけが、ひびいて来る。

「夜這いのあいては、いなくなったし、あっしは、この仏間に寝るほど、酔興じゃねえから、お前さんがたも、その仏壇の中にかくれていなさるがいいや」

三

　やがて、夜太は、台所へ行き、水をがぶ飲みしてから、ようやく、頭痛と嘔吐感がおさまった。

　夕刻まで、なんとなく、ぼんやりとすごしてから、急に、空腹をおぼえた。食欲は、人一倍旺盛な男であった。

「そうだ！　この空屋敷には、狐や狸が住みついていやがるに相違ねえ」

　夜太は、華香をともなって入って来た時、鼬《いたち》らしいけものが、前を掠《かす》めたことを思い出した。

　よし！　罠を仕掛けて、ひっとらえてくれる。狸汁

でもつくってやるか」

こうした場合、流浪の風来坊としての経験が、役立った。

夜太は、いそいで、米をとぎ、釜をかけた竈《かまど》へ薪を燃やしつけておいて、

「御飯が、ほかほかと焚きあがった頃には、いっぴきぶらさげて戻って来ているぜ」

屋内をうろついて、罠にできる道具類を見つけるのも、その罠をつくりあげるのも、素早かった。

これまで、諸方の山中で、こうした経験を積んでいたのである。

夜太は、罠を携げて、庭園へ出ると、池泉から、鯉らしい魚が、はねあがる音をきいた。

「そうだ、ついでに、おれの得意の水練で、鯉も二三尾、つかまえてくれるか。今宵は、ご馳走になるぜ」

夜太は、築山へ登って、ここらあたりと見当をつけた場所へ、罠をしかけておいてから、池畔へ降り立つと、着物を脱いで、ざんぶと、飛び込んだ。

夜太が、ひとかかえもある大きな鯉を一尾、胸に抱きしめるようにして、池畔へあがった時、タイミングよく、築山の頂きで、罠にかかって、激しくもがくけものの音をきいた。

「へっ、ひっかかりやがったぜ」

罠にかかったのは、予想たがわず、狸であった。

夜太は、無造作に、双刃直刀で、狸を突き殺すと、

「さあ、たらふく食って、今夜も、幽霊のお歴々がたがあらわれる時刻には、大いびきをかいていらあな」

夜太は、狸と大鯉をひっさげて、台所へ戻って来た。

御飯が焚きあがった釜を竈から、おろして、狸と大鯉を一緒にぶち込む汁をつくるべく大鍋をかけようとした時であった。

夜太は、釜がひどく軽いので、蓋をとってみた。

あきれたことに、ほかほかと焚きあがったはずの御飯が、きれいに消え失せていた。

「なんだ、これァ？」

夜太は、わが目を疑った。

「こげまで、さらってやがる！……まさか、あの幽霊どもが、くらいやがったわけじゃあるめえ」

この世の者ではなくなった亡魂が、腹を空かせて、食事を摂《と》るなどとは、きいたことがなかった。

「畜生！　この空屋敷に、こっそり勝手に住みついていやがる奴が、他にいるに相違ねえ！」

夜太は、かっとなった。

人間は、空腹になると、いら立つ。殊に、夜太は、それが激しかった。

「どこにかくれてやがる。ど盗っ人め！　出て来やがれっ！」

夜太は、夢中で、片っぱしから、塵と埃のつもった蜘蛛の巣だらけの部屋をさがしまわりはじめた。

ただの屋敷ではなかった。いやしくも、薩摩島津家六十万石の下屋敷であった。

くまなくさがしまわれば、半日を費さねばならなかった。

夜太は、かくれていそうな場所へカンを働かせて、奔《はし》りまわったが、すでに、闇がたちこめていて、発見するのは、不可能に思われたし、いい加減へたばった。

ぶつぶつと、罵りながら、長廊下をひきかえして来た夜太は、

「おっ！」

と、目を光らせた。

裏御殿の書院あたりから、仄《ほの》かな灯影がもれ出ているのをみとめたのである。

「野郎！　図々しくも、あそこで、灯をともして、居坐っていやがるぞ！」

夜太は、双刃直刀を抜きはなつと、ぬき足さし足しのび足になった。

まず、そっと音もなく、武者がくしの小部屋へすべり込み、ぐっと度胸をきめて、がんどう返しになった壁を、ひとっ突きに、廻転させた。

人影がひとつ。

燭台のわきに、食膳を前にして、こちらに背を向けて、端座していた。武士であった。

三

「てめえ！　ひとがせっかく焚いた飯を、かっぱらやがって、許せねえぞ！」

夜太は、呶鳴った。

武士は、おもむろに、頭をまわした。

とたん——。

夜太の脳天からつま先まで、名状しがたい戦慄が奔り抜けた。

これは、昨夜、仏間で、五十一人の幽霊に出会《くわ》した瞬間以上の衝撃であった。

これ以上の凄じい面相はなかった。

額も鼻梁も頬も唇も、焼けただれて、まさに妖怪であった。

双眸だけが、鋭く冴えた光を放っていた。

「て、てめえも、ゆ、ゆ、幽霊か？」

さすがの夜太も、声音がふるえた。

うろつき夜太

柴田錬三郎
横尾忠則画

「実体のない亡霊ならば、お前が焚いた飯など、摂りはせぬ」

返辞をする声音は、凛として、若く、力強かった。

夜太は、いささかほっとして、

「おめえさん、化物面だから、世間へ出られなくて、ここへかくれ住んでいる、というわけですかい！」

と、たずねた。

「そうではない。この顔は、自らの意志で、焼いたものだ」

「焼いた、と？」

夜太は、啞然《あぜん》となった。

「おめえさん、敵持ちかなにかで、仇討されるのがいやさに、面《つら》を変えなけりゃならねえ仔細《しさい》があって、化物になったって、わけですかい？」

「そうではない。……お前などに語ってもはじまらぬが、この顔を焼いたのは、徳川幕府の天下をくつがえすためだ。それがしは、仇を討たれるのがおそろしさに、面相を変えるがごとき卑怯者ではない！」

化物面の武士は、決然たる態度を示した。

「親からもらった顔を、わざわざ化物面に変えることはねえと思いやすが、人にはそれぞれ、生きかたというものがござんすねえ」

「下種《げす》下郎風情には、われら薩摩隼人の大志など、とうてい理解はできぬ！」

「はあぁ、そうするってえと、おめえ様も、薩摩島津家の御家中ですかい。それなら、この空屋敷に、もぐり込んでいるのは、つじつまが合いやすね」

「それがしは、島津家から脱藩した者だ。いまは、諸藩から同じ倒幕の志を抱く志士を集めて居る」

「たしかに、ご公儀の屋台骨はぐらぐらになって、大黒柱も白蟻に食われているのは、事実でござんしょうがね。どうも、二十人や三十人の力で、ぶっ倒せるとは思えませんや」

「われらは、やるのだ！　断じて行うのだ！……たとえ事敗れて、憤死しようとも、これが狼火《のろし》となって、必ずや、日本全土に、ほうはいとして、幕府打倒の志士が決起するであろう」

昂然と、胸を張って云いはなった武士は、

「それがしは、西郷但馬。お前を、賄方《まかないかた》として、やとうぞ」

「ちょ、ちょっと待っておくんなさい。……あっしはこの空屋敷を、調所笑右衛門さんからもらった男ですぜ。おめえ様に、こきつかわれるのは、まっぴらだあ。冗談じゃねえ。屋敷をもらったからには、いくら風来坊でも、立派な主人だ。……おめえ様、勝手にもぐり込んで、かくれ住んでいるからにゃ、ちったあ、遠慮する気持になってもらいてえね」

「無頼の下郎に、頭を下げよ、と申すか！」

西郷但馬は、いきなり、かたわらの刀をつかんだ。

「待った！　屋敷をもらったために、手討ちにされたんじゃ、こんな間尺に合わねえ話はねえや。……ちえっ、しょうがねえや。飯ぐれえは、食わせまさあ」

「お主も、われらの同志になれ。大志をとげたあかつきには、しかるべき身分地位を与えてくれよう」

「まっぴらでさあ。ご免をこうむりやす」

――このおれは、二百石のさむらいの身分を、古草履のように、すてた男だぜ。そこいらの破落戸《ごろつき》やくざとは、わけがちがわあ。

胸のうちで吐きすてておいて、

「ところで、ちょいと、うかがいやすが、おめえ様もこの屋敷に、幽霊が出ることは、ご存じなんで――？」

「知って居る。すでに、ご一党には、出会って居る」

「へええ？　あの五十一人のさむらいは、いずれも、切腹していなすったが、あのいわれは、ご存じですかい？」

「そのことだ！」

西郷但馬は、高声を発した。

「あのご一党が、切腹なされた――その悲惨な理由こそ、われらに、幕府打倒の大志をわきたたせた理由のひとつとも相成って居るのだ」


（つづく）

大志と憤死と

一

自分の意志で自分の顔を焼いた島津家脱藩武士・西郷但馬は、夜太に、云った。

「この屋敷にて、切腹なされた五十一人のかたがたが、いまだ、迷魂をここにとどめて居られるのは、徳川幕府に対する怨みと憤りのためである。……その憤死の事情を、申しきかせよう。そこへ、つつしんで、正座せい」

「あっしは、べつに、つつしんでうかがいたくはありやせんがねえ」

「きかねば、斬りすてるぞ！」

西郷但馬は、片膝立てて、居合斬りの構えを示した。

「てめえで、てめえの顔を焼くだけあって、どうも、おめえ様は、ひどう気が短けえ御仁だ。……うかがいやすよ。うかがえばいいんでござんしょう」

「この屋敷を、調所殿から頂戴したからには、あの御一統が、何故に、幽霊になられたか、きかねばならぬ義務が、お前にはあるのだ」

西郷但馬は、語りはじめた。

いまから、およそ七十余年前のことであった。

薩摩藩島津家は、幕府から、途方もない命令を受けた。

『濃州・勢州・尾州川々御普請御手伝被仰付候間、可被存其趣候』

濃尾平野を貫いて流れる川は、三つあった。木曾川と長良川と揖斐《いび》川と。

この三つの川が合流する下流地域は、むかしから、長雨が降れば、必ず洪水におそわれていた。

流域一円の農民たちは、遠い先祖から苦しめられつづけたこの洪水を、なんとか、治水工事によって、くいとめたいものと、幕府に、嘆願をくりかえしていた。

宝暦三年になって、幕府もついに、根本的な治水工事をすることにした。

しかし、幕府の手では、それはやらずに、薩摩藩島津家に、「やれ！」と命令したのであった。

まことに、ずるい、悪がしこい幕府のやりかたであった。

この命令を受けた時、藩主島津重年はじめ、重臣たちは、

「公儀は、わが薩摩藩を、とりつぶそうという肚《はら》だ」

と、思ったくらいであった。

すでに、島津家は、寛永年間から、江戸上屋敷が焼けたり、幕府命令の江戸城・日光東照宮の修築、その他のお手伝い普請《ふしん》工事、鹿児島一帯の飢饉などによって、莫大な借財をせおい、あえいでいたのである。

そこへ、さらに――。

濃尾平野の洪水をくいめ止める大工事をせよ、と命じられたのであった。どれくらいの人数、資材、そして経費が、かかるのか、見当もつかなかった。

しかし――。

幕府の命令を拒絶することは、できなかった。

薩摩藩島津家は、慶長五年の関ヶ原に於ける天下分け目の合戦に、石田三成に味方して、徳川家康と戦った――いわば敵であった。

その際、当然、とりつぶされるか、所領を減らされてしかるべき大名であった。

家康から、なんのとがめも受けず、そのまま、家と領土が安泰であったのが、奇蹟ともいえた。

したがって、他の大名衆よりも一層の気をつかって、将軍家に仕え、幕府のためにつくさなければならぬ運命に置かれていたのである。

島津重年は、ありがたく、幕府の命令を承諾して、いわゆる木曾川治水工事にとりかかることになった。

二

その大工事にあたり、島津家は、総奉行として、勝手方家老平田靱負《ゆきえ》正輔を、副奉行として伊集院十蔵を任じた。

第一期工事は、翌年二月末から、本小屋（工事本部）を美濃国安八《あんぱち》郡大牧村（現在の岐阜県養老郡）に置いて、着手した。そして、梅雨時を迎えて、五月末に、一時中止した。

皮肉にも、その年の梅雨は長く、豪雨が数度あり、せっかくの第一期工事で築いた堤は、寸断された。

九月に入って、第二期工事が開始されたが、開始と同時に、颱風の襲来を受けた。大洪水が起り、つづいて、疫病が流行《はや》った。

覚悟をしていたものの、総奉行平田靱負は、絶望しては奮起し、奮起しては絶望する、という心身ともにすりへらす苦心さんたんの指揮をつづけた。

平田靱負は、はじめは、経費として十万両から十五万両までと、そろばんをはじいていた。その予想は、くつがえされた。第一期工事だけで、十二万両もつか

第二十回

題字——柴田錬三郎

絵——横尾忠則

Tadanori Yokoo

ってしまった。

　工事人夫の数は足らなかった。資材も不足した。洪水は、いくども起った。薩摩藩士と幕府役人とが対立してトラブルが生じた。地元民も、工事の不手際を非難した。

　ありとあらゆる悪条件が、かさなった。

　それでも、文字通り歯を食いしばって、薩摩藩は、平田靫負の一命をなげうった指揮のもとに、翌宝暦五年三月二十五日に、全工事を完成させたのであった。

　かかった経費は、実に、四十七万両であった。

　その一年間、薩摩藩士たちは、自分たちの俸禄をすべて返上した。

「……さて、工事が完成したあかつき、総奉行平田靫負正輔殿、副奉行伊集院十蔵殿はじめ、五十一名の藩士がたは、その責任をとって、切腹なされたのだ」

　西郷但馬は、無念やるかたない様子で、語り終えた。

　黙ってききとった夜太は、

「どうも、よく、判りませんや」

「なに？　なにが判らぬと申す？」

「つまり、濃尾平野に洪水が起らぬようにしてやったのでござんしょう。大変な手柄をたてたわけだ。べつに、切腹して、詫びることはねえと思いやすがねえ」

「黙れっ！」

　西郷但馬は、叱咤した。

「予想を四倍も上まわる負債を、主家にせおわせ、病死者を多数出し、幕吏とも争いつづけたのだ。責任者として、切腹して主家にお詫びしたのは、薩摩隼人の面目、武士道の吟味をつらぬいた、と申すもの。お前ごとき無頼の下郎に、薩摩隼人の武士道が、なんで理

4

解できようぞ！」

「だから、あっしは、武士というやつが、大きれえになったんだ」

「なにっ?!」

「なァに、こっちのことでさ」

「それにしても、憎むべきは、公儀ではないか。わが薩摩藩を苦しめに苦しめておいて、幕府からは、一文の援助もいたさなかったのだ！　五十一名のかたがたの精霊が、成仏できず、いまだ、当屋敷内に、怨恨をはらんだ幽霊となって、とどまって居られるのは、当然である。徳川幕府が倒れぬ限り、ご一党の幽霊は、出現しつづけるであろう」

「しかし、もう薩摩藩は、調所笑左衛門さんとやらの働きのおかげで、借金をぜんぶ返して、金持におなりになった、とききやしたぜ。幽霊さんがたも、ここいらで、手を打って、おとなしくあの世へ行ったらどうですかい？」

「黙れ！　黙れ！　黙れっ！　幕府を、われら薩摩藩士の手で、ぶっ倒さぬ限り、怨霊は出現しつづけるのだ！」

「さいですかねえ。……まあ、あっしとは、べつに、かかわりはねえことだ」

「いや、われらの大志を打明けたからには、お前を、どうしても、味方に加えるぞ」

「食事のしたくぐれえは、してあげまさ。行きがかり上、しょうがねえやな。……ところで、うかがいやすが、おめえ様は、どうして、顔を焼いて、化物面になんなすったので――？」

「拙者は、定府（一生江戸屋敷勤務）にて、お使番を勤めて居った者。幕府の役人、また他家の家臣がたに、

5

多数顔を見知られて居る。それゆえ、もし万一、町奉行所に捕えられた時、薩摩藩士と判れば、主家にわざわいをおよぼす危険があるゆえ、敢えて、かような面ていと相成ったのだ」

「立派なお覚悟、と申し上げてえが、あっしには、おめえ様の大志とやらには、共鳴できませんや。……あっしゃ、ただの風来坊で、けっこう満足しているんでさ。当分の間は、料理ぐれえはつくってさしあげやすが、おめえ様や同志の面々とやらが、この屋敷に居坐ってしまっちゃ、あっしは、いつ、姿をくらますか、そいつは、こっちの気分次第にして頂きやすぜ」

　夜太の言葉が、おわらぬうちに、西郷但馬の、凄じい抜き討ちが、あびせかけられた。

　かろうじて、畳の上を一廻転して、のがれた夜太は、

「なにをしやがる！」

　さすがに、むかっとなって、双刃直刃を鞘走らせて、一騎討ちを辞さぬ身構えをとった。

三

　西郷但馬は、その構えを看《み》て、

「貴様、できるの！　ただの風来坊ではあるまい。さては、幕府の隠密か！」

と、叫んだ。

「冗談じゃねえ。これでも、あっしは、元はれっきとした武士だぜ。風来坊になっても、幕府の犬になんぞ、成り下るもんけえ！」

　夜太が、叫びかえした――その折であった。

　庭園に、人の気配がし、この書院へ近づいて来た。

「西郷但馬殿！」

6

どうやら、十人以上のようであった。

「夜太とやら、ひとまず、退れ！　同志がたが、参った」

但馬は、云った。

夜太は、広縁へ出て、ちらりと、寄って来る人々へ、目をくれた。

夜目の利く夜太であった。

かれらが、いずれも、二十代——それも、後半ではなく、前半である若者ぞろいであることを、すばやく、みとめた。

また——。

中に、二人ばかり、女人もまじっているのを見分けた。

台所へひきかえして来た夜太は、

「ちえっ！」

と、舌打ちした。

「徳川幕府打倒のために、同志が集まった、と。……へん、カマキリが斧に向うようなものだぜ。ばかばかしい。いいかげん、血が頭にのぼっていやがる」

そう吐きすてたものの、なぜか、夜太は、やりきれぬものをおぼえた。

たしかに、幕府の政治は、腐りきっている。しかし、十人や二十人で、徳川家を打倒できるはずがないではないか。

——あんまり、天下が泰平すぎると、ああいう頭に血をのぼせた奴らが、現れるものか。

せっかく、島津家から、オランダ金貨とひきかえにまきあげたこの下屋敷も、どうやら、夜太の住居にはなりそうもなかった。

むすっとなって、夜太が、酒を飲んでいると、西郷

7

但馬が台所へ、ずかずかと入って来た。

「われら同志は、腹を空かせて居る。……お前は、先刻、庭で、狸と鯉を獲《と》って参ったであろう。それを鍋に煮込んで、書院へ持って参れ」

と、命じた。

「これァ、あっしが食うために、とっつかまえて来たんですぜ」

「つべこべ申すな。……はやくせい！」

「いやだと云ったら、斬ると仰言るんでござんしょう」

夜太は、

——ついてねえや、この屋敷に来てから、ロクなことは、ひとつもねえ。

胸のうちで、吐きすてた。

やがて、大鍋に、狸と鯉の汁が、つくられた。

夜太は、それを、一椀のこしただけで、大鍋ごと、書院へはこぼうとした。

そこへ——。

十数人のうちに交っていた女人の一人が、姿をみせた。

お姫様の華香とは、月とすっぽん、雪と炭、器量のわるい、およそ色気とは縁遠い、痩せこけた二十二三歳の武家娘であった。

「膳部に、盛って下さい。あたしが、書院へはこびます」

ひどくギスギスした声音でそう云った。

「おめえさんも、幕府を、ひっくりかえそうとする志を持っていなさるおひとですかい？」

「天下万民の幸せのため、あたしは、一命をなげうち、働いて居るのです」

8

「へえ、天下万民のために、ねえ。……失礼だが、本気ですかい？　同志の中に、惚れた男でもいるのじゃねえのですかい？　それで、大志とやらに影響されたのじゃねえのかね？」

「お黙りなさい！　この倒幕の志は、尊く立派なものなのです。そなたごとき、無学無頼の徒には、とうてい、理解はできますまい」

きっとなって、そう云った。

——その不器量さじゃ、まともなさむれえは、対手にしてくれはしねえやな。

夜太は、胸のうちで、せせらわらった。

武家娘は、つぎつぎと、膳部を、書院へはこんで行った。

夜太は、ただ、黙って眺めながら、

——あいつら、どうせ、生命は長くねえぜ。

と、直感を働かせていた。

（つづく）

柴田錬三郎

第二十一回　うろつき夜太——

柴田錬三郎

乱交と革命党と

一、

夜が、更けた。

夜太は、台所つづきの小部屋（おそらく、賄方の居間であろう）で寝ることにきめて、わざとしたたかに酒をくらって、高いびきをかいたため、書院においては、どのような大言壮言が交されたか、一切知らなかった。

——勝手に、幕府覆滅の夢を、わめきたてやがれ。

自分とは、全く関係のないことときめて、睡り込んだのであった。

夜太に、いびきを中止させ、目覚めさせたのは、呻き叫ぶ女の声音であった。

——なんでえ？

耳をすまして、きくと、それは、官能の疼きに堪えかねて、発する声音であった。

しかも、それは一人だけではなかった。

表御殿の書院から、ここまでつたわって来るのだから、まさしく、なんのはばかるところもなく、その行為は、ほしいままなものに相違なかった。

「こん畜生！　いい加減にしやがれ！」

夜太は、吐き出した。

十人あまりの〝志士〟に、二人の女人がまじっていて、その一人——ひどく不器量な武家娘には、夜太は、すでに、顔を合せている。

——女は二人しかいねえのに、あれは、いってえ、どういうことだ？

その疑問が、夜太をむっくり、寝牀から起き上らせた。

長廊下を、忍び足で近づいて行くと、書院には、ま

だ灯がともされていた。

書院の広縁に、忍び寄った夜太は、そっと、襖の破れた箇処から、内部を覗いてみた。

とたん――。

声こそたてなかったが、夜太は、唖然として、目と口を大きくひらいた。

広い書院に、ずらりと敷きのべられた十幾つの寝牀の、ちょうど中央で、二人の武家娘が、緋色の長襦絆姿になり、むき出した下肢を、放恣《ほしいまま》に拡げ、のしかかった〝志士〟に、しがみついて呻きたて、叫びあげつつ、激しく腰を蠢動させていた。他の〝志士〟連は、平然として、それぞれの寝牀に寝そべって、べつだん、その狂おしい営みを、眺めようともしていなかった。

四半刻（十五分）も経って、女の上にいた二人の〝志士〟が、ほとんど同時に、精気を放射して、さっさ、とはなれると、代って、別の寝牀から、やおら起き上がった〝志士〟二人が、それぞれ、女たちに掩いかぶさっていった。

――冗談じゃねえや！　夜鷹だって、同時に、二人の客をとった、という話なんざきいたことはねえぜ。……こいつら、まるで、けだものだ！　なにが、志士だ！

覗き視ているうちに、夜太は、風来坊らしからぬ倫理観をふまえた憤激が、五体を馳せめぐって、血汐がたぎって来た。

女が、春をひさぐ最下等の娼婦なら、いざ知らず、れっきとした武家娘ではないか。しかも、徳川幕府を打倒して、天下万民を幸せにしようという大志を抱いている連中ではないか。

なんという、あさましい、狂気沙汰の光景をくりひろげていることか！

夜太は、かっ、とわれを忘れて、襖をひき開けた。

「おめえさんがた、犬畜生に堕《お》ちているのかい！　いいや、犬だって、つがう時は、一匹対一匹だい。それを、どうでえ、このざまは――。さむらえの誇を、泥溝《どぶ》へすてておいて、なにが、徳川幕府打倒を企てる志士でえ！　てめえら、気ちげえの集団じゃねえか」

喚きたてる夜太に向って、床の間に近い、いちばん上座の寝牀にいた西郷但馬が、

「黙れ、下郎！」

と叱咤した。

「こっちが、下郎なら、そっちは、文字通り化物じゃねえか」

「きけ、下郎！　われら一党は、士農工商の差別をつくった封建の制度を打破せんとするものだ。将軍家も人間ならば、日やとい人夫も人間。社会は、平等であらねばならぬ。そういう社会をつくるために、われら一党は、まず、われら自身、率先して、自由平等を実践いたして居るのだ。同志たる者、一人の女子を独占するのは許されぬ。一婦は一夫だけを守って、たとえ後家となっても、二夫にまみえず、などという古くさい女大学を破棄するために、敢えて、かくの通り、自由平等な営みをいたして居るのだぞ。おのれごとき破落戸《ごろつき》風情に、封建の制度を打破せんとする必死の志が、判ってたまろうか！」

二、

「ああ、判らねえ！　皆目まるっきり、ちんぷんかんぷんだあ——。おめえさんが、いまほざいたことは、いかにも筋が通っているみてえだが、とどのつまりは、てめえらのやっていることに、屁理屈をつけているとしか、きこえねえや」

「屁理屈ではないワ！　この封建の社会が、がんじがらめにしばりあげた人間の自然の理を、われら一党は、解放いたそうとして居るのだ！　おのれごとき下等無智なやからに、理解できようか。退《さが》れっ！」

西郷但馬に、叱咤されて、夜太は、せせらわらった。

「旦那——。あっしは、てめえの過去を口にしたくはねえが、これでも、五百年もつづいたさむらいの家に生れて、百五十石の馬廻り役をつとめさせられ、餓鬼の頃から、武士道の吟味ってやつを、父親から性根にたたき込まれた男なんだ。その武士道の吟味に、いや気がさして、二百石をほうりすてて、風来坊になったんでさ。飲む、打つ、買うに、盗みまで働くごくつぶしになり下っている——その男が、おめえさんがたのやっていることに、無性にむかっ腹を立てているんだ。忠義礼節を一生涯守り通した石頭の爺さんが、憤激しているんじゃねえんだぜ。こういう風来坊だから

こそ、世の中には、やっていいことと、やっちゃならねえことがある、そのけじめが、見分けられるようだぜ。……どうも、おめえさんがたのやっていることは、千年ばかり一足飛びに、むかしに戻った野蛮人のくらしそっくりに見えてくらあ」

「封建の国家を転覆させ、新時代をつくる大志を実践せんとするわれら一党は、狂人とも見えよう。貴様の心の中には、まだ、武士道の吟味の残滓《のこりかす》がくっついて居る模様だな。肝心のことは、新しい社会をつくらんとする精神と熱情の有無だ。貴様なんぞに、その精神と熱情は、爪のカケラもあるまい」

「ありやせんや、そんなものは——。その新時代とやらをつくったら、どこの娘だろうと、人の女房だろうと、好き勝手に寝てもいいってわけですかい？」

「われら一党は、封建の悪秩序を打破せんとして居るのだ。そのためには、敢えて、男女平等となり、性《せい》を解放いたして居るのだ。……貴様も、精神と熱情を燃えたたすならば、この女人たちと、自由に契ってよいぞ」

そう云われて、夜太は、あらためて、〝志士〟たちを乗せてうごめいている二人の武家娘を、眺めやった。

——こんな貧相なおかちめんこより、お妻の方が、十倍もましだあ。

「あっしは、まっぴらごめんを蒙りやす」

夜太は、ことわった。

「夜太！　申しきかせておくぞ！　われら一党の存在、そして、この空屋敷に集結して居ることは、絶対に口外してはならぬ。もし、遁走して、人にしゃべろ

横尾忠則

うといたすならば、草の根をわけても、必ずさがし出して、斬る！　同志にあらずんば、敵だぞ！」

「おことわりしておきやすが、あっしは、味方にもならねえかわり、敵にもなりませんや。おめえさんがたに、飯を食わせる役目だけを、つとめまさあ」

夜太は、書院からひきあげて、台所へもどって来た。

胡座《あぐら》をかいて、茶碗酒を一杯、ぐうっとひと飲みしてから、夜太は、かぶりを振った。

「あいつら、惚れ合って一対になっちゃいけねえという掟でも、つくってやがるのか。その方が、ずっと不自由じゃねえか」

女郎、夜鷹のたぐいばかりでなく、小間物屋や質屋の後家と密通したこともあり、巡礼娘や旅芸人をくどき落して抱いたこともある夜太であった。しかし、ちゃんとした町家の娘や他人の女房を、無理矢理手ごめしたことなど、一度もなかった。

夜太は夜太なりに、永年にわたってつくられた人間の秩序を守って来ていたのである。

「勝手にしやがれ、と云うよりはほかはねえや」

いまいましく、吐きすてた時であった。

膳部を書院へはこんだ不器量な武家娘が、すっと、姿を現した。

「同志一同の決議により、そなたと、契ります」

冷やかに、そう告げた。

三

夜太は、武家娘を見上げて、

「あっしは、据膳をくらうのはきらいじゃありやせんが、同志一同の決議により、という文句が、気に入りやせんね。まっぴら、おことわり申しやす」

「拒否は許されません」

「あっしは、おめえさんがたの味方になったわけじゃありませんぜ。そうことわったはずでござんす」

「わたしと契って、そなたを同志の一人に加えます」

「かんべんしてもらいやす」

「ならば、そなたには、死んでもらいます」

武家娘は、きっぱりと宣告した。

——据膳食わねば、殺す、というのか。妙な話だぜ。

対手は、十人以上もいる。いずれも若いし、生命をすててかかっているし、腕前も立つに相違ない。

——しょうがねえや。まっ暗闇でやるのなら、美人も醜女《しこめ》もあるめえ。穴へ突っ込めばいいんだ、穴へ。

夜太は、自分へ云いきかせた。

「それじゃ、寝る場所だけは、こっちに、えらばせて頂きやすぜ」

「よろしいでしょう」

夜太が、武家娘を案内したのは、例の仏間であった。

そこへ入った武家娘は、どうやら、他藩の家中らしく、幽霊が出現することを、西郷但馬から、きかされてはいない様子であった。

場所が仏間と知っても、平然としていた。

夜太は、褥《しとね》を敷き延べながら、

——幽霊のお歴々がたに、おねげえ申しますぜ。あっしが、この娘の上に乗ろうとしたところへ、現れておくんなさいよ。

と、胸のうちで、たのんだ。

華香の場合とは、逆であった。

こんな貧相な、骨っぽい不器量娘は、流石《さすが》の夜太も、抱く気はしなかった。

また、五十一名の幽霊が出現したならば、この武家娘が、どんな反応を示すか、そのことも、夜太には、興味があった。

「へい、どうぞ――」

夜太に、うながされて、褥の上に仰臥した武家娘は、

「あたしは、佐倉藩堀田家の家中、藩校佐倉成徳書院の儒学教授小金井右京のむすめ多喜と申します。おぼえておくとよい」

と、名のった。

佐倉藩の学問所「成徳書院」は、名のひびいた藩校であった。

儒学をはじめ、武術・兵学・医学・蘭学など、諸学万般にわたって教える、いわば、現代の総合大学《ユニバーシティ》であった。

そこの儒学教授ともなれば、学問識見ともに立派な人物に相違なかった。

――そういう家のむすめだから、ありがたく思え、というわけか。

普通の武士の家よりもはるかに厳格なしつけをされて育ちながら、そのしつけに反撥して家出して来たであろうこの娘が、なお、自分は、ただの貧窮した浪人者の娘などではない、という誇を持っているのが、夜太には、ちょっとおかしかった。

「左様でござんすかい。立派な親御をお持ちで――」

わざと、夜太らしくないお世辞を云うと、多喜という娘は、目蓋を閉じて、

「そなたが、前身は二百石取りの武士であったときき、身をまかせるのに、心の抵抗がなくなりました。どこの馬の骨とも判らぬ、水呑み百姓のせがれなどであれば、契るのはいやでしたでしょう」

と、云った。

――なにを、ぬかしやがる。士農工商の階級をなくして、男女平等、人間はみな同じ、という新時代をつくる志に燃えていやがるくせに、まるで、その反対の料簡《りょうけん》を持っていやがる。あのお姫様の方が、ずっと、気持が大らかで、自由だったぜ。あのお姫様は、おれの素姓なんぞ、ききもしなかったぜ。

夜太は、ますます、抱く気がしなくなった。

――おねげえしますぜ、幽霊のお歴々がた!

夜太は、くりかえし、たのんでおいて、

「明りを消しやす。あっしは、どうも、灯の中じゃ、気が乗らねえタチなんで……」

と、云った。

「それがよいでしょう」

多喜は承知した。

墨を流したような暗闇になった。

夜太は、しばらくの間に、褥の中へ入るのを止めて、幽霊の出現を待つことにした。

「なにを、ぐずぐずしているのです?」

多喜の方から、うながした。

「へい。ただいま、入りやす」

夜太は、そろりそろりと、褥へにじり寄って行った。

（つづく）

うろつき夜太

第二十二回　柴田錬三郎

夜太と作者と

【一】

夜太は、多喜という武家娘が寝ている褥《しとね》の掛具へ手をふれた。

しかし——。

まっ暗闇の仏間には、なんの変化も起らず、静寂だけが占めている。

——どうしたんだよ、幽霊のお歴々がたよ？　どうして、今夜は、現れねえんだよ？

夜太は、いら立って、胸の中で、仏壇の中の五十一基の位牌に、呼びかけた。

——お姫様は、美人だったから現れたが、今夜の娘は醜女《しこめ》だから止めにする、というのは、幽霊のくせに、依怙贔屓《えこひいき》しすぎるというものだぜ。冗談じゃねえや、まったく。……今夜こそ、現れてもらいてえんだ。はやくしてくれよ、おい、お歴々衆よ！

夜太の矢の催促にもかかわらず、木曾川治水工事の責任をとって切腹自決をとげた五十一人の薩摩藩士らの亡霊は、一向に、出現しそうもなかった。

すくなくとも、夜太は、その気配すら、心身に感じなかった。

——畜生！　どうでも、この醜女を抱かなけりゃならねえのか。

夜太は、なかばやけくそ気味に、掛具をはねのけ、多喜のからだへのしかかって、その裾をめくりあげようとした。

とたん、

「ああっ！」

多喜が、悲鳴をほとばしらせて、夜太を突きのけた。

「なんだ？」

「そ、そこに、ゆ、ゆ、幽霊が……」

口走りつつ、多喜は、闇の中を、ずるずると、匍《は》って、逃げ出した。

「出たか！」

夜太は、壁の方へ視線を向けた。

ところが、どういうわけか、夜太には、ずらりと居竝《なら》んでいるはずの幽霊の姿が、まるっきり、見えなかった。

——どうして、おれには、見えねえんだ？

夜太が、不審がっているあいだに、多喜は、襖まで匍《は》って行き、手さぐりでひき開けると、廊下へ遁《のが》れていた。

革命思想に燃える武家娘だけあって、一瞬、悲鳴はあげたが、あとは、必死に恐怖をこらえて、雨戸づたいに、書院へ——同志たちのところへもどるべく、がたがたと音たてながら、遠ざかって行った。

「わからねえ！」

夜太は、腕組みして、仏壇の方を睨んだ。

「今夜は、あの娘には見えて、この夜太には見えなかった。これは、いってえ、どういうんでえ、お歴々衆？」

五十一基の位牌は、しかし、何も応《こた》えてはくれなかった。

「お手前様がたは、なんだか、すこし、気まぐれなような気がいたしやすがね。それとも、あっしのたのみをきいて下すって、あの娘にだけ見えるように現れなすったのですかい？　もし、そうなら、お礼を申し上げなけりゃなりませんがね」

ともあれ、夜太は、台所つづきの自分の小部屋へひきあげることにした。

——やれやれ……。

と、ひと息ついたところへ、跫《あし》音荒く、近づいて来た者があった。

「夜太！」

西郷但馬の声であった。

「へい——」

夜太が返辞をすると、但馬は、杉戸をひき開けざま、

「貴様、交合場所に、どうして、仏間をえらんだ？」

と、呶鳴《どな》った。

「あっしの勝手でさあ」

「黙れ！　中有に迷うておいでの諸精霊のおいでになる仏間を、えらぶとは、言語道断！　許せぬ振舞いだぞ！」

「かさねて申しあげやすがね、この屋敷は、あっしのものでござんすぜ。どこで、女を抱こうと——それ

も、そちらさんから据膳を食えといわれりゃ、部屋をえらぶのは、おめえさんがたの知ったことじゃありやせんや」

「貴様の行為は、怨恨をこめて相果てられた諸精霊を、冒瀆するものだ。断じて、許せぬ！」

「それなら、ものはためしに、五十一の位牌を、書院へ持って行って、その前で、おめえさんがた、あの二人の娘御を、代るがわる抱いてみたら、どうですかい」

【二】作者おことわり

読者諸君！

実は、まことに申しわけないことながら、ここまで——第一章を書きおわったところで、私（作者）の頭脳は、完全にカラッポになってしまったのです。

二十余年間の作家生活で、こういう具合に、大きな壁にぶっつかり、脳裡が痴呆のごとくなって、どんなにのたうっても、全くなんのイマジネーションも生れて来ないことは、これまで、無数にありました。そうした場合、ペンを投げすてて、銀座へ出かけて、酒場で無駄な時間（本当は無駄ではないのですが）をつぶしたり、ゴルフへ出かけたり、ホテルを転々として、気分を変えて、なんとか、締切ギリギリで、原稿を間に合わせていたのですが、こんどばかりは、ニッチもサッチもいかなくなり、ついに、こんなぶざまな弁解をしなくてはならなくなったのです。

この『うろつき夜太』は、私と横尾忠則氏と、二人が、本誌編集部によって、私の家のごく近くにある高輪プリンス・ホテルに、とじこめられて書きつづけているのです。

このホテルは、外国の観光客があふれ、結婚式が一日に五組も六組も行われて居ります。

それらの人々は、みな、はればれとした顔つきをして居ります。外国の観光団は、未知の国ジャパンへやって来たので、好奇心をわかせ、興味をそそられ、一人のこらず、うきうきした様子をみせて居ります。

結婚式に、新郎新婦はじめ憂鬱そうな顔をしている人は、一人も見当らないのは、いうまでもありますまい。

広いホテル内で、陰鬱な表情をしているのは、たった二人だけ——柴田錬三郎と横尾忠則だけです。

私は、うろつき夜太という奇妙な自由人にどんな行動をとらせたらいいか——毎回、苦心しているし、横尾忠則氏は、そのストーリィに合せて、どんな奇抜なアイディアのイラストレーションを生み出したらいいか、思いうかぶまで、部屋にとじこもったり、ロビイのティ・ルームに現れて、まことにやりきれなさそうな表情をして居ります。

私と横尾氏は、ティ・ルームでさし向って、三時間も四時間も、無駄話をしたり、互いに沈黙を守って、じっと、腰かけていることが、しばしばです。

いわば、ホテル内で、囚人の陰鬱な気分に陥入っているのは、どうやら、われら二人だけの模様です。

いや、囚人なら、締切というものがないので、いっそ、気楽でしょう。

われわれは、囚人でありながら、週刊誌の締切という、絶対のがれるべからざる制約を受けています。

小説というものは、締切日を迎えて、ストーリィが、すらすらと、脳裡にうかぶというのは、まず二三割の確率と考えて頂きたい。

私も、読者諸君と同じ平凡な人間であり、いったん、壁にぶっつかって、頭の中が空白になったら、まず二日間ぐらいは、七転八倒、地獄の苦しみに遭うのです。

ざんねんながら、今回は、ついに、鉄板のような壁に突きあたって、いささか大袈裟にいえば、気が狂いそうになってしまいました。

もともと、ここ数年来、不眠症がひどく、その不眠症に厭世《えんせい》感がともなっている人間なのです。

私は、三島由紀夫のように、切腹自殺する度胸はなく、川端康成のように、一人静かに、遺書ものこさずこの世を去る作家らしい勇気も持ち合せてはいない。

どうでも引き受けた以上、書きつづけなければならぬ責任感に、自身がふりまわされているのを感じて居ります。

私は、ホテルにとじこもっても、あかるい白昼の陽ざしがさし込むのをきらって、窓をふさぎ、電燈のあかりの下で、ペンを走らせるのですが、さて、ストーリィがつくれず、イマジネーションが湧かないとなると、たった一人で、机に向って、じっと座っている時間の、なんとまあ、長いことか！

私の机の上には、ペンと原稿用紙と古びた参考書と莨《たばこ》と灰皿と、睡眠剤と新刊雑誌類があるのですが、こういうニッチもサッチもいかない、追いつめられた状況になると、それらを、ばっと払いのけて、狂人のごとく喚《わめ》きたてたい衝動が起って来るのです。

この衝動が起って来ると、すくなくとも、五六時間は、ペンを把《と》って、原稿用紙に、文章を書くことが、不可能なのです。

第一、こういうみじめな弁解を書くこと自体が、不快で、ひどい自己嫌悪をともないます。

世間一般では『柴錬』は強気と受けとられ、テレビなどでは云いたいことを、ずけずけ口にする作家と受けとられているようですが、まことの正体は、書けなくなって、頭をかかえ、

「生きているのが、面倒くさい！」

と、ノイローゼにかかっているのが、現状の姿なのです。

この苦悩は、第三者には、全く判ってもらえない。まあ、一種の業《ごう》を背負っているのですね。実際、やりきれたものじゃない。

「プレイボーイ」誌の編集者が、あと一時間もすれば、このホテルの私の部屋に入って来ます。

締切ギリギリ、というよりも、締切が一日のびてしまって、私は、断崖のふちに立たされているあんばいなのです。

どうしても、あと一時間で、脱稿して、渡さなければならない。そうしないと、雑誌が出ない。

ところが――。

夜太が、

「それなら、ものはためしに五十一の位牌を、書院へ持って行って、その前で、おめえさんがた、あの二人の娘御を、代るがわる抱いてみたらどうですかい」

と、云ったところで、私の頭脳の働きは、ピタリと停止し、音の鳴らないトランペットのごときていたらくになってしまった。

「助けてくれ！」

誰かに向って、絶叫したい絶望状態に襲われてしまった。

この生地獄から、どう這い出せるか、目下、見当もつかない。

おそらく、諸君には、そういう経験は、ありますまい。

私が、睡眠剤を常用しているのも、こういう絶体絶命の瀬戸際に追い込まれて、不眠症になり、それを嚥《の》んで、フラフラになりながら、なんでもかんでも、締切に間に合わせている苦痛のゆえんです。

読者諸君は、すらすらと読み流して、

「こんなものか」

と、思うでしょうが、作者たる者、正直のところ、かくも生地獄の中で、のたうちまわっている次第です。

弱った！

どたん場で、ついに、死んだ方がましなような悲惨な気持で、弁解しているのです。

こういう弁解を書いた原稿を、横尾忠則氏に渡すと、どんなさし絵が描かれるか、私には、見当もつかない。

二十余年の作家生活で、はじめてのことだと、受けとって頂きたい。

うろつき夜太は、全くの自由人です。自由人だからこそ、筆者の方が、参ってしまった

困った！

かんべんしてくれ！

たすけてくれ！

どう絶叫して救いを乞おうと、週刊誌は、待ってはくれぬ。

そこで、やむを得ず、こんなみじめな弁解を書いているのです。

これは、決して、読者諸君を、からかったり、ひっかけたりしている次第ではありません。

逆説的にいえば、全くの自由人を描くことは、筆者の方が反対に、自由を奪われる、という皮肉を、いま、骨身にしみて、あじわっている次第です。

あと一時間で、『プレイボーイ』誌の編集者が、原稿を受けとりにやって来るが、私は、白紙を渡すわけには、いかない。

黙って、悠々として、さらさらと書きあげたふりをして、部屋へ置きのこしておいて、私は、ロビイへ降り、ティ・ルームで、ブルーマウンテンでも飲むことにする。

編集者は、急ぎの原稿を受けとると、その場で、読まずに、一目散に、印刷所へ駆けつけて行く習慣があることを、私は知っているからです。

「ああ、脱稿したよ」

「そうですか。間に合ってよかった！」

それだけの会話で、彼は、印刷所へ、車を突っ走らせるでしょう。印刷所で、読んでみて、愕然となるかも知れぬ。

しかし、もう、書きなおしの時間はない。

こっちは、ひと仕事すませたゆったりとした態度で、ブルーマウンテンの味でも、あじわって居ればいい。

まことに、申しわけないが、いまは、この非常手段しかないのです。

読者諸君！

私は、諸君をバカにしているのではないのですよ。

こういうことは、二十年に一度の非常手段です。

何卒、お許し頂きたい。

私は、天才ではなく、諸君と同じ凡夫なのだから、心の中では、平身低頭して居ります。

横尾忠則氏が、さて、どんなさし絵にしてくれるか、いまは、神のみぞ知る。アーメン！


（つづく）

天誅と貞操と

一

三日経った。

本所押上村の薩摩島津家の下屋敷に、無断で入り込んでいる革命志士は、さらに頭数を増して、十九人となった。あらたに女子が三人加わり、前からの武家娘二人に加えて、五人となった。

十四人対五人の、書院に於ける乱交は、毎夜行われた。

いい面の皮は、賄方にされた夜太であった。

十九人に、三度の食事をさせなければならなかった。

「この空屋敷のあるじは、あっしなんですぜ」

この主張は、かれらには、通用しなかった。

かれらは、

『天下革命党』

と、称し、西郷但馬を首領《リーダー》として、朝から晩まで、いかにして、徳川幕府を倒し、封建の制度を打破するか、口角泡をとばして、論じあい、夜太がつくった料理を、片っぱしからくらい、酒気を絶やさなかった。

あらたに参加した三人の武家娘のうち、一人は、途方もない大酒飲みで、朝から、夜太に要求した。これも、まともに見られるような面相ではなかった。

夜太がうんざりしたのは、いい加減という程度のものではなかったが、どうして、こっそりその空屋敷から、逃げ出さなかったかというと、せっかく調所笑左衛門から、オランダ金貨のつまった千両箱二つとひきかえにしたのが、惜しかったからではなかった。

——奴ら、なにをやらかすか、そいつを、見とどけてやろう。

その野次馬根性が、はたらいたからであった。

時は、弘化元年（一八四四年）五月。

前年九月、いわゆる天保改革を断行し、飛ぶ鳥も落す権勢を誇っていた老中水野越前守忠邦が、失脚していた。

天保の改革とは——。

一言でいえば、極端な質素倹約であった。

この天保改革が断行されたのは、その時より一年前、大阪の天満与力・大塩平八郎が、窮民を救うために、叛乱を起したのが導火線になっている。

天保というのは、飢饉と悪疫と地震と火災と洪水が、一挙にかたまって、集中し、米価の大インフレとなり、農民はじめ小商人《こあきんど》、職人、人足などが、餓死し、自殺した、徳川時代でも最悪の年間であった。

したがって、徳川幕府打倒の思想を持った武士や学者が、つぎつぎと出現していた。

オランダ学者で医師である高野長英が追いつめられて自首しているし、三河田原藩の渡辺華山もまた捕えられている。

しかも——、

賄賂が横行し、官職に就くには、多額の金子を積まなければならなかった。

幕府の権勢は昔日のおもかげはなく、直参旗本は堕落しきって居り、金銀は大商人に集中していた。

さらに、金持のための料理茶屋、遊廓、船宿、高級菓子屋などは、べらぼうに高価になり、ぜいたくをきわめていた。

つまり——。

非常に現代と似かよった時世であった。

そこで、老中水野越前守忠邦は、前将軍十一代家斉が逝去すると、思いきったインフレ対策を実行し、おどろくべき質素倹約令を下したのであった。

三味線をひくのを禁じた。芝居も中止させた。相撲もいかんと命じた。衣服も絹物は許さず、木綿にかえさせた。祭礼も制限した。堕落した僧侶を逮捕して、処刑し、寺院をぶちこわした。高価な骨董類の売買も厳禁した。いかなる商店にも、買い占めを許さなかった。

その政策実行によって、すべての職業に、不景気が襲って来た。

もし、この秋《とき》、水野忠邦が、思いきって、開国し、諸外国との貿易を断行していたならば、改革は、成功したかも知れない。

忠邦は、それをやらなかった。

不景気をまねき、大名・旗本・庶民の怨嗟《えんさ》を買った。

忠邦にとって、痛手であったのは、自分のふところ刀である町奉行鳥居甲斐守忠耀《ただあき》に裏切られたことであった。そして、忠邦が、大阪の豪商三十七人から、御用金として、百十二万四千両を課し、取りあげたことも、失脚の一因となった。

政治家は、財界と裏取引きしなければ、その地位が保てないことは、徳川時代も現代も、変りはない。

水野忠邦失脚後、ようやく、日本全土の下級武士の間に、幕府打倒の思想を抱く者が、つぎつぎと現れはじめたのであった。

『天下革命党』も、その一団であった。

二

夜太にとっては、天下の趨勢《すうせい》など、なんの関心もなく、どうでもいいことであった。

徳川幕府が、このままつづこうと、倒れようと、なんの関心もなかった。

その日も――。

夜太は、池泉で取って来た鯉を料理しているうちに、

「あ、痛っ！」

と、小指を庖丁で傷つけた。

「畜生！　親のゆずりの、五本の指を、四本半には、誰がした、と来やがらあ、……ほんにお前は罪な人、てなことぬかす女郎めを、女房にしたら、その日から、切った小指を、角《つの》にした、か」

ぶつぶつ云っているところへ、裏口から、すっとひとつの人影が入って来た。

「盗っ人稼業を、いつの間に、板前に鞍がえしたのさ」

「なにおっ！」

視《み》やると、それは、お妻であった。

「てめえ、おれが、どうしてここにいることがわかったんでえ？」

「蛇《じゃ》の道は蛇《へび》」

お妻は、夜太のそばへ寄って来ると、その庖丁をとりあげて、

「これでも、料理には、ちょいと自信があるのさ」

と、云った。

夜太は、傷ついた小指を口に入れて、お妻の巧みな手さばきを、ぼんやり眺めていたが、書院から〝志士〟たちの談論の高声がひびいて来るのをきいて、はっと、われにかえった。

「お妻、この屋敷は、若い女子がのこのこ入って来るところじゃねえんだ」

「幽霊が出る、というんだろ。ちゃんと先刻承知さ」

「幽霊のことじゃねえ。途方もねえ思想を持ってやがる奴らが、入り込んでいやがるんだ」

「お前さん、この屋敷を、薩摩の島津家から、もらったんだろう。だったら、立派なご主人様じゃないか。

うろつき夜太

柴田錬三郎

横尾忠則画

一二三回

そんな奴ら、追い出しちまえばいい。……第一、おかしいじゃないか。ご主人様のお前さんが、どうやら、居候たちの料理をつくっているらしいけど、いつの間に、こんな腑《ふ》抜けになったんだい？」

「だから、ただの人間どもじゃねえ、と云ってるじゃねえか。ともかく、さっさと、出て行ってもらいてえな」

「いやだよ。……どうやら、あたしゃ、お前さんという風来坊に、惚れちまったらしいんだ」

「おれに惚れているのなら、なおさらのこと、この屋敷にいるのは、いけねえやな」

「ふん――、お前さんも、まんざらあたしをきらいじゃないとみえるね。むこうにいる居候たちが、あたしを、手ごめにするのを心配してくれているのかい。うれしいねえ」

「うれしがっている場合じゃねえや」

夜太は、十四人対五人の男女が、書院で夜な夜なくりひろげる乱交の光景を、手みじかに説明して、

「奴ら、幾千年も前の、けだもの同様だった頃の人類のくらしを、いま、真似してやがるんだ。おめえ、まき込まれてもいいというのか？　十四人の野郎どもに、次つぎと、犯されてもかまわねえのか？」

「まっぴらごめんだね」

「だから、奴らに見つからねえうちに、早く姿を消しちまいな、と云っているんだ」

「お前さんと一緒に逃げ出すのなら、よろこんで、道行きとしゃれ込むさ」

「そいつは、できねえ相談だ」

「なぜさ？」

「おれは、……その、つまり、奴らが、どんなことをやらかすか――そいつを、見とどけてやるんだ。そうでなけりゃ、こんな幽霊屋敷、火をつけて、とっくに、燃やしてしまっていらあな」

「お前さんが、居すわっているのなら、あたしも、出て行かないよ」

「わからねえ阿魔《あま》だなあ、おめえという奴は！　十四人の野郎どもに、たらいまわしに犯されてもかまわねえのなら、勝手にしろい！」

夜太は、本気で腹を立てた。

三

お妻は、しかし、怒気をあふらせた夜太の顔を、微笑で見まもって、

「お前さんは、夜働きを稼業にしていたんだから、大名屋敷にも、いくども、忍び込んだんだろう。だったら、この屋敷内に、あたし一人ぐらい、こっそり、かくまう場所の見当がつくはずだよ」

と、云った。

とたん――。

杉戸が、ひき開けられ、廊下から、西郷但馬が、ぬっと台所へ踏み込んで来た。

その凄じい焼けただれた面相を視て、お妻が、「ひっ！」と悲鳴をあげた。

「話は、のこらず、きいたぞ」

冷たく薄ら笑いながら、但馬は、云った。

夜太は、「ちえっ！」と舌打ちした。

「夜太、お前は、好むと好まざるにかかわらず、すでに、われら革命党の同志なのだ。……われらの壮挙には、必ず参加させる。いまきいたところでは、お前は、大名屋敷に忍び込む夜盗であった由。都合がよい。われら革命党は、幕閣の要職にある権力者を片はしから、襲撃して、天誅を加える！」

「へえ――」

「われら革命党の使命は、将軍徳川家慶を亡き者にすることにある。次いで、幕閣の面々を、一人のこらず、片づける。目下の老中は、

土井大炊頭利位（下総古賀八万石）
真田信濃守幸母（信濃松代十万石）
阿部伊勢守正弘（備後福山十万石）
牧野備前守忠雅（越後長岡六万八千石）
堀大和守真実（信濃飯田三万石）
青山下野守忠長（丹後篠山六万石）

の六大名である。

この大名どもに天誅を加える前に、手はじめに、水野越前守忠邦を裏切った町奉行鳥居甲斐守耀蔵を斬る！」

「大層な壮挙でござんすね」

「すでに、鳥居耀蔵が、月のうち、七日と十八日には、側妾のいる下屋敷ですごすことは、調べがついて居る。お前が夜働きを稼業にしていたのは、まことに好都合だ。手引きしてもらおう」

「おことわりしたら、どうなるんで――？」

「その女を、われら志士が共有の女子に加える」

――やれやれ！　お妻の奴、とんだところへ舞い込んで来やがった。

「この女は、あっしの女房ですぜ」

「われら革命党には、一人占めの妻などは存在せぬ」

「あっしは、お前様がたの同志とやらに加わったおぼえはありやせんぜ」

「黙れっ！　この期に及んで、つべこべ申すな！　わ

れらの指示通りに働け！」

——糞ったれ！　お妻が現れやがったために、とうとう〝同志〟にひきずり込まれてしまったじゃねえか。

「旦那、あっしが、町奉行暗殺の手引きをしたら、この女には、手を出さねえ、と約束して下さいやすね？」

「承知した」

西郷但馬が、去ると、夜太は、がしがしと頭をひっかいて、

「とうとう、〝同志〟にされちまったぜ。……町奉行を暗殺するなんて、気ちげえ沙汰だあな」

「お前さんも人が好いねえ。今夜のうちにも、トンズラしちまえばいいじゃないか」

「おれも男だ！　いったん、約束した以上、あとへは退《ひ》けねえ」

「やりそこなったら、獄門首だよ」

お妻に云われて、夜太は、腕を組んで、宙を睨んでいたが、

「しょうがねえやな。どうせ、畳の上で往生できる身とは、思っていねえ風来坊だからな」

どうやら、夜太は、『天下革命党』の壮烈な意気を感じた様子であった。

カンでは、失敗におわるであろう、と思いつつ、乗りかかった舟に乗る覚悟をきめたのである。

お妻は、すでに、止めて止められる男ではない、と知って居り、

「ところで、お前さん、幽霊に出会ったのかい？」

と、たずねた。

「ああ、現れやがったぜ。五十一人の幽霊にな」

夜太は、こたえてから、ふっと思いついて、

「そうだ、おめえは、幽霊の出る仏間に寝るがいいぜ。あそこなら、奴らは、絶対に、夜這いには、やって来ねえや」

と、云った。

「あんまり、ぞっとしないねえ」

「莫連のくせに、なにをビクつきやがる。……あの幽霊のお歴々がたは、忠義のさむれえで、お家のために切腹したんだ。莫連のおめえの貞操でも、守ってくれらあ」


（つづく）

第弐拾四回

うろつき夜太

柴田錬三郎

横尾忠則画

火焔と行為と

壱

『天下革命党』が、徳川幕府の閣老たちを襲撃して若年寄でも老中でも、一人でも斬っていたならば、その凶変は、大阪の天満与力・大塩平八郎の乱と比肩する事件として、後世に、〝志士〟の名をとどめたに相違ない。

そういう騒動は、歴史に記されていない。

すなわち――。

襲撃は、実行されなかったのである。

なんとも、ざんねんなことである。

古くは、明智光秀が、本能寺に、おのが主人織田信長を夜襲して、下剋上をやってのけ、元禄十四年には、播州赤穂城主浅野長矩が、江戸城松ノ廊下で、高家・吉良義央に刃傷に及んでくれたおかげで、後世のわれわれ小説家は、大いにかせがせてもらっている次第である。

『天下革命党』も、将軍家といわぬまでも老中あたりを敢然と襲撃してこれを殺していたならば、それが、講談になり、小説になり、映画になり、テレビ・ドラマ化されたであろう。

まことにくやしいことに、一人の女が、この騒動を未然に、食いとめてしまったのである。

その女とは、お妻であった。

その朝。

夜太は、仏間に寝かしたお妻が、はたして、幽霊に出現されたかどうか、たしかめに、次の間に入って、

「おい、お妻――」

と、呼びかけた。

返辞がなかった。

「莫連のくせに、幽霊のお歴々におどかされて、気絶でもしやがったかな」

独語しながら、襖を開けてみると、寝《ね》牀《どこ》は、もぬけの殻になっていた。

「なんでえ、泡をくらやがって、どこへ這いずって逃げやがったんだ？」

お妻ならば、当然、悲鳴をあげて、仏間から逃げ出したら、

――おれの寝部屋へ、とび込んで来るはずなんだが……？

夜太は、ちょっといぶかった。

「まあいいやな。この屋敷から、三十六計をきめ込みやがったのなら、気が楽になったぜ」

いささかの不満を胸中にのこしつつ、夜太は、つぶやいたことだった。

ところで――。

南北の町奉行所から、与力、同心そして捕手方が、総動員されて、この空屋敷を、包囲したのは、すでに、夜明け前――一刻（二時間）も前からであった。

捕物勢は、全く物音を消して、ひたひたと迫り寄り、屋敷を完全に包囲すると、木か石のように、息をひそめて、討ち入る命令を待ち受けていた。

『天下革命党』は、だらしなくも、書院で、睡りこけて、全く、夢にも知らなかった。酒と乱交で、かれらが目をさますのは、陽が昇ってからであった。

夜太自身、よもや、屋敷外に、三百人もの捕手がたが、布陣していようとは、全然気がつかず、台所の土間に降りて、飯焚きの用意にとりかかった。

その折、お妻が、彼女自身、幽霊になったように、すうっと、忍びもどって来た。

「なんでえ？　おめえ、どこで、夜を明かしやがったんだ？」

「しっ！」

お妻は、人差指を口にあてた。

「どうしたってんだ？」

「お前さんを助けるために、訴人したんだよ、あたしゃ――」

「訴人?!」

「そうさ、町奉行所へ、おそれながらと駆け込み訴えをしたのさ。老中、若年寄、町奉行を殺して、天下をひっくりかえそうとしている徒党が居りますとね」

そのささやきをきくと、夜太は、いきなり、お妻の頬へ、平手打ちをくらわせた。

お妻は、三和土《たたき》へしりもちをつけ、はずみに、裾を乱して、緋縮緬の湯文字の蔭から、内股までのぞかせた。

「な、なにしやがるんだい！」

「てめえ、たのみもしねえお節介をやきやがって……、許せねえ！」

夜太は、満面に怒気の色をみなぎらせて、唸った。

弐

お妻は、夜太を仰ぎながら、

「あ、あたしゃ、お前さんを助けたいために、町奉行所へ……」

「うるせえ！　……たしかに、奴らが、書院でやらかしていることは、けだものじみていらあ。しかし、この天下泰平に、大騒動をまき起そうとしているのは、本気なんだぞ。大名も、さむれえも、商人も職人も――どいつもこいつも、家や金にふんじばられて、腑抜け腰抜けになっているこの御時世に、幕府の要人を片っぱしから、殺《や》っつけようという意気は、買うんだ、おれァ――。てめえなんぞ、沼津くんだりに流れた酌婦に、男の意気が、わかってたまるけえ！」

そう呶鳴りつけられて、お妻は、ふてくされた。

「昨夜のお前さんの態度とは、だいぶ話

がちがうじゃないか。お前さん、たった一夜で、ころりとひっくりかえって、倒幕の志士になったのかい？」

「うるせえ！　おめえの貞操を守ってやろうとしたのと、奴らの意気を買うのとは、別だあ！　……訴人だなんて、とんでもねえことをしやがった！」

「お前さんだけは、お縄にしないと、指揮をとっている与力は、ちゃんと約束してくれたんだよ」

「うるせえったら、うるせえ！」

夜太は、上り框へ、腰を下して、腕組みした。

お妻は、立ち上って、身ずくろいしながら、

「お前さんが怒ったって、もう手おくれなんだよ。外は、蟻の這い出る隙間もないほど、手くばりされているんだから……。ね、あいつらの睡りこけている隙に、あたしと二人で、逃げ出そうよ」

と、うながした。

「ちぇっ！　これだから、おれは、金輪際、女には惚れねえんだ。男と女は、性根のつくりかたが、まるっきりちがっていらあ。書院にいる五人の醜女《しこめ》だって、まともには男に抱いてもらえねえから、同志ってえやつになっただけのことよ。男の意気が、判って、革命党に加わったわけじゃあるめえ。……おめえなら、ちったァ判っている、と思ったが、とんだめがねちがいだったぜ。……ちぇっ、おれみてえな風来坊に惚れやがって、ドめくらになっちまやがった。ぼけなす阿魔め！」

「じゃ、なにかい、お前さんも、あいつらの同志になるときめていたのかい？」

「そうじゃねえ。おれは、あくまで、野良犬よ。奴らの党になんぞ入るもんけえ」

「だったらさ」

「糞ったれ！　判らねえのか、おれの気持が、てめえには！　おれは、同志になんぞなりゃしねえが、奴らの意気だけは、買ってやるんだ。それだけのことよ。……さてと、どうしたら、奴らを、この屋敷から、脱出させることができるかだ」

「そんなことをしたら、お前さんも同罪で、ひっくくられて、獄門首になるじゃないか」

「つべこべほざくな！」

夜太は、宙を睨んでいたが、

「そうだ！　よし！」

と、自身に合点した。

夜太は、一方の壁にとりつけられた棚の上段に、ずらりとならべられた黒塗りの桶を、手ばやくとりおろした。

「お妻、おめえも手伝え。そこの裏倉の大瓶《がめ》にたくわえてある燈油を、これらの桶に汲むんだ」

「どうしようというのさ？」

「なんでもいいから、早くしろい！」

夜太とお妻は、たちまちのうちに、七つの桶に、燈油をみたした。

「いいか、お妻、おめえは、この燈油を、廊下、座敷、襖、壁――どこでもかまわねえからぶっかけろ！」

「お、お前さん、放火しようというのかい？」

お妻は、愕然となって、夜太を見まもった。

「おれがもらった屋敷だあ！　ぶっこわそうと、焼きはらおうと、勝手だ。まわりに家はねえんだから、隣りに迷惑もかからねえ。……おい、いそげ！」

云いのこしておいて、夜太は、三つの桶を、ひっかかえると、庭へとび出して行った。

夜太は、西郷但馬が自身で自分の顔を焼いていることから、ヒントを得たのである。

夜太が、燈油を撒《ま》いたのは、狐・狸・鼬などが棲みついている、うっそうたる築山と高塀に沿うた樹林であった。それから、裏門と裏門の扉にも、ぶっかけた。

「これで、よし！」

夜太は、待ちかまえた。

参

突如――、表門の前で、陣太鼓が打ち鳴らされ、

「当屋敷内に、ひそむ不逞のやからに申し渡す！」

という呼びかけがなされたのは、それから、ものの十分も経っていなかった。

現代のメガホンらしいものを用いているようであった。

「おのれらのくわだてるところは、町奉行所に知れた。当屋敷は、完全に包囲された。……遁れる余地も隙もない。尋常に縛《ばく》につくならば、お上にもお慈悲があるぞ。武器得物をすてて、出て参れ！」

その時、夜太は、松明を手にしていた。

「いい調子に、風が舞い狂ってやがら」

そうつぶやいてから、築山に撒いた燈油に松明の火をつけた。

「へへ、火遁の術だあ！」

夜太がまっしぐらに、表御殿へ馳せもどった時には、もう、築山は、風にあふられた猛焔が、もうっと噴きあがり、樹から樹へと燃え移っていた。

包囲した捕手陣から驚愕のどよめきがあった。

もちろん――。

書院では、十九人の革命闘士が、はね起きて、いずれも顔面蒼白となり、為《な》すところを知らぬうろたえぶりをみせていた。

夜太は、お妻がぶちまけた廊下の燈油へ、松明の火をつけておいて、つッ走ると、書院へ行き、

「さあ三十六計だ！　北の不浄門だけは、火がかからねえようにしてあらあ。そこから、とび出して、突っ走れ！」

と叫んだ。

不浄門は、死人をはこび出すために設けられた出入口で、いかに町奉行所の捕手方でも縁起をかついで、ここからは、攻め込んで来ないはずであった。つまり、たてこもった徒党も、遁走するにしても、不浄門は避ける、と考えているに相違なかった。迷信がつよく根を張っている時代であった。不浄門をくぐるのは、士はもちろんのこと、足軽も絶対に避けて非人に限られ、これはきびしく実行されていたのである。〝志士〟一同が、うろたえているなかで、流石《さすが》に、頭領である西郷但馬だけは、目を血走らせてはいたが、われを忘れてはいなかった。

「お主の術策は、楠木正成公にも比べられる。好意のほど、生涯忘却せぬぞ」

「礼など云ってもらっているひまはねえや。いそいでくんねえ。ぐずぐずしていたら、煙にまかれて、焼け死んじまうぜ」

夜太は、せきたてておいて、身をひるがえした。

手あたり次第に——畳へ、襖へ、壁へ、ぶちまかれた燈油へ、火をつけておいて、庭へ遁げ出してみると、築山をなめた紅蓮舌は、高塀ぎわの樹林に、燃え移っていた。

凄じい焼け音とともに、火の粉が、花火のように、間断なく空を彩《いろど》っていた。

「熱っ！」

夜太は、火の粉をあびて、悲鳴をあげるや、着物の裾をまくって、頭へひっかぶり、池泉へ奔った。

すると——。

「ここだようっ、お前さん！」

お妻の声が、きこえた。

池泉に架けられた石の太鼓橋の下に、お妻は、首までつかっていた。

「ちゃっかりしてやがらあ」

夜太も、ざんぶと、飛び込んだ。

なにしろ、敷地一万八千余坪、建物総坪数三百二十七坪の屋敷が、春の強風にあふられて、燃えるのであった。

形容を超えた凄じさで、いっそ華麗とさえいえる壮観であった。

そして——。

夜太とお妻は、いくども、熱さに堪えかねて、水中へもぐらなければならなかった。

いつの間にか、お妻は、夜太にしがみついていた。

夜太は、心の中で、

——幽霊のお歴々がた、かんべんしてくんねえ。こうするよりほかに、しょうがなかったんだ。お前さんがたは、幽霊だから、べつに、焼け死はしねえだろうから、どこかへ、ねぐらを替えて頂きてえ。

と、あやまった。

あやまりながらも、夜太は、にわかに、この異常な状況に興奮した五体が、むくむくと欲情するのをおぼえた。

自分自身、——面妖《おか》しいぜ、と思いつつも、股間の変化を、どう制すべくもなかった。

夜太は、無言で、お妻の肌に濡れまつわった着物と長襦袢と湯文字を、かきわけた。

「な、なにを、するのさ？」

「これも、経験だあ。二度とあじわえねえぜ」

夜太は、木の根のように固くなったおのがものを、お妻の股間へ、あてがった。

「いやだよ！」

口では、こばみながら、お妻は、それを自分の体中へ容れやすいように、なかば無意識に、巧みに腰を動かした。

夜太のものは、お妻のそこへ埋《う》め込まれた。

しがみついたお妻は、吹きつける熱風も忘れて、

「好き！」

と、口走った。

（つづく）

夕立と女囚と

一

五月。

当時の五月は、現代の六月にあたる。夏至《げし》――夏に至る、という日があるのも、急に暑気が増すからであった。

その初夏の空には、端午《たんご》の祝いの絵幟《のぼり》、吹貫《ぬ》き鯉がひるがえり、野を見やれば、水をたたえた田に、赤い笠紐、紅襷《だすき》に乙女のおしゃれ心をみせた田植えがおこなわれている。

土手には、葵《あおい》が咲き、夕暮には、合歓《ねむ》の花もひらく。闇が落ちると、螢が舞う。

不意に、稲妻が走り、雷鳴がとどろいて、夕立が襲って来るのも、この季節である。

夕立や、人さまざまのかぶりもの

しぶきをあげる往還《みち》から、人々が逃げ去って、雨足のはげしいひとときが過ぎると、いつの間にか、雲のすき間から、月色が冴えて、濡れた地上を照らし、すずしい風を吹き送って来る景色は、まことにいい眺めであった。

昼間の驟雨のあとは、樹の幹や枝から、蟬の声が、急にさわがしく起るが、暮れてからの夕立のあとは、かならず蝙蝠が飛び交うのも、妙であった。

こうして、季節は、炎暑に入るのである。

その日も――。

午後になって、あっという間に一天かきくもったかとみるや、人家をも押しつぶしそうな勢いで、降って

本郷追分――板橋へ向う路と飛鳥山へ向う道との分岐点――の辻に建つ古びた阿弥陀堂へ、鳥のようにとび込んで来て、

「おうっ、ひでえや。雷ぐれえ鳴らしてから降って来やがれ」

ぶつぶつ、つぶやいた濡れ鼠は、夜太であった。

男女の交合秘戯図を描いた笠も、役たたずであったらしい。

「夜鷹でも抱いて、そこいらのくさむらに横になって居ったか、夜太――」

うすぐらい堂の奥から、その声が、かかった。

「なにおっ?!」

夜太は、すかし視て、そこに大刀を抱いてうずくまっている者が、地獄人・六木神三郎であるのを、知った。

「おめえさんかい。……お姫様は、どうしたい?」

「将軍家のお手つき中﨟になられるべく、千代田城大奥へ上られた」

神三郎は、陰気なこもり声で、こたえた。

「おめえさん、指をくわえて、だまって、お姫様がそうするのを見送ったのかい?」

「わしが、藩邸へ、おつれしたのが、まちがいであった。江戸家老めが、わしに一杯食わせた。……殿に――父君に、対面の儀をとりはからってくれる、というから、おつれしたのだが……、江戸家老め、さっさと姫を大奥へ送り込み居った!」

呻くように、神三郎は、語った。

「察するところ、お姫様の藩は、一万石か二万石の貧乏大名でござんしょう。公儀のご機嫌とりには、あの天女みてえなお姫様は、おあつらえ向きの生贄《いけにえ》だあ。……尤も、あのお姫様は、おめえさんが道中でてんかんの発作を起すと、冷淡に見すてたり、あっしのような風来坊に平気で尻拭きをさせるような娘御だから、将軍家のめかけには、恰好ってえところじゃねえんですかい」

「黙れっ!」

神三郎は、一喝した。

「姫を侮辱するのは、許さんぞ!」

「大奥へ飛んで行っちまった小鳥に、未練をのこしたってしょうがねえや。地獄人らしくもねえ、ドジを踏んじまったものよ。……おめえさん、手とり早えところ、お姫様を、てめえのものにしちまっていりゃよかったんだぜ。家来筋にあたるから、といって、あがめたてまつっていたのが、一生一代の不覚ってえやつさ」

「べらべらしゃべるなっ!」

「おめえさんに同情しているから、云ってるんだ。このあっしにせえ、肌身を許そうとしたお姫様ですぜ。おめえさん、手ごめにでもなんでもして、女房にしちまえばよかったんだ。あれだけのとびっきりの美形は、生涯二度とは巡り会えねえや」

「もうよい、姫のことには、ふれるな!……わしには、もうひとつ、やらねばならぬことがあるのだ」

「眠狂四郎という浪人者を、斬ることですかい?」

「うむ」

「あきらめた方がいいんじゃありやせんか」

「なに!」

「そう、いちいち、目くじら立てなさんな。……あの眠狂四郎は、不死身ですぜ。おめえさんの腕前でも、斬るのはおぼつかねえ。……おっと! 正直に、こっ

ちのカンを口にしているんだから、きいてもらいてえや。おめえさんは、たしかに、地獄人と称《よ》ばれるだけあって、無気味な妖気をただよわせておいでだが、どこか、わざと、人をおそれさせようとする凄味をきかせておいでですさ。それにひきかえて、あの眠狂四郎という浪人者は、本当の孤独というものを知っているらしいや。知ったかぶりに云えば、底知れねえ無常感の中に住んで居りやすぜ。そのちがいが、あっしには、判りまさあ」

二

地獄人・六木神三郎は、しばらく沈黙を置いてから、ひくい声音で云った。

「眠狂四郎を斬る目的を、放棄すれば、わしには、もはや、生甲斐がなくなる」

「ありやすね、ひとつ」

「何がある?」

「おめえさんが、お姫様を連れて行っちまったあとに、あの島津家下屋敷に、途方もねえ天下覆滅の企てを持っている徒党が、やって来たんでさあ」

夜太は、『天下革命党』について、説明して、

「……町奉行所が総動員して、逮捕に来やがったので、あっしが、放火して、面々をにがしてやったんでさ。どこかに、ひそんでいるはずですぜ。おめえさんは、あいつらに味方して、町奉行を襲撃し、次に若年寄、それから老中を狙うのに、その剣を存分にふるってみたら、どうですかい?」

「ふむ!」

神三郎は、どうやら、興味をそそられた模様であった。

「おのぞみなら、あっしが、この鼻をきかせて、面々がどこにひそんでいるか、かぎあててもよござんすぜ」

「……」

神三郎は、すぐには、返辞をしなかった。

——お姫様を、将軍家のめかけに取られたんで、この地獄人も、だいぶ、こたえてやがらあ。

やがて——、

「お前のカンを信じるとして、その『天下革命党』とやらは、どこにひそんだ、と見当をつける?」

「おそらく、もう江戸市中には、潜伏しちゃ居りませんや。朱引外(江戸郊外)の——天領の山中のほら穴にでも、たてこもって、議論をたたかわせて居るに相違ありやせんや。しかし、あの西郷但馬ってえ薩摩隼人が、かしらでいる限り、いずれ、ほら穴から這い出て来て、江戸へ突入して町奉行あたりを襲うこんたんになっているに相違ねえ」

「町奉行を斬ったところで、革命の狼火《のろし》をあげたことにはなるまい」

「それを機に、百姓一揆を起させる手もありまさ。天領の百姓どもをそそのかして、数千人も、江戸へなだれ込ませたら、これは、ちょいとした見物になりやすぜ」

「成程な。お前も、その徒党に加わるつもりか?」

「風来坊でさあ。なにか騒動を起して、その渦の中で、とびはねてみてえ気持がありまさ」

「よかろう、徒党のかくれ場所をつきとめて、案内してくれ」

「合点!」

承知したものの、夜太は、内心、

——おれらしく

ってやることになったとは、おれにも、人の好いところが、ちょっぴり、のこっていやがる。

微かな自嘲をおぼえたことだった。

三

その頃——。

お妻の方は、『女、小ざかしゅうして牛を売りそこなう』のことわざ通り、伝馬町の牢屋敷に、しょっぴかれていた。

当時——。

牢屋敷には、数種の牢があった。

揚座敷《あがりざしき》、揚屋、大牢、二間牢、百姓牢、女牢、そのほか、溜《ため》というものもあった。

揚座敷は、五百石以上、お目見以上の旗本が、咎《とがめ》を蒙って入れられるところ。

揚屋は、お目見以下の御家人及び大名・旗本の家臣、僧侶などが、罪を犯して、とじこめられるところ。揚座敷は畳敷きだが、揚屋は、荒莚《むしろ》敷きの差別があった。

大牢、二間牢は、すべて庶民が入れられるところ。但し、大牢は、ちゃんと戸籍のあるものを入れ、二間牢は無宿者を入れるところで、無宿牢とも称されていた。百姓牢は、その名のごとく、農民が入れられていた。

女牢は、いうまでもなく、婦女子を入れる牢屋であった。

溜《ため》というのは、病人や幼少の者を置くところで、これは、浅草と品川に建てられていた。

小伝馬町の牢獄内の生地獄については、これまで、

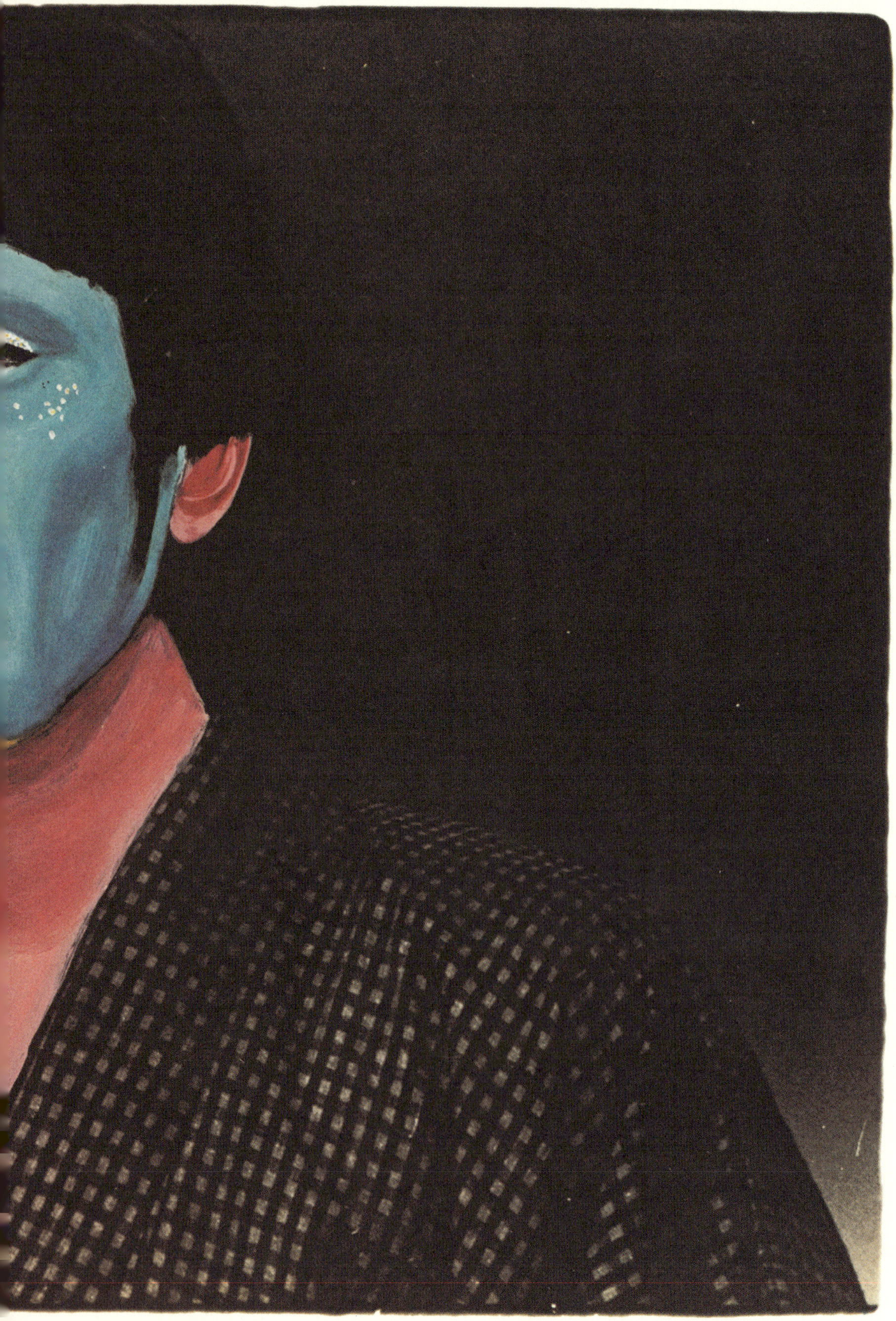

横尾忠則画！

第二十五回！！！

好評連載！！

柴田錬三郎！！！！

うろつき夜太！！！！！

たくさんの小説、映画、テレビが、つたえているが、事実は、それ以上に、凄じい私刑《リンチ》が加えられていた。

仲間に憎まれた囚人は、たいてい、暗黒闇の中で、虐殺されていた。あるいは、蒲団に包んで、逆さまに立てて、窒息死させた。あるいは、板間に押さえつけて、手拭いまたは衣類を口中に突っ込んで、呼吸を止めておいて、鳩尾《みぞおち》を拳でひと突きして、殺した。これらの方法は、からだに傷をつけないので、当時の医師の診断では、すべて、心臓の発作を起したことにされた。

女牢も、例外ではなかった。憎まれた女囚は、よってたかって、釘を植えた棒きれを陰部へ突き込まれ、子宮をめちゃめちゃにひっかきまわされたり、あるいは、かんざしを耳へ刺し通されて殺されたものだった。

お妻は、さいわい、女牢に入れられた時、牢名主の婆さんを、むかし知っていたので、そんな苛酷な目に遭わされずに、すんだ。

それでも、二十日あまり、なんの取調べも受けず、すてておかれた。

島津家下屋敷が焼け落ちたのち、いつの間にか夜太が、姿をくらまし、お妻は、その姿をさがしもとめて、市中をうろついているところを、岡っ引に捕ったのであった。

やがて――。

お妻は、牢屋敷内にある閻魔堂《えんまどう》と称する吟味場へ、ひき出された。

「その方の訴人は、かえって、不逞のやからを逃亡させる結果をまねいた。夜太と申すお前の仲間に、お前は、説き伏せられて、徒党の逃亡を手だすけしたこと、弁解の余地はあるまい。包まず、白状せい」

吟味与力は、きめつけた。

「冗談じゃありませんよ。あたしゃ、訴人して、お奉行所に、叛乱を企てる奴らを、とっつかまえてもらおうとした――つまり、手柄をたてて、ごほうびをもらってもいいと思っていたのに、牢屋へほうり込まれるなんて、こんな間尺にあわないことがあるもんか」

「莫連風情の訴えを、うかつに信用したあまり、町奉行所は、江戸中に、恥をさらす結果と相成ったのだ。その方の罪科は、まぬがれぬぞ」

――勝手にしやがれ！　打首なり、は、り、つけなり、なんとでもしやがれだ！

お妻は、覚悟をきめた。

その折であった。

その閻魔堂へ、のっそり姿を現したのは、お数寄屋坊主の河内山宗俊であった。

河内山宗俊は、さんざ悪事を働いていたが、江戸城内の醜い裏面を知りすぎている男なので、町奉行所では、毒を持って毒を制するために、このお数寄屋坊主を、自由に出入させて、逆に利用していたのである。

「ほう、これア、渋皮のむけた仇な色年増だのう」

お妻の容姿を眺めてやった宗俊は、ふと、ひとつの記憶をよみがえらせた。

「似ている、瓜ふたつだな、この顔は――」

「誰に似て居るのだ？」

吟味与力は訊ねた。

「そのむかし、大奥随一の美女といわれたお佐和の方にだ。額、双眸、鼻梁、口もと、すべて、生き写しだぜ。こいつは、妙だ」

「どういうのだな？」

吟味与力は、居[illegible]

「この河内山が、この生き写しの女の素姓を、ここで、洗い出してくれるかのう」

宗俊は、にやりとして、

「二十余年も前になるが、大奥の御典医に、御台所の信頼を受けた小森田元伯という名手がいた。こいつ、無類の好色漢で、診療にかこつけて、こっそりと、目につけた大奥女中をわがものにしていたが……、どうやら、その種《たね》を、お佐和の方に植えつけた、というひそかな噂をきいたことがある。お佐和の方は、将軍家お手つき中臈で、懐妊すると、お上の和子と、認められようとしたが……、老中水野越前守が、信じ難し、として、お佐和の方を、大奥の中にある科《とが》部屋（罪人室）に、幽閉し、女子を出産させ、その挙句、母子もろとも、追放した、という事実がある」

「ほう、そのようなことがござったか」

「この女、どうやら、お佐和の方の子に、相違ねえようだぜ。大奥の裏の裏まで知りつくしているこの河内山宗俊の目に、狂いはねえ」

お妻は、顔をそ向けて、身じろぎもしなかった。

河内山は、吟味与力に云った。

「この女、どうだろう、この河内山に、預からしちゃくれめえか？」

「お主のたってのたのみなら、ことわるわけにも参るまい」

お妻は、河内山宗俊のおかげで、思いがけず、牢屋敷を出ることができたのであった。

つづく！

うろつき夜太

第二十六回

柴田錬三郎作――横尾忠則画

柴田担当・美濃部修

横尾担当・島地勝彦

楊子と釣針と――――

（一）

　日本全土を、自由気ままにうろつきまわっている男には、いつの間にか、自分でも不思議な直感力と嗅覚が、身についているものである。

　夜太は、『天下革命党』に再び逢うべく、日光街道を、のそのそと歩いていた。

　自分のカンに狂いはない、と思ったものの、夜太は、ものはためしに、日本橋のまん中で、二つの草履を空へほうりあげて、うらなってみたのであった。

　日本橋は、四つの大街道の起点であった。東海道と甲州街道と中仙道と日光街道である。

　夜太のうらないは、

　　草履ふたつとも表であったら、東海道
　　右の草履が表であったら、甲州街道
　　左の草履が表であったら、中仙道
　　草履がふたつとも裏であったら、日光街道

　それであった。

　カンは的中して、橋板へ落ちた草履は、両方裏が出たのである。

「おれは、日蓮上人みてえに、新しい宗教でもつくったら、信者が百万も集まるんじゃねえかな」

　一人、うそぶきながら、夜太は、荒川沿いに、千住へ至り、草加、越谷と辿って行った。

　どうせ、〝志士〟たちは、金魚のウンコみたいに、ゾロゾロつながって逃走しているに相違なかろうゆえ、かくれ場所をつきとめるのは、造作もない、とタカをくくっていた夜太であった。

　ところが――。

　どの宿《しゅく》で、ききまわっても、それらしい一行が通った気配は、一向になかった。

　夜太は、ついに、日光街道が、奥羽街道と岐《わか》れる宇都宮城下まで、足をのばしてしまった。

「ちょっ！　奴ら、もしかしたなら、中仙道を突っ走りやがったかな？」

　迷いが生じると、とたんに、夜太という男は、『天下革命党』を、是が非でもさがしあてなければならぬ理由を見失った。

　地獄人・六木神三郎に、〝志士〟たちをひきあわせる約束はしていたものの、べつに、そんなものは破ったところで、どうということもなかった。

「勝手に、どこへでも、土龍《もぐら》みてえに、もぐっていやがれ」

　夜太は、宇都宮から、踵《きびす》をかえした。

　但し、脳裡の片隅には、その行方をつきとめたい気持は、のこっていて、新田宿までひきかえすと、脇街道を壬生《みぶ》から楡木、栃木をまわって、中仙道へ抜けようか、と考えた。

　迷っているうちに、面倒くさくなり、通りすがりの渡世人を呼びとめて、賭場をきき、そこへおもむいた。そして、ほんの一刻あまりで、すってんてんの一文無しになってしまった。

　賭場を出た時、夜空は降るような星屑だらけであった。

「は、は、はっくしょいっ！」

　思いきり大きなくさめをしてから、

「小野の道風じゃあるめえし、オケラ、ケラケラ、蛙《かわず》（買わず）に柳（腰）を見てけえる、か。今夜は、飯盛も抱けねえや。こん畜生！」

と、吐きすてた。

　ほどなく、夜太は、とある櫟林《くぬぎばやし》の中にある古寺を見わけて、その本堂で、夜あかしすることにした。

　そこには、先客がいた。

　夜太は、須弥壇の燈明の仄《ほの》あかりで、太い丸柱によりかかっているのが、旅にんであるのをみとめた。

　破れた三度笠をかぶったなりで、風雨と塵埃でゴワゴワになって厚味を増し、いたるところツギあてした合羽をひきまわして、じっとうずくまっていた。

　三度笠を傾けているので、面ていは、しかと、見わけられなかったが、左頬に刀創があるのが判然とした。兇状持ちで、急《いそ》ぎ旅をしているやくざに相違なかった。

　どういうものか、旅にんは、口に、おそろしく長い楊子をくわえていた。

「おめえも、賭場で、オケラになったのか？」

　夜太は、気軽に話しかけた。

（二）

「いえ、べつに、そうじゃござんせんが……」

　旅にんは、重そうな口のききかたをした。

「路銀がねえから、こんな古寺に宿かりをしているんだろう？」

　たとえ、急ぎ旅（兇状持ちの逃げ旅）をしている無職《ぶしょく》人でも、その土地その土地の博奕打ちの親分の家に、草鞋を脱いでかくまってもらうことはできた。

「あっしは、どこの親分衆にも、一宿一飯の恩は、借りねえことにして居りやすんで――」

旅にんは、こたえた。

「いっぴき狼、と気どっているわけか。……その長え楊子は、どうして、くわえているんだ？」

「こいつは、ただの癖というもので……」

「おめえ、急ぎ旅をしているんだろう？」

「へえ」

「だったら、遠くからでも、人目につく、そんな長え楊子をくわえていりゃ、おめえを殺そうとさがしまわっている奴らに、さあ見つけてくれ、と看板をぶらさげているようなものじゃねえか。どうせのことなら、楊子の代りに、惚れた女から簪《かんざし》でももらって、そいつをくわえていた方が、カッコがいいぜ」

しゃべりかける夜太に、旅にんは、うるさくなったか、

「ごめんなすって――」

と、立って、出て行こうとした。

「おっと待った。ちょっと、きいてえことがあるんだ。おめえ、この上州路を歩きまわっている渡世人だろうから、きくんだが、顔中火傷《やけど》した人三化七のさむれえと、醜女《しこめ》をまじえた十数人の一団に出会《くわ》さなかったか？」

「あっしには、かかわりのねえことで……」

「べつに、かかわってもらいたくはねえやな。ただ、出会《くわ》したかどうか、きいているだけ」

「ごめんなすって――」

旅にんは、さっさと出て行った。

出て行ったとたんに、この盛夏だというのに、どうしたのか、おもてで、木枯しが吹き抜けるような風音がひびいた。

「なんでえ、うす気味わるい野郎だぜ。どうせ、間引きそこないの水呑み百姓の伜が、なにかの拍子に、やくざ渡世の泥沼にはまり込みやがって、いつ殺されるか、待っているあんばいだぜ。ああいう野郎の云う台《せり》詞《ふ》はきまっていらあ。……昨日という日のねえあっしに明日という日があろうわけがございせん、てなキザな文句をぬかしやがるに相違ねえやな。……そうだな、あの眠狂四郎という浪人者なら、同じ意味でも、さしずめ、明日のために今日を生きては居らぬ、という気どった云いかたをしやがるだろうぜ」

夜太は、ごろりと手枕になると、もう高いびきをたてていた。

翌朝早く、雄鳥が啼く頃合、夜太が目覚めたのは、習慣ではなく空腹のためであった。

「くそ！　腹の皮が、背中にひっついてやがる」

朝食を調達すべく、夜太は、境内へ出た。

すると、鐘楼のわきで、枇杷《びわ》の実を採っている白衣の坊主頭が、いた。

夜太は、のこのこと近づくと、

「お住《じゅう》職さん、すまねえが、朝粥でもめぐんでくれやせんかね」

と、たのんだ。

「お主も、博変打ちの破落戸《ごろつき》かな？」

白髯を、長くたらした老僧は、きいた。

「まあ、そんなところでさ」

「お主は、昨夜、本堂に無断で入り込んだやくざの仲間ではなかったのか？」

「なアに、ただ、一緒になっただけのことなんで――」

「そのやくざは、どうやら、滅法腕っぷしが強かったらしく、そこの櫟林の中に、この土地の博徒が、七人も、殺傷を蒙っていたが、その男のしわざのようであった」

「あっしにはかかわりのねえことで――。ちょっ！　あいつの口真似をしちまったぜ」

「博徒どもが殺されると、この寺の墓地に葬るならわしじゃが、親分が気前のいい男での、回向《えこう》料をはずむので、大いにこの東光寺は、もうかるわい。せいぜい、縄張り争いをして、死人が多く出てもらいたいものじゃ？」

――とんだ生臭坊主だぜ、これア。

夜太は、美味《うま》い朝粥をご馳走になると、再び旅をつづけることにした。

境内で、片方の草履を蹴あげると、裏が出た。

「ようし！　これから行くのは、佐倉藩領内だ」

夜太の脳裡には、佐倉藩堀田家の、藩校佐倉成徳院の儒学教授・小金井右京の娘多喜の醜い貌が、思いうかんでいた。

島津家で屋敷の仏間で、幽霊が現れて仰天し、這《ほ》う這《ほ》うのていで、逃げ出した娘志士であった。

――あの娘が、一党を、佐倉のどこかに、かくまったかも知れねえ。

ふと、そう思いついたのである。

――どうやら、こんどのカンは、あたるかも知れねえ。

一気に、千住までひきかえして来て、東へ向った。

夜太の性格には、こういう妙に律義なところがあった。

しかし――。

夜太は、下総国で、いたずらに、むなしい三日間を過しただけであった。

どうやら、夜太がほうり上げる草履うらないは、さ

っぱりあたらなかった。

（三）

なんの手がかりもつかめぬまま、印旛《いんば》沼のほとりに立った夜太は、

「こうなりゃしょうがねえ。本業の稼ぎをやってのけるか」

と、独語した。

寝るのは、神社寺院などの片隅を無断で借りたし、空腹の方は、川魚や山のけもの、畠の芋などで満たしているものの、無一文では、賭場にも入れなかったし、女郎も買えなかった。

「どうせ忍び込むなら、いっちょう、この土地の代官屋敷にしてこまそうか」

夜太は、ほぞをきめた。

ひとくちに、忍び込む、といっても、これは、まかりまちがえば、生命を喪う冒険であった。四肢は充分にしなやかにきたえておき、全神経を鋭く冴えさせていなければ、とうていやってのけられぬしわざであった。

まして、えらんだのが、代官陣屋であった。代官陣屋ともなると、二三万石の大名屋敷以上の構えであり、大名の家よりも、警戒は厳重であった。

ついでに述べておけば――。

代官というのは、幕府直轄地を、五万石以上あずかり、支配している役人であった。したがって、江戸周辺の関東代官ともなると、小大名などとは比較にならぬくらいの絶大な権限を与えられていた。

夜太は、その代官が住む陣屋へ、忍び込んで、金を盗んでやろう、と思い立ったのである。

ちょうど、いいあんばいに、からだをしなやかに習練するには、おあつらえ向きの印旛沼が、目前にひろがっていた。

いうならば、水があれば、冬でもとび込んで泳ぐのは、夜働きにそなえて、からだをきたえておくためでもあった。

ふんどしひとつになった夜太は、ゆっくりと水へ入って行き、のびやかに泳ぎはじめた。

沼と称されるだけに、湖水とはちがい、底は浅く、いちめんに葦が生《お》い茂っていて、その葦のしげみを縫ってゆくことになった。

やがて――。

前方に水面がひろびろとひらけるや、夜太は、一度、全身から、すべての息をすうっと吐き出しておいて、あらためて、胸、腹いっぱいに、空気を吸い込んだ。

これが、水中へ長い時間をもぐるコツであった。

夜太は、水底へ身を沈めるや、肛門をぎゅっと締めつけておいて、泳ぎつづけた。

もし当時に潜水時間を競うコンクールがあれば、夜太は、最長記録保持者になったかも知れない。ヴェテランの海女《あま》に負けぬ自信があった。

どれくらい潜水行をつづけたろうか。

不意に――。

夜太は、右の耳朶《たぶ》に、鋭い激痛をくらった。

――くそ！　この印旛沼に、海蛇みてえなしろものが棲《す》んでいやがるのか！

夜太は、そいつをひっつかもうと、右手をのばした。

と――、つかんだのは、一本のてぐすであった。

耳朶に激痛が起ったのは、釣針がひっかかったためであった。

あわてて、釣針をはなそうとすると、水上の釣人の方は、沼の主の大なまずでもかかったのではあるまいかと錯覚したらしく、ぐいぐいてぐすを引っぱった。

――おれは、魚じゃねえぞ！

夜太は、引っぱられるままに、浮きあがり、ぽかっと、水面へ首をのぞけた。

小舟に乗っていた釣人は、商人ていだが、どことなく垢抜けのした、頭髪に霜をまじえた初老の男であった。

「おやおや、これは、とんだ魚を釣りあげたものだ。ごめんなさいよ」

「冗談じゃねえや。……あ、痛えっ！」

夜太は、釣人から、耳朶の釣針を抜きとってもらって、舟へ這いあがった。

「わたしが、すこしも気がつかなかったところをみると、お前さん、よほど、遠くから、もぐって来なすったね」

初老の釣人の口調は、歯切れのいい江戸弁であった。

「べつに、釣りあげてもらいたくて、もぐって来たんじゃねえや」

むくれた返辞をする夜太を、釣人はじっと見なおして、

「わたしは、お前さんと、以前、顔を合せたことがありますよ」

と、云った。

「こっちは、一向に、おぼえはねえぜ」

夜太は、突っけんどんに、かぶりを振った。

（つづく）

盗賊と代官所と

一

初老の釣人は、おだやかな笑顔をつくって、云った。

「わたしは、左様、もう四五年前になるかな、小田原の旅籠《はたご》――『湊屋』で、あるじの嘉久兵衛さんと茶のみ話をしている時、お前さんは、顔をのぞけなすったね」

「………」

夜太は、対手からそう云われて、見かえした。

釣人は、おだやかな笑顔をつくっているにもかかわらず、その双眸からは、冷たく鋭い光を放っていた。

「おめえさんも、嘉久兵衛と同様、ただの鼠じゃねえな。もしかすると、大名旗本の屋敷の天井裏を、忍び歩いた鼠じゃねえのかい？」

「その鼠は、七年前に、お上のお縄にかかって、打首になっちまいましたよ」

「七年前だと？……七年前といえば、江戸で、大名屋敷ばかりをあらした鼠小僧次郎吉が、御用べんになって、打首になっているが、まさか、おめえさんが――？」

「ふふふ……そうですよ」

「しかし、げんにそうやって、首は胴につながっているじゃねえか」

「打首になったのは、わたしの替玉でね。わたしの従弟の五郎次という男で、配布されたわたしの人相書きに、わたしよりも、よく似ていましたよ。……わたしは、十年前に、夜働きの足を洗って、室町二丁目の片隅で、つつましく、小間物屋をやっていたんだが、五郎次の奴、わたしの株を奪ったように、大名屋敷へ忍び込んでいるうちに、三度目にはもう捕っちまったのですよ。そればかりか、町奉行所のお白州で、てまえが鼠小僧次郎吉でございます、と自分から名乗ったのだから、あきれかえったものですよ。……わたしは、五郎次が、はだか馬に乗せられて、市中をひきまわされて行く姿を、見物の人垣の蔭から、眺めたんだが、あいつ、大層得意げに、首を突っ立てて、胸をそらしていたっけ。べつに、わたしの身代りになって打首にされなければならぬ恩も義理も、わたしから蒙ったわけじゃなかったんだが、どういう料簡で、死んじまったのか、いまだに、わたしには、謎になっていますよ」

「人間てえやつは、必ず死ぬんだから、日本中に知れわたった大泥棒の鼠小僧になって、はだか馬から、見物人を見下してみたかったのかも知れねえやな」

「当らずといえども遠からず、というところでしょうかね」

「ところで、おやじさんが、鼠小僧の親分と判ったからには、ひとつ、相談に乗ってもらいてえことがあるんだが――」

「わたしは、ごらんの通り、この印旛沼で、ほそぼそと、釣に明け暮れている田舎爺ですよ」

「むかし取った杵柄《きねづか》は、まだ忘れちゃいねえはずだぜ。……あっしは、昼は昼太、夜は夜太という風来坊だが、湊屋嘉久兵衛に仕込まれて夜働きを稼業にしているんだ。ひとつ、この土地の代官陣屋へ忍び込んでやろうと、肚をきめたんだが、おやじさん、片肌ぬいでくれる気はねえかい？」

夜太は、首を突き出した。

「………」

曾《かつ》ての怪盗・鼠小僧は、すぐに諾否の返答はせずに、夜太の視線を、受けとめた。

二

その家は、印旛沼から一里ばかりはなれた、山ふたつに抱き込まれたような谷間に在った。

外観は、古びた百姓家であったが、内部は、凝った造りに改《か》えてあり、置かれた調度品も、骨董価値のあるもののようであった。

次郎吉は一人ぐらしではなかった。

十四五歳の、いかにも可憐な顔だちの少女を使っていた。可哀そうに、唖で聾《つんぼ》であった。

「この娘は、気のふれた乞食女が、やくざの三下にいたずらされて産《う》まされた、あわれな身の上でしてね。七年前――そう、従弟の五郎次が替玉になって、処刑されたあと、わたしは、江戸をひきはらってここへ移って来た時、引き取ってやったのですよ」

夕餉の給仕をするかなという少女について、次郎吉は、夜太に語った。

「菩提心とか、後生ねがいとかいうやつですかい。……どうも、親分の好々爺ぶりを眺めていると、宗門の教義ってえのを、書きかえたくなりやすぜ。どんな悪事を犯しても、べつに罰はあたらねえらしいな。天罰覿面《てきめん》とか、因果応報とかいうのは、どうも嘘っぱちらしいや」

「わたしも、こんなのんびりした隠居ぐらしをしていられるのが、申しわけない、と思って居りますよ」

「尤も、親分は、盗んだ金の半分だか、三分の二だかは、貧乏人にばらまいたそうだから、功徳はやっているんだな」

「お前さんは、かりに、お代官の陣屋から、金を盗んだとして、どうしなさる？」

「飲む、打つ、買うに、使いはたしてしまわあ。窮民救済なんてえ仕事は、公儀や大名がやることで、こんな風来坊のすることじゃねえやな」

「正直でいい」

次郎吉は、微笑して、うなずいてから、

「十年ぶりに、ひとつ、腰を上げて、お前さんの夜働きの手だすけをしてみましょうかね」

と、云った。

「そいつは、有難え！」

「下総・上総の天領を支配していなさるお代官の、田中角之丞という御仁《おひと》は、性根はべつに冷酷じゃないのだろうが、なにしろ公儀ご奉公ひとすじのお旗本で、年貢の取り立ての鬼になっていなさるらしいのでね。ここいらで、ちょいと、灸をすえてもいいと思いますよ」

次郎吉は、こともなげな口調で云った。

代官というものは、五万石以上の広い領地の支配をまかされているが、実は、せいぜい二百石取りぐらいの分限の小さい旗本なのであった。

したがって、その支配の天領の農民から、年貢を一石納入させるところを、一石一斗取り立てて、自分の手柄にしようとする傾向が強かった。すると、次の代官は、前任者に負けじと、さらに一石二斗を取り立てようとするのであった。

つまり、徳川幕府直轄領の代官は、立身出世主義者が大半で、また、そういう人物が、閣老からえらばれて、赴任したのである。

したがって、天領の年貢は、大名の領地のそれとは、格段の差のある、苛酷な取り立てがなされた。

天領農民が、大名領の農民に比べて、さらに不利であったのは、代官が、米麦つくりのほかに、他の仕事をして別途収入を得ることを許さなかったことである。

各大名は、織物とか焼物とか、さまざまの商業を、それ専門の職人以外の者にも許していたので、百姓たちも内職にはげんでいた。

天領では、それは禁じられ、穀物をつくるだけであった。

そのために、次男・三男などは、前途に希望がなかった。天領の農家から、博奕渡世のやくざや盗賊が、多く出たのも、そのためであった。天領農民の子らは、家を出て、江戸大阪などの商店に丁《でっ》稚《ち》奉公したり、職人の弟子になることは、許されていなかった。一升でも多く米をつくらせるために、人手を減らしてはならなかったからである。

そこで――。

田圃や畠に一生へばりついた、虫のようなくらしをきらって、家出をすれば、その若者は、たちまち、無宿人（戸籍から抹殺された者）にならざるを得なかった。所詮、やくざの道をたどるしかすべはなかったのである。

鼠小僧次郎吉は、この土地へ移って来てから、天領農民のみじめなくらしぶりを、つぶさに眺めた模様であった。

夜太は、次郎吉から、腰をあげて十年ぶりに夜働きをする、と受諾されたとたんに、この上の心強い味方はない、と思ったが、その初老の姿を眺めているうちに、

――せっかく、足を洗って、しずかに、釣をしてくらしている者を、そそのかしてもいいものか？

と、迷いが生じた。

「親分は、幾歳《いくつ》になんなすったのですかい？」

「四十七ですよ。三十六で盗っ人をやめたのでね」

「いけねえや。あと三年で人生五十年になる年寄を、仲間にはひき込めねえや。どだい、ドジを踏んで、とっ捕ったりなどした日には、せっかくの鼠小僧の名がけがれらあ」

「鼠小僧は、七年前に、打首になって居りますよ」

次郎吉は、笑ってから、すっと立った。

次の瞬間――。

その身には、目に見えぬ翼でもついているかのように、畳を蹴って、宙へ躍ると、ぴたりと、天井裏へ、はりついてみせた。

ひらりと、降り立って、もとの炉端の座に就いた次郎吉は、

「その気になれば、まだ二年や三年は、武家屋敷の天井裏の鼠になることができますよ」

と、笑った。

三

「やっぱり、おめえさんは、盗っ人の大名題《なだい》だぜ」

夜太は、肚から唸って、云った。

「夜太さんとやら、この下総のお代官田中角之丞という御仁は、相当なしたたか者ですよ。しかも、どういうものか、最近、しきりに、腕の立つ用心棒を、かなりやとって居る、ということを、わしは耳にしているのです」

「へえ、用心棒をね」

さすがは、こんな片田舎に隠遁していても、鼠小僧次郎吉ともなると、耳はたしかであった。いつの間にやら、代官所内の事情を調べていた。

すらすらと、用心棒どもの名を挙げてみせた。

大平正五郎、愛知揆市郎、中曾根康正など、十数人の名を挙げてみせて、

「このうちでも、わしの知って居る限り、中曾根康正というのは、狡猾で無節操だが、若くて腕が立つ。元は公儀の御

うろつき夜太

家人であったが、田中角之丞に口説かれて、法外な用心棒代の甘い汁を吸わされて、御家人の株を、江戸の札差に売りつけておいて、この下総にやって来た男です。油断はならぬ。他に、三木武之進とか二階堂進馬など、かなりの年配だが、ただの用心棒ではなく、江戸でも名の売れた剣客です。……お前さん、代官所に、それだけの用心棒がやとってあっても、忍び込む度胸がありますかね？」

「いったん、肚をきめたからにゃ、あとには引けねえや」

夜太は、こたえた。

次郎吉は、ふと思い出して、

「そうそう、もう一人、代官が、手代として、石原慎三郎という朱子学とやらを修めている若い用心棒も、呼び寄せたようですよ。いままでの手附の美濃部亮九郎という人物が、すでに老体だし、ひどく無能なので、これを追い出して、石原慎三郎に代えようとしているらしい。尤も、この石原慎三郎というのは、鎌倉の町道場の伜で、ひどく腕自慢らしいが、実際の業前《うでまえ》の方はわかりませんがね。ともあれ、なんの仔細があるのか、代官田中角之丞は、やたらと、用心棒をやとって居りますよ」

「用心棒が多かろうと少かろうと、こちとら、いったん肚をきめたからにゃ、必ず忍び込んでくれるぜ。おやじさん、その年齢《とし》で手助けしてくれとたのむのは、どうも心苦しいが、ここは一番、むかしとった杵柄を、役立ててもらいてえや」

夜太が、老賊の巧妙な手引きで、代官所へ潜入したのは、それから三日後であった。

柴田錬三郎　作
横尾忠則　画

二万坪以上あろう邸内へ忍び込んだものの、築山の蔭にひそんだだけで、二人は、建物に近づくことが、いかに困難かということを思い知らされた。

「こんな厳重な警備の網を張った屋敷には、はじめて忍び込みましたよ」

次郎吉は、あきれて、夜太にささやいた。

庭苑には、間断なく、手附・手代はじめ、下役人、足軽、中間たちが龕燈《がんどう》で、隅々まで照らして見まわっていたし、建物の中には、いたるところ、元締の指揮で、用心棒たちが詰めているのが、手にとるように判ったのである。

「これは、警備陣が解かれてから、出直すよりほかはないようですよ」

「いったん、忍び込んだんだ。意地だあ。すごすごと退散できるけえ！」

夜太は、肯《き》き入れようとはしなかった。

「困りましたな」

「天下に名をとどろかせた鼠小僧が、弱音を吐くとは、なさけねえや」

「わしは、身の危険を感じると、さっさと退散したので、これまで、一度も捕らなかったのですよ」

「今夜はちがうぜ。この夜太が主役だあ。おめえさんは、手助けしてくれるだけよ。……年齢《とし》をくらって、気が弱くなっているのなら、さきに逃げてくれても、かまわねえやな」

「お前さん一人を残しておくわけには、参りませんよ。……ま、しばらく、ここで様子をうかがっていることにしましょうかね」

次郎吉が、おちついた声音で、そう云

った折であった。

突如——。

凄じい音響とともに、門扉が、大木でもぶちつけられたように、破壊された。

「代官田中角之丞殿に、物申す。天下革命党が、万民のため、その首級を挙げ、百姓どもの膏血をしぼった年貢をもらい受け申す！」

――あっ！

夜太は、闇の中で、声のない叫びを発した。

――あの声は、西郷但馬のものだぞ！

やっぱり、下総にかくれていやがった！

（つづく）

乱入と救助と

一

その夜、代官所内で、文字通り血みどろの乱闘がくりひろげられたのであれば、作者たる私は、二十年間も、チャンバラ場面を描いているので、手馴れたペン先で、その光景を、紹介できたはずである。

ところが――。

あいにくと、そういう乱闘場面は、行われなかった。

天下革命党が、代官所の門扉をたたきこわし、西郷但馬が勇ましく叫びたてたところまでは、築山の蔭にひそむ夜太と鼠小僧次郎吉をして、固唾《かたず》をのませ、緊張させた。

さて――。

どっと、なだれ込んで来た『天下革命党』は、頭数およそ四五十名であったが、そのまま、建物めがけて、死にもの狂いの殺到をしなかったのである。

先頭に立った西郷但馬だけが、身命をなげうった凄じい殺気をみなぎらせて、刀をふりかざしていたものの、そのうしろの〝志士〟たちは、ただ喚きたてるばかりで、一向に、足を踏み出そうとはしなかった。

夜太が、のびあがって、眺めやったところ、一団の中には、六七人、女子も交っているようであった。おそらく、島津家下屋敷での仏間で、幽霊の出現に仰天して逃げ出した、多喜という娘も、そのうちの一人であったろう。

ところで――。

夜太をいささかあきれさせたのは、代官所側の迎撃ぶりであった。

次郎吉からきかされた、代官田中角之丞の用心棒集めは、『天下革命党』が襲撃して来るのを事前に探知してのことであった。

当然、やとわれた用心棒たちは、〝志士〟の徒党が乱入して来るや、どやどやと、建物の縁側や庭さきへ、とび出して来たが、かれらは、おのれの方から、抜刀したり、槍をかまえて、突進しようとはしなかった。

乱入した革命党の一団の前へ、立ち向ったのは、代官所の手代はじめ、下役人、足軽、中間たちばかりであった。かれらもまた、龕燈《がんどう》で、謀叛の群を照らして、

「しずまれ!」

とか、

「無駄な反抗をするな!」

とか、

「神妙に縛《ばく》につけば、お上にお慈悲はあるぞ!」

とか、叫びつづけるのが、せいぜいで、用意した捕物の諸道具――突棒も差股《さすまた》も袖がらみも鉤《かぎ》縄も、使おうとはしないのであった。その人数は、乱入した群の三倍はいたが、われから肉薄しようとする者は、一人もいなかった。

いわば――。

双方、口だけ達者に、呶鳴りたてて、数十歩もへだてた対峙の距離を、さっぱり縮めようとせぬのであった。

「なんでえ、あれは――」

夜太は、舌打ちすると、

「あっちもこっちも、どいつもこいつも、腰抜けばかりじゃねえか。……どだい、攻め込んだ奴ら、攻め込んだからには、へっぴり腰で立往生してやがるとは、なんてえざまだい! くそたれ! 間抜けのこんこんちきの、へちゃむくれ野郎ども!」

あまりのじれったさに、思わず、物蔭からとび出そうとした。

とたんに、次郎吉から、袖をつかまれた。

「止めなされ。こういう時は、高処《たかみ》の見物にかぎりますよ」

「だって、おめえ、じれってえじゃねえか」

「わしらには、かかわりのないことですよ。こちらは、この騒動をもっけのさいわいにして、こっそりお宝を頂くのが、仕事じゃありませんかね」

「そりゃ、そうだが、……見ちゃいられねえじゃねえか。いやしくも、天下をひっくりけえそうと意気まいていやがる憂国の志士ってえ奴らだぜ。しかも、こうやって、突入していやがるんじゃねえか。それを、どうだ、あのみっともねえていたらくはよう。……こん畜生! それにまた、腹の立つのは、あの用心棒どもの態度だぜ。革命党退治にやとわれていやがるんじゃねえか。やとわれ代も、たんまりもらっていやがるんだろうに、まるで、あれじゃ、見物の野次馬とちっともちげえねえじゃねえか。くそ面白くもねえ!……さあ、なんとかしろい!」

夜太自身、双方の腑甲斐なさに、逆上のていになってしまった。

二

それでも、四半刻(十五分)ばかり、呶号の応酬をやった挙句、ようやく、双方は、対峙の距離を縮めた。

しかし――。

どっとばかり入り乱れて、修羅場を現出するまでには、いたらなかった。

それぞれの得物が、対手にふれもせぬ位置で、いたずらに、振りまわしたり、突いたりするばかりで、さっぱり、息をのませる光景にはいたらなかった。

こういうありさまだと、作者である私自身、どう描写しようもない。

「はやく、なんとかするがいい！」

作者が、呶鳴りつけたくなるもどかしさであった。

もとより——。

そのままで、夜が明けてしまうわけではなかった。何事にも、結末はある。

やがて、攻勢に出たのは、代官所側であった。尤も、攻勢といっても、鈎縄を持っていた足軽が十人あまり、それを使って、〝志士〟数人を、ひっかけて、引っぱったに過ぎなかった。

鈎縄の鈎を、頭とか肩とか腕にひっかけられた〝志士〟たちは、たちまち、悲鳴を発して、もがいた。殊に、女はなんともなさけない死にそうな金切声をほとばしらせた。

それがきっかけとなって、革命党が、闘志を燃えたたせて、斬りかかってゆけば、作者のペン先の走り具合も大いに冴えることになったであろうが、悲鳴がかれらの闘志を、逆に、殺《そ》いでしまい、浮足立ったとみるや、われ勝ちに、どうっと逃げ出してしまった。

ただ——。

夜太にとっても、作者にとっても、たすかったのは、ただ一人——西郷但馬が遁走しなかったことである。

「やああっ！」

西郷但馬だけは、野獣が咆哮するに似た叫喚をあげるや、猛然と、敵陣めがけて、斬り込んで行った。

「やったぞ！」

夜太は、思わず歓声を発した。

「さすがは、てめえの面を焼いた薩摩隼人だけあらあ！　さあ、やっつけろい！」

次郎吉の方は、ものしずかな語気で、

「さて、どうなることやら」

と、つぶやいた。

代官所側にとっては、侵入して来た謀叛団のうち、勇敢にも、立ち向って来たのは、たった一人だけであったので、これを包囲して、殺すか、生捕るか、さしたる難事ではないはずであった。

なんということであったろう。下役人や足軽、中間たちは、西郷但馬の死にものぐるいの突撃に、おそれをなして、さっと、左右へ退き、道を空けたのである。あるいは、人間とは思えぬ無気味なその焼けただれた相貌に、肌が粟《あわ》立って、手も足もすくんでいたのかもしれぬ。

西郷但馬は、まっしぐらに、敵陣の中を駆け抜けると、

「悪代官田中角之丞、天下革命党の西郷但馬見参！」

と、絶叫した。

縁側にも、庭さきにも、用心棒たちが立ちならんでいるのを、みじんもおそれずに、仁王立ったその姿は、たしかに、堂々たるものに見えた。但し、それは、用心棒たちが、誰も、かれに対して、攻めかからなかったからであった。用心棒たちもまた、西郷但馬の凄じい顔面に、ぎょっとなって、襲いかかる気がくじけたのかも知れなかった。

築山から眺めやる夜太は、無性に腹が立った。

「ちょっ！　あいつら、木か石にでもなりやがったのか！　用心棒のくせしやがって、たった一人を、殺《や》れねえとは、なんてなさけねえ腰抜け野郎どもだい！　こんなけしきは、生れてはじめてお目にかかったぜ」

用心棒一同が、一斉に襲いかかり、西郷但馬が、凄絶な斬り死をしてこそ、『天下革命党』の名に愧《は》じぬ、後のちまでの語り草になろうというものではないか。

三

「西郷但馬とやら、刀をすてろ！」

背後の手代の一人が、呶鳴った。

「黙れ！　薩摩隼人が、いかに見事な最期をとげるか、見せてくれようず！」

但馬は、呶鳴りかえした。

「西郷但馬！　代官殿は、ご不在だぞ！　悪あがきをいたすな！　刀をすてい！」

「うるさいっ！　代官の卑怯者！　逃げかくれいたすな！」

その瞬間、足軽の一人が、鈎縄を、後方から、但馬めがけて、投げつけた。

鈎は、但馬の総髪の髷にひっかかった。縄を引っぱられて、但馬は、ぶざまにのけぞって、ぶっ倒れた。

とたん——。

用心棒連中は、われにかえったように、抜刀したり、槍をかまえた。

「おのれ！　おれが、助太刀してやらあ！」

夜太が、われを忘れて躍り出ようとした——その刹那であった。

「待った！　あのさむらいをたすけるのは、この手ですよ」

いつの間にか、次郎吉が、ほんの小さな弓を手にしていて、きりきりと弦をひきしぼり、びゅんと矢を射放った。

それは、ただの矢ではなかった。

ちょうど、西郷但馬がひっくりかえった地点へ飛び落ちるや、ぱあっと黒煙が噴いた。そして、いちめんに、舞いひろがって、濃霧のように四面をおし包んでしまった。

「やるじゃねえか、親分！」

夜太は、叫んだ。

「夜盗には、これぐらいの遁走の工夫がしていないと、いざという時、姿をくらませないのでね」

次郎吉は、そう云って、ふくみ笑いをもらした。

その黒煙には、視力を奪う毒物がふくまれていた。

次郎吉は、その旨を夜太に告げると、築山から駆け降りた。

四十七歳とは思えぬ敏捷さであった。夜太の方が、おくれ勝ちであった。

その場所へ、二人が奔《はし》り寄った時、黒煙は散っていたが、夜太は、目がちかちかして、せわしくまばたきしなければならなかった。

用心棒連はじめ、手代も足軽も中間も、そして勇猛決死の西郷但馬も、にわか盲になって、うろうろしていた。

「さ、いまだ!」

次郎吉は、捕手方を二三人、突きとばしておいて、西郷但馬の片手をつかむや、

「駆けるんだ!」

と、ひっぱった。

夜太は、目をやられていない者が幾人かはいるかも知れぬ、と要心して、双刃直刀を抜いて、四方へ神経を配りつつ、次郎吉と但馬のあとを突っ奔った。

次郎吉と夜太が、代官所から金子を盗む代りに、西郷但馬を救い出して、かなという聾啞の少女の待っている谷間の家へ、戻って来た時には、もう夜が明けそめていた。

但馬は、まだ、視力をとりもどしてはいなかった。

炉端に坐らされると、

「それがしは、このまま、盲目になり果てるのでござろうか?」

と、不安げに、次郎吉に問うた。

「なアに、三日もすりゃ、目あきにもどりますよ」

次郎吉は、こたえた。

但馬は、夜太に向って、

「夜太殿、救助してくれて、なんとも、礼の申し様がない」

と、頭を下げた。

「あっしが、助けたんじゃねえや。この鼠――いや、おやじさんが、うめえ手を使ったんだ。礼は、おやじさんに云ってくんな」

「そうか。……お主、どなたでござろうか? 忍びの術を心得た御仁らしいが、世間から、身をかくしておいでなのは、察するところ……」

「おっと、待ちな」

夜太が、あわてて、但馬の言葉をさえぎり、

「このおやじさんが、世間から身をかくしているのは、それなりの理由《わけ》がある以上、あかの他人のおめえさんが、なにも、きくことはねえやな。ただ、おめえさんのように、天下をひっくりけえそうとする志士とやらじゃねえことだけは、あっしが、保証すらあ。……それにしても、おめえさんが率いる天下革命党は、いざとなると、なんともはや、とんだ腰抜けぞろいじゃねえか。代官所方も、あきれけえった臆病者ばかりだったが、そっちの方は、安い給金取りや、金でやとわれた用心棒だから、生命惜しさに、へっぴり腰だったのは、話がわかるが、おめえさんの手下連中は、公儀をぶっつぶすために生命をなげ出している志士だったはずだぜ。……ばかばかしくて、話にも何にも、なりやしねえや」

夜太は、きめつけた。

「相すまぬ!」

「おれにあやまったって、しょうがねえや」

「それがしは、屹度《きっと》、再び、身命をなげうつ者を糾合して、党を再建いたす」

「いまどき、そんな度胸の据った者が、一人もいるもんけえ」

「いや、必ず――」

「もういい加減にしてくれ。……それよりも、おめえさんは、目あきにもどったら、この家に迷惑がかからねえうちに、さっさと出て行きな。あっしは、今日にも、おさらばして、明日は、上州路あたりをうろついていらあな」

(つづく)

うろつき夜太

第二八回

柴田錬三郎　作
横尾忠則　画

生と死と酒と

一

それから、十日あまり過ぎて――。

夜太は、西郷但馬に告げた通り、上州路に姿を現していた。

中仙道は、本庄で、本街道と脇街道とふたすじに岐《わか》れた。本街道は、高崎城下を通って、安中・松井田・坂本から碓氷《うすい》峠を越えて、軽井沢・沓掛へ出る。脇街道は妙義山の左方をまわり、追分で、本街道と合していた。

その追分からは、木曾路に入る本街道を舟で渡ると、前田丹後守（一万石）の城下富岡町もさっさと通り過ぎて来たのであった。

一処不定の風来坊として、長い歳月、うろついていると、おのずと、カンというものがきたえられ、また、冴えて来る。

自分の生命を奪おうとする敵が行手に不意に出現する予感。五官を酔わせてくれる肌を持った女が、その土地の酌婦・飯盛り・女郎の中にいる予感。そして、飲食に対するきわめて正確な嗅覚力。

吉凶のうらないなど、あたまから否定している夜太も、おのれ自身のカンにたよることが、たった一人の放浪ではいちばん大切なことだ、と知っていた。生命

えんだ」

奥の小座敷へ、上ることにした。

小座敷は、衝立でふたつに分けてあり、床の間側には、先客がいた。

浪人者らしい男が、酔い臥していた。

「おう、姉《ねえ》や、熱燗をたのまあ」

こちら側へあがりかけて、夜太は、ちらと、先客へ視線を投げた。とたん、はっとなった。

――眠狂四郎だぜ！

「旦那！」

衝立の上から、首をのばして呼びかけた。

「夜太でござんす。相模のさかい寺で相宿させて頂きやした……」

と、つぶやいた。

二

夜太が一本を空にした時であった。

客が一人、入って来た。総髪で、白衣白袴の神主《かんぬし》姿であった。『一ノ宮』の禰宜《ねぎ》に相違なかった。

三十前後で、いかにもたくさんの書物を読破している、といった深刻な表情を示していた。

「眠狂四郎という御仁が、ここにみえているであろう？」

きかれた小女は、「ご浪人さんなら、おひとり――」と、衝立のかげを、指さした。

と、直江津へ抜ける善光寺道とに岐れていた。

夜太は、脇街道をたどって、一ノ宮宿に入った。一ノ宮宿は、脇街道の各宿のなかで、最もにぎわいを呈している宿であった。本庄・追分間では、旅籠の数もいちばん多かった。その名の通り、正一位の神社『一ノ宮』があるせいであったろう。

夜太にとっては、神社参詣など縁のないことであったが、

——うめえ地酒を飲ませてくれそうだぜ。

蜜蜂が、一里のさきから、花の香をかぎわけるように、その期待で、かぶら川を守る上でも、好みの女や酒、食物にありつく上でも……。

「この店あたりだな」

夜太は、はねあがった馬を描いたのれんをかけた店の前に立った。

当時の居酒屋は、ひとしく、躍る馬を白く染め抜いたのれんをかけていた。あらうまい、という駄じゃれから生れたのれんであった。

そののれんをはねて、土間に入った夜太は、ぐるりと店内を見渡して、

「おれのカンに狂いはねえようだ」

と、にやっとし、

「ゆっくり腰を据えて、飲むことにしようぜ。行くあてもねえし、急いでもいね」

「………」

手枕で、床の間へむかって寝そべった姿から、返辞はなかった。

——きこえねえはずはねえんだ。ちゃんと、目をさましてらあ。しかし、無頼な返辞はしねえ。それが、この浪人者の生きかたというやつさ。

挨拶だけしておけば、こちらも、黙って手酌で飲むだけのことである。

夜太は、はこばれて来た酒を、きゅっとのどへ落すと、

「うめえや！　おれのカンに狂いはなかったぜ」

——しかし、眠狂四郎に出食《くわ》す、という予感はなかったな。

「おお！」

若い神職は、小座敷に近づくと、

「眠狂四郎殿！　それがし、椎名春生《はるお》と申す、一ノ宮神宮の禰宜の末席に加わる若輩です。お手前様が、当宿《しゅく》においでになったときいて、おさがし申して居りました。それがしは、江戸に於て、お手前様が、多勢の刺客に襲われながら、眉毛一本そよがせぬ無表情で、一人のこらず、一太刀ずつで、斬り仆《たお》す光景を、目撃いたした者です。……あれから五年が経ちますが、ぜひ、お手前様と膝をまじえてお話したい、と毎日念願いたして居りました。念願が、ついにかない、この上のよろこびはありません。半刻でけっこう

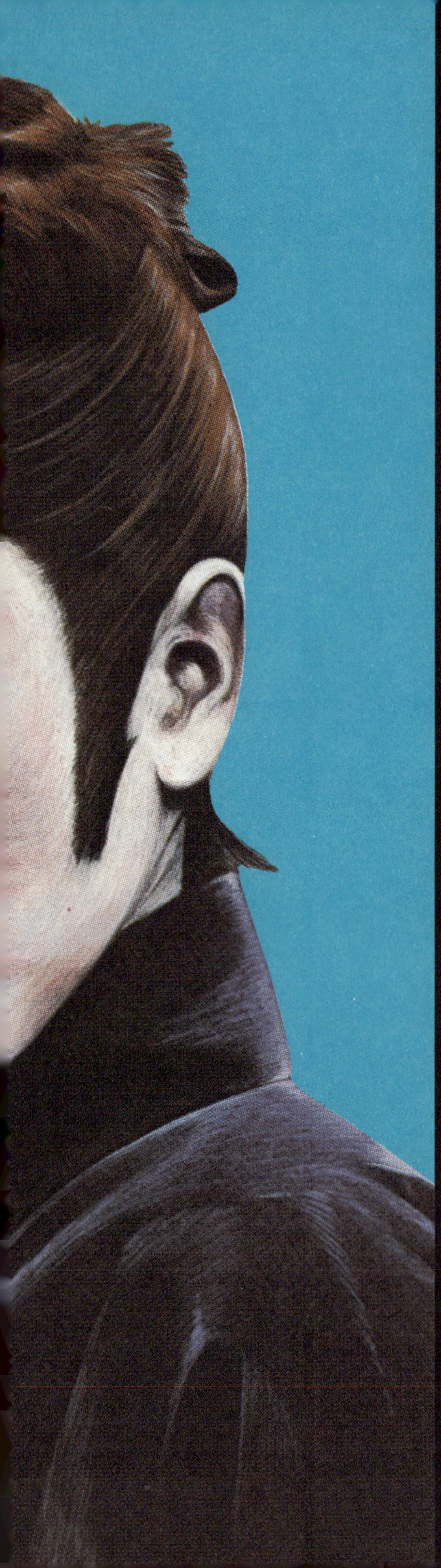

なのです。お話をうかがい、それがしからも、お話し申上げたく存じます」

早口に述べたてながら、若い神職は、小座敷へ上り、正座した。

眠狂四郎は、しかし、それに応《こた》えて、起きようとはしなかった。

夜太は、神職に衝立を押しのけられて、場所をせばめられたので、あわてて、銚子や肴皿がひっくりかえらぬように、かばいつつ、

――この浪人者は、こういうおしゃべり野郎とは、きっと、性が合わねえにちげえねえぜ。

と、胸のうちで、つぶやいた。

椎名春生と名のる若い神職は、念願か

しもまた、神につかえる身でありながら、神を否定いたして居ります。……神は、人間を、不幸にするためにつくったのではあるまいか。お手前様は、そうお思いだと存じます。それがしも、そう思います。神は、おのれの姿に似せて、人間をつくられた、と申します。それゆえに、人間における矛盾する二元性――男と女、愛と憎しみの、対立するものは、神自身の心をうつしたものに相違ありますまい。人間におけるこの二元性こそ、一切の悪の根源であり、不幸の源泉なのであります。神とは、人間をつくるにあたって、矛盾した対立の宿命を与えられました。なんという残忍！　なんという冷

をのばして、盃へ酒をついで、口へはこびながら、神について、人間の運命について、男女について、愛憎について、おのが意見を開陳しつづけた。

かなり耳ざわりな、脳天からキンキン突きぬけるような高声であった。

椎名春生は、銚子が空になると、

「おい、酒！」

と、小女に所望しておいて、しゃべるのを、瞬時もやめようとはしなかった。

「……左様、お手前様の、その無反応な態度こそ、神そのものと申してよろしいでしょう。神は、人間に未来永遠おわることのない悲劇を演じさせつつ、おのれ自身は、沈黙しておいでになる。神の罪

い！　断じて、許せぬぞ！　………おれが、神の出現をねがって居るのはだな、奴が、現れやがったら、もしかしたら、殺せるかも知れないからなんだ。……ん、そうだろう、眠殿！」

どしんと、卓上を叩いて、

「神を殺す！　ははは……、こんな面白い愉快なことが、この世にまたとあろうか！　畜生！　出て来やがれ！」

と、わめいた。

――この学者、酔っぱらうと、おれと全く同じになって来たぜ。

夜太は、にやにやした。

三

なったよろこびで夢中なあまり、もう一人、うしろに客がいることなど、意識のうちにはなかった。

「眠殿！　お手前様ほど、生と死に就いて、語るにありあまる経験をお持ちの御仁は、他に居られません。……お手前様は、うわさによれば、父親は異邦のころび伴天連とか。ならば、お手前様における神の問題も、それがしにとって、この上の興味はない、と申してはばかりません。生と死、神、運命、魂の認識、愛とは何か、憎しみとは何か――。お手前様は、その出生の不幸によって、神を否定されて居りながらも、心の底では、神を求めておいでに相違ありません。それが酷！　しかも、この対立したもの――男と女、愛と憎しみは、常に求めあい、求めあうことによって裏切り、永遠に解決できぬ業《ごう》の上に置かれて居ります。申さば、神の罪を背負わされた人間は、未来永劫、悲劇を演じつづけねばなりません。これについて、なにとぞ、お手前様のご意見を、おきかせ下さいませんか。お願い申します」

「………」

眠狂四郎は、述べたてる椎名春生に対して、身じろぎだにしようとはしなかった。

椎名春生は、対手がなにも応えようとせぬために、無意識のうちに、卓上へ手を背負って苦しみつづける人間の姿を、黙って、眺めておいでになるだけです。卑怯です。この上の卑怯がありましょうか！」

はこばれて来た酒を盃についで口にはこぶのと、神を告訴するおしゃべりを、間断なくつづけて、あっという間に、銚子を七、八本も空にしてしまった。

椎名春生の目が、すわって来た。酔って来たのである。

言葉が、しだいに、乱暴になって来たのも、その証拠であった。

「神の奴、われわれ人間に、二つの対立した矛盾を押しつけ居って、いつまで黙って、眺めて、いやがるのか！　許せな「眠どのっ！　……いいか、お手前はだな、神の野郎が、出て来やがったら、その、無想正宗で、まっ二つに、たたっ斬るんだぞっ！　……よいな！　……わかっとるんだろうな、おい、眠狂四郎！」

ろれつがまわらなくなっていた。

酔眼はすわりっぱなしになり、首も上半身も、ぐらぐらさせていた。

「ははは………、神の野郎！　出て来やがれ！　円月殺法で、ばっさり、だぞうっ！」

わめいたとたん、衝立もろとも、倒れかかって来た。

「おっと、しっかりしてもらいてえな」

夜太が、あわてて、双手でささえてや

った。

「なにが、しっかりだと？」

立ちなおった椎名春生は、衝立の横あいから、首をまわして、夜太を、視やった。

「貴様が、神か？」

「冗談じゃねえ。ただのうろつき、あとへ、昼太とか夜太とかくっつく風来坊なんで、へい」

「嘘をつけ！　無頼漢の身なりをして、出やがったな。おのれ、待っておれ、いま、円月殺法で、たたっ斬って……」

そこまで云って、だんだんうつ向くと、どたりと、のめり伏してしまった。

「神様よりさきにへたばってしまっち

「旦那も、家とか妻子とか、お持ちになるのが、おきれえなんですかい？」

「妻はいた。しかし、亡くなった。……わたしに出会い、抱かれた女は、すべて不幸になり、生命を落した」

「旦那のせいじゃござんすまい」

「わたしは、なんとなく、人間の宿命というものを、信じるようになって居る」

「あっしにゃ、どうも、そんなものは信じられやせんがねえ」

夜太は、小女がはこんできた熱燗を、狂四郎に、すすめた。

狂四郎の酔いは、さめていた。

狂四郎は、その盃を受けとりながら、

「この男は、この男なりに、正しいこと

ような気がいたしやす」

「そうかも知れぬ。そうでないかも知れぬ」

「お逢いしまさあ、きっと！」

狂四郎は、返辞をせず、その居酒屋を出て行った。

夜太は、その痩身に、なんともいえぬ孤独のわびしい翳が落ちているのを、みとめた。

——六木神三郎や、西郷但馬とは、どうやら、人間の出来が、ちがっているらしいな。この浪人者がただよわせる暗いものは、どうやら、ほんものだぜ。

夜太は、なんとなく、そのあとをついて行きたくなった。

や、これァ他愛がなさすぎらあ」

その時、ようやく、眠狂四郎が、身を起した。

冷たい眼眸《まなざし》を、酔いつぶれた若い神職へ投げた狂四郎が、もの倦《う》げな語気で云ったのは、

「神を斬れるものなら、とっくのむかし、斬って居るが……」

その言葉であった。

それから、夜太を視やって、

「どうやら、同類らしいな、わたしとお前は——」

「へえ……？」

「うまい酒を飲ませる店を、かぎあてる。そのことだ」

を云って居る。わたしやお前より、はっきりと云えるだけで、幸せなのかも知れぬ」

と、云った。

暗い翳《かげ》のふかい異相を、夜太は、見まもって、

——この浪人者は、他人にも自分にも、嘘のつけねえ御仁だぜ。おれと同じように、自由気ままに、生きているようにみえるが、実は、とんでもねえ、正念は別の世界に住んでいるらしいや。

と思った。

狂四郎は、卓上へ、酒代を置くと、ゆっくりと、無想正宗を携げて、立った。

「旦那、また、どこかで、お目にかかる

しかし——。

ついて行こうとすれば、ことわられるのは、目に見えていたし、この浪人者は、孤独で歩いて行くべき男だということが、夜太には、はっきりと受けとれた。

（つづく）

第二九回

うろつき夜太

柴田錬三郎 作　横尾忠則 画

高原と馬車と

1

中仙道の第一の難所である碓氷峠を登りきると、軽井沢宿から笠取峠まで、ほぼ十里の間は、高原を横切る平坦な一路であった。

初夏の高原は、碧落《あおぞら》に雲影をとどめず、空気は澄みきって、さわやかであった。

その中を、四頭立の馬車が、走って行く。

すでに、読者におなじみの顔が窓からのぞいていた。

オランダから派遣された海軍将校ジョン・ペパードが、江戸表における任務をはたして、長崎へ帰って行こうとしているのであった。

出府の道中は、山陽道から東海道であったので、帰路は、中仙道をえらんだのである。

おそらく――。

木曾路に入れば、道幅が狭くなり、幾箇処かの険路にはばまれて、馬車をすてなければなるまいが、それを承知の上で、ペパードは、中仙道をえらんだに相違ない。

ペパードは、行手に、もくもくと白煙

MT. ASAMA　光陽社製作

を噴かせている浅間山を、眺めやり、

「In every landscape the point of astonishment is the meeting of the sky and the earth」

いささかキザな語気で、つぶやいた。

大ざっぱに訳せば、『いずこの景色に於ても、驚異の焦点は、天と地との会合にある』という意味である。

その時――。

街道上へ、躍り出て来た人影が、両手をふりかざして、

「おーい、オランダ旦那！」

と、呼びかけた。

夜太であった。

ペパードは、にこにこしてうなずくと、長崎オランダ商館傭《やと》いの馭者に命じて、車を停めさせた。

夜太は、内部をのぞき込んでみて、ペパード一人であるのをみとめた。

「公儀がつけてくれる通辞は、みんな間者に相違ねえと腹を立てて、気楽な一人旅ですかい？」

「イエス。拙者、江戸で、日本語、たくさん勉強しました。一人で旅することできます」

「旦那、おめえさんとおれとの勝負、まだ、結着がついていませんぜ」

「そうです。しかし、拙者、貴方という人、気に入りました。貴方を、ころしたくありません」

「冗談じゃねえ。負けると知って、勝負する頓馬《とんま》はいねえやな。あっしは、いったん約束したことは、結着をつけねえと気がすまねえ性分なんでね」

　すると、ペパードは、さらに古めかしい大袈裟な、芝居がかりの身振《ジェスト》と語気で云った。

「Be still prepared for death, and death or life shall thereby be the sweet」

　これは、シェクスピアの名言であった。

『静かに死に備えよ。しからば、死も生も、それによって、更に甘美ならん』

　ペパードは、馬車から、ひらりと、降り立った。

　その長剣《スオード》を抜きはなつ前に、ペパードは、

「夜太どの、拙者、知っています。貴方、シマズ家の下屋敷、焼きました」

「ちょいと、都合がござんしてね。あっしがもらった屋敷を、てめえで、灰にしちまったんだから、誰に文句をつけられるおぼえはありやせんや。……で、ごらんの通りの元の木阿弥の風来坊でさあ」

　夜太は、背中に帯びた双刃直刀を抜きはなつと、身がまえた。

　青草の生い茂る恰好の決闘場所が、街道わきにひらけていた。

　ペパードは、余裕のある態度で、

「拙者が、もし勝ったら、イギリスの親しい騎士《ナイト》に、このジャパンで出会った、最も勇気のある男は、さむらいの中ではなく、無頼漢《ギャング》の中にいた、と手紙を書いて、送ります」

「ちょっ！　てめえが勝つことに、きめてやがるから、世話はねえ」

　草原の中で、ペパードと夜太は、十歩あまりの距離を置いて、対《む》いあった。

　ペパードは、作法正しく、一分の隙もないアタックの構えをみせた。

　夜太の方は、双刃直刀を、ダラリと下げて、自由自在に跳びはねる姿勢をとった。

　次の瞬間——。

　ペパードは、風の迅《はや》さで突き進んで来ると、文字通り目にもとまらぬ敏速な突きを、矢つぎ早やに、放って来た。

　夜太は、かろうじて、その鋭い突きを、紙一重に、頭上に流し、肩をかすめさせ、跳び退った。

2

　ペパードは、攻撃一方であり、夜太は逃げかわす一方であった。

　第三者の目には、疑いもなく、夜太の方が格段の劣勢であると映った。

　ペパードが、あびせる懸声は、余裕しゃくしゃくたるものであった。

　ところが——。

　見た目とちがって、実は、ペパードよりも夜太の方に、余裕がある事実が、次第に明白になった。

　ペパードの顔面に、汗が滲み、矢つぎ早やな突き攻勢に、間《ま》が置かれるようになったが、夜太は、攻撃に転じこそしなかったが、鼻汗ひとつかいてはいなかった。いっそ、動物的な反射神経を働かせたかわしかたには、敵の突きを、わざと誘って、ひょいと空に流すことが、一種の快感ででもあるかのようであった。

　西洋剣と双刃直刀は、ただの一度も噛みあって、火花を散らすようなことはなかった。

　この決闘は、果しもなくつづくように思われた。

　もし——。

　そこへ、一頭の騎馬が、疾駆して来なければ、日が昏《く》れるまでつづけられたかも知れなかった。

　疾駆して来たのは、かなり上級とみえる衣服をまとった初老の武士であった。

　馬からとび降りると、

「お待ち下され。その試合、中止して頂きとう存ずる」

　と、仲裁に入った。

　ペパードと夜太は、ようやく、停止して、ひと息つくことができた。

「卒爾ながら、長崎オランダ商館より出府され、帰途にあるオランダのお武家とお見受けつかまつる」

　きわめて、鄭重に頭を下げた。

「ご尊公が、それなる馬車にて、帰途につかれたことは、公儀御用の早飛脚の先ぶれによって、承知つかまつった」

「なにか、ご用ですかい？」

「それがしは、小諸一万五千石、牧野遠江守の留守をあずかる次席家老・古垣又之進と申す。……当地、ご通過を、鶴首いたして居りました。……尊公、オランダ国の使者でござれば、西洋医術にも、知識がおありと、勝手に推測いたしますが、如何なものでござろうか」

「拙者、海軍の軍人です。戦争の練習をしていますが、医学のこと、ほんのすこし、負傷者の、つまり、ウェル……、レッツ・シイ……ほんのすこし、手当だけを知っているだけです」

　ペパードが、そう弁明するのを古垣又之進は、耳に入れぬ態度で、

「当家——牧野家の御国御前（国許にある第二夫人）が、懐妊され、目下、臨月の身でござるが、そのう、いちじるしくおからだが衰弱され……、このままにては、流産のおそれが多分に、ござる。……尊公の西洋医術をもって、なにとぞ、ぶじに出産できるように、一応、ご助力を、お願いできれば、と存じ、つまり、激流に押し流される者が、藁をもつかみたい一心から、こうして、お待ちいたして、お願いいたす次第でござる。牧野家

に於ける当主にとってはじめのお子でござれば――」

そう願ってふかぶかと、頭を下げた。

ペパードが、返辞をしないさきに、夜太が、とっさに、

「おっと、合点承知! このジョン・ペパード旦那は、上は天文学から、医学、文学、化学、武術、心理哲理の学、はては心霊術まで、なんでもござれの万能の才能を所有されて居る超人でさあ。女子の出産など、朝飯前、お引き受けいたしますぜ」

と、大風呂敷をひろげてみせた。

実は、夜太は、叔父が医師で、しばしば難産を成功させている現場を、少年期の好奇心から、こっそり覗き見する経験を持っていたのである。

そこで、とっさに、ペパードの助手をつとめて、その経験を生かしてくれよう、と思い立ったのである。

「かたじけない! 是非ともお願いつかまつる」

ペパードは、肩をすくめて、夜太を視やった。

――君は、とんでもないことを引き受けてしまった。

そういう身振《ジェスト》であった。

「旦那、ものはためしということがありまさあ。おやりなせえ」

「拙者は、ぜんぜん、自信ありません」

「当ってくだけろでさあ。あっしが、助手をつとめますぜ」

3

小諸藩次席家老・古垣又之進が先導して、四頭立馬車は、追分を過ぎると、善光寺路を進みはじめた。

馬車の中で、夜太とさしむかったペパードは、

「夜太どの、貴方、むちゃです。拙者は、まだ、妻いません。子供、生れるのを、見たことないです。だから、どうして、子供をうませるか、さっぱり、わかりません。困った! どうするのです?」

と、問うた。

「あっしに、まかせておいて頂きてえ。なんとか、やっつけまさあ。どだい、紅毛碧眼なら、さむれえだろうと商人だろうと、なんでも知っていると、思い込む野郎の方がオッチョコチョイなんだから、こっちが、しくじったって、もともとでさあ」

おそらく、古垣又之進には、先年日本へ渡米して来て、天文地理から薬学にいたるまで、あらゆる分野にわたって、西洋知識を、日本の好学の徒に教えておいて、立去ったシーボルトのことが、念頭にあるに相違ないのであった。

「人のイノチは、大切にしなければ、いけない。貴方、イノチを、軽く、みています」

「生死の問題ですかい」

夜太は、一ノ宮宿の居酒屋で、眠狂四郎に向って、とうとうと述べたてた若い神職椎名春生の論議を、きれいに、思いうかべた。

「オランダ旦那に、うかがいやすがね、おめえさんは、神様というものが、本当にいると心底《しんそこ》、信じていなさるのですかい?」

夜太が、小田原の賭場で、左の足の裏に彫ってあるキリスト像へ、唾を吐きかけると、神の恩寵をかたく信じているカソリック信徒のこのオランダ軍人は、怒り心頭に発したものであった。

ペパードは、頭をあげると、荘重な態度で、「All thing are full of God」と、こたえた。

「なんですかい、それァ?」

夜太は、眉宇をひそめて、たずねた。

ペパードは、その意味を教える代りに、さらにつづけて、云った。

勿論、夜太にはチンプンカンプンであったが、こんどは、ドイツ語であった。

「“Ich glaube an einen God” Das ist einen schönes löbliches Wort」

(『我はひとつの神を信ず』これこそはあっぱれ賞讃にあたいする言葉である)

ペパードは、夜太へ、視線をもどすと、

「夜太どの、貴方は、神を信じなければ、いけません!」

と、云った。

「神を信じたら、いってえ、なんのトクがある、というんですかい?」

「ウェル……、つまり、心が、いつも、しずかです」

「あっしゃ、神も仏も信じなくったって、いつも、心は、静かでござんすぜ」

「夜太どのは、生きている目的、ないです」

「目的がなけりゃ、生きていちゃいけねえんですかい?」

「目的、いります。目的ない――あわれです」

「おめえさんに、あわれんでもらったって、しょうがねえやな。けど、ことわっておきやすがね、あっしは、こうして、ふらふら、うろついているのが、一番性《しょう》に合っているんでさ。わかりやすかい。あっしには、こういう生きかたが、自然で、人間らしいと思っていまさあ。目的ってえやつをつくってしまったら、その目的に、人間はしばりつけられて、気分が、からっとしねえやな」

ペパードは、肩をすくめて、かぶりを振った。

「Purpose is what gives life a meaning」(目的こそは、人生に意義を与えるものである)

「へん、たくさん日本語をおぼえたのな

ら、日本語で、しゃべってもらいてえや」

夜太は、ペパードに、しかめ面をしてみせた。

「夜太どのは、ノラ犬と同じです」

「野良犬、結構。野良犬に、悩みや苦しみはねえや」

「人間は、犬になってはいけない。人間は、人間でなければ、なりません。人間だからこそ、神の存在を知ることできる！」

ペパードは、声を張って、云った。

「おめえさんと、こんなこんにゃく問答したって、はじまらねえ」

「コンニャク？」

ペパードは、首をかしげた。

「どうでもいいってことでさ。……それよりも、おめえさん、江戸城へ乗り込んで、開国論を、老中連に、ぶちなすったのかい？」

「おお、やりました。ダメでした。日本の大臣たち、アタマわるいです」

「おめえさん、よく、ぶじに、江戸を出られたものだ。ひょっとすると、途中で、公儀隠密が、待ち伏せしているのじゃねえかな。のんびり、景色を眺めながら、道中している場合じゃねえような気がしやすぜ」

夜太は、なんとなく、そう忠告しながら、ふっと、

――本当に、このオランダさむれえは、ぶじに長崎まで帰れねえかも知れねえぞ。

その予感がした。


（つづく）

STAGE COACH　NIPPON HERALD

30 th
UROTSUKIYATA

RENZABURO SHIBATA
TADANORI YOKOO

閑話休題

さて――。

このあたりで――ちょうど、ジョン・ペパードが再び登場したのを機会に、夜太がうろつきまわった天保年間、全世界の状況は、どうであったか、すこしばかりふれておくのも、無駄ではあるまい。

天保元年は、一八三〇年にあたる。セント・ヘレナへ流されたナポレオンが亡くなって、ちょうど十年目であった。

イギリスでは、リヴァプール・マンチェスター間に、はじめて鉄道が運転された。アメリカでも、ボルティモア・オハイオ間に、最初の鉄道が敷設されていた。

柴田錬三郎　作

横尾忠則　画

フランスでは、オーギュスト・コントが、『実証哲学』を、スタンダールが名作『赤と黒』を著した。

ドイツでは、いわゆるドイツ観念論の代表哲学者ヘーゲルが逝き、ゲーテが、不滅の傑作『ファウスト』を完成していた。ゲーテは、その翌年（一八三二年）亡くなった。

フランスでも、サン・ティエーヌとリヨンの間に、鉄道が敷かれて、旅客をはこびはじめた。ドイツが、つづいて、ニュールンベルグ・フェルト間に、最初の鉄道を開通した。

イギリス船が、さかんに、中国へ、阿片を密輸したのも、この頃であった。

アメリカでは、ブルースが活字鋳造機

を、モールスが電信機（いわゆる『モールス符号』）を発明した。

汽船によって、太平洋を横断したのも、この時代であるし、西欧文明は、非常な勢いで発達していたのである。

フランス革命期の政治家デステュット・ド・トラシが亡くなっているが、イデオロギーという言葉は、かれが造ったのである。

日本では——。

大阪の天満与力大塩平八郎が、革命を起さんとして、大阪の市中を焼いて、たった一日で敗北しているだけであった。

中国で、阿片戦争が起ったのは、一八四〇年（天保十一年）である。

地球上の各国は、科学と思想と戦争

第31回
うろつき夜太

で、大きく変貌しようとして居り、ただ日本だけが、十一代将軍家斉から、十二代家慶に代ったにすぎなかった。ちなみに、当時の日本の人口は、武士と公家をのぞいて、二千七百二十万余人であった。

三千万にも足らぬ日本は、馬車一台すら輸入されぬ非文明の中で、飢饉がつづき、百姓一揆があちらこちらで起っては、たたきつぶされるみじめなくりかえしをつづけているばかりであった。

つまり——。

日本人をあっけにとらせる素晴らしい乗物の四頭立馬車は、すでに、西欧では、過去の遺物となりつつあったわけである。

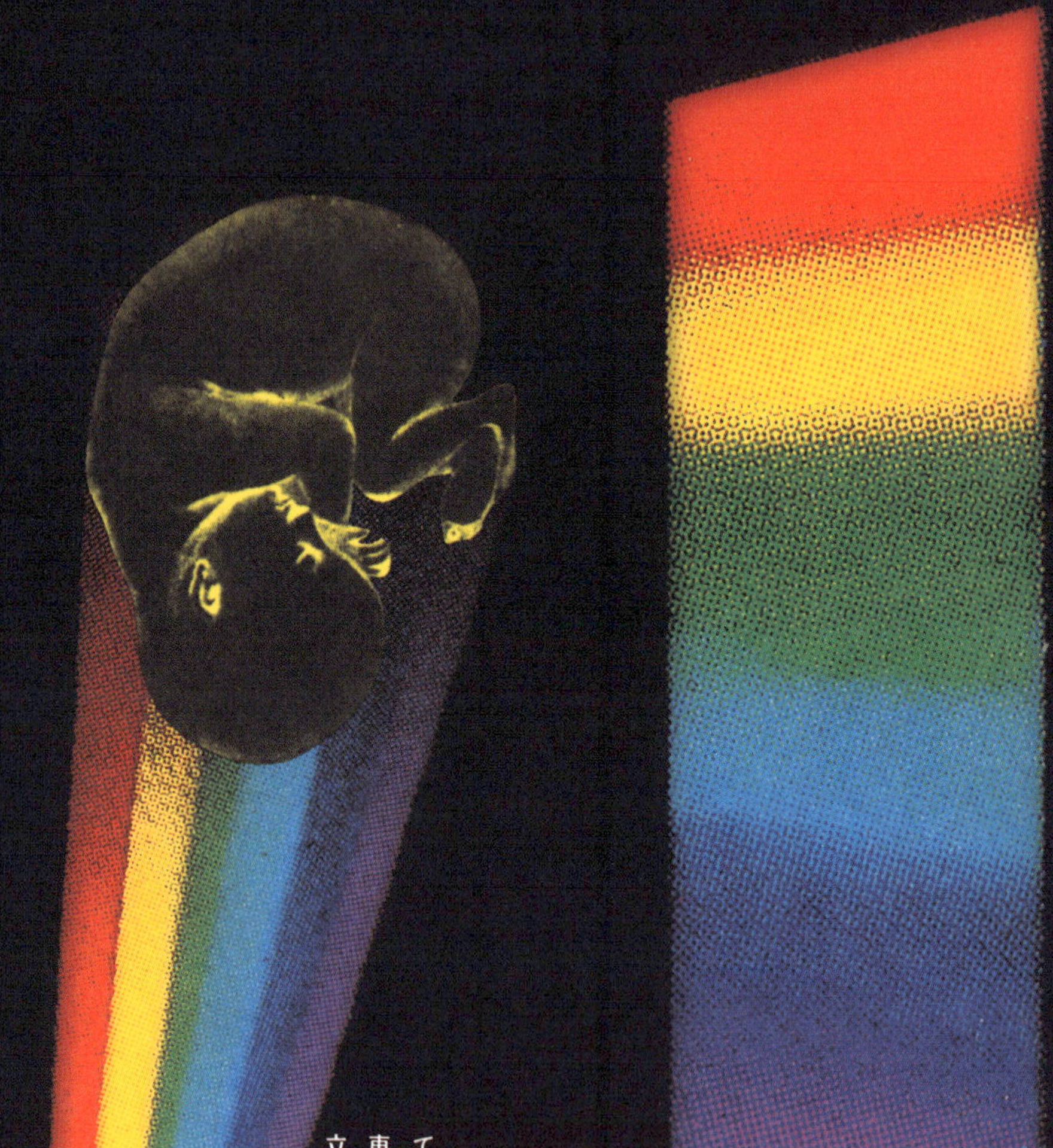

にわか医者と出産と

一

牧野家次席家老・古垣又之進が先導して、ジョン・ペパードと夜太をのせた馬車が到着したのは、小諸城下本町にある立派な構えの屋敷であった。

藩主遠江守の別邸で、古い館を改造したものであった。

「お願いつかまつる」

古垣又之進は、馬車から降りたペパードへ、最敬礼した。

ペパードは、夜太を視やって、

——君が責任をもって、出産させるがいい。

と、目にもの云わせた。

——まかせておいてもらいてえ。

夜太は、自信ありげに、うなずいてみせた。

夜太は、叔父が診ている妊婦出産の光景を、ひそかに覗き見するとともに、叔父が所蔵するさまざまの産書——『産科器械用法並び図譜』とか『産科記聞』とか『産術辨』とか『産科図記』とか『産科捷徑策』とか——をぬすみ読みしていたのである。

それらの産書には、少年の心臓をトキトキさせる出産図が描かれてあったからであった。

その遠い記憶を、夜太は、いま役立てて、実際に、その手で、行おうとしているわけであった。

　ペパードと夜太は、産室へ通された。産室は、母屋と渡り廊下でつなぐ別棟があてられていた。別棟は、凝った茶亭であった。

　産婦は、梁《うつばり》にひっかけられた気張《きばり》帯にすがっていた。

　典型的な瓜実顔《うりざね》の美人で、産《う》みの苦痛に堪えている容姿が、絵になっていた。

（尤も、ふくれあがった腹部は、夜着でかくされていたが――）

　産婆らしい女と、女中二人がつき添うて、しきりにはげましていたが、産婦は、喘《あえ》ぐばかりで、目もうつろ、耳もきこえぬていであった。二つ折りの褥《しとね》の上に枕を紐でしばりつけて、それに、洗い髪の頭をのせ、簀子《すのこ》に白布を敷いて、仰臥し、膝を立てていたが、絶え間なく、からだをふるわせていた。

　夜太は、産婦を一瞥して、

「ははあ、これは、子癇を起して居るな」

と、確信を持ったいいかたをした。

「左様でございます。一昨日から、この状態がつづいて居り、藩医殿も、もう、ほどこす手がないと申されて……」

　産婆が、こたえた。

「ご安堵あれ。このオランダ国の御仁が参られた上からは、ぶじに出産させて進ぜる」

　夜太は、語気も言葉使いもあらためていた。

「なにとぞ、お願い申しまする！」

　産婆と女中たちは、平伏した。おそらく、西洋人に接したのは、生れてはじめてに相違なかった。ペパードの立派な風貌と体軀に、一も二もなく、信頼感をおぼえたらしい。

「では、そなたがたは、産室から出て頂きたい。このジョン・ペパード殿は、決して、第三者には、秘術を公開いたさぬ」

　そう云う夜太は、どう眺めても、助手という風体ではないのであったが、その身装《みなり》に疑問を抱く余裕など、三人の女にはなかった。

　産婆は、出て行きがけに、

「実は、江戸表の大奥御典医にお願いして、探領器、睡龍器、奪珠器、横産用器、子癇破膜器、頸断用器、疏水器、探服器、道水管、息胞器、潤胞器、奪珠車などを、お借り申して、とり寄せて居りまするが、藩医も、わたくしどもも、知識も経験もなく、途方にくれている次第でございます。なにとぞ、ご用立て下さり御《ご》前《ぜん》様にぶじに出産させて頂きますよう、願い上げまする」

　と、告げた。

　ペパードは、夜太と二人きりになると、困惑の表情で、

「夜太どの、たいへん、むり、むちゃ、むつかしい仕事ひき受けました」

　と、云った。

「なァに、門前の小僧でさあ。なんとか、やっつけやすよ」

「母親と赤子のいのち、あぶない。とても、大丈夫でないです」

「やってみなけりゃ、成功するかどうか、わかりませんや。虎穴に入らずんば、虎児を得ずってやつだ」

　夜太は、沸湯の手桶につけられたそれらの器具を、とり出してみた。自分の叔父が使っていた器具も、その中に見当った。

「ようし！　やっつけやすぜ。……旦那は、産婦を、うしろから、ひっ抱えて下せえ」

「もし、母親か、赤子か、死ぬことしたら、わたし、貴方、この家から出られない」

「冗談じゃねえ。たのんで来たのは、小諸藩ですぜ。失敗して、もともとだあ」

　夜太は、大胆にも、夜具をはねのけた。

　はちきれんばかりにふくれあがった腹部が、露出した。

　夜太は、なんのためらいもなく、産婦の股を大きく開かせ、その股間を、のぞき視た。

「まず、探宮術というやつだ！」

　そう云ってから、叔父が所蔵していた『探領術』という産書を、夜太は、心中で、思い出した。夜太という男は、記憶力だけは、抜群であった。

　『……仰臥高枕開股。緊膝セシメ深宮スルニ、ソノ時宜ニ随イテ、イカヨウニモ術を施スベシ。必シモ規則に拘泥スル勿レ。但シ其指ヲ進ムルニ、予メ多年暦験ノ要法アリ。……其法、爪甲ノ方ヲ胎児ニツケ、指肚ヲ子宮ニ着テ進ムルニハ、十分ニ深ク進ミ、且、子宮擦破ノ患ナシ。……初メ指頭ヲ陰門下辺ヨリ進メ、左右ニ随テ、漸次ニ上辺ニ回ラシ、横骨際マデ、精密ニ検査スベシ。若シ胎児横骨ニ緊迫シテ、指頭ヲ回ラシ難キトキハ、疏水術ニテ幾度モ進送シ、ヨクヨク胎位ヲ辨認スベシ。云々』

　夜太は、思い出しつつ、中指を、女体の中へさし込んで、探ったが、医師ではない風来坊に、子宮内がいったいどうなっているのか、判るはずもなかった。

　産婆たちに、

「これは、子癇だ」

と、断定したのは、ペパードが西洋医術に長じていることを信じ込ませるハッタリにすぎなかったのである。

　――どうでもなりやがれ！

　要するに、いまに悶死しそうな産婦から、赤児をひきずり出せばよいのであった。

女体内の探領《さぐり》をすませると、さすがに、夜太は、沸湯桶の中から、どの器具を使えばいいか、見当がつかなかった。

——ええい、ままよ。こいつでやっつけるか。

網状になった器具を、つかんだ。

そして、それを、陰門の中へ、むりやり押し込み、盲蛇に怯じずのやりかたで、ぐいぐい、ひっぱった。

怪我の功名というやつであった。

胎児の足が、するりと陰門にのぞいた。

「こいつは、逆児《さかご》だぜ」

夜太は、さいわいに、叔父が逆児をひき出すところを目撃したことがあった。

二

夜太は、いったん、陰門から出た胎児の片足を押し込んでおいて、陰門へ片手を突っ込んだ。うまく、両手をつかむことができた。

「よし！ うめえぞ！」

その両足を、会陰へ押しつけて、膝までずるずると引き出し、用意されてあった木綿で、巻くや、ぐいぐいと引尻につかみ出した。

胎児は、臀部まで出て来た。

産婦は、断末魔のような呻きと悲鳴を発して苦痛を訴えた。

「もうすぐだ！ 我慢しろ！」

曳きずり出した胴へ、木綿を巻きつけておいて、右手二本を会陰へ突き入れて、胎児の肩へかけた。

あとは、比較的楽な作業であった。

左手は二本の指を、胎児の口中へひっかけ、右手は頸と肩をつかんで、一気に、胎児の頭を引き出した。

成功したのである。

産婦は、非鳴を止めて、気張縄から手をはなすと、ぐったりとなった。

ペパードは、赤児の泣声をきくと、

「おお、神よ！ **Pour ranger le loup, il fant le marics**」

と、胸で十字を切った。

三

産婆と女中二人が、赤児の泣声をきいて、馳せ入って来た。

産婆は、いそいで、臍の緒を切ってから、赤児の股のあいだを、しらべた。

とたん、産婆は、

「姫様じゃったか」

と、ひどくがっかりした一語をもらした。

女中二人も、顔を見合せて、失望の表情になった。

夜太は、女の子だろうとなんだろうと、はじめて、人の子をこの世へひき出す大仕事をやってのけたよろこびで、汗だらけの顔をぬぐうのも忘れていたので、産婆と女中たちの態度に、むかっとなった。

「おめえさんがただって、女子じゃねえか。べつに、がっかりすることはあるめえ。このお姫様が娘になったら、聟を取りゃ、それでいいわけだろう。手足の指も五本ずつそろっているし、兎口《みつくち》でもねえぜ」

不機嫌に、云った。

その時、ペパードの方は、産婦の脈をとっていたが、

「夜太どの、このひと、ダメです。神様に召されました」

と、告げた。

産婆が、あわてて、にじり寄って、その胸へ耳をあてた。

産婦の呼吸は、停止していた。

夜太は、かぶりを振ってから、

「この世へ、わが子を送り出しておいて、亡くなったんだから、まあ、あきらめもつくというものだぜ」

と、つぶやいた。

そこへ——。

次席家老・古垣又之進が、姿を現した。

産婆から、うまれたのは女の子であり、母親は亡くなった、ときかされると、たちまち血相を変えた。

「なんということだ！」

その形相を眺めた夜太は、

「ご家老さん、あきらめることですぜ。いくら、神や仏に祈ったって、男の子が生れるとはきまっちゃいねえんだから……」

と、一応なぐさめの言葉を投げた。

とたん——。

古垣又之進は、かっと、夜太を睨みつけた。

「このオランダ国の使者殿は、生れるのが女児と判ったならば、何故に、母体を助ける工夫をして下さらなかったか！ 許せぬことでござる！ 母体がたすかったならば、次の機会に、お世嗣ぎをお産みあそばすことができたのでござるぞ！」

「そんな、勝手なことを云われても、べつに、こっちに責任はねえやな」

夜太は、いまいましげに、そっぽを向いた。

すると、産婆が、

「わたくしは、襖の蔭から、そっと、うかがい視て居りましたが、お子を取り上げたのは、この異人殿ではなく、こちらの町人でございました」

と、すっぱぬいた。

「なんたることかっ！……両名とも、生かして、この館を出すことは、御国御前を殿よりおあずかりした次席家老の面目にかけて、でき申さぬぞ！」

古垣又之進は、呶鳴りたてるや、殺気をほとばしらせた。

（つづく）

うろつき夜太

第三回

柴田錬三郎作——横尾忠則画

川と握手と

1

オランダの海軍将校ジョン・ペパードにとって、小諸藩次席家老・古垣又之進の激怒ぐらい不可解なものはなかった。

ペパードは古垣又之進の凄じい形相と、ほとばしらせる殺気を、じっと受けとめながら、ドイツにある俚言を、ひくく、口にした。

「Nicht ist gewisser denn des Todes Schlund, nichts ungewisser denn seine Stund」（人間に対して死神が迎えに来ることほどたしかなことはないが、かれがやって来る時ほど不確なものはない）

それから、ペパードは、夜太に、

「このお母さん、いっしょけんめい、子供、産んで死にました。しかたないです。ご家老さん、怒る理由、わかりません」

と、云った。

「男の児が生れていりゃ、母親がくたばろうがどうしようが、怒りやしねえんでさあ」

「女の子供、うまれたのが、どうして、いけないのですか？　おかしいです」

たしかに、ペパードにとっては、全く理解に苦しむことであった。

「オランダ旦那、おめえさんのお国は、どうだか知らねえが、この日本じゃ、将軍も大名も旗本も、大名の家来も、女子があとを継いで、主人にはなれねえ規則があるんでさ。だから、この爺さんは、カンスケになって、石頭から湯気をたてているってえわけなんでさあ」

「おお、ノウ！」

ペパードは、かぶりを振った。

ヨーロッパでは、女子に相続権を与えない国などなかったのである。大英帝国《イギリス》では、女王の時代の方が、国が繁栄しているくらいであった。

「そんなバカなハナシないです！」

「ないったって、そういう掟があるんだから、しょうがねえやな。……しかし、ご家老さんよ、このオランダさむらいとあっしを、生かして、この屋敷から出さねえ、と意気まくのは、筋ちげえですぜ。こっちが、たのんで、出産させたわけじゃねえんだ。このオランダ旦那は、医者じゃねえんだ。さむらいだぜ」

「黙れっ！　貴様は、この御仁は、上は天文学から、医術も武術も、心霊術まで心得があると申したではないか。まっ赤ないつわりであったぞ。しかのみならず、お子を取り上げたのは、この御仁ではなく、貴様であることを、産婆が証言いたして居る。……断じて、許せぬ！」

古垣又之進は、抜刀の身構えをしたものの、年齢が年齢であるし、いやしくも、江戸城へ使者としておもむいたオランダ軍人に対して、矢庭に斬りつける勇気はないようであった。

夜太は、舌打ちして、

「血迷うのも、いい加減にしてくれよ、ご家老さん。死んだ母親が、将軍家の息女とでもいうのなら、話は別だが、どうせ、そこいらの郷士の娘で、器量がいいのをえらんで、御国御前にしたんだろうぜ。御国御前なんざ、いくらでも、さがし出せるじゃねえか」

「殿は、このお美代の方を、こよなく寵愛して居られたのだ！」

「おれたちを、殺《や》ったところで、生きかえるわけでもねえやな」

夜太が、そう云った折、報せをききつけて、藩士十数人が、おっとり刀で、庭へ奔《はし》り込んで来た。

瞬間――。

夜太は、とっさの気転で、女中の一人を突きとばすと、生れたばかりの嬰児を、奪いとった。

「てめえら、あんまりあこぎな難癖をつけやがると、この赤ン坊が、どうなるか、覚悟しやがれ！」

さすがに、これには、古垣又之進も藩士たちも、ひるんだ。

いやしくも、藩主の息女として生れた嬰児であった。殺されたならば、それこそ、次席家老の面目まるつぶれであった。

「オランダ旦那、この子を人質にして、ひとつ、中仙道を道中することにしやすぜ。岩村田まで行ったら、内藤豊後守の領地だあ。この連中が追いかけて来ても、他人の領地内じゃ、手出しができませんや。牧野家が、女の児はいらねえというのなら、内藤家にくれちまってやるとするか」

「ま、待て！」

古垣又之進も、夜太にそんなことをされては、世間にきこえて、面目まるつぶれどころか、切腹せざるを得ぬ仕儀になるのであった。

2

馬車は、追分へひきかえして、木曾路へ入る中仙道を、走って行った。

馬車の中で、むかい合ったペパードは、

「夜太どの、拙者とオランダへ行きませんか？」

と、さそった。

ペパードは、小諸での一件で、いよいよ、夜太が気に入ったのである。

「法度《はっと》を破って、オランダへ密航する、ということですかい」

夜太は、無精髭をなでた。

「日本人、ヨーロッパに一人もいません。珍らしい。よろこばれます。本当で

す。拙者、ウソ云わない」

「珍らしがられても、こっちは、べつに、うれしくはねえやな」

そうこたえながらも、未知の国に対する好奇心は、夜太の胸中に、わいた。

「ぜひ、そうして下さい。拙者、貴方が、いいミヤゲです」

「土産物にされちゃ、かなわねえや。……しかし、あっしを密航させたら、おめえさん、二度と、日本へは来られませんぜ」

「拙者、この次、アメリカへ行きます。貴方、つれて行きます」

すでに、天保年間に入ると、アメリカ船モリソン号が、浦賀に来って、幕府に開港をもとめていたし、水戸の徳川斉昭は、大船建造の解禁を建議し、太平洋を渡る思案をたてている時世であった。

「まあ、おめえさんが、長崎へ帰り着くまで、あっしも、ゆっくり考えまさあ。……といっても、はたして、おめえさんが、ぶじに長崎へ帰り着けるかどうか、その方が、あっしには、ちょいと、不吉な予感がして居りやすがね」

「拙者が、ころされる！」

「おめえさんは、江戸城内で、開国論を、一席ぶっていなさるからね」

夜太の予感が、あたることは、すでに述べてある。

岩村田を過ぎて、塩名田宿へ到着した時であった。

ここから、御馬寄村へ至るには、千曲川を越えなければならなかった。

あいにくと、夜来の雨で、水かさが増していて、馬車で通るのに、不可能であった。

東海道の大井川などとちがい、馬車を乗せてくれる大きな舟の用意などは、千曲川の渡し場にはなかった。

旅人を渡す小舟があるだけであった。

「水が引くまで、待つよりほかに、すべはありやせんぜ」

磧《かわら》へ降り立って、夜太は、ペパードに云った。

ペパードは、千曲川の景色が気に入ったとみえて、のんびりとかまえていた。

突如、

「旦那っ！　あぶねえ！」

夜太が叫んだ——次の瞬間、一本の飛矢が、ペパードの背中めがけて、宙を唸って来た。

ペパードは、向きなおりざま、抜く手も見せぬ迅さで、長剣を一閃させた。

飛矢は、ペパードの足もとへ、二つに折れて、落ちた。

つづいて、第二矢が襲って来たが、その時は、夜太が、その飛行線をさえぎって居り、ペパードと術を競うがごとく、双刃直刀で、両断した。

刺客は三人、堤の上にいた。いずれも編笠で顔をかくしていた。

——公儀のお庭番だな、こいつら！

夜太は、直感した。

庭番衆は、二本の矢を放って、仕損じながら、べつだん態度になんの変化もみせず、肩をならべて、ゆっくりと斜面を降りて来た。

「オランダ旦那！　あいつら、並の腕前じゃありやせんぜ」

ペパードは、にっこりしてみせた。

「オール・ライト！」

「妙なあんばいになりやがった。おれと一騎討ちする旦那に、助太刀しなけりゃならなくなっちまったぜ」

「夜太どの、貴方、見物していて下さい」

「冗談じゃねえ。なんだろうと、かんだろうと、首を突っ込んで、かかわりあいたくなるのが、あっしの性分なんでさあ。あっしにゃかかわりのねえことで——なんて、口が裂けたって、云うもんけえ」

夜太は、両の掌へ、唾を吐きかけて、双刃直刀の柄を、握りなおすと、刺客たちが迫って来るのを、待ちかまえた。

3

公儀庭番衆は、ペパードへむかって二人、夜太へむかって一人、と分れて、白刃をじりじりと肉薄させて来た。

ペパードにとって、さいわいであったのは、すでに、夜太と決闘して、日本刀の働きについて知識ができていたことであった。長剣《スオード》で、間断なく突きまくっても、対手が腕が立つ敵であると、あまり効果がなく、また、心身を消耗させるばかりであることを、夜太との一騎討ちで、教えられていた。

ただの一太刀で仕止めるのが、手練者《てだれ》が使う日本刀の極意であるのと同じく、西洋剣もまた、ただの一撃で刺し貫くのが、この東洋最端の国に於ける戦いである、と知ったペパードは、まっすぐに、水平にさしのべながら、動かなかった。

日本刀というものは、西洋剣では、巻き落したり、弾きとばしたりできぬ武器であった。

したがって、こちらが、絶え間なく、とんだりはねたり、突いたり引いたりするのは、無駄であった。

ただ——。

敵は二人であり、前後をはさもうとする動きに対して、ペパードは、千曲川の流れの際《きわ》へ位置を移して、その攻撃陣形をとらせないようにした。

あとは、自分の方からは、攻撃しようとはせず、石にでもなったように不動の姿勢を保った。

一方——。

夜太は、例によって、もっぱら、逃げかわす敏捷な身ごなしを発揮していた。

要するに、夜太の闘いは、逃げまくっているうちに、一瞬の隙をのがさず、敵の急所を狙う、というやりかたであった。

おそらく、幕府評定所から直接放たれて来たであろう公儀隠密と、まともに立ち合って、勝てるはずがなかった。

刺客となるために、十年も、いやそれ以上もの長期間、心身をきたえあげている敵であった。のみならず、暗殺した経験も豊富に相違なかった。

夜太へ送りつけて来る刃風の音だけでも、常人ならば、気遠くなる凄じさであった。

とある瞬間――。

夜太は、磧《かわら》の石ころに蹴つまずいたように、ひっくりかえった。

公儀隠密は、あと一太刀で、この風来坊をあの世へ送ることがきまった余裕を示しつつ、すっと、一歩踏み出して、大上段にふりかぶった。

その余裕が、逆に、かれの生命取りになった。

夜太は、敵が、手練者《てだれ》ゆえに、その余裕を示すだろう、と計算した上で、わざと、ひっくりかえったのである。

大上段にふりかざされた白刃が、振り下されるのと、夜太が磧上を一回転するのが、同時だった。

夜太は、ただ一回転しただけではなかった。

くるっと、まわった――その刹那、夜太は、左手でつかんだ小児の頭ほどの石ころを、敵の股間めがけて、投げつけた。

「うっ！」

したたかに、睾丸を打たれた公儀隠密は呻きをあげて、目玉をひき剝《む》いた。

夜太は、はね起きざま、敵の腹部を、ぶすりと刺した。

その時、ペパードの方もまた、二人のうちの一人ののどへ、見事なひと突きをくれていた。

のこった一人が、

「やあああっ！」

満身からの懸声をほとばしらせて、ペパードへ、斬りつけた。

いや、斬りつけようとした。

その背中めがけて、夜太が、猛然と、体当りをくれたのである。

夜太は、敵の腹部を刺した双刃直力を、ひき抜くいとまもなく、ペパードあやうし、と見てとるや、素手で体当りをくれたのであった。

公儀隠密は、夜太に抱きつかれたかたちで、流れへ倒れ込み、水飛沫をあげた。

こうなると、夜太得意の攻勢をしかけることができる。

もがく敵を、浅瀬から深い処へひきずり込んだ夜太は、格闘らしい格闘もせずに、ひょい、と水面へ、首を浮きあがらせた。

ばちゃばちゃと、流れをかきわけて、磧へ上って来た夜太へ、ペパードは、右手をさし出した。

二人が、握手するのは、小田原の賭場以来、二度目であった。

「オランダ旦那、さきを急がにゃなりませんぜ。二番手、三番手の刺客が、追いかけて来やがるおそれがありまさ」

「しかし、この川、馬車でわたれない」

「筏を組んでさ、筏を――」

「イカダ？」

「あっしにまかせておいておくんなさい。筏を組むには、先立つものが必要だ。おめえさん、小判を十枚や二十枚、持っているんだろう。出してくんねえ」

（つづく）

オランダ海軍大尉ジョン・ペパードより、フランス軽騎兵中尉ラ・ロッシュ・ド・ブルドン男爵へあてた書簡。（日本国長崎より、フランス国首都巴里へ送られた——）

兄弟《フレール》、別れてもう四年になるが、もちろん、君は、元気だろうね。

白いかしみやのキュロットが、その長身によく似合う、軽騎兵随一の完璧な軍服姿が、毎夜の舞踏会で、浮気な人妻たちの胸を波立たせていることと想像する。

いや、決して、私は、東洋の果ての島国の片隅から、美しき時代《ベル・エポック》を迎えた巴里の華やかな社交界へ、遠いあこがれをわかせて、背のびしながら、君が、コントルダンスをやったり、ミストロン（トランプの三十一遊び）をやったりしているのを、嫉妬羨望しているわけでは、決してないのだ。

実をいえば、君を、兄弟《フレール》と呼ぶのを遠慮しなければならぬほど、私は、すっかり、君という存在を——いや、巴里という都のことを、忘れていたのだ。

たまたま、イタリアの知人が、送ってくれた、君の祖国の外交官アンリ・ベールという人物が書いた『一八三〇年年代史』という小説《ノベル》を、三日がかりで読み了《お》えたところなのだ。

知人の添書きでは、アンリ・ベール氏は、かつては、ナポレオン麾下の砲兵将校として、アルプスを越え、さらに、モスコオまでも攻め入った人物だそうだ。百数十の仮名をつかって、旅行記や年代記や恋愛論や音楽論や絵画論や、そして小説を書いている由だが、巴里の社交界では、それらの著作は、すこしも評判をとっていないらしいから、君も、この人物に就いては、知らないだろう。この『一八三〇年年代史』は、スタンダールという仮名で、書かれている。『赤と黒』という奇妙な題名がつけられているが、たぶん、赤は軍服のことで、黒は僧衣を意味しているのだろう。

勿論、芸術は、音楽と絵画だけだ、ときめて、散文などには目もくれない君が、『赤と黒』などという小説を、読んだとは考えられない。もし、読もうとしたのであれば、君は、おそらく、最初の五分の一も読まぬうちに、床へたたきつけたに相違ない。

貧しい木挽きの伜ジュリアン・ソレルが、ナポレオンがセント・ヘレナへ流されてから十五年経て青年となり、心ひそかに、ナポレオンを最高の理想像としながら、もはや軍人となって立身出世する希望のない時世に、僧衣をまとうことによって、社会の上層階級に入ろうと野望を燃やし、さまざまのなりゆきから、僧侶になるかわりに、侯爵令嬢をたぶらかして、軽騎兵中尉に任じられるが、その出世街道を、かつて、密通した人妻にさまたげられて、その人妻を、ピストルで撃ち、刑死する、という——なんともはや、ローマン主義へ唾をひっかけるような物語なのだ、『赤と黒』という小説は……………。

君は、ストーリイをきいただけで、吐き気を催すだろう。

ところが、私は、この小説を読みながら、主人公ジュリアン・ソレルの中に、君の姿を見出したのだから、皮肉なものだ。

忘れていた『兄弟《フレール》』を、私に思い出させてくれたのだ。

君こそ、実は、骨の髄からのボナパルチストであることを、私は知っている。

いまは、七月革命で、『人民の王《ロア・デ・フランセ》』となったルイ・フィリップの下で、何食わぬていで、軽騎兵中尉をつとめているが、君の心の奥底には、

——フランスには、絶対に、ナポレオン・ボナパルトが必要なのだ！

という気持がかくされている。

君は、ナポレオンが、終身執政官の地位を得て、皇帝にえらばれた一八〇四年に生れている。

貧弱な軀幹と青ぐろい顔色をした、きわめてつまらない容姿のこの男が、その突き出た額の奥に途方もなく壮大な夢をふくらませ、栄誉欲と権勢欲の権化となって、ヨーロッパ大陸を席捲するなかで、君は、物心つき、育ったのだ。

君は、父や父の知己や、そして年長の友人たちから、ナポレオン・ボナパルトが、いかに、偉大な使命をはたしているか、イヤというほど、きかされたはずだ。

古い不当な封建的な専制政治体制が、フランス革命という世界史上最大の事件によって、ひっくりかえされ、進歩と理性の上に新しい歴史がはじまった。ナポレオンこそは、その新しい歴史をつくる救世主であり、いまだ封建制度を守るヨーロッパ諸国のみじめな人民を、解放すべく、自由のために戦っているのだ、と。

君は、ナポレオンとともにあることは、祖国の点《とも》した革命の火を、嵐から守るだけでなく、その火を全世界にもたらすことにほかならぬ、と教えられたはずだ。

私が、ナポレオンの軍靴でふみにじられたオランダの人間だから、怨恨をこめて、こんなことを書くのだ、と受けとらないで欲しい。

私は、君の心の奥底を、看《み》通している自信がある。

千年に一人の英雄と仰いだそのナポレオンが、もろくもその権威を、元老院の手で奪われて、エルバ島へ流され、すでに亡霊と化していたブールボン家のプロヴァンス伯が、ルイ十八世として王位に即《つ》いた時、少年の君は、気が狂わんばかりだったろう。

ナポレオンがエルバ島を脱出して、巴

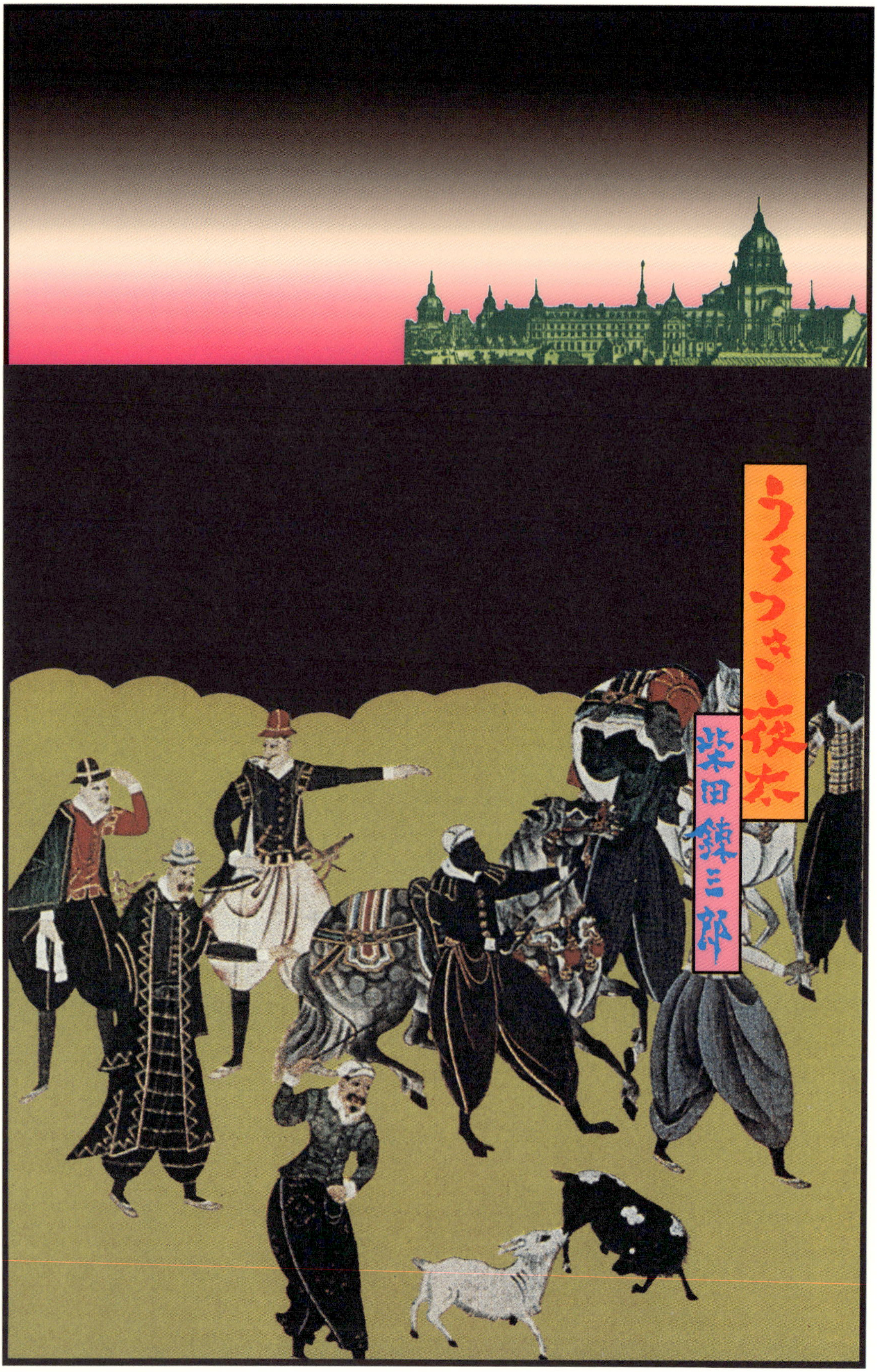
うろつき夜太
柴田錬三郎

横尾忠則

里に入った日、君は、こんどは、歓喜のために、気が狂いそうだったのではないか。

そして、ナポレオンが、ワーテルロオで惨敗し、逃げもどった巴里で捕えられて、セント・ヘレナ島へとじ込められた時から、君は、逆に、

――フランスはまちがっている！

という信念を燃えたたせたのではないか。

――ナポレオン・ボナパルト自身が命令して築かせた凱旋門上に、かれを立たせてシャンゼリゼを行進する軍隊を閲兵させなかったフランスは、まちがっている！

君は、胸のうちで叫んだのだ。

老いぼれて、でぶでぶに肥り、その肥った足に、ボタンのついたゲートルをまきつけたルイ十八世が、公衆の面前へ姿をあらわした時、君は、心の底から軽蔑しただろう。

やがて、栄光に輝く三日間の市街戦を展開する一八三〇年の七月革命が、やって来た。

「自由ばんざい！　ブールボン王朝を倒せ！」

叫びたてて巴里市庁へ押し寄せた理工《ポリ》科学《テクニック》校の学生、共和主義者、労働者、そしてカフェ・ランブランに拠るボナパルチストの大集団の中に、二十六歳の君も、交っていたのだ。

この革命は、奇妙な結果をもたらした。

民衆は、共和政体をのぞんだのにもかかわらず、議会は、オルレアン公を迎えて、『人民の王《ロワ・デ・フランセ》』にしてしまったのだ。

君は、人民の王であるルイ・フィリップが、家族をひきつれ、雨傘を持って、のこのこ街なかを散歩している姿を見かけて、

――フランスの統治者は、こんな奴じゃない！

と、つよく否定したに相違ない。

フランスの皇帝は、馬上で胸を張り、百万の軍隊を閲兵する英雄であらねばならなかった。

五年前――。

君と私は、決闘した。

君は、ルーブル宮殿を出来そこないだと罵倒し、フォンテンブロウの宮殿こそ、まことの美を持っていると主張し、私が、どちらも同じような構えにすぎない、とひやかしたことから、決闘となった。その折、私は、君が、どうして、こんなつまらぬ理由で、むきになって、決闘までしなければならないのか、よく判らぬまま、決闘に応じたのだった。

君のピルトルの弾丸は、私の耳朶をつらぬき、私の撃ったのは、君の左手の小指をはじきとばした。その決闘のおかげで、『兄弟《フレール》』と呼び合う間柄になったのだが……。

近頃になって、私には、ようやく、あの折、君をむきにさせた理由が判った。

ルーヴル宮殿のいたるところを飾っていた金文字「Ｎ」（ナポレオンの頭文字）は削りとられたが、フォンテンブロウの宮殿からは、「Ｎ」が削りとられなかった。だから、君は、後者を美しい、と主張したのだ。

私は、いささか、しつっこく、君がボナパルチストであることを、指摘しすぎたようだ。

君は自分がいかに真のボナパルチストであろうとも、もはや、フランスには――殊に、巴里には、ナポレオンのような独裁者は必要としないことを、みとめざるを得ないだろう。

すなおに、みとめたまえ。

……そうか。君は、やはり、私が、東洋の果ての未開の島国に、とどめられているひがみから、こんな文章を書いている、と解釈するのだね。

とんでもない思いちがいだ。

この日本は、一面では、フランスよりもはるかに文化の進んだ国なのだ。君たちは、フランス語こそ、ヨーロッパで最も美しい言葉だ、と誇っているが、そのフランス語がまだ形すらなさなかった頃、日本には、『源氏物語』という、千年後のいまも読みつづけられている優雅で、人間性豊かな文学が、書かれていたのだ。

現在を比べろ、というのか。

フランスの首都巴里と、日本の首都江戸と比べようか。

ルーヴル宮殿は、うすよごれた石をむき出しているばかりだ。江戸城は、広く深い濠をへだてて、すばらしく美しい勾配の線を描いた石垣をめぐらし、その石垣の上の高い芝堤には、十六歳の処女が裸身をしなやかにくねらせたような趣きの松が、無数に植えられて居りその緑は、銃眼を設けた櫓の白壁と美しい対照をなしている。

江戸城は、将軍（大統領）の住居だが、天子の住む京都は、江戸よりも、さらにすばらしい町だ。大路も小路も、塵ひとつとどめぬくらい、きれいに掃ききよめられている。

君は、どんなきれいな町にも、どん底の、陰惨な場所があるにちがいない、と主張するだろう。その通り、江戸にも京都にも、そんな場所はある。しかし、ノートル・ダム寺院の周囲にある、泥棒の集合場所や、鬼畜のような女衒がひらいている居酒屋ラパン・フランの界隈に比べられる、ほとんど毎日、人殺しの行われているようなところは、絶対に見当らない。裏長屋、という十軒とか十五軒と

か、棟つづきの貧乏人がかたまった場所はあるが、そこには、やさしい、互いに助け合う人情が、貧乏をおぎなっている。

たしかに、江戸は、雨が降れば、往還《みち》は泥になる。しかし、ノートルダム寺院の周囲ほど、泥だらけではないね。

君は、未開国に、泥棒がいない、とは云わさぬ、と躍起になるだろう。では、こちらから、訊くが、セーヌ河のほとりは、街灯があっても、月のない夜しか、灯がともされないが、その月あかりの中を、女が一人で、歩けるかね。

セーヌ河畔は、強盗だらけじゃないか。江戸の夜は——セーヌ河に比べられるすみだ川のほとりは、三百六十五夜、常夜灯があかりを水面へ投げていて、夜中の女の一人歩きは充分可能なのだ。

巴里にはあり、江戸には絶対にないものが、きっとある、と君は云いたいだろう。

そうだ、それは、ひとつだけある。社交界というやつだ。盛装のかげに、虚栄をかくし、微笑のうらに、欺瞞をひそめて、詩を朗読したり、踊ったり、トランプをいじったりしている社交界というものは、江戸にも京都にもない。

それみろ、と君は頭をそびやかすだろう。私は、笑いながら、こうこたえる。

巴里の社交界から四十歳以上の狡猾でやきもち焼きの女が一人もいなくなれば、こんなすばらしい天国はないから、自分も、羽根があれば、飛んで行きたい、とね。

日本は、いまだ、古い封建社会をまもっていることは、事実だ。そして、フランスのブルジョアジーに比すべき金を持った階級も生れてはいる。しかし、封建社会だからこそ、上下左右のむすびつきもかたく、忠誠心も義理を守る気持も人情を忘れぬ純な心ものこされている。日本の金持ちの町人は、巴里の貪婪《どんらん》な銀行家のように冷酷ではない。他人の悪口雑言を書きたてる小新聞も、江戸にはない。

羞恥心を持った娼婦が、日本にはたくさんいる、といっても、君は、信じまい。いるのだ。居酒屋ラパン・ブランの、煮ても焼いても食えないすれっからしの娼婦に負けないあばずれなど、むしろすくないくらいだ。

私は、日本をすこしほめすぎたようだ。

街道の松並木は美しいが、一台の馬車も走ってはいないし、大きな川に橋も架けられていない未開の事実は、みとめよう。

ただ、幾何学的構成で自然を再現した十六世紀の造園術師ル・ノートルに、まさるとも劣らぬ天才的庭づくり師が、日本には、たくさんいることだけは、たしかなのだ。

そうだ。私は、君に、私が親しくなった日本の泥棒について、語るはずだった。

この男は、武士をすてた放浪者で、盗みもするし、博奕には目がないし、好色漢でもあるのだが、その性根には、ミラボーの正義とサン・キュロティスムの人道愛とナポレオンのエネルギイを兼ねそなえている奴だ。

私は、誇張して、この泥棒を、ほめているのではない。ヤタというこの男は、衣類こそボロをまとっているが、その心意気には、バイロン風のダンディスムさえ、私には、感じられるのだ。

フランス革命は、個人の自由をとりもどしたが、同時に、他人を押しのける自我の狂乱をも生んだ。

情熱は、自我のためにだけ燃やすものではない、という真実を、私は、この自由人ヤタの中にみせられた。

といっても、君の面前へ、ヤタを連れて行ったとしても、ボナパルチストには、とうてい、理解してもらえないだろうがね。

私は、ヤタという男と知り合えただけでも、はるばる日本へやって来た甲斐があった、と思っている。

どうやら、君と私は、地球上、はるか遠くへだたっただけではなく、もはや『兄弟』ではなくなり、次元の異った世界にいるみたいだ。

さらば、過去のフレールよ、夜は舞踏会へ行き、昼はカフェのテラスに腰を据えて、自らがナポレオンになる機会が到来するのを虎視眈眈と待っていたまえ。

（つづく）

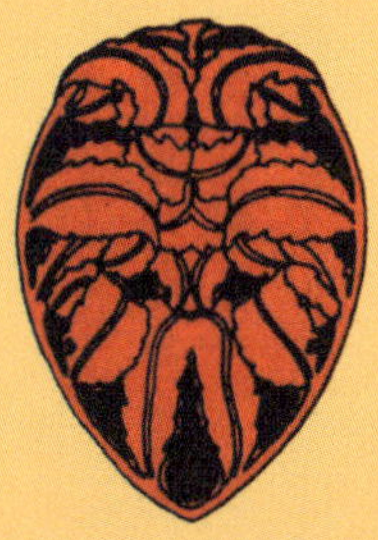

牛肉と金髪と

一

夜太は、長崎にいた。

信濃の千曲川で、公儀隠密の襲撃を受けたジョン・ペパードを、護衛する役割をつとめて、とうとう長崎まで、やって来たのである。べつだん、義をみてせざるは勇なきなり、といった仁侠心からではなかった。どうせ、行くあてのない風来坊だから、ペパードに味方したのをきっかけに、いわば、かかわりついでに、護衛役をつとめただけのことであった。

木曾路を往くあいだに、さらに二度の襲撃があったが、夜太の鋭いカンが、

――ここらあたりで、仕掛けて来やがるだろうな。

ぴたりと的中して、二人は、無事に、きり抜けた。馬車は、途中で木曾川へ突き落し、ペパードと夜太は、雲水姿になった。

ひと時代前だったら、公儀隠密は、執拗に、あくまで、暗殺の魔手をのばして来たであろうが、襲撃は三回で、中止された。

徳川幕府というものが、すでに、絶対的な権威を失っている証拠の一端を示したものであったろう。

西国大名の多くは、なかば公然と、密貿易をやってのけていたし、開国論をとなえる者は、公儀の中にも現れているのであった。

幕府評定所では、選りすぐった庭番衆を、ペパード暗殺に送ってみたが、のこらず、かえり討ちに遭うと、

「やむを得ぬ。あきらめよう」

と、手を引くことにした模様であった。

とりもなおさず、幕閣内には、時の流れに抗しきれぬ半ばあきらめの空気が流れていることを示していた。

京都へ出たペパードは、悠々と、夜太をつれて、大和路の古刹巡りをしてから、堺へ出、大阪の豪商平野屋の持船に便乗して、長崎へ帰着したのであった。

平野屋は、薩摩島津藩と密約を交して、大がかりな密輸をやって、身代を倍増している商人であった。当然、長崎出島のオランダ屋敷の商館長《カピタン》とも親しかったのである。

長崎港へ上陸した夜太は、

「なんだか、このあんばいだと、旦那に、くっついて、ふらふらと、オランダまで行っちまいそうな気がすらあ」

と、あごをなでた。

「貴方、ぜひ、ヨーロッパを見物しなければいけない」

「まっぴらでさあ。あっしが、いくら行先を定めねえ風来坊でも、西も東も言葉もチンプンカンプンの国まで、足をのばす料簡にはなりませんぜ」

「貴方なら、すぐ、オランダを、自分の国のように、自由に歩きまわることできます。貴方は、つまり、good digestion――立派な消化力を持っている」

「あっしは、旦那が日本語をしゃべるように、かんたんに、べらべらとオランダ語がしゃべれるようになる能力は持ち合せちゃ居りませんや。まあ、遠慮させて頂きやす」

しかし、夜太は、長崎までやって来たのだから、ことのついでに、出島のオランダ屋敷を、見物することにした。

二

日本が唯一の貿易国としたオランダが、長崎出島に、その屋敷（商館）をかまえることを、許されたのは、寛永十八年（一六四一年）であった。

商館長として就任したマキシミリァン・ルメールが、出府して、将軍家光に挨拶した際、老中松平伊豆守から、平戸にあった商館を長崎出島に移すように命じられたのである。

この出島は、寛永十一年に、幕府が、ポルトガル人を隔離するために、長崎の富有な商人二十五人に命じて、海を埋めたてさせた総坪数三千九百二十四坪の島であった。

ちょうど、扇型になっていた。

ポルトガル人は、島原の乱以後、通商を禁止され、マカオへ追放されたのであった。

つまり、オランダは、ポルトガルが貿易を断たれたおかげで、漁夫の利を得たわけであった。

いわば――。

長崎出島は、完全に諸外国とまじわりを断絶した鎖国日本にとって、唯一の〝西洋文化輸入〟の窓口だったのである。

寛永から安永頃までは、きわめて厳しい規制が設けられ、オランダ人たちは、この狭い出島の中だけの生活を強いられ、幕府の役人たちの鋭い監視の下に置かれていた。

当時の商館員たちは、

「この島は、われわれ外人を留置する国立の牢獄である」

と、日誌に記している。

出島の出入口は、長崎港北側（現在の中島川に面した側）の中央にあり、小さな橋で、江戸町とつながれていた。

橋たもとには、次のような制札が立てられてあった。

うろつき夜太―34
柴田錬三郎作横尾忠則画

禁制

一、傾城之外女人が入る事

一、高野聖《ひじり》の他、出家山伏
が入る事

一、諸勧進之者並びに乞食
が入る事

一、出島廻り榜示木杭の内、船乗り廻る事附けたり、橋の下に船乗り通る事
一、断りなくして阿蘭陀人出島より外へ出る事
右之条々堅く可相守もの也

つまり——。

特定の出島に関係ある者の外は、日本人は、決して入ってはならなかったし、オランダ人は、勝手に島から出ることは、厳禁されていたのであった。

橋の内側には、番所があり、役人が詰めていて、出入の者を検閲していた。

尤も——。

この規則が、厳重に守られていたのは、三四十年前までのことで、幕府の威権がおとろえ、さらに、先般、老中水野越前守忠邦が、天保改革に失敗して以来、公儀法度《はっと》は、しだいに破られるようになり、長崎奉行の命令も、ゆきとどかなくなっていた。


したがって——。

夜太のような風来坊でも、ジョン・ペパードのあとをくっついて、のこのこと、出島へ入って行っても、べつだん番所のとがめも受けなかった。

「オランダ旦那、どうやら、長崎奉行は、公儀から、お前さんを逮捕しろ、という命令を受けていないらしゅうござんすぜ」

「いや、命令、きっと、受けています。受けていても、長崎奉行、わたしをつかまえたり、殺したりする力、ありません」

ペパードは、笑った。

出島には、すでに、公儀にことわりもなく、二十門の大砲が、オランダからはこばれ、そなえつけられていた。これらが一斉に、火を噴けば、瞬時にして、長崎は、廃墟と化すに相違なかった。

出島は、橋を渡って入ると、まっすぐに海岸に抜ける大通りと、その中央辻から、直角に交叉する道に岐《わか》れていて、整然と、しかも、エキゾチックな洋館が、立ちならんでいて、夜太の目を、きょろきょろさせた。

西北面の中央に、水門が設けられ、船の荷揚げと積込みの時だけ開かれる。

オランダ商館長——カピタンの家は、水門と中央を結ぶ大通りの右側に、ひときわ大きく、どっしりとした構えを誇っていた。

一般館員の家も、倉庫も、通詞や出島取締りの乙名役人の家も、すべて、日本には見当らぬ構えであり、空地に高くひるがえるオランダの三色旗とともに、ここは、まさしく、異国の風景であった。

散歩道《プロムナード》も花畑も、オランダ人たちが、祖国のものを再現していた。

「へえ、こいつは、乙な眺めだぜ」

夜太は、好奇心を、眼眸《まなざし》にむき出しした。

ペパードの家に、案内されてから、夜太は、ますます、目をきょろつかせた。

目にうつる物すべてが珍しかった。

ちょうど、夕餉の時間であった。

夜太は、食堂へ、黒人の下僕にみちびかれて、食卓に就かされた。

花模様のテーブルクロスの上には、フォーク、ナイフ、ワイン・カップ、スープ皿、パン皿が置かれてあった。現代のわれわれにとっては、なんの珍しくもない食器にすぎないのだが——夜太にとっては、奇妙な品ばかりであった。

食卓に就いたのは、ペパードだけではなかった。

不意に、ドアが開いて、入って来た者を見て、夜太は、とびあがりそうになった。

三

入って来たのは、金髪の、碧い眸子の、オランダ娘であった。

肩をあらわにしたその肌は、白い衣裳よりも白く、その顔のつくりは、すこしあごがくびれた点が、ペパードに似ている欠点をのぞけば、夜太には、天女としか見えぬ優美さであった。

殊に、碧い眸子は、神秘《しんぴ》な光をたたえて、澄みきっていた。

巴里の社交場へ入らせれば、べつに目立たない平凡な容姿なのだが、東洋の果ての島国では、生れてはじめて接する夜太を、茫然と自失させる美しさであった。

「夜太殿、これは、わたしの妹アデリア」

ペパードは、紹介した。

「へ、へえ……」

アデリアは、片手をさし出し、

「こんにちは、ヤタさん」

と、日本語で云った。

夜太は、さし出された手の甲へ接吻する作法を知らぬまま、へどもどしながら、ぺこりと頭を下げた。

ペパードは、妹に、この日本の風来坊が、いかに自分のために役立ってくれたか、そして、最も尊敬すべき勇気と心意気を持った人物である旨を、語った。

その間、夜太は、ただ、われを忘れて、金髪の娘に、恍惚と見惚れていた。

黒人が、料理をはこんで来た。

グラスには、血の色のブドウ酒がつがれ、ペパードは、夜太に乾杯をもとめた。

夜太の口には、その赤い酒は、いささか甘かったが、一気に飲みほした。

アデリアは、生れてはじめて、オランダ料理を摂る夜太に対して、親切に、教えた。

パンにはバターをぬってくれたし、スープはスプーンで飲むように、自分がそうしてみせ、それから、フォークとナイフの持ちかたを示して、犢《こうし》の焼肉を切って、喰べるのだと、手まねをしてみせた。

「旦那、この肉は、なんですかい？」

夜太は、たずねた。

「牛です」

「牛?!」

夜太は、ぎょっとなった。

「牛を食うんですかい、旦那がたは？」

「日本では、牛は、米をつくるために使います。ヨーロッパでは、その乳を飲むためと、乳からこのバターをつくるためと、それから、その肉を喰べるために、飼います」

「あっしは、猪や狸の肉は、食ったことがありやすが、牛を食うたあ、どうも……」

夜太は、牛の姿を思い出して、急に、食欲が減退した。

しかし、アデリアが、さもおいしそうに、ナイフで切って、口にはこぶのを眺めると、イヤでも、自分もそれを胃袋に落さざるを得なかった。うまいとは思わなかった。

ペパードは、ブドウ酒のほかに、ビールとシャンパン酒を、夜太にすすめた。

アデリアが、麺麭菓子を切る頃、夜太は、すこしめまいがするほど、酔いが全身にまわって、火照っていた。

——西洋酒ってえやつは、酔いが早くまわりやがる。

胸のうちでつぶやきつつ、酔眼にうつるアデリアが、いよいよ、この世ならぬ美しいものに、思えて来た。

「旦那、失礼でござんすが、西洋の娘御ってえのは、みんな、こんな天女のようにお美しいのでござんすかい？」

「アデリアは、美人では、ありません。ほんとうの美人は、ひと目、見ただけで、男は恋をします」

「冗談じゃねえ。この娘御が美人じゃねえのなら、日本中の娘は、全部醜女《しこめ》だあ！　あっしゃ、こうして、眺めさせてもらっているだけで、もう、魂が、宙にふわふわと浮いてまさあ」

「貴方、はじめて、ヨーロッパの娘、見たから、きれいに思えるだけです。私は、日本の婦人、たくさん、きれいな人、見ました。高島田で、キモノをきた娘さん、美しい」

「さいですかね。しかし、こんな金色をした髪毛の、まるで湖水の色みてえな瞳を持った女なんて、日本にゃ、一人もいねえや」

夜太が、あらためて感嘆の吐息をした時であった。

アデリアが、

「ヤタさん、わたし、キョウト・ナラ、見たいです。つれて行って下さい」

と、たのんだ。

「えっ？　あ、あっしに、上方へ、お前様を、つれて行けって?!」

夜太は、耳をうたがって、アデリアを見かえした。

「わたし、キョウト・ナラの美しいこと、人にききました。つれて行って、下さい」

「旦那！」

夜太は、ペパードへ視線を向けて、

「まさか、妹御は、あっしをからかっているんじゃねえでしょうね？」

「本気です、夜太殿。アデリアは、日本でいちばん美しい町を、見物したいのです」

「あっしのような無頼の風来坊を、案内人にして、兄上の旦那は、平気ですかい？」

「アデリアは、一度結婚して、男のわるいところとみにくいところを知っている女です。……貴方のような人、一緒に行くのを、よろこびます」

そう云われても、夜太は、なんとも納得のいかぬ表情で、口を半びらきにしていた。

（つづく）

第三五回

うろつき夜太

柴田錬三郎

横尾忠則・画

古池や、

俳句と峠と

一

どうやら今年は、豊年らしい。

山陽道の野は、見わたすかぎり黄金色のみのりを、さわやかな秋風になぶらせて、波立てている。

　豊年まちがいなし、となると街道風景も、なんとなくのどかである。

　巡礼親子や六十六部の足どりものびやかであるし、つづら馬の口をとった馬子がはりあげる小室節も、間のびているだけ、それだけ、御世泰平をうたうにふさわしく、また、一膳飯屋から、ぼろんぼろんと、門附《かどづけ》がつまびく古三味線の音も、ものうげな牛の鳴き声に、ほどよく調和していた。

　駄菓子屋の店先に、うっすらとほこりをかむった娘人形や奴だこが、いかにも、ねむそうであるし、脇街道と岐《わか》れる辻で、ほんの数人の見物人の前で、とびはねている角兵衛獅子も、親方のこわい目を忘れて、どことなくのびのびと芸をたのしんでいるようである。

　供槍をしたがえて、馬を進める武士の表情もおだやかにみえたし、杖でつま先をさぐる座頭も、なにやらいい八卦でも出たらしい微笑を、口もとにうかべていた。

　男女一組の旅人も、その雰囲気に溶《と》け込んでいた。

　女は、尼僧姿で、白絹の布で顔を目ばかりに包んだ上に、笠をかむっていた。

　男の方は、その従者の寺男の身装《みなり》であった。

　ジョン・ペパードの妹アデリアと夜太が、この変装で、長崎出島のオランダ商館を出発し、肥前・筑前を通り抜け、船番所のとがめも受けずに、ぶじに、萩へ渡り、長門から周防・安芸・備後・備中、そして備前岡山城下も、不審の視線をあてられることなく、過ぎて、いま、播磨との国境へ二里あまりの地点へさしかかっていたのである。

「お嬢さん、このさきは、峠になりやす。貸駕籠で越えられちゃいかがでござんしょう？」

　夜太が、すすめると、アデリアは、かぶりを振り、

「わたし、峠が好きです。峠は、美しいです……。オランダに、峠ありません」

——冗談じゃねえ。峠があるので、道中する者は、難儀をするんだぜ。後生楽なことを、ぬかしやがる。

　夜太は、首を横に振った。

　諸大名は、幕府が、わざと河川に橋を架けさせず、街道もことさら急坂を越えさせているのにならって、領内の要害を守るためと称して、国境の街道は、かならず峠を越えるようにつくっていたのである。

　当然——。

　峠のまわりの密林中には、兇悪な盗賊が巣食って、獲物を狙った。

　かれらは、領土を隣りあわせる大名同士は、甚だ仲がわるいことを知っていたのである。

　たとえば——。

　備前岡山城主・池田家と播磨姫路城主、酒井家とは、犬猿の間柄であった。

　盗賊は、その国境の峠で、掠奪を働く時、備前国側で犯せば、さっと、播磨国へ逃げ込めばよかった。その反対の場合も、身は安全であった。

　池田家と酒井家の家中が、協力して、盗賊を逮捕する、ということは、絶対になかったからである。

　その意味で、国境の峠は、旅客にとって、いちばんイヤな場所であった。

　うろつき夜太は、知っていた。

　貸駕籠に乗れば、それをかつぐ雲助は、峠にひそむ盗賊と懇意だから、襲われる危険率がひくいことを——。

——泥棒どもが、この比丘尼をオランダ娘と知ったら、どうなるか、有金まきあげただけで、ひきあげるはずはねえんだぜ。

　薄氷を踏む思いで、どうやら、ここま

で、ぶじに道中して来たのである。

身の危険は、絶えず、一歩さきにあった。

アデリアが、それとも知らず、

「峠、好きです」

などと云うと、夜太は、むかっとならざるを得なかった。

二

「ヤタさん、貴方、芭蕉知っていますか?」

「へえ、葉っぱのでけえ木でござんしょう」

「木ではありません。人間です。マツオ・バショウ」

「あっしは、そっちの方面は、とんと、明盲でござんして……」

「わたし俳句が好き。5字と7字と5字を組み合わせただけで、世の中のこと、景色、人の気持、どんなことでも、あらわします。すばらしい文学です。こんなすばらしい詩は、ヨーロッパにも、ありません」

「さいですかね」

「古池や、カワズとび込む、水の音——すばらしいです」

「……」

夜太は、むっつりして、鼻くそを、ほじくった。

「芭蕉は、天才です。すべての人を感動させるすばらしい詩をつくるために、日本中を、さすらいました。……ヤタさん、貴方も、さすらい好きだから、俳句つくりなさい」

——まっぴらだあ!

夜太は、首をすくめた。

「わたしは、芭蕉と、それから、一茶、好きです。二人とも、あちらこちら、さすらいました。そして、立派な詩、つくりました。芭蕉は、さいごにつくりました。旅に病《や》んで、夢は枯野を、かけめぐる。死ぬ人の気持、これほど、うまくあらわした詩、ヨーロッパにもありません。コバヤシ一茶も、さすらいの旅に疲れて、故郷へ帰って来て、わが家で死のうと思って、シナノへ帰って来て、つくりました。これがまあ、終《つい》の栖《すみか》か、雪五尺。一茶は、はじめは、これがまあ、死《しに》所《どころ》かよ、雪五尺、とつくり、死所かよ、を、終の栖か、にかえています。どちらにしても、自分のさびしい気持を、雪にうずまった、古びたわが家のタタズマイを眺めて、ぴったりとあらわした傑作です。……わたし、一茶の句、たくさん、おぼえました。口にするだけで、愉しいです。

何もないが心安さよ涼しさよ

焚くほどは風が呉れたる落葉かな

大根引き大根で道を教えけり

十ばかり屁を捨てに出る夜永《なが》かな

霞《かす》むやら目が霞むやら今年から

われら儀は唯《ただ》やかましい時鳥《ほととぎす》

ありやうは寒いばかりぞ初時雨《しぐれ》

あの月を取ってくれろと泣く子かな

子どもらが雪喰いながら湯治かな

山畠やこやしの足しに散る桜

秋の風乞食は我を見くらぶる

雪とけて村いっぱいの子どもかな

猫の子がちょいと押へる落葉かな

みんな、すばらしい詩です。生活の哀《かな》しみ、よろこび、苦しみ、怒りが、17字の中に、あらわされています。わたし、芭蕉はみんなの手のとどかない天才だけれど、一茶はみんなの手のとどく天才だと思います」

かなり勾配の急な峠をのぼりながら、オランダの貴族の娘は、一気に、しゃべった。

——あきれたものだ！

さすがの夜太も、アデリアの頭脳に、舌を巻いた。

——十ばかり屁を捨てに出る夜永かな、なんてえ文句が、オランダからやって来た娘に、理解できるたあ、あきれかえるぜ。ほんとうに、判るのかねえ？

信じがたいことであったが、げんに、当人が、その句を口にしてみせたのである。

日本の武家の女性ならば、「屁」などという言葉を口にするのは、はしたないこととして、その句を黙殺するに相違ない。このオランダの貴族の娘は、その句の生活感あふれる卓抜さをみとめたからには、そんな気はずかしさなど、すこしもおぼえていないのであった。

尤も——。

関東女性は、「おまんこ」と云われると、身ぶるいしてイヤがるが、「おめこ」と関西語で云われると、けろりとしているたとえもある。他国語では、羞恥などおぼえないのであろう。

それにしても、アデリアは、いつごろから俳句の勉強をしはじめたのか知らないが、無学文盲の折助・雲助、さては裏長屋の八さん熊さんのたぐいとは比べもならぬのは当然としても、当時の下級武家また町家の娘は、教養のひとつとして和歌俳句を学ぶことなど、していなかったのである。

アデリアは、ヨーロッパに於ける知的水準をはかるに抜いた女性であろうが、それにしても、日本の大半の若い女性よりも、日本文学の知識が豊かであることは、風来坊をあきれさせ、且恐縮させずにはおかなかった。

夜太自身、小林一茶の句など、「ふんどして汗をふきふき話かな」ぐらいしか知らなかったのである。

カワズとび込む、

三

アデリアと夜太は、有年《うね》坂峠の頂上に

登りついた。

ここが、備前和気郡と播磨赤穂郡との境になる。

茶屋が六軒ばかりむかい合ってならんでいたが、旅馴れた者は、東から来ると東側の茶屋で休み、西から来ると、西側の茶屋で休むルールとエチケットを忘れない。

道の中央が、国境になるからであった。領内をぶじ通ることのできた礼をふくめて、旅客は、国境を越える前に、その領内の茶屋で休むのであった。

アデリアは、そんな慣習など知らず、西からやって来ながら、さっさと東側の他領内の茶屋の一軒に入って、床几に腰をおろした。

夜太は、ここまでは、アデリアに、旅籠に泊らず、茶店では休憩せず、という原則をかたく守らせて来たのであった。宿泊は、夜太がえらんだ寺院の庫裡の片隅をかり、休憩は、街道をそれて、通行人のすくない谷間だとか、地蔵堂の檐下《のきした》だとかにして来たのである。

アデリアは、日本文学の粋である俳句を語るのに熱中したあまり、つい、われを忘れて（それに、のどもかわいたので）茶屋へ入ってしまったのであった。

——いけねえ！

夜太が、はっとなった時には、もう、奥へむかって、

「甘酒、ください！」

と、たのんでいた。

夜太は、お供の寺男だから、そばへ寄るわけにいかず、いらいらしながら、しきりに、目くばせで、しゃべってはいけねえ、と合図した。

しかし、アデリアには、一向に、ききめがなかった。

「わたしは、一茶サンが、サムライではなく、お百姓の家から出た人であったのが、オモシロイです。……日本の文学は、平安朝時代は、お公卿《くげ》サンがつくりました。鎌倉・室町時代は、お坊さんとサムライがつくりました。いまの江戸時代は、江戸や大阪の町人がつくりました。むかしから、土をたがやすお百姓の中からは、文学者は、生れませんでした。コバヤシ一茶さんが、はじめてです。コレ、ほんとに、オモシロイですね」

——止さねえかよう。こんなタドタドしい口調でしゃべったら、すぐに、黄毛碧眼だとさとられてしまうじゃねえか。

夜太は、いても立っても、いられない気分であった。

茶屋内には、すこしはなれてはいたが、旅人が三人ばかりいたのである。

かれらは、アデリアがしゃべるのを、なにやら、うさんくさげに耳にして、ちらちらと、こちらへ視線を投げているではないか。

甘酒を盆にのせて、老婆が、はこんで来ると、アデリアは、ちょっと黙ったが、老婆が奥へひっ込むと、すぐに、

「ヤタさん、貴方、勉強不足ですね。こんなすばらしい天才が、このあいだまで、生きていたのに、どうして、知りあいにならなかったのですか？　貴方も、さすらいの旅人でしょう。シナノへ行って、一茶サンに会って、俳句の勉強した方が、よかったです」

——止めてくれ！　畜生！　だから、おれは、この女の供はしたくねえ、と兄貴に云ったんだ！

旅人の一人が（商人《あきんど》ていであったが）、つと床几から立って、わざわざ、アデリアの笠の下の顔をのぞきに、近づいて来た。

「おっ！　無礼じゃねえかよう！　そ、そのお方は、京都の比丘尼御門のご門跡におなりになるおひとだぜ！」

とっさに、夜太は、そう怒鳴って、旅商人の前をふさいだ。

「へへへ……、なんだか、妙な口調で、しゃべりなさるのでね」

「他人事だ、うっちゃっといてくれ」

大声でそう云ってから、夜太は、旅商人の耳に口を寄せると、

「禁裏——わかるか？」

「へえ、天子様のお住居のことで？」

「そうよ。その禁裏で、ずうっとお育ちなさると、こういう口調になるんだ。下じものおれたちをあいてになさると、禁裏ことばが使えねえものだから、つい、こう、タドタドしくなっちまうんだ。わかるか。わかったら、よけいな好奇心は、はたらかせねえでくれ。たのむぜ、おい」

「これはま、お前さんも、お供の寺男にしてはなんだか、やくざみたいな口のききかたをしなさるね」

「おれは、ついこないだまでに、無職《ぶしょく》よ。……無宿人が、寺男になって、どこがわるいんだ。なっちゃいけねえ、という掟でもあるのか！」

夜太は、せいぜいすごんでみせた。

旅商人は、その鋭い眼光を射込まれて、

「い、いえ、べ、べつに
と、そそくさと茶代を置いて出て行った。

他の旅人たちも、とばっちりでも受けてはたまらぬ、といった様子で、立去った。

まずいぜ、なんだか、不吉な予感がしやがらあ！

夜太は、舌打ちした。

（つづく）

水の音——

うろつき夜太——第三六回
柴田錬三郎と横尾忠則と

作者メモと南仏と

オランダの若い女性と風来坊と――尼僧とその供の寺男に化けた奇妙な一組が、誰にも怪しまれずに、長崎から京都まで、何事もなく、上り着く、ということは、もしできたら、奇蹟といえた。備前国まで、ぶじにやって来られたのさえ、あとで考えてみると、よほど好運であったのだ。

好運は、備前国と播磨国の境である有《う》年《ね》坂峠で、終った。

アデリアと夜太の行手をはばむ敵がそこに出現した。

出現して、二人が、どうふせぎ、どうのがれたか――それを語る前に、作者は、ちょっとあともどりしたい。

長崎出島のオランダ屋敷で、アデリアから、キョウト・ナラを見物したいから、案内して欲しい、とたのまれた際、夜太は、すぐに、OKはしなかったのである。

はじめは、アデリアが本気かどうか、うたがい、本気と知ると、夜太は、つよくかぶりを振ったものだった。

こんな金髪の、碧《あお》い眸子《ひとみ》を持った美しい白人女性をいかに巧みに変装させても、平穏裡に道中させることは、困難だし、また、たとえ道中ぶじに上洛することができたとしても、京都・奈良の名所旧蹟を、のんびりと見物するのは、どう考えても不可能事であった。

夜太のカンが、そう判断した。

しかし、アデリアは肯《き》き入れず、また兄のジョン・ペパードも、夜太の拒否を、尤もだと納得はしなかった。

ペパードは、うすい笑みを、目もと口もとにうかべて、

「夜太殿、賭けますか？」

と、さそったのである。

「お！ そういえば、おめえさんとあっしの勝負は、まだ決着がついて居りませんでしたね。……ようがす、やりやしょう」

夜太は、すぐに、応じた。

ペパードは、夜太が札《カード》を切る手まねにも、賽《さいころ》をころがす手つきにも、横へかぶりを振り、

「どうぞ、こちらへ――」

と、食堂につづく広間《サロン》へ案内した。

夜太を待っていたギャンブルは、夜太こそ生れてはじめて見るしろものであったが、現代の若い読者諸君なら、誰知らぬものはないルーレットであった。

いまさら、作者が文章で、くだくだしい説明をするよりも、まずルーレット台を図面にして、かかげることにしよう。

世界各国の賭博場《カジノ》に据えられているのはこの台なのである。

ペパードは、廻転盤の中央につけられた十字架型の銀製の把手へ指をかけて、すっとひっぱった。

廻転盤は、スムーズに音もなく、まわりはじめた。

次に、ペパードは、親指大の象牙の白い球を、数字の上部へ、木の枠縁《わくぶち》沿いに、右まわりする廻転盤とは反対に、左まわりに、ほうり込んだ。

ころがる白球と、まわる数字の円とのあいだには、銀製の菱形の鋲《びょう》が、いくつも、任意な不ぞろいの打ちかたをされていた。

カラカラカラ……という、ルーレット特有の音は、白球が、この菱鋲をこすって出すのであった。

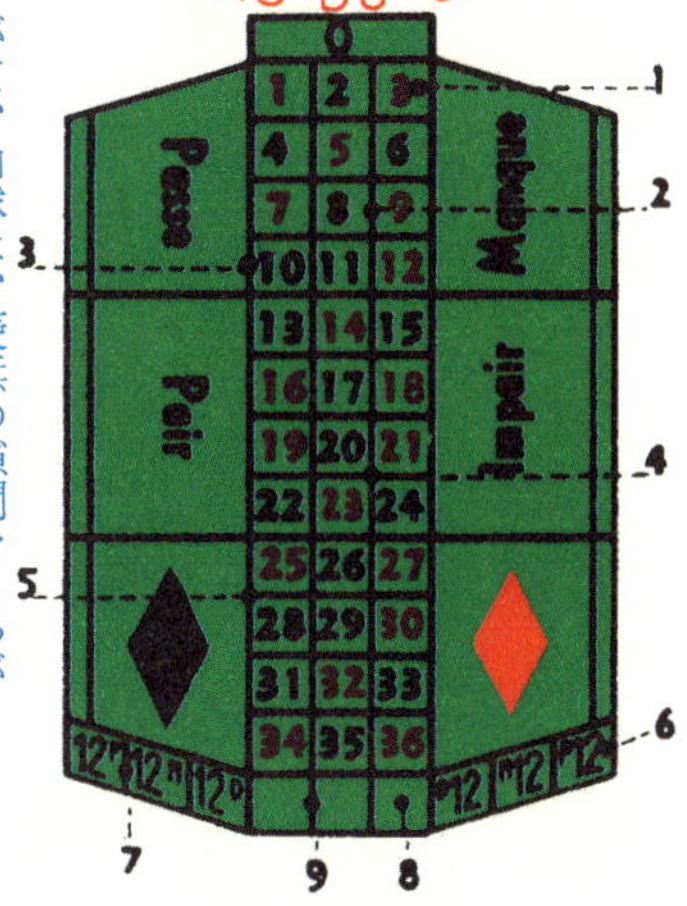

やがて、白球は、菱鋲の隙間をころがり落ちて、数字の下の赤と黒に色わけされた浅い溝を、かるやかに、とびはねていたが、廻転盤が停止しようとする直前、コトンと、ひとつの溝に落ちた。

夜太が、首をのばして、のぞき込むと、白球は、3の溝にあった。

「夜太殿、貴方が、もし、こちらの卓上の3の数字に、一両小判を賭けていれば、三十五倍――三十五両もうけました」

ペパードは、云った。

「へえ！ 三十五倍！ こいつは、滅法いただき、だァな。面白え！ いっちょう、張らしてくんねえ」

夜太は、舌なめずりして乗った。

ペパードは、黒人の下僕に、金函を持って来させると、金貨百枚を、夜太に与えた。

金貨百枚が三倍になれば、夜太の勝。

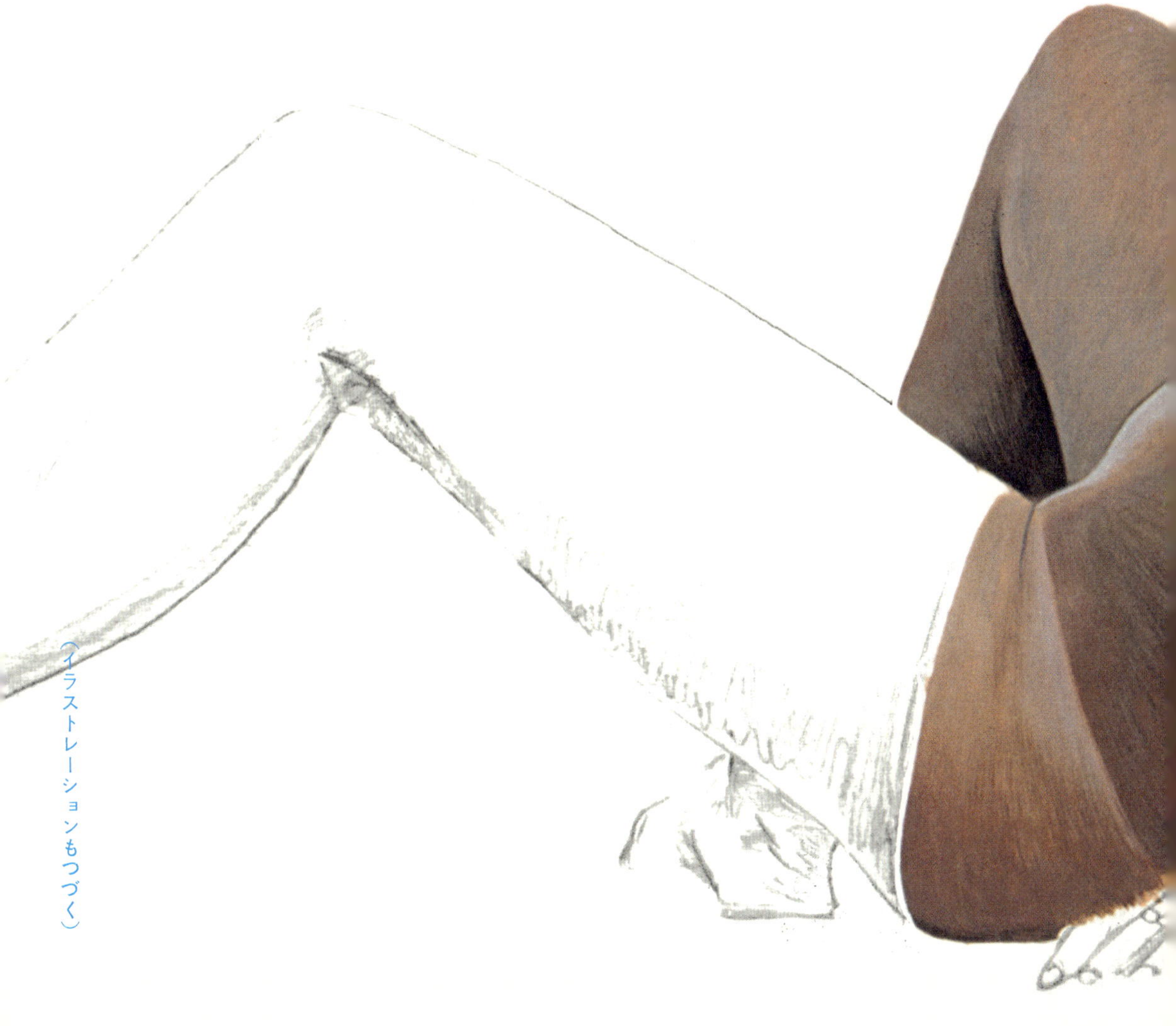

（イラストレーションもつづく）

一枚のこらず、すってしまえば、当然、夜太の負。

親となって、廻転盤をまわし、白球をころがすうちに、絶対にイカサマはない、とペパードは、誓った。

そして……。

夜太は、大いに奮戦したが、ついに金貨をすべて失って、敗れたのである。

アデリアを長崎出島から連れて出て、京都をめざした冒険には、それをやってのける度胸をきめなければならぬ勝負がなされたわけであった。

二

さて、ここで――。

作者は、読者諸君に、告げなければならないことがある。

実は――。

夜太もジョン・ペパードも、実在した人物なのである。

但し、徳川時代及び明治になってからの日本の諸文献には、その名は記されていない。

私は、三年前、ヨーロッパ旅行をした時、オランダのアムステルダムの図書館で、ジョン・ペパードなる人物について知り、また、パリのパリ・コンミューン当時の古新聞を、シャンゼリゼ通りにある『ル・フィガロ』新聞社を訪れて、閲読させてもらった時、夜太という日本人の存在を知らされたのである。

夜太のことがなぜ、パリの十九世紀の新聞にのったか、いずれこの物語の最終回でくわしく述べるつもりである。

ここでは、ジョン・ペパードなる人物を私が再調査したことについて、述べておきたい。

私が、この「うろつき夜太」連載途中で、渡欧したことは、ご存じの読者も居られよう。

夜太とジョン・ペパードに関する文献に、もう一度、目を通したい目的もあったのである。

アムステルダムの図書館は、運河沿いにならぶ、飾り窓の女たちの建物と隣接した、小さな、古びた六階建てで、私が目を通さなければならぬ文献は、その四階の片隅にあった。そこには、日本に関する資料が、豊富にたくわえられてある。

日本へ渡航したオランダ人一覧表がつくられてあった。その中に、ジョン・ペパードの名もあった。

ジョン・ペパード（1810～1872）
男爵《バロン》・海軍中佐。カール大帝（七世紀に現在のドイツ・フランス・イタリアを包含する大帝国をつくりあげた英傑）の長男ローテル（西紀八四三年、次男シャルル、三男ルイと、ヴェルダンに会合して、大帝国の領土を三等分して、中央のノルマンディ地方から北イタリアに及ぶ帯状の領地を取った）の後裔。オランダ海軍兵学校卒業後、ロンドン・パリに遊学。パリに於て、たびたびの決闘を行い、名を挙げたが、パリ社交界を侮蔑した一文を、新聞に発表したため、本国政府より、地中海オランダ艦隊勤務を命じられ、ニースに三年間駐在。その間、モナコ王国のモンテカルロに於て、カジノに入りびたり、賭博の天才ぶりを発揮す、という噂が、パリまでひろまる。モンテカルロのカジノの前の広場にて、ロシヤの貴族レオ・ウォーレンスキイ伯爵と、剣で決闘し、これを斃す。このため、本国政府より、懲罰の意味にて、日本・ナガサキの商館附き武官を命じられ（1838年より1842年まで）事実上の流刑の身となる。帰国後は、旗艦不死鳥丸の副艦長をつとめて、大いに活躍し、中佐にて退役す。子孫なし。

再読した私は、とっさに、

「よし、夜太のことはあとまわしにし、モナコに行って、ジョン・ペパードが、どれほどのすばらしいギャンブラーであったか、なんとか、つきとめてくれる」

と、決心した。

パリにひきかえした私は、オルリー空港から、エール・フランス機でニースに飛んだ。私が、泊ったのは、モナコとは反対方角のカンヌのホテル・マゼスティックであった。

私が、世界一流中の一流のホテル・マゼスティックに泊ったのは、わけがある。

羽田を飛び立つ際、本誌記者島地勝彦君が、退屈しのぎに機内でお読み下さい、と一冊の本を渡してくれた。どの国のブラック・リストにも記載されていない一匹狼の殺し屋、ブロンドの英国紳士（ジャッカルという暗号名を持つ）が、ド・ゴール将軍暗殺を、フランスのOAS（秘密軍事組織）からたのまれて、五〇万ドルで引き受け、パリの司法警察刑事局のルベル警視と、手に汗にぎる凄じいシーソーゲームを展開するドキュメントとフィクションをないまぜたスリラーの傑作であった。

私は、モスクワ経由パリまでの十数時間で、この『ジャッカルの日』を一気に読み通して、この上なく面白かったのである。

このジャッカルがミラノからレンタカーをふっとばして、フランスに入り、パリへ向う途中に、一泊するのが、カンヌのマゼスティックであった。

殺し屋は、部屋の窓から、ホテル正面わきのプールで泳いだり、プール・サイ

ドで甲羅干しをしているブルジョアどもを見下し、

「この仕事に成功しなければ、おれには、こんな優雅なくらしはできないのだ！」

と、自分に云いきかせるくだりがあった。

私は、そこで、ニース空港から、タクシーをとばして、カンヌに至り、予約なしで、マゼスティックのホロントへ入ると、パスポートを示し、十日間宿泊したい、と申し入れたのであった。

ヨーロッパに於て、作家が尊敬されていることは、この場合、私をたすけてくれた。

私は、ジャッカルが泊ったと同じ五階の、玄関正面上の寝室、応接間、居間とわかれる豪華な三部屋に案内された。日本円で一泊三万六千円だから、東京の一流ホテルとくらべると、安かった。

三

七月の紺碧海岸《コート・ダジュール》は、バカンス族で大にぎわいであった。

地中海の海はあくまで碧《あお》く、しかも、汐香がなく、海岸ぶちを歩いても、肌はすこしもべとつかない爽やかさである。夕立がさあっと通りすぎたあとの気分のよさなど、たとえようもない。

私は、ジョン・ペパードの名ギャンブラーとしての足跡をさがすのをあとまわしにして、一週間ばかり、カンヌのカジノ『パーム・ビーチ』へ毎夜、かよって、「うろつき夜太」の作者である私自身が、どれだけバクチに強いかどうか、ためすことにした。

『パーム・ビーチ』は、一年のうち夏だけ、四ヵ月半しかひらかないが、寺銭は二千万フラン以上あげ、完全に、モンテカルロのカジノを圧倒していた。

私は、この前、南仏を訪れた時は、ニースへ泊り、そこの『カジノ・ド・メディタレイニエ』で、もっぱら、ルーレットに没頭したが、どうも雰囲気としては、カンヌの『パーム・ビーチ』の方がいいようであった。

私が、『パーム・ビーチ』へ投入できる金額は、三千ドル――一万二千六百フランであった。

ギャンブラーの一週間の資金としては、大した額ではない。

べつに、私は、自分の勝敗記録を、ここに書きとめる必要もないし、読者諸君も興味もないことだろう。ただ、念のため、記しておく。

私は、第一夜、『パーム・ビーチ』に入ると、思いきって、三千ドルをすべて、チップスに換えた。

第一夜は、一千ドルの損であった。

――この調子だと、三日間で、スッテンテンになるぞ。

私は、午前四時頃、カジノを出て、タクシーに乗りながら、背筋がうそ寒くなった。

舗道には、あまり美しくない淫売婦が、あちこちに、客待ちしていた。私には、女を抱く興味など皆無であった。

第二夜は、もうけたねえ。二千七百ドル。

――この調子だと、おれは、一月ばかり、悠々とマゼスティックに滞在できるぞ。

私は、夜明けに、カジノを出て、タクシーに乗りながら、上機嫌であった。

一週間が、あっという間に過ぎた。

総計すると、私は、六千フランばかり、もうけていた。ちょうど、ホテル代をつくったわけである。（ちなみに、私が滞在中、『パーム・ビーチ』でもうけた筆頭はドイツ人で、二日間で、日本円に換算すると七千六百万円もうけて、さっとひきあげて行った）

私は、遊びを中止して、ジョン・ペパードを調べなければならなかった。

私は、ニースの『ニース・マタン』紙に、電話をかけて、三年前、私にインターヴューをして、

「東洋からやって来た世界一量産の日本のアレキサンドル・デューマ」

などと、ほめているのか、からかっているのか、わからないような記事を書いてくれた記者を呼び出し、面談をまとめた。

イタリー人の記者は、すぐに、マゼスティックにやって来た。

私は、アムステルダムの図書館でひき写して来たジョン・ペパードの略歴を示し、ペパードが、どんな賭博の天才ぶりを発揮したか、しらべる手がかりはないものだろうか、と相談した。

記者は、その略歴を読みかえしていたが、

「これは、嘘ですね」と、断定した。

「どうして？」

「モンテカルロのカジノは、１８５６年デュヴロスとルフェブルという二人が、つくりました。だから、ジョン・ペパードが、ニースに駐在した頃、まだモンテカルロには、カジノはなかったのです」

私はギャフンとなった。

（つづく）

虚無僧どもと計略と

（前回からのつづき）

ジョン・ペパードの略歴に、はなはだしい嘘があったことは、男爵《バロン》ペパードの名誉のためにも、また、かれを主要人物として、この物語に登場させている私の意気込みの上からも、不愉快なことであった。

しかし、モナコのモンテカルロのカジノが、1856年に創設されたのが、厳たる事実であるからには、それよりも十数年前に、地中海オランダ艦隊勤務となって、ニースに駐在したペパードが、そのカジノで名人ぶりを発揮できよう道理がない。

私は、不愉快な思いを押えて、『ニース・マタン』紙の記者に、

「ジョン・ペパードが、たしかに、ニースに滞在した、という事実を、調べて頂ければありがたいが……」

と、たのんだ。

「承知しました。当時、モンテカルロにカジノがなかったことと、また、このカンヌは、海岸いちめんカノーワ（葦）がしげって、ホテルや別荘など一軒もなかったことは、たしかですが、ニースには、ちゃんとしたホテルも建っている町でしたから――」

記者は、笑いながら、引き受けて、マゼスティックを去った。

ニースまでが、当時は、漁師小屋が二三軒しかなかった寒村であった、などというのでは、男爵ペパードも作者の私も、うかばれぬ。

二日後――。

『ニース・マタン』紙の記者は、ホテルのロビイから、部屋にいる私に電話をかけて来た。

私が、降りて行くと、記者は、

「オランダ海軍将校ジョン・ペパードは、たしかに、ニースで三年すごして居ります。それから、モンテカルロの広場で、ロシヤ貴族と決闘して、勝ったという記録ものこっています」

と、私をよろこばせる報告をしてくれた。

私と記者は、プールサイドのカフェ・テラスで、バーボンを飲んで、しばらく話をした。

記者は、調べた文献がたしかなものであることを語り、ペパードが、レオ・ウォーレンスキイ伯爵と決闘したのは、面白いことに、十数年後にカジノ殿堂が建てられた場所であった、と告げた。

「すると、略歴はほぼまちがいものだが、一箇所だけ、モンテカルロのカジノに入りびたって賭博の天才ぶりを発揮した、というくだりだけ、嘘ということになるんだなあ。略歴を書いた者が、どうして、まちがえたのだろう？」

私は、首をかしげた。

すると、記者が、南仏生れらしい陽気な気質を、表情に示しながら、こう云ったのであった。

「略歴の記述者は、たぶん、大変ギャンブル好きだったのではありませんか。……そう、かれは、モンテカルロへやって来て、ルーレットで、滅茶苦茶に負けたのですよ。きっとそうですよ。それで、ジョン・ペパードの略歴を書く時、ペパードが博奕の天才であったことを知り、ペパードにモンテカルロでその天才ぶりを発揮させて、せめてものウサばらしをしたのですよ。とすれば、この嘘は、許されていいのではありませんか。ムッシュウ・シバタ、貴方だって、作家だから、そういう経験がおありのはずですよ。少年時代、自分をさんざいじめたガキ大将を、小説の中で、悪玉にして、主人公に、殺させるとかね。……いかがです？」

「わかった！」

私は、記者と握手した。

とにかくにも、ジョン・ペパードは、凡夫ではなかった。決闘すれば必ず勝つ剣とピストルの名手だったのである。

私は、そのことを、しかとつきとめて、パリへひきかえしたのであった。

さて――。

では急いで、夜太とアデリアが、備前国と播磨国の境で、敵に襲われたところへ、作者は、駆けつけなければならない。

一

「お嬢さん、いそぎやすぜ。この峠は、どうも、あっしにゃ、気が食わねえんでさ」

夜太が、ささやいておいて、アデリアのわきをすり抜けるようにして、三歩あまりさきに立った――その時であった。

アデリアの背後に、四人の虚無僧が、すうっと出現した。

かれらは、峠のどの茶屋にも腰をかけてはいなかった。

不意に、湧くように、松の木立の中から、姿をあらわしたのであった。

その気配に、はっとなって、夜太が振りかえるのと、虚無僧の一人が、左手につかんだ尺八を、びゅんと振るのが、同時だった。

尺八からは、陽光を撥く白銀色の、細い刃物が、ひゅーっと、飛び出した。刃物には、鎖がついて居り、毒蛇のように、アデリアの笠に嚙みつくや、ぴいん

うろつき夜太
柴田錬三郎・横尾忠則

と宙へ直線を張った。

と見たのは一瞬のことで、笠は、アデリアの頭から、もぎはなされて、宙高くはねとんだ。

アデリアの口からは、悲鳴はあげられなかった。

それどころか、笠を奪われるや、次の刹那、アデリアは、ひらと裾をひるがえして、虚無僧たちに向きなおって、地べたへ片膝をつき、突いていた竹杖をななめにかまえた。それからすばやく、背負っていた荷から、黒い木製の器具を抜きとって、その竹杖の根もとへ、ピタッと当てた。

「飛道具だっ！」

襲撃者のなかから、鋭い叫びがほとばしった。

アデリアは、竹杖とみせかけた銃身のなかばへ、左手を添えて、腰だめに、一弾を放った。

先頭の虚無僧が、のけぞった。

「やったぜ！」

夜太は、予期せぬアデリアのみごとな反撃に、四肢を躍動させるや、

「あとの三人は、あっしが引き受けやすぜ！」

と、双刃直刀を抜きはなった。

アデリアは、夜太と入れかわると、すっと、立って、じっと、夜太と敵三人との闘いを、澄んだ冷たい眼眸《まなざし》で、見まもった。

襲ったのは、この有年坂峠の山中に巣食う盗賊ではなかった。

夜太が、まず、かれらの刀の構えを一《いち》瞥《べつ》しざま、

「どうやら、てめえら、ただの鼠じゃねえらしいぜ」

と、云いあてた。

「無宿人夜太、神妙にせい！」

虚無僧の一人の口から、その叱咤が噴いて出た。

「なんだと?!」

「オランダ国武官ジョン・ペパードの妹であろう、この贋比丘尼は――」

「てめえら、長崎から、ずっと尾けて来やがったな！　公儀の庭番野郎め？」

「京都へ入ったところで、逮捕いたす予定であったところ、茶屋内での、あたりはばからぬ高声が、自らを贋比丘尼と、ここの山賊どもに知らせてしまった。やむなく、山賊どもより先に、われらが、とらえることにいたしたのだ」

二

おそらくは、柳生道場から送り出されて来た手練《てだれ》者と推測できる公儀庭番衆を、三人もむこうにまわして、まともに闘って、勝算が、夜太にあるとは思えなかった。

連れが、お妻あたりならば、夜太は、置き去りにしておいて、雲を霞と逃げるところであった。

兄のジョン・ペパードと、ルーレットで勝負して、敗れて、アデリアの京都・奈良見物の護衛者を引き受けた夜太は、おのが一命をなげうっても、異邦の女性をして死地を脱出せしめなければならなかった。

こうした立場に置かれると、夜太は、前身が武士であったことを示す、いったんの約束を、鉄のごとくかたく守る面目を失わなかった。

ただの一所不住の風来坊ではなかった。

「手ごわいぞ！」

「油断するな！　娘は、また銃を撃って来るぞ！」

三人の刺客は、短い刀を、片手がまえにして、夜太の攻撃にそなえるとともに、アデリアの動きにも警戒の目をつけた。

アデリアが組み立て銃を持っているのは、夜太にとって、十人分ぐらいの強い味方があることを意味していた。

夜太自身は、しかし、そんな飛道具に助けてもらおうなどとは、みじんも思ってはいなかった。

猛然と――身をすててこそ浮かぶ瀬もあれ、といった捨身で――夜太の姿が、三人の敵の陣へ、斬り込んだ。

その瞬間――。

アデリアが、つと半身になって、組み立て銃をすっと動かした。

だあん！

狙いもせずに、銃声をとどろかせると、公儀庭番の一人が、がくっと上半身を折った。

「撃つなっ！　こいつら、おれが、片づけると、云っているじゃねえか！」

夜太が、呶鳴った。

アデリアは、白絹のかげで、双眸を、細めた。しかし、すぐに、冷たい視線にもどした。

敵は二人に減ったが、夜太の闘いは、決して楽になったりはしなかった。

これまでにぶつかったどの強敵にもまさる凄じい太刀筋をあびせられて、夜太は、いくどか、地獄の一丁目をのぞかなければならなかった。

この男が、ツイているのは、その凄じい太刀筋を、あるいは、松の幹や枝がさえぎってくれたり、あるいは、当人自身が、かわすはずみに、足をすべらせて、ぶっ倒れたおかげで、二の太刀からのがれたりしたことで明らかであった。

そして――。

冷静な第三者が、そこで見物していたならば、夜太が追いつめられて、全くの窮鼠となった、とみとめたであろう――その瞬間、三度び、アデリアが、銃口か

ら火を噴かせたのであった。

三人目の隠密が、その弾丸を、胸にくらって、倒れた。

その時、夜太は、無我夢中で、最後の一人へ向って、体あたりをくれた。

「うっ——むっ！」

したたかに腹部を、双刃直刀で刺し貫かれた敵は、松の幹に片手をすがらせたが、たまらず、ずるずると、崩れ落ちた。

三

「ふうっ！」

夜太は、火のような熱い息を吐いてから、われにかえり、四つの屍体を眺めやった。そして、その視線を、むこうにたたずむアデリアへ移した。

「おれの殺《や》ったのは、一人だけだったとは、面目ねえ」

ごしごしと、頭髪をかいた。

「貴方、勇敢でした。ヤタさん」

「勇敢だったのは、そちらさんじゃねえか。からかわねえでおくんなせえ」

「いいえ、からかってはいません。貴方の態度、立派でした。わたしに撃たせずに、そのスパイたちに、かかってゆきました。貴方こそ、ほんとに、日本のサムライです」

夜太は、アデリアがまじめにほめればほめるほど、照れて、

「おだてられて、有頂天になっている場合じゃねえや。この死骸を片づけて、さっさと退散しなけりゃ、ぐずぐずしていると、厄介なことにならあ」

と、云うや、斃《たお》れた隠密たちの重い屍《むくろ》を、ずるずると、ひきずって、谷底めがけて、ほうり落しはじめた。

アデリアは、そのあいだに、組み立て銃を、もとの竹杖にもどし、奪われた笠をひろって、ちゃんとかぶれるようになおした。

再び——。

夜太を供にして、道中をつづけるべく、坂道を降りながら、アデリアは、

「わたし、スパイたちに、あとを尾けられていること、知っていました」

と、云った。

「知っていたっ?!」

「はい」

「そ、それを、どうして、あっしに仰言らなかったんで？」

「兄が教えてくれました。スパイが攻めて来るまでは、知らんふりをしていなさい、って」

「それにしても、あっしにだけは、教えてくれても、よかったじゃありやせんか」

「わたし、スパイに攻めかからせる時と場所を、考えていました。この峠が、ちょうど、いいと思いました」

「じゃ、あんたは、茶屋で、わざとあんなまねをしたのですかい？」

夜太は、あきれると同時に、アデリアがなみなみならぬ知能と勇気をそなえた女性であることを、思い知らされた。

——こんな女は、日本にゃ、いねえぜ！

夜太は、かすかな戦慄さえおぼえた。

また、

——ただの京都・奈良見物をしようというのじゃねえな。なにか、ほかに目的があって、行こうとしているに相違ねえ。

その疑惑も、わいた。

長崎から備前まで、夜太は、公儀庭番衆に尾行されていることを、全くさとらなかったのである。それほど、隠密は、巧みに、尾行して来たのである。ところが、アデリアは、ちゃんと、察知していたのである。そして、どこで、かれらに襲撃させて、撃ち果すか、考えつつ道中して来て、ついに、みごとに、やってのけたのである。

——これじゃ、おれが、まるで、間抜けだったあんばいじゃねえか。

夜太は、いささか、むかっ腹が立ったことだった。


（つづく）

明暗
明暗

明暗

うろつき夜太

柴田錬三郎——横尾忠則

酔いと裸身と

一

夜太とアデリアは、姫路城下まで三里あまりの、鵤《いかるが》村に入った。

ここには、幕府から百五十余石の朱印をもらっている太子堂斑鳩《いかるが》寺があった。

夜太は、アデリアをともなって、その斑鳩寺へ行き、泊めてもらうことにした。

住職が、斗酒なお辞せぬおどろくべき酒豪で、しかも博奕好きであり、夜太とは、かなり前から懇意だったのである。

京都・奈良そして江戸の大寺院に比べて、いささかもひけをとらぬ堂々たる古刹であった。

夜太とアデリアが立った方丈の玄関は、二三万石の大名屋敷に比敵する構えであった。

夜太が、大声で案内を乞うたが、返辞はなかった。

ちょっと、耳をすましていた夜太は、

「和尚め、まっ昼間から、大酒をくらってやがる」

と、云った。奥から、高いびきが、きこえて来たのである。

夜太は、この斑鳩寺に泊めてもらう毎に、和尚の住居とは遠い別棟でありながら、その高いびきで、ねむれぬにがい経験を持っていた。

「こんな大きな寺で、納所も小坊主もいねえんだからな。あきれたものだ」

夜太は、奥庭へ入り込むべく、木戸をくぐりながら、云った。

「どうしてですか?」

アデリアが、きいた。

「和尚が、途方もねえ修業をさせるものだから、辛抱しきれなくて、みんな、逃げ出すんでさ。ま、和尚に逢えば、わかりまさあ」

奥庭に面して、住職の住居があったが、壁も襖も障子もない、柱だけの建物であった。板敷きで、まん中に囲炉裏がつくってあり、自在鈎《じざいかぎ》に、梵鐘のように巨大な鉄瓶が、つるしてあった。

アデリアは、炉端で、凄じい高いびきをかいている住職を、一瞥するや、さすがに、息をのんだ。

庭石のような巨体が、ふんどしもつけぬ、生れたままの素裸で、大の字に仰臥していたのである。

その名も三悪道宇宙。この斑鳩寺は、徳川幕府の命令で天台宗になっていたが、三悪道宇宙が住職になってからは、勝手に、

『宇宙教』

という新しい宗門を樹《た》てていた。尤も、この宇宙教を有難がって、説法をききに来る善男善女など、一人もいなかった。

その代り、夜太のような風来坊をはじめ、無宿人、盗賊、兇状持ち、博徒、島抜けの逃亡者、遊廓から脱走した女郎、辻斬り専門の浪人者、街道に出没するゴマの蠅、といった世間のあぶれ者たちが、たよって来ていた。

三悪道というのは、悪人が死後に行く三つの苦しい世界——地獄道・餓鬼道・畜生道をいう。

これを称号にしている坊さんがいるときいて、なんとなくたよって来るのは、世間のあぶれ者も、やはり人間としての弱さがある証拠であったろう。

但し——。

三悪道宇宙師は、こういう者たちを居候させるや、容赦のない修業を課した。寒中であろうと、一糸まとわぬ素裸になることを命じたし、広い境内をぐるぐると三時間もマラソンさせたり、本堂の屋根のてっぺんで逆立ちさせたり、墓地に深い穴を掘らせて、その中で、坐禅をさせたり——あらゆる難行苦行を、強《し》いた。まず、十日と我慢できる者は、いなかった。

夜太は、数年前、この斑鳩寺で、百日あまり、その難行苦行に堪えたものであった。そのおかげで、三悪道宇宙師に気に入られて、

「お前、わしのあとを継いで、当寺の住職にならんか?」

と、すすめられた。

夜太は、その儀ばかりはごめんを蒙って、其夜、そっと退散したのであった。

斑鳩寺を訪れたのは、その時以来であった。

二

「和尚! 和尚! 起きてくれ!」

夜太が呶鳴ると、宇宙師は、ピタリといびきを止め、

「さっきから、目をさましとる」

と、こたえた。

「目をさましながら、いびきをかいているなんざ、きいたことがねえや」

夜太は、アデリアをうながして、炉端へあがった。

むっくりと起きあがった宇宙師は、アデリアを、じっと見据えて、

「ほう、目が碧《あお》いの」

と、云った。

「オランダのご婦人だあ。京都・奈良見物に行きなさるのに、おれがお供、というわけよ。一夜の宿をたのみますぜ」

「ふむ。では、ひとつ、当寺の慣習にしたがって、頂こうかの」

宇宙師から、そう云われて、夜太は、

「和尚、そこいらの莫連や女郎じゃねえんだぜ。はだかになれ、ってえのは、ちいとばかり酷《こく》じゃありやせんかねえ」

「いやならば、さっさと立去るのじゃな」

「しょうがねえな」

夜太は、がしがしと、あたまをかいて、アデリアに、

「この寺に泊めてもらうには、すっ裸にならなけりゃならねえんで……、つまり、その、貴女さんのようなバテレンの国のご婦人も、例外をみとめねえ、というわけでさ」

と、云った。

すると、アデリアは、

「いいです。わたし、ハダカになります」

と、こたえると、すっと立って、尼僧のころもを、するすると脱ぎはじめた。

「いい度胸だぜ」

夜太は、あっけにとられた。

アデリアは、襦袢も腰巻も、足もとへすてた。日本の女とちがって、そこには、白い下穿《したばき》をつけていたが、彼女はなんのためらいもなく、するりと、その下穿を、腰から脚へすべり落した。

それから、首を掩うていた白絹をとりはらって、ゆたかな金髪を肩まで散らすと、

「はい。これで、よろしいですか」

と、云った。

「結構結構!」

宇宙師は、うなずいてから、

「上も金髪なら、下も金髪じゃの。なんとも、神々しいばかりの白い肌だて。吉祥天女が、衣を脱いでくれても、これほ

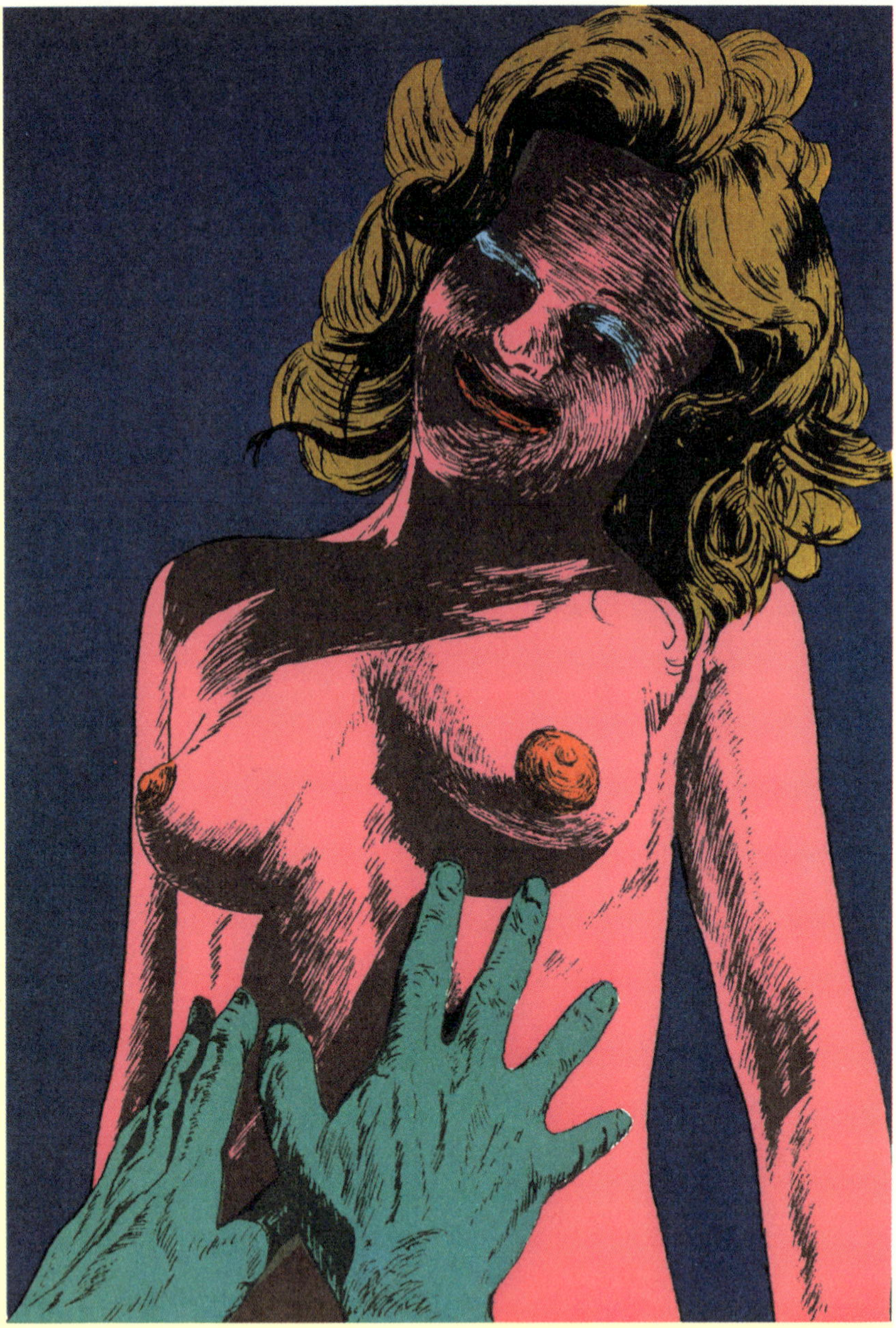

ど美しゅうはあるまい」
と、云って、アデリアに向って、合掌した。さらに、宇宙師は、膝行《しっこう》して、アデリアの片足を把って、自分の坊主頭へのせると、
「南無帰命頂礼！」
と、となえた。

アデリアは、

「これは、日本のお坊さんの習慣ですか？」

と、たずねた。

「南無ととなえて、仏の足を頭に戴いて、帰命頂礼ととなえつつ、礼拝するのが、菩薩に帰依する作法でござる。……やれ、これで、愚僧も、死んだら、弥勒菩薩の浄土に行き、外院に於て、現世に在ってやれなかった酒池肉林の歓楽がやれそうだて」

宇宙師は、不遜な言葉を口にした。

そのあいだに、夜太の方も、素裸になっていた。

アデリアは、窮屈そうに正座すると、

「貴方、おもしろいお坊さんですね」

と、云った。

「なんの、坊主という奴は、人間の本性に反したくらしを送らねばならぬのでな。つまり、肉食はできぬ。色情を抑えねばならぬ、み仏という目に見えず耳にもきこえぬ存在に仕えねばならぬ——まことに不自然きわまる職業でござれば、言辞振舞いが少々変るのは、やむを得ぬ仕儀でござるわい。申さば、人間として、不具者《かたわ》になって居り申す」

「わたしの国のお坊さんと同じです」

「伴天連殿も、キリストとやら申す神に仕えて居ると、女人禁戒でござるかな？」

「はい、そうです」

「色欲は、食欲とともに、人間の二大本能でござるのに、坊主になると、それを禁じられる。まことに、つらい禁戒でござる。……ごらんの通り、愚僧は、人一倍、精力が強うござる。なれば、そなたのような豊満無比の女体を眺めさせられると、総身の血汐が、わきたち、官能の疼きに、居ても立ってもいられぬあんばいとなり申すの。それが、証拠に——」

そこまで云って、宇宙師は、おのが右手で股間の長大なしろものを、ぐいとにぎった。

たちまち——。

男根は、むくむくと張り、固まって、

突っ立った。

——冗談じゃねえ！　とんでもねえまねをしやがる！

夜太の方が、あわをくった。夜太自身の一物は、一向に変化を起さずに、ダラリと下ったままだったのである。

夜太とアデリアが、宇宙師の酒のあいてから解放されたのは、夜も更けて、子《ね》刻（午前零時）すぎであった。

酒には強い夜太も、したたかに酔っていた。

あきれたことには、アデリアの方が、夜太と同じぐらいの量を飲みながら、平然たるものであった。

庭へ降りて、別棟へ向って、歩き出すと、夜太は、いくども熟柿臭い息を吐いて、まっすぐに歩くことが叶《かな》わず、千鳥足になった。

アデリアが、夜太の腕を取って、ころばぬように支えてくれた。

「どういうんだよう、おう、お嬢さんよう」

「なにがですか？」

「おめえさんのことだよ。平気で、すっ裸になるし、大酒くらっても、水一杯飲んだみてえに、けろりとしているし……生れた国がちがうと女のくせに、こうも出来具合がちがうのかねえ」

「日本の女のひと、こんなこと、しませんか？」

「しねえや。莫連だって、女郎だって、まっ昼間、あかの他人の前で、陰毛を見せたりはしねえやな」

「あのお坊さんは、はだかでした。ヤタさんも、はだかになりました。わたしだけ、キモノ着ていては、かえって、おかしいです」

「女だぜ、おめえさんは——。ちったあ、はずかしがってもれえてえな」

「女のはだかの方が、アナタがたのはだかより、きれいです。わたしのはだか、きれいでしょう」

アデリアは、そう云うと、とんとんと置石を跳んで、大きく両手をひろげ、くるりっと廻転してみせた。

十六夜の月かげが、澄んでいて、その白い裸身を、あざやかに浮きあげた。夜太の酔眼には、この世ならぬ、夢幻の中の天女のように映った。

「なるほど、生れてはじめてお目にかかる美形だあ。しかし、こっちは、目の栄養だが、どうして、おめえさんが、こっぱずかしくねえのか、ということだ」

「あのお坊さん、立派です」

アデリアは、さも愉しげに、かるやかに、舞踏をやりながら、云った。

「わたし、オランダへ帰ったら、みんなはだかで、パーティをすることを、すすめます」

「どこかキ印のところがあるぜ、おめえさんは——」

別棟は、十五畳の造りのこった座敷であった。

「夜具が、もう一組あったかな」

押入の唐紙を開けながら、夜太がつぶやくのをきいて、アデリアは、

「今夜は、ヤタさんとわたし、結婚します」

と、云った。

「結婚だと？」

夜太は、目をひン剝《む》いた。

「貴方、わたしのために、いのち投げ出して、たたかってくれました。男の中の男です。わたしは、一度結婚した女です。男性に抱かれること、もとめています。お酒飲んで、気持いいです。ヤタさん、わたしを抱きなさい」

「ちょ、ちょっと待ってくんねえ。……あっしは、据膳くらうのは、きれえじゃねえが、どうも、そういう調子で、アケスケに云われると……」

夜太は、ふうっと、熱い息を吐いて、

「なんだか、どうも、面くらって、股ぐらのせがれも、鼻白むじゃねえか」

「大丈夫です。わたしを抱けば、あのお坊さんのように、勇気リンリンとします」

「勇気リンリンねえ。おめえさん、日本語を知りすぎてらあ」

夜太がまごついていると、アデリアは、さっさと、敷具を延べ、掛具をひろげて、すっと、白い裸身をすべり込ませた。

——おれが、いどみかかって、この女が、こっぴどくはねつける、というのなら、話がわかるんだが……。

夜太は、久しぶりに大酒を飲んだせいで、こういう意外な現実に当面しながら、夢でもみているような、奇妙な当惑をおぼえた。

生涯ふたたびはぶっつからないであろう好機を与えられながら、夜太は、このままぶっ倒れて、酔魔にひき込まれたい意識もわいていた。

アデリアのわきへ、身を横たえたものの、いきなり、彼女を抱く衝動が起きなかった。

「ヤタさん、ねむってしまっては、男の恥です。しっかりして下さい。さあ、勇気リンリンとしなければ、いけません」

アデリアは、身を起すと、するすると、姿態を変え、夜太の股間へ、顔をうずめた。

夜太は、面ていを掩うて来たオランダ女性の金髪の恥毛に、鼻を撫でられて、イヤでも、そこをしゃぶらざるを得なくなった。

——南無帰命頂礼か！　こん畜生！

それからの一刻あまりの情景を、描くには、ざんねんながら、読者諸君、今回の紙数は尽きた。作者は、やれやれと、背のびして、これから、睡眠剤をのんで、ねむらせて頂く。さようなら。

（つづく）

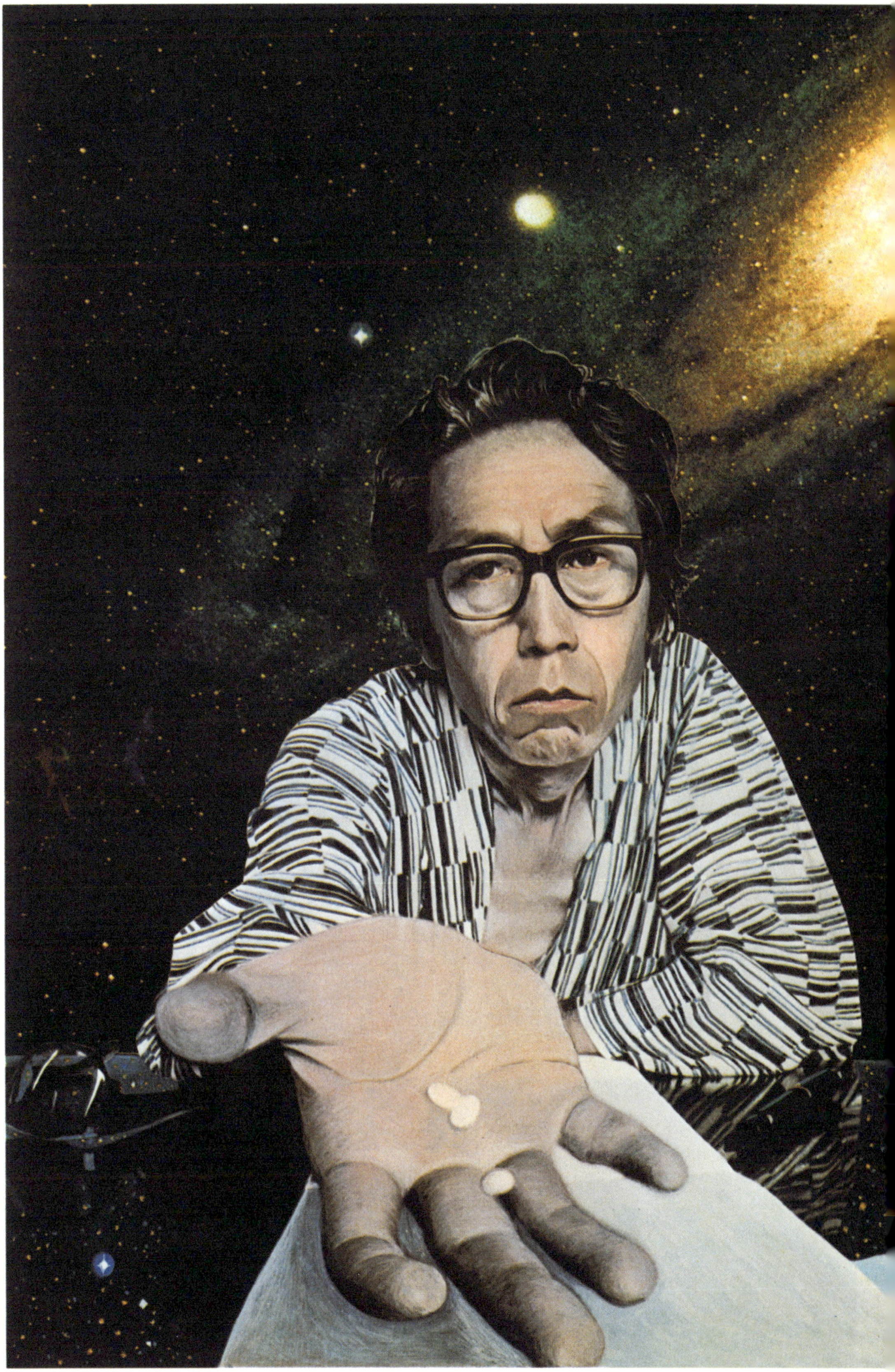

テレパシイと勝負と

一

人間が、一種のテレパシイをそなえていることを、作者たる私は、信じている。殊に、惚れた男に対する女は、ふしぎな精神作用を起す。

私も、その経験がある。これは、ノロケではない。事実ありのままの報告である。ある時、私は、一週間あまりの旅行に出た。帰京の日をきめていたが、ふと、その日、帰京して、その女性のマンションに一泊することが、なんとなく億劫《おっくう》になり、一日のばして、九州の果ての某島でぼんやりすごした。その翌日、私は、ジェット旅客機で、東京へ戻って来ると、彼女の許へおもむいた。

すると、彼女は、

「貴方は、私から心が去っているわ。一人ですごす方がよくなったのでしょう」

と、云いあてた。

私は、アヤフヤな返辞をしたが、彼女のカンに舌をまいた。

この女性は、高校時代、一人の男にむりやり犯されて、その家へ連れて行かれる予感がし、その家の家庭状況とたたずまいがはっきりと目に映ったそうである。そして、事実、その通りであった、と語っていた。

また、この物語の挿絵を描いてくれている横尾忠則君は、ホテルで、真夜中、ふっと、家へ電話をかけたくなって、奥さんを呼び出した。別に、横尾君には、特別の用件はなかった。奥さんは、睡っているところを、起されて、受話器を取ったが、次の瞬間、「あっ!」と悲鳴をあげた。ガスもれがしていたのである。もし、横尾君が、電話をかけなければ、奥さんと子供さんは、あるいは、事故死をとげていたであろう。

人間には、こういう具合に、科学では証明しがたい、ふしぎなテレパシイがそなわっているものである。

こういうことを、書くのも、播磨国斑鳩寺に、夜太とアデリアが泊って、酒の酔いも手つだって、原始時代そのままの男女の激しい営みをはじめた時、不意に、そこへ、一人の女が、嫉妬の形相凄じく出現したことを、ただ単なる偶然ではない、と云いたいためである。

がらっと杉戸をひき開けて、

「なんだい、そのザマは! 夜太公!」

と、ヒステリックに喚いたのは、お妻であった。

夜太は、お妻とは、半年前に、江戸で別れている。

お妻は、夜太が長崎まで、ジョン・ペパードの供をして、行ったことを、全く知ってはいない。現代のような、ハイジャックされた日航機が、アラブ首長国連邦のひとつの空港ドバイへ着いたことが、その日のうちに判明する情報時代ではない。江戸で別れて、夜太が、次の日、日光街道を歩きはじめると、もう、お妻には、この風来坊が、どこへ姿を消したか、まるっきり見当もつかなくなったはずである。

まして——。

長崎まで足をのばして、再び、ひきかえして来て、播磨国へさしかかったことなど、お妻が、神ならぬ身の感知できる道理がないのであった。

にもかかわらず、お妻は、突如として、斑鳩寺へ、やって来たのである。偶然ではなかった。

莫連ながら、夜太にしんそこ惚れたお妻のテレパシイと云わざるを得ない。作者がストーリイを進める上のご都合主義で、お妻をそこへやって来させたのではないことを、ここで、はっきりとことわっておく。女は、男に惚れると、その男が、自分の世界のすべてになるのである。男たる者、それを覚悟の上で、女に惚れさせなければならない。おわかりかね、読者諸君!

実は、作者としては、お妻の出現によって、夜太とアデリアの物狂おしい情交場面をこくめいに描写して、警視庁に、この掲載誌『プレイボーイ』を、発禁の憂目に遭わせることから、まぬがれたことに、ほっとしている次第である。どうも、この『プレイボーイ誌』は、ヌード写真をやたらにのせ、且きわどいポルノ記事を特集して、警視庁から、しばしば、警告を受けているフシがある。せめて、『うろつき夜太』ぐらい、警視庁からお叱りを蒙りたくない、と、作者は、連載当初から、心がけていたのである。

夜太とアデリアの情交《オブ》シーンを、あっさり片づけたことは、あるいは、読者諸君の不満を買ったかも知れぬが、なにとぞ、かんべんして頂きたい。お妻の異常なテレパシイが働いた以上、やむを得ないではないか、ねえ、諸君!

二

それは、夜太とアデリアが、69《シックスナイン》の体位をとってから、ものの四半刻(十五分)も経ってはいなかった。

お妻は、冷水をなみなみと満たした大きな桶を、ひっ携げていた。

その冷水を、いきなり、二人へ、ばあっとぶちまけたのであった。

「な、なにをしやがる！」

夜太は、冷水をぶちかけて来たのが、よもやお妻であろうとは思わず、この寺に自分を知っている女がいることの意外さにびっくりしつつ、身ぶるいしざま、

褥わきの双刃直刀を、ひっつかんで、とび立った。

とたん、

「お、おめえ！」

夜太は、口をぽかんと開けた。

「鳩が、豆鉄砲をくらったような間抜け面しやがって、ざまみろ！」

お妻は、わめきたてた。

「てめえ、どうして、おれがこの寺にいるとかぎつけやがったんだ？」

「蛇《じゃ》の道は蛇《へび》だい！　それよりも、あたしゃ、悋気《りんき》で、あたまに、熱湯みたいな血がのぼっているんだからね。覚悟しやがれ！」

「おうおう、お妻！　てめえは、おれの嬶《かかあ》でもなけりゃ、情婦《いろ》でもねえんだぜ。やきもちを焼かれるのは、ちっとばかり、筋ちげえじゃねえか」

「置きやがれ！　本所押上の島津家の下屋敷を、燃やした最中、池に架けられた太鼓橋の下で、あたしを抱いたのは、どこのどいつだい！　あんなまねをされるとね、その時から、女は首ったけに惚れちまうんだよ。女心なんぞ、みじんも判からない朴念仁《ぼくねんじん》野郎！……あれから、あたしゃ、お前さんを、血眼になってさがして、日本中を駆けずりまわったんだからね」

「そいつは、そっちの勝手だ。おれの知ったことか」

「惚れちまった以上、いまさら、あきらめられるかい！　惚れる、ということは、理窟じゃないんだよ。……ああ、あたしゃ、莫連《ばくれん》さ。だから、お前さんが、女郎や夜鷹を買うことになんぞ、目くじら立てるほど、ヤボじゃないよ。けど、素人を――それも、オランダの女を抱くのは金輪際、許せないんだ。……その刀で、斬れるものなら、斬ってみやがれ！　幽霊になって、お前さんに、とり憑《つ》いてくれるからね」

「ちょっ！」

夜太は、いまいましく舌打ちして、

「ともかく、話しあいは、明日にしようぜ」

と、云った。

「なにおっ！」

「イヤだね」

「そのオランダ女を、和尚の寝所へでも、移してもらおうじゃないか。あたしゃ、お前さんに、抱いて抱かれて寝るんだ」

「うるせえっ！」

夜太も、かっとなった。

「こっちが下手《したで》に出りゃ、いい気になって、てめえの都合のいいことばかりほざきたてやがる！　いいか、お妻！　おれは、このお嬢さんのお供をして、片刻もはなれねえ約束をしているんだ。てめえこそ、和尚を誘惑して、禁戒を破らせてみやがれ！」

すると、お妻は、すっと、アデリアの前に進んで、ぴたりと正座した。

「オランダのお女子衆に、申し上げます。あたしゃ、やきもちを焼いて、気が狂いそうになっているんですよ」

「ヤキモチ？　おお、ジェラシイですね」

「なんだって？　じらす？　あたしを、じらして、本当のまちがいにしようと仰言るんでござんすか？　よござんす！　気が狂ってみせます。狂って、おまえ様ののど笛を嚙みちぎってやるから――」

「お妻っ！」

夜太は、お妻の肩をひっつかんで、

「いい加減にしねえと、本当に、たたっ斬るぞ！」

「斬るなり突き刺すなり、してみやがれ！　化けて出てみせる、と云っているじゃないか」

お妻は、テコでも動きそうもなかった。

こうなると、女は強かった。

さすがの夜太も、もてあまして、逃げ出したくなった。女にしんそこ惚れられて、これほど狂気じみた態度をみせられたのは、はじめてであった。

お妻が逆上しきっているのに対して、アデリアが、すこしもあわてず、その裸身を掛具でかくそうともせず、微笑さえもうかべていることも、夜太には、女の性のしぶとさをみせられて、とまどったことだった。

三

アデリアは、お妻にののしらせるだけののしらせておいて、おちついた声音で、

「男のひとを、心から愛するのは、いいことです。うらやましいです」

と、云った。

「へん！　わざとものの判ったような、分別くさい顔つきをしたって、だまされないからね」

「わたし、ヤタさんを愛してはいません。ヤタさん勇気のあるひとで、わたしのために生命をなげ出して、つくしてくれました。わたしも、すこしお酒に酔いました。それで、こうなりました。わたし、日本へ来て、二年になりますが、まだ、男のひとと、ボディ・ラブ——抱きあったこと一度もありません。わたし、ボディ・ラブに飢えていました。それだけです。でも、貴女のヤキモチ、よくわかります。けれど、わたし、今夜だけ、ヤタさん、欲しいです。貴女、明日までカマンして下さい」

「まっぴらだよ！　男が欲しけりゃ、あの相撲取りみたいな和尚を、くどいて抱かれるがいいや。夜太は、渡さないよ！

死んだって、渡すもんか！」

その言葉をきいて、夜太は、

——このアマ、とうとう女房気取りになっちまやがった！

と、思った。

思ったものの、女にこれほど惚れられるということは、べつだん、わるい気分ではなかった。

といって、アデリアという据膳を目の前にして、箸をつけられぬのは、千載一遇の好機を邪魔されたことであり、みすみすひきさがるのも癪であった。

「たのむから、明日まで待ってくれ」

と、お妻に、両手をついてでも、たのみたかった。

しかし、お妻の凄じい形相では、とうてい、待ってくれそうもなかった。

——どうなとしやがれ！

夜太は、ふてくされて、一応わざと庭へ出ようとした。

出会いがしらに、文字通り、ぬっと大入道が立ちはだかった。

「はっはっは……、うろつき夜太が、生れてはじめて、二人の女にはさまれて往生したのう。ぜんざい、ぜんざい！」

「なにが、ぜんざいだあ。こちとら、それほど女を甘くみちゃいねえんだが、事のなりゆきで、こうなっちまったんだ」

「そこで、仲裁役が、頃合をみはからって、参上したわけじゃな」

三悪道宇宙師は、夜太を押しのけるようにして、座敷へのそりと入ると、お妻とアデリアとへ等分に視線を配れる位置に、どっかと坐った。

もとより、素裸であった。

「喧嘩両成敗、という言葉があるが、この場を、うまく裁くのは、たったひとつしか、方法がないのう」

お妻とアデリアは、宇宙師を、じっと見まもった。

「今夜のところは、そなたたち、どちらもゆずるまい。そこで、やむを得ず、夜太と寝るのを、賭《くじ》できめることにいたそうではないか？」

「………」

「………」

二人の女は、ちらと、互いの視線を合せた。

「そもそも、男女の運命とは、籤びきみたいなものではないか。イヤだとかぶりを振ると、当寺からほうり出さねば相成らぬ」

「わたし、承知します」

アデリアが、こたえ、お妻も、

「しょうがないや。合点だい」

と、しぶしぶ、住職の提案にしたがうことにした。

「では、よし、と——」

宇宙師は、両手に、一個ずつ、白い細長い瓶子を持っていた。

その二個の、全く形の同じ瓶子を、前へ置いた。

「この中には、酒と水が入れてある。酒を飲んだ者の方が、勝。水を飲んだ者には、あきらめてもらう。どうじゃな、この賭は——？　はっはっは、まず、二人で、ジャンケンをしてもらおうか。勝った者の方が、さきに、どちらかの瓶子をえらぶ」

お妻もアデリアも、この勝負には、真剣になった。

夜太は、縁側から見物しつつ、

——たのむ！　お妻、水を飲んでくれ！

と、祈った。

ジャンケンには、お妻が、勝った。

お妻は、はじめて、にこっとなって、こういう賭には、自分はつよいんだ、という様子をみせて、右手をさしのばした。

どちらの瓶子を、えらぶか、ちょっとためらったのち、そのひとつを取りあげた。

（つづく）

棺と爪の垢《あか》と

一

三悪道宇宙師は、お妻とアデリアが、それぞれ瓶子を、手にするのを待って、

「さて、よいかな。そなたたちは、勝負いたす上からは、酒であろうと、水であろうと、ただ、黙って、一滴のこさず、口のみに飲み干してもらおう。よろこんだり、くやしがったりするのは、飲み干したあとにしてもらいたい。勝負とは、あくまで神聖なものじゃよ。わかったな？　酒と知って、きゃっと歓声をあげたり、水と知って、飲まずに、瓶子をたたきつけたりいたしては相成らぬぞ。飲み干すまでは、夜太に、どちらが勝ったか負けたか、わからぬようにいたせ」

と、命じた。

こういう命令に対しては、女性というものは、きわめてすなおである。しかも、お妻もアデリアも、そこいらの平凡な素人《しろうと》女ではなかった。

二人は、しずかに、瓶子の口を、わが口にあてた。

固唾《かたず》をのんで見まもる夜太には、どちらの瓶子に酒が入っているのか、二人の態度からは、察知しがたかった。つまり、お妻もアデリアも、全く同じ、ものしずかな態度で、ごくごくとひといきに飲んでみせたのである。

そして、彼女たちは、すっと、膝の前に瓶子を置いた。

次の瞬間、同時に、お妻とアデリアは叫んだ。

「勝ったよ、あたしだ！」

「わたしの勝です！」

叫んだ二人も、きいた夜太も、あっとなった。

泰然自若として、おちつきはらっていたのは、一人、三悪道宇宙師だけであった。

「あたしのに、酒が入っていたんだ！」

お妻は、アデリアをにらみつけた。

すると、アデリアは、

「わたしも、お酒のみました」

と、云った。

「嘘だい！　あたしの勝だい！」

「ちがいます。わたし、勝ちました」

「よくも、ぬけぬけと、そんな嘘がつけるもんだ！」

「アナタこそ、嘘つきです！」

「畜生！　このバテレン女め！」

お妻が、いきなり、つかみかかった——

刹那、

「喝《かつ》！」

宇宙師の凄じい一声が、あびせられた。

「な、な、なんだい?!」

「はっはっは……、二人とも勝って、そして、負けたのじゃ」

「なんだって？」

「二つの瓶子ともに、酒が入って居った、と知るがよい」

「どうして、そんなことを……、そいじゃ、勝負にならないじゃないか！」

「最初に申したはずだぞ。喧嘩両成敗とな」

宇宙師は、にやにやした。

「莫迦にするない！　あたしたちを、いったい、どうしようというのさ、このくそ坊主！」

「いまに判る」

「いまに判るだって？　いい加減にしとくれ。もうすぐ、夜が明けちまうじゃないか！」

「夜が明けようと明けまいと、そなたらには関係ないのう」

「なにぬかしやがるんだい！」

お妻は、瓶子をひっつかんで、宇宙師へ、投げつけようとした。

とたんに、その手にしびれをおぼえた。同時に眼前が紫色にけむって、くらくらっと、眩暈《めまい》に襲われた。

「あっ！　ち、ちきしょうっ！　し、しびれ薬を、酒に……」

そこまで叫んで、お妻は、上半身をぐらぐらと、烈しくゆれさせると、片手で支えようとしたが、支えきれずに、横倒しになった。

アデリアの方は、体力がお妻にまさっているだけあって、薬のききめが、すこしおそかった。

ふっ、と笑って、

「お坊さん、貴方の裁き、立派でした」

と、言いのこす余裕を示し、自分から匍《は》って、寝牀へ、身を横たえると、目蓋を閉じた。

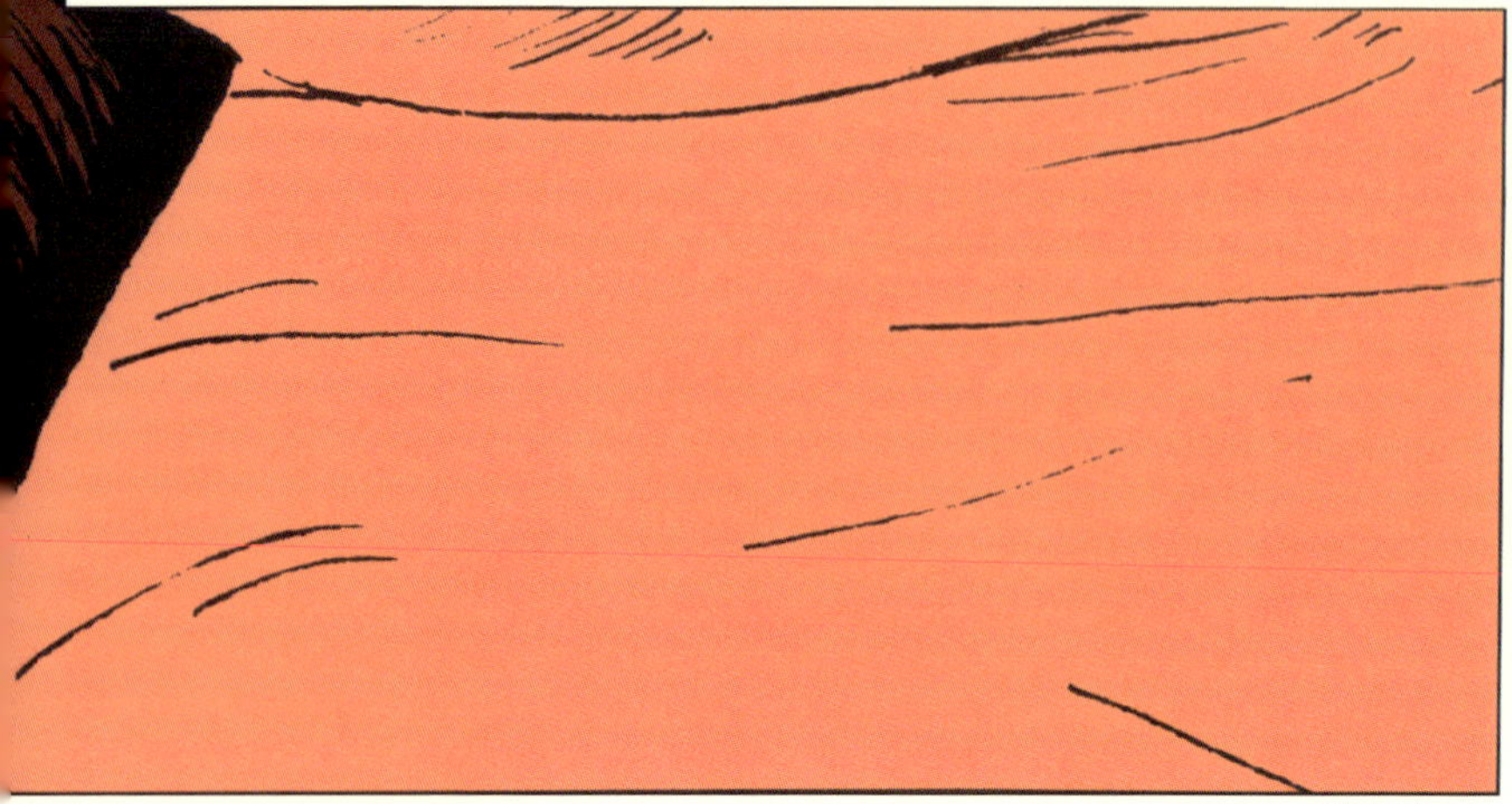

二

「女子を料理するのに、神算奇謀など用いる必要はないようじゃわい。ちょいとした智慧を働かせれば、かくの通りだの。……さて、これから、どうするかな、夜太氏？」

宇宙師は、にやにやしながら、訊ねた。

「どうするかって、どうしようもねえやな」

「そうだの。死人のようになった女体を抱いても、はじまるまいて」

「あっしゃ、こっちの方へ——」

夜太は、お妻を指さして、

「水を飲ませて、負けさせてもらいたかったんだぜ、和尚」

と、云った。

「女子の本性を、まだ、判って居らぬようだの、お主」

「賭に負けりゃ、お妻だって、あきらめて、ひきさがらあ」

「他の事柄とはちがうの。嫉妬は、女子を、夜叉《やしゃ》にする。賭に負けたぐらいでは、ひきさがらぬのが、女子の本性だて。一応は、負をみとめても、このお妻とやら、よほど、お主に惚れ抜いている模様ゆえ、お主とオランダ婦人が抱き合うて居るこの座敷からは、テコでも動くまい。されば、お主も、気分がしらけて、せがれも役立たずに相成ることは、目に見えて居った。そこで、喧嘩両成敗といたした」

「和尚が、こんな裁きをつけた以上は、しょうがねえや。……だけど、あっしは、女二人を連れて、道中するわけには、いかねえ。お妻は、和尚にあずけておきやすぜ」

「まさか、ひっくくっておくわけにも参るまい。柱にしばりつけておけば、蛇に化けてでも、お主のあとを追うであろうな」

「冗談じゃねえや。……和尚、あっしはね、このオランダの女子衆が、生命の危険を冒《おか》してまでも、京都・奈良見物をするはずはねえ、とにらんでいるんだ。これには何か、きっと、曰《いわ》く因縁——裏があるにちげえねえんだ。だから、あっしも、度胸を据えて、案内役をひき受けたのよ。……たのみますぜ、お妻のことは——」

夜太は、ペコリと頭を下げた。

「お主、このオランダ婦人を、背負って、当寺を立去る、とでも申すのかな?」

「その智慧も、借りてえや」

「愚僧が製したしびれ薬は、まず、二昼夜は、意識不明にする。となると、このままの状態で、はこんで行かねばならぬが……」

宇宙師は、腕を組んで、首をひねった。

「あっしゃ、お妻を和尚にあずけて、いまでも、出て行きてえんだ。和尚の脳味噌の働きなら、工夫できるだろうぜ。おねげえいたしやす」

夜太は、こんどは、両手をつかみ、畳に額をすりつけた。

……夜が明けそめた頃合。

まだ人影もほとんど見当らぬ街道を、夜太は、ごろごろと大八車を曳いていた。

車には、寝棺がのせてあった。その上には、緋の袈裟が、かけてあった。すなわち、遺体は、僧侶である、と示していた。

さいわい、夜太は、寺男の身装《みなり》をしていたので、僧侶の遺体を運んでいるのに見合っていた。のみならず、途中、役人に見とがめられた場合に、さし出す書状も、懐中にしていた。

この故人は、播州太子堂斑鳩寺の副住職にて、故郷である洛北一乗寺村へ埋葬するべく、送っているものである。

そう記して、三悪道宇宙師の署名捺印がしてある証明書であった。

この証明書を持参している限り、わざわざ、蓋を開けて、中をあらためる役人はいないはずであった。

ただ、夜太が警戒しなければならないのは、まだ他に、自分たちを尾け狙う公儀隠密がいるかも知れないことであった。

——その時は、その時のことだ。隠密の方が、お妻より、しまつがいいや。お妻を斬るわけにはいかねえからな。

夜太は、自分に云いきかせて、斑鳩寺を出発したのであった。

「いざとなりゃ、どうにかならあ」

それが、夜太という男の思念の中点にあるのであった。

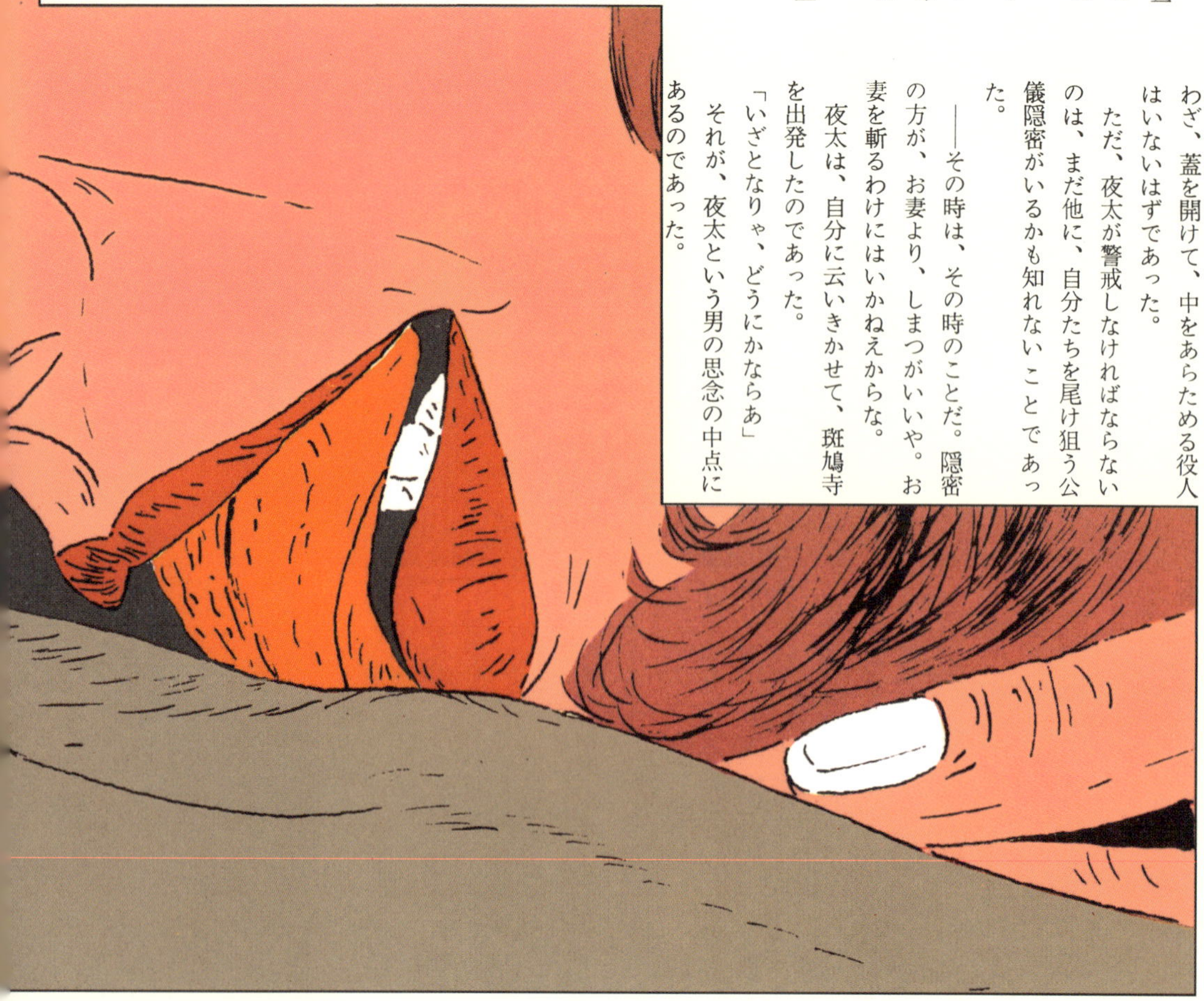

三

夜明け前に、斑鳩寺を出発したので、夜太が姫路城下に至ったのは、まだ朝陽がさしている時刻であった。

城下の出入口に、大木戸が設けられていた。平常は、辻番所だけであったが、どういうわけか、この日に限って、白い柱も真新しい大木戸を建て、入って来る旅人を、厳重に吟味していた。

「まずいや、これァ！」

夜太は、舌打ちした。

しかし、棺を曳き、その中の遺体の素姓と、運ぶ理由を記した斑鳩寺住職の書状を持参しているので、夜太は、肚をきめて、大木戸へ近づいて行った。

すると——。

役人が、つかつかと出て来て、いきなり、

「そのような不吉なものは、城下を通すことは、まかりならぬ！」

目をいからせて、叱咤した。

「べつに、怪しい者じゃありやせんので……、ちょいと、これをごらん頂きとうござんす」

夜太は、宇宙師の証明書をさし出した。

役人は、ほとんどそれに目もくれず、

「ともかく、通すことはまかり成らぬ。明後日以後まで待て！」

と、云った。

——明日になりゃ、アデリアさんは意識をとりもどしてしまわあ。関所で女改《あらた》めをされちゃ、たちまち、露見してしまうぜ。

夜太は、当惑しつつ、

「いってえ、どういう理由《わけ》で、通行止めなんでござんす？」

と、問うた。

「薩摩藩島津家のお殿様が、ご出府の途次を、当姫路城にお立寄りである。明後日、ご発足に相成るのだ。それまで、そのような不吉なものは、通すわけには参らぬ」

大名が、江戸への往復の途次、親しい大名の城に数日泊るのは、べつに珍しいことではなかった。

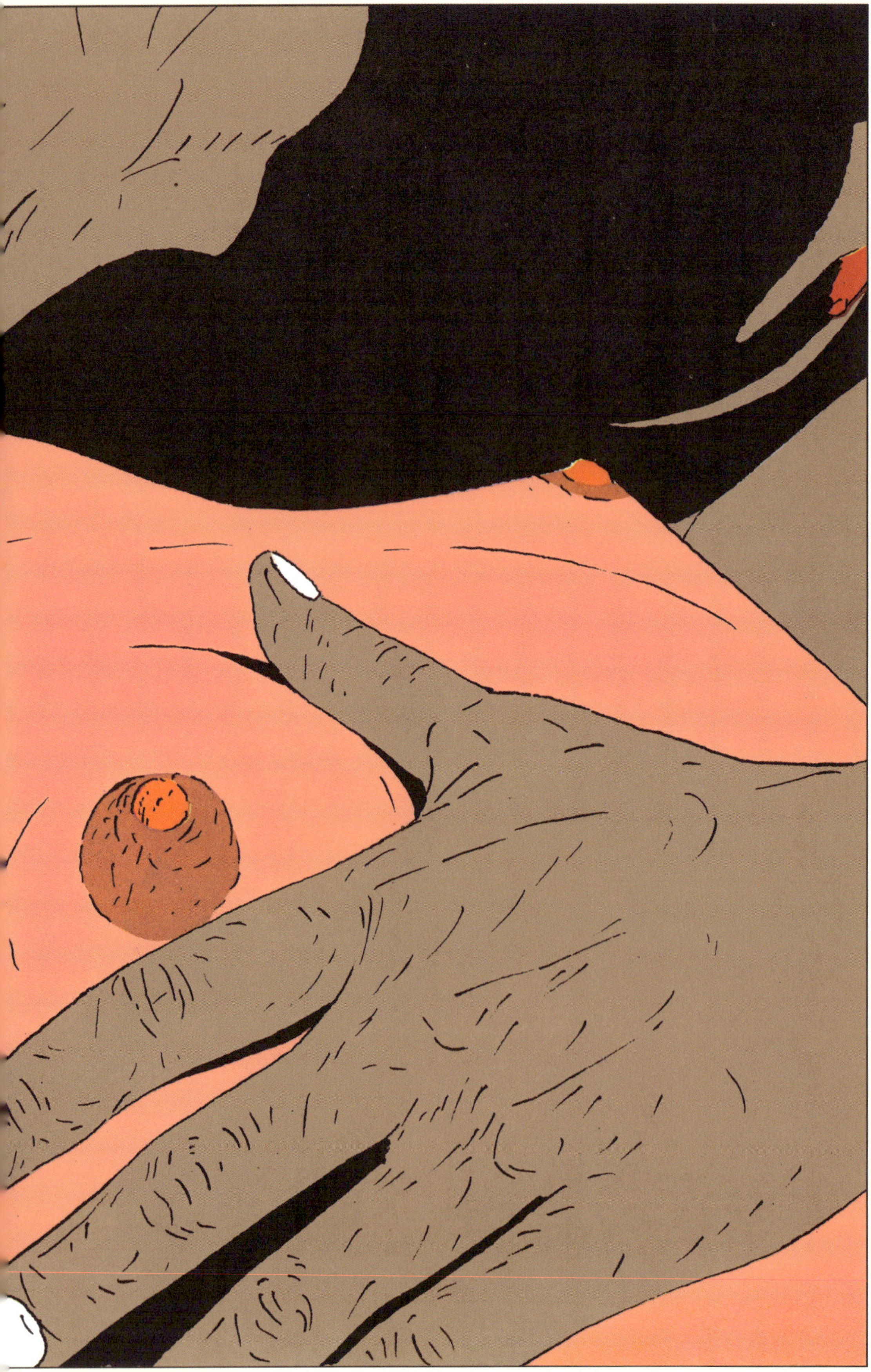

薩摩藩主と、姫路城の城主酒井雅楽頭が、どんな親しい知己であるか、勿論、夜太の知るところではなかった。

「どうしても、駄目でござんすかね？」

「駄目だ、四日、待て！」

もし、しつっこく食いさがって、ゴネたら、棺の蓋を開かれるおそれもあった。

夜太は、やむなく、ごろごろと大八車を、数町後退させた。

――四日も待っていたら、お妻にかぎつけられてしまうぜ。

その不安が、大きかった。

ここは、是非とも、なんとか無理してでも、城下を通過して、島津家六十万石の大行列より一足さきに、往ってしまいたかった。

左右一望見はるかす田野の中に、棺をのせた大八車を停めた夜太は、

――どうでも、先に通させてもらうには、ひとつ、イチかバチか、島津の殿様に、当ってくだけるよりほかにテはねえな。

と、不遜な思案をめぐらした。

夜太は、島津家とは、妙に縁がある男であった。調所笑左衛門からは、江戸郊外押上村の下屋敷をもらっているし、脱藩の士の西郷但馬を火事の中から救ったこともある。

島津家の当主は、目下、斎興である。

斎興が、太っ腹な大名であることは、夜太の耳にも入っている。

――おれは、オランダ金貨を発見しながら、ちゃんと、島津家へ、そいつを返しているんだ。その礼に呉れたのが、島津家が見すてたおんぼろの幽霊屋敷だったのだから、差し引き勘定は、まだこっちの帳尻が合っていねえやな。

夜太は、松並木の一本の根かたへしゃがみ込んで、自分に云いきかせた。

――おれのことは、島津の殿様に、調所笑左衛門から、報告されているはずだぜ。……ようし、一丁、姫路城へ忍び込んで、島津の殿様に、あたってくだけてくれるか！

夜太は、鼻毛を三四本抜きながら、ほぞをきめた。

そこへ、この土地の百姓が、通りかかって、夜太をけげんそうに眺めた。

百姓といっても、その服装で、庄屋らしかった。

「失礼じゃが、お前様、なにやら途方にくれていなさる様子じゃが……？」

声をかけられて、夜太は、わたりに舟と、

「おめえさんは、この近くの村の庄屋さんですかい？」

「この青山村の庄屋じゃが……」

「忝じけねえ。あっし――いや、わしは、ここの仏を、京都まで運んで行くんだが、姫路城下に島津のお殿様が逗留なさっていて、出発まで四日間、足止めをくらってしまったんだ。ふつうの旅籠じゃ、死人を泊めてはくれませんのでね。……庄屋さん、ひとつ、この棺を、今夜だけでも、あずかって頂くわけにはいかねえものでござんしょうかね？」

「いいとも。見れば、これは、お坊さんらしいから、よろこんで、おあずかりしてあげますがな」

「忝じけねえ」

夜太は、ふかぶかと頭を下げた。

こういうぐあいに、当時は、町人にも百姓にも、人情があった。現代では、なんでもかでも、封建社会を否定するが、他人の死体をあずかる家など、今日、日本中、さがしまわっても、一軒もありはすまい。

人が弱ったり困ったりしていれば、なんのためらいもなく、救いの手をさしのべる。これは、封建社会がつくった美徳であった。

人情のこまやかさなど、塵っけも失くなったデモクラシイ現代を最も自由で繁栄している史上最高のいい時代と錯覚している奴らは、この庄屋の爪の垢でも、煎《せん》じて嚥《の》むがいい。但し、この庄屋は、二百年も前の人間だから、その爪は、もう土になってしまっていて、まことにざんねんである。

（つづく）

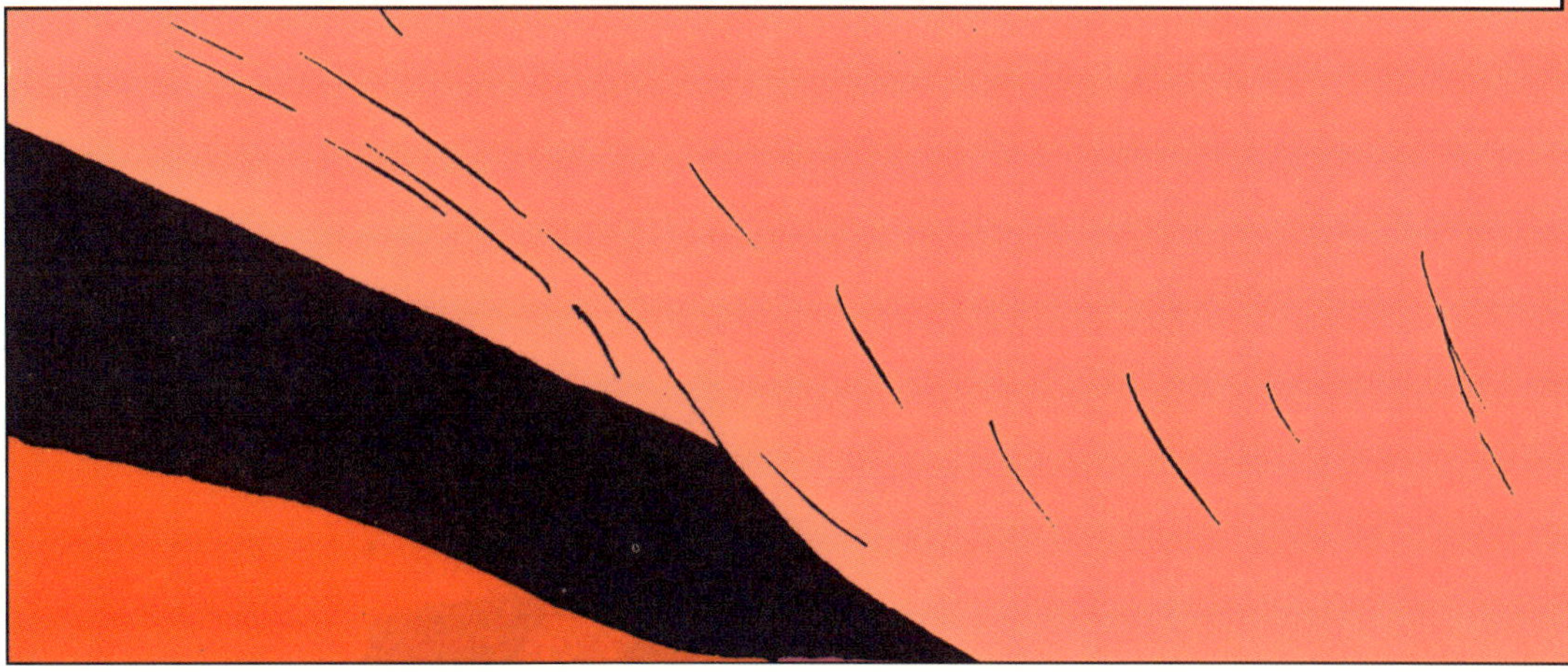

不能と交換条件と

「せがれめ！　なんたる不覚じゃ！」

薩摩藩六十万石・島津斎興は、無念のうめきをたてた。

姫路城内の貴賓の間に敷きのべられた豪奢な褥《しとね》の上であった。

斎興の下では、姫路藩の足軽頭の次女で、まれにみるほどの美しい十八歳の娘が、ひしとまぶたを閉じていた。

彼女は、城主の下命によって城代家老からえらばれたのであった。生娘であり、島津斎興に提供された生《いけ》贄《にえ》であった。

斎興が、座談の際、近来、不能者になった旨を告白すると、姫路城主酒井雅楽頭は、その不能をなおしてさしあげ申すと確約して、家中の下士の中から、姫路小町と称《よ》ばれているこの娘をえらんで、斎興の夜伽《とぎ》に提供したのである。

島津斎興は、五十なかばであったが、数年前から、男子としての不能をかこち、なんとかして、なおそうと、国許でも江戸でも、さまざまの階級の若い女子を召して、大いに努力していたし、精力剤もせっせと飲んだり、灸をすえたりしていたが、一向に、効目がなく、不能はなおりそうもなかったのである。

姫路城主に提供された娘は、豊満な肉体を持っていて、斎興好みであったが、いまや、一刻（二時間）以上も、全身に汗を滲ませて、奮闘努力しているにもかかわらず、さっぱり、下腹部に変化を起さず、ヘチマのごとくだらりとし、コンニャクのごとく、ぐにゃぐにゃして役立たずなのであった。

ついに——。

斎興が、あきらめかけた時であった。

不意に、天井裏から、

「島津のお殿様、そんな下手くそなやりかたじゃ、いくら必死になっても、どうにもなりゃしませんや」

その声が、降って来た。

「なんじゃと？」

斎興は、娘の裸身の上から、天井を仰いだ。

「何者だ、その方は——？」

こたえる代りに、片隅の張りじまいの天井板をはずして、身軽に、とんと畳へとび降りたのは、夜太であった。

「無断で、忍び込みやして、お殿様の濡れ場を見物させて頂いて、申しわけござんせん。あっしは、盗っ人稼業のうろつき者でござんす」

そう名乗られても、斎興は、別に無礼をとがめようとはしなかった。

「その方、わしが下手くそだ、と申したな？」

「その通りでござんす。へい。ついに見るに見かねた

次第でございます」

「その方なら、わしの不能を治せる自信がある、と申すか？」

「あっしは、お大名衆のお屋敷や、参覲交替の本陣へ忍び込んで、無断でお宝を頂戴している夜働きでござんすので、お大名衆が、若い女子をえらんで、夜伽をなさっている光景を、いくども、天井裏から拝見して居りやすが、どこのお殿様も、この点に就いちゃ、覗き下していて、なんともじれってえ、下手くそさでござんすねえ。つまり、種馬のひと突き、ってえやつでさあ。お殿様も、例外じゃござんせんや。五十面を下げて、生娘を抱く資格は、ありませんぜ」

夜太は、遠慮なく、ずけずけと云ってのけた。

斎興は、いささかむっとして、

「男女の契りというものは、そのように、工夫こらさねば相ならぬと申すか？」

「工夫なんてえものじゃありやせんぜ。千人の男に抱かれた女郎や飯盛だって、よがり泣かせるコツがありまさ。まして、抱くのが人身御供の生娘なら、こいつは、扱いかたがありまさあ。お殿様ご自身が、自分勝手に、いら立てばいら立つほど、生娘の下の口は、貝のようにぴったり閉じて、金輪際、開かねえし、お殿様の方も、躍起になればなるほど、ふにゃふにゃで夜が明けちまうのがオチでござんす。まず、娘の方を、人形か棒きれみてえな扱いかたをせず、誠心こめて、優しく愛撫して、大いに興奮させておいて、ここは、一番、生娘には、気の毒だが、お殿様の一物を、ピーンとおっ立てる役目もつとめてもらわなけりゃならねえところでございます」

「いかがいたせばよいか、手法を伝授してもらいたい」

将軍家はじめ、大名・旗本の夜の営みは、家臣や女中にその技術を教えられることはなかった。目的が、子孫づくりであるから、きわめてかんたんであった。技巧もへったくれもなく、妊娠させればよかったからである。青年のうちならば、熱情の発するままに、行為を遂行することができたが、初老になると、精気が衰えるにしたがって、不能になる例がすくなくなかった。すなわち、女子に官能の喜悦をおぼえさせることを知らぬから、おのずから、自身も、興味がうすれ、たまさか、新しい若い女を抱いても、不能におわることが多かったのである。島津斎興も、例外ではなかった。

二

「されば、その方の工夫とやらを教えてもらおうか」

斎興は、もとめた。

「承知いたしやした。……男女の契りってえやつは、何億年も前からやっているくせに、どうも、技術がおくれていまさあ。あと二百年も経ったら、〝性生活の智慧〟なんてえ本を書く医者も出て来やがるだろうし、女性雑誌や週刊誌が、せっせと教えてくれると思いやすがね。……人間にとって肝心かなめの営みのくせに、ちっとも工夫をこらさねえのは、どう考えても、智慧が足りませんや。町人や職人は、浮世絵を見たり、女郎や夜鷹から教えられて、四十八手を使って居りやすが、身分地位の高けえ御仁《おひと》だけは、そいつが下手くそで、人生の愉しみをご存じねえんだから、お気の毒を絵に描いたみてえでさあ」

「もったいぶらずに、早速に伝授いたせ」

「へい、お殿様の下手くそぶりを拝見しちまった以上、お教えいたしやすが、それには、ひとつ、交換条件があるのでござんす。それを、承知して頂かねえと、お教え出来ねえんで——」

「申してみよ」

「あっしは、夜太というケチな風来坊でござんすが、もしや、ご当家の調所笑左衛門さんから、夜太という名がお耳に入って居るのじゃござんすまいか?」

斎興は、ちょっと考えていたが、

「うむ。笑左からの、定期の書状に、たしか、そういう名のゴロツキ同様の男が、当家のために、役に立った、と記してあったのを、おぼえて居る」

「役に立った段じゃござんせんぜ。公儀ご法度《はっと》の抜荷のオランダ金貨を、生命がけでさがしあてて、おとどけしたんでさあ。そのほうびに、頂戴したのが、ご当家が見すててしまいなすった押上村のおんぼろ下屋敷だから、あっしゃまだ、島津家に貸があると思って居りやすがね」

薩摩六十万石の大守が、乞食同様の風来坊に、恩をきせられたのである。

ふだんならば、斎興は、一喝するところであったが、いまは、不能をなおしたい一心なので、

「よい、その方の交換条件をきいてつかわそう」

と、応じた。

「申し上げやす。……実は、あっしは、事情があって、大八車に棺をのせて、京都まで、道中して居りやす」

「死人を運んでいると申すか」

「それが、死人とみせかけたナマの人間を、棺の中にかくして居りやすんで——」

夜太は、こういう場合は、正直にぶちまけた方がいい、と度胸をきめていた。

「何者だな、それは?」

「長崎出島のオランダ商館にやって来ているオランダの若い女子衆でござんす」

「なんじゃと?」

斎興は、眉宇をひそめた。

「その方、オランダの女性《にょしょう》を、虜《とりこ》にいたして居るのか?」

「いえ、そうじゃねえんで……。つまり、当人が、京都や奈良を見物してえ、というわけなんでござんす」

「ふむ！」

「おねげえと申しやすのは、棺をのせた大八車を曳いているあっしを、お行列の端に加えて頂きてえ、ということでござんす」

「ふうむ！」

斎興は、唸った。

大名行列が、棺を運ぶというのは、前代未聞の不吉きわまる珍事であった。

オランダは、日本と通商貿易を契約している唯一の外国であったが、そのオランダの人間であっても、徳川幕府が許可しない限り、自由に、江戸や京都や大阪など、日本国内を旅行することはできなかった。

ジョン・ペパードは、幕府の閣老の招待があったからこそ、江戸との往復ができたのである。

オランダの婦人が、長崎出島から外へ出たという事実は、徳川幕府創立以来、全くないのであった。まして、無許可で、京都・奈良の名所旧蹟見物するなど、この当時の人々には、夢にも考えられぬ国禁を犯す冒険であった。

その無断道中のオランダ女性を、行列の中にかくまったことが、露見すれば、いかに、徳川将軍家の権威がおとろえているとはいえ、薩摩藩の道中奉行は責任をとって、切腹しなければならぬハメにおちるに相違なかった。あるいは、当主斎興自身も、隠居させられて、世子斉彬《なりあきら》に、島津家をゆずらざるを得ない重大事になるかも知れなかった。

しかし——。

不能をなおしたい、という願望は、斎興をして、その心配さえもはらいすてさせた。

男子として、初老になって、性交不能になることぐらい、みじめで、腹立たしい現実はない。

この物語の読者諸君は、おそらく、二十代・十代の、朝、目覚めた時には、そいつが鋼鉄のごとくかたくなって、直立している青年たちゆえ、不能になった初老の男のみじめさなど、自分たちとは無縁の別世界の人間の苦悩としか受けとれまい。

「よし！　引受けてつかわす！」

斎興は、約束した。

「かたじけのう存じます」

夜太は、姫路城へ忍び込んだ甲斐があったよろこびで、にやにやとすると、平伏した。

三

夜太が、島津斎興に、どのようなテクニックを伝授したか、いまも述べた通り、読者が二十代・十代の青年たちである以上、これを具体的にこまごまと記す必要はあるまい。またひとつには、すでに、前々回あたりで書いておいたが、この「うろつき夜太」だけは、警視庁のお叱りを蒙って、連載している本誌を発禁の憂目に遭わせたくない、と作者は心がけているのであるから、この場面も、あえて、はぶかせて頂こう。

ともかく――。

それから二日後、夜太が曳いた棺のせの大八車が、薩摩藩の行列に加えられたところをみると、島津斎興が、姫路城酒井雅楽頭より提供された十八歳の生娘の体内へ、おのが一物を、首尾よくさし込むことができたことだけは、まちがいない。

三悪道宇宙師が、のませたしびれ薬は、よほど強烈なものであったらしく、アデリアは、意識をなかばとりもどしていたが、歩行はおろか、起き上るのも大儀らしく、おとなしく、棺の中に寝ていた。夜太にとって、これほどの好都合は、なかった。

この時の、薩摩藩の道中奉行は、五十嵐修理太夫という人物であったが、主君斎興から、寺男のはこぶ僧侶の遺体を、京都までとどけてやるために、行列に加えよ、と命じられると、さすがに、難色を示した。

しかし、主君の絶対命令にはさからえず、しぶしぶ、承知したのであった。

姫路城下で、その棺を、行列に加えるにあたって、五十嵐修理太夫は、夜太に、

「斑鳩寺の僧侶は、いつ、亡くなったのかな?」

と訊問した。

「昨日でござんす」

夜太は、こたえた。

「京都まではこぶとなれば、すくなくとも三日を必要とする。その間に、遺体が、腐って、臭気を発しては、たまらぬぞ」

「その点は、ご心配には及びませんや。死人には、内臓をとり出した体内に、たっぷり水銀を詰め込んで居りますし、棺の内部の板は、朱を塗りたくった居りますから、生きたままの姿を、百年でも二百年でも保つようになって居りますんで、へい」

夜太は、かなりあやしげな死体防腐処置法を、語った。こういう折にも、夜太は、医師であった叔父の医術書を読んだ知識が、役立った。

もとより、道中奉行に、死人を生きている時のままに保たせる知識があるべくもなかった。

「それならば、安心であるが、もし、臭気が発する場合は、即刻、行列から追いはらうぞ、よいか?」

「へい、覚悟いたして居りやす」

――生きた若え女子だあ、ワキガのにおいぐれえするかも知れねえが、死人の臭気がただよい出る心配はありゃしねえや。

それよりも、アデリアが、棺の中にとじこめられている窮屈さ、退屈さに、我慢できなくなって、声を出すことの方を、夜太は、おそれていた。

いずれにしても――。

夜太の奇策は、成功した。

行列は、加古川宿から大久保宿を経て、明石に至った。

明石に於て、一泊。

その本陣泊りに於て、夜太を、狼狽させ、当惑させる出来事が、起った。

島津斉興が、棺の中のオランダ女性をひと目見たいと、夜太に要求したのである。

夜太は、姫路城に於て、性交テクニックを伝授する際、斉興に、

「棺の中をあらためるのだけは、ごかんべんいただきやす」

と、たのみ、承諾を得ていたのである。

斉興は、夜太の教える手法によって、十八歳の生娘の処女を破ることに成功して以来、妙な自信を持った様子であった。

夜太にとっては、痛しかゆしであった。

さて、その結果は、どうなるか、次回にまわす。

(但し、どういうことになるか、作者も、これから、ホテルの一室で、数日徹夜して考えるわけである)

第四二回

うろつき夜太

柴田錬三郎・作

写真・横尾忠則　出演・田村亮

薩摩藩島津家・道中奉行
五十嵐修理太夫日誌

大名とオランダ女性と

第一景

●弘化二年九月十一日。晴。秋風強し。宿所・明石宿本陣。

◎おん殿《との》（島津斎興のこと）、夕餉《ゆうげ》ののち、突如、意外のことを仰せ出され、道中奉行を相勤めるこの身、仰天する。

「姫路城下で、行列に加えた、夜太と申す男の曳く大八車に乗せた棺は、太子堂斑鳩《いかるが》寺の坊主の死骸ではない。長崎出島のオランダ商館の武士《キャプテン》の妹だ」

◎おん殿の仰せに、さすがのこの身、きもをつぶして、言葉もなし。

◎夜太なる無宿者を、行列にお加えなされたのは、この者、姫路城に忍び込んで、おん殿が、夜伽をせし十八歳の娘を、お抱き召されて、ご満足なさる技術をお教えいたした由、すでに、うけたまわって居りたるこの身なれど、棺の中の正体を知りて、心は千千《ちち》にみだれ、狼狽と恐怖ゆえに、身の置きどころなし。もし、この儀、公儀に発覚いたせば、道中奉行のこの身、切腹まぬがれがたし。

第二景

◎おん殿の申されるには、

「わしは、いまだ、オランダの女人を見たことがない。さいわい、しびれ薬をのませ、意識不明にいたして居る、と夜太は打明けて居る。……その方、なんとか策を用いて、わしに、棺の中を、のぞかせよ」

「夜太は、承知つかまつりましたか？」

「いや、棺の中はあらためぬ、と約束いたして居る」

「…………」

◎おん殿のご下命、抗しがたく、この身の苦悩、名状しがたし。

◎苦悩思案のすえ、ふと、思いつきたるは、棺の中のオランダ婦人が、しびれ薬をのまされて意識不明のこ

となり。されば、夜太なる無宿者にも、しびれ薬をのませて、ねむらせるよりほかに手段《てだて》はなし。

◎夜太は、無類の酒好きなり。よって、夕餉の膳部の酒にしびれ薬をまぜおき、これを昏冥の中に落すことにする。この手段、成功せり。

第三景

◎本陣裏手の小屋より、ひそかに、棺をかつぎ出し、おん殿の寝所に、はこび込む。はたして、オランダの女性《にょしょう》が、納《おさ》められているやいなや、心配ゆえ、この身と、家臣十名を配して、たしかめる。夜太は、足軽詰所にて、前後不覚のていなり。

第四景

◎おん殿が、異邦の女子に、大いに興味を抱かれるのは、おん殿の父君——ご先代の血統を受け継がれたためなり。ご先代（島津家二十五代重豪のこと）は、中国語のほかオランダ語もお習いあそばされ、歴代のオランダ商館長チチンダ、ズーフ、プロムホフらとお手紙を交換なされ、さらにまた、ドイツ国の医官シーボルトとともに、きわめて親密であらせられたり。薩摩は、日本列島の最南端に位置いたし居るゆえ、国禁を犯して、密貿易をすることも、きわめて容易なり。その点に目をつけて、ご家老調所笑左衛門殿は、大いに密貿易をいたして、今日の当藩の繁栄をもたらせり。

◎おん殿が、オランダ婦人を、ひと目見たいと思いたたれたるも、ご血すじからして当然のことと納得せざるべからず。

◎棺の蓋は、開かれたり。

「おーっ！」

◎おん殿は、オランダ婦人の寝顔を、一瞥なされて、感嘆の叫びをあげられたり。

第五景

◎この日誌に、記すもはばかることながら、おん殿は、無類の好色にて、さらに、姫路城に於て、不能を治されたるおん身なり。

「修理太夫、この女子を、わしの寝所へはこべ」

「はっ！」

◎主命、やむなきことなり。実は、この身さえ、その寝顔に見惚れて、天女かと見まごうたほどなれば、おん殿が、にわかに、欲情ふつふつとわきたたされるお気持、容易に、推察がつきたり。

第六景

第七景

◎本陣のおん殿の寝所に、棺よりとり出されたるオランダ女人の、意識をうしないたる身が、はこばれたり。その際、彼女が、すでに、意識をとりもどしていて、わざと死んだごとき、ふりをしていたことを、看破できなかったのは、道中奉行として、かえすがえすも不覚、のちのちまでの悔となれり。

◎オランダ女人は、おん殿の褥に、横たえられたり。

◎おん殿は、にやにやなされながら、

「オランダの女子を抱くのだぞ、修理太夫。すでに、夜太に伝授されて、不能も治癒いたして居る。次の間で、しかと、見とどけて居れ」

と、申されたり。

第八景

◎突如——、

「ああっ！」

◎おん殿の口より悲鳴がほとばしりおからだが褥より畳へ落ちられたり。

◎オランダ婦人は、その比丘尼衣の下にかくせし短銃をとり出して、おん殿の胸もとへ、ぴたりと狙いつけ、

「無礼なふるまい、許しませんよ」

◎明確な日本語にて、申したり。この身、ただ、啞然としたばかりなりき。

第九景

「ゆ、ゆるせ！」

◎おん殿が、オランダ婦人の面前に、両手をつかえて、平伏なされたる光景は、家臣として、まことに見苦しきことにて、この身、思わず、視線をそ向けたり。

第十景

◎わが薩摩藩は、日本中にその名をとどろかせる薩摩隼人の国也。慶長五年、関ヶ原の天下分け目の大合戦には、われらが主君のご先祖義弘公は、石田三成方に味方なされ、味方の大敗にもかかわらず、生き残った兵をまとめて、まっしぐらに敵中を突破されたり。松平忠吉、井伊直政ら敵将らは、義弘公の悠容せまらざる気慨に呑まれて、いたずらに、茫然と、見送って、追撃を止めたり、という。

◎薩摩隼人は、義弘公の勇気のほどを範として、連綿二百余年にわたって、武士道の吟味を受け継ぎたり。

◎しかるに、いかに、天下泰平がうちつづいたとはいえ、二十六代目のおん殿が、オランダ婦人に、両手をつき頭を下げて、詫びられるとは、なんたる醜態ぞや！　道中奉行たる身、はらわたのにえくりかえる思いをせり。

◎わが薩摩には、青少年の武士(すなわち、兵児二歳《へこにせ》)に、郷中教育（それぞれの区域内での集団教育）をほどこし、薩摩隼人の面目をやしなわせて居れり。この郷中教育が、整備なされたのは、ご当代のおん殿の現在なり。

◎豊臣太閤の頃、朝鮮出征に際して、留守をあずかる新納《にいろ》忠元は、次のごとく、留守居の少年らをいましめたり。

「もっぱら仁侠を事として、質素を尚《とうと》び、美服盛膳を恥辱とし、淫乱の悪風を変じて、古撲《こぼく》の善俗とせよ」と。……このいましめにより、これら侠客少年を、世人は目して兵子《へこ》と称されるようになりたり。(「倭文《しずの》麻《おだ》環《まき》」)

◎この面目、いまだ、連綿として、守られ居るものなり。

◎しかるに、ご当代のおん殿ご自身が、紅毛碧眼の女子のさしつける短銃ごとき武器の前で、恐怖され、平伏されたるは、なんたる言語道断のけしきぞや。

第十一景

◎しかも、その時——。

「お殿様！　あっしとの約束をお破りなすったので、罰をくらいなさりやしたね」

◎なんたることぞ！　酒にしびれ薬をまぜて、昏倒させるたるはずの、夜太なる無宿者が、不意に、天井裏から、とび降りて参ったのは、わが目をうたがう信じがたきことなりき。

「このオランダの女子衆は、日本の女とは、十倍も勝気に、できて居りやすよ。お殿様の手に負えるおひとじゃありやせんや。あきらめて、頂きやしょう」

◎寝所へとび降りた夜太の申すことを、おん殿もこの身も、黙って、きくよりほかにすべのなかったことは、一生の無念であった、と申すよりほかなし。

第十二景

◎おん殿の気まぐれの好色のおふるまいゆえ、こんどは、夜太は、なんらはばかるところもなく、棺のせの大八車を、行列の中央で、堂々と、曳いて行く結果をまねいたことは、道中奉行として、かえすがえすも、生涯の不覚なり。

第十三景

●九月十二日。早朝より雨もよいの雲、ひくくたれこめたり。

◎行列は、明石宿を出発せり。風光は明媚なれども、道中奉行たるこの身、うつうつとして愉しまず。

第十四景

●九月十四日。西の宮本陣宿泊。宵より小雨そぼ降りつづく。

◎道中奉行として、ついに、必死の覚悟をせり。

◎京都に入るには、伏見に奉行屋敷ありて、近頃、勤王倒幕の志を抱く不逞の浪士どもが、京都に入るのを、厳重に警戒せる由。

◎やむなき儀ながら、伏見に至るまでの間に、オランダ女人と夜太を、亡き者にせざるべからず。

◎ひそかに、兵子《へこ》あがりの手練《てだれ》者七人を呼びて、両名の暗殺を命ず。

「よいな！　討ちもらしては相成らぬぞ！」

「はっ！」

◎七士は、いずれも、緊迫の態度にて、承知せり。

第十五景

●夜半四更。

◎いずれも示現流免許皆伝の者ども七人をひきつれたこの身、跫音《あし》をしのばせて、本陣母屋より、遠く、広き裏庭をへだてたる小屋へ、迫れり。七人のうち三人は、手槍をひっさげたり。

◎まず、一士がさきに、小屋の戸口へ進んで、耳をすませ、夜太の高いびきがきこえる旨、報告せり。

「よし、やれ！　一挙に、二人を殺せい！」

◎七人は、板戸を蹴破って、どっと突入せり。

◎この身は、小屋より十歩あまりへだてた地点にたたずみて、固唾《かたず》をのみて、待てり。

◎七人が一斉にほとばしらせる必殺の懸声につづいて、夜太の吶号がきこえたり。

◎次の瞬間、蹴破られたる戸口より、ころがり出たる姿は、月光にて、はっきりと夜太とみとめられたり。

「たわけが！　無宿者一人を、斬れぬとは！」

◎いまいましく吐いたこの身は、抜刀して、地面を二転三転する夜太めがけて、奔り寄れり。

◎夜太なる男、ただの無宿者にあらざることを思い知らされたのは、この身が、一太刀あびせた刹那なり。

◎家中にて十指のうちにかぞえられるわが太刀筋を、紙一重で、かわしたばかりか、

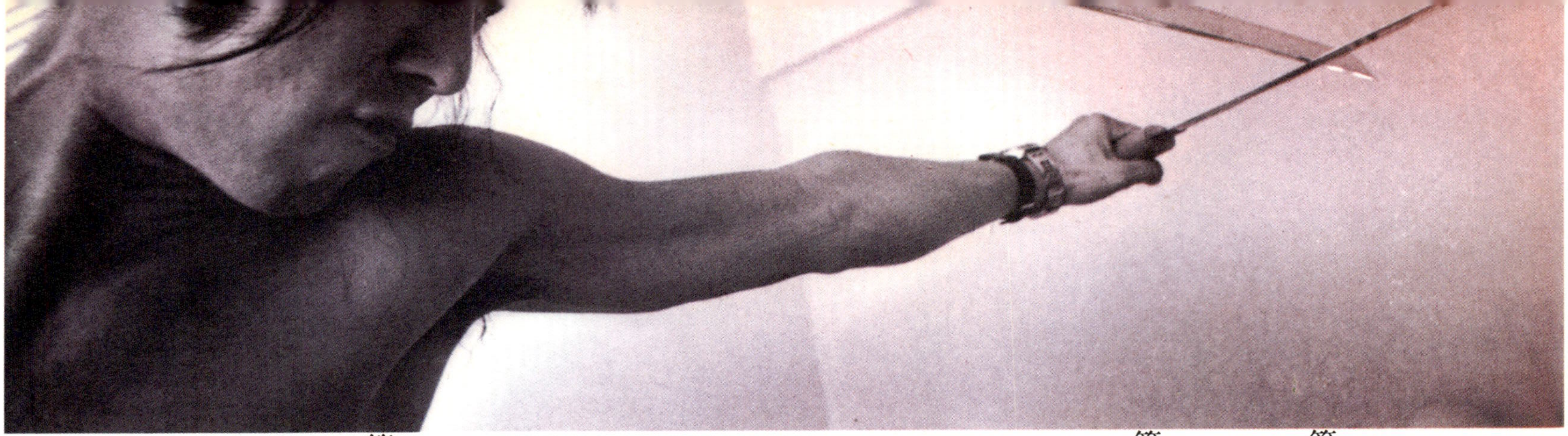

「しゃらくせえや、道中奉行め！」

◎叫びざま、腰の双刃直刀を、抜きつけに、突き出したる速さは、まさに電光に相似たり。

◎不覚にも、この身は、股間の一物を刺されて、思わず、悲鳴を発して、しりもちをつきたり。

◎この折――。

第十六景

◎轟然たる大音響とともに、棺を置いたる小屋が、ふきとび、瓦も板もことごとく四散し、火柱が噴き立ちたる光景は、悪夢の中の地獄図絵にひとしかりき。

第十七景

◎夜太は、股間の疼痛をも忘れて呆然自失せるこの身の前に立ち、

「道中奉行さんよ、おめえさんの手飼いのさむらいたちを犬死させたのは、自業自得というものだぜ」

と、申したり。

◎この身は、ただただ、言葉もなく、たちまちにして燃え尽きたる小屋へ、うつろな視線を投じ居れり。

「おめえさんが、もしかすると、あっしらを殺しに来るのじゃなかろうか、という予感がしていたんだ。予感は、的中だあ。……教えてやろうか。棺の中には、オランダ女人の代りに、爆薬を入れておいたのよ。蓋をひらいたとたん、そいつが爆発するしかけだったんだぜ。このしかけは、アデリアさんが、やってのけたのだから、いざとなると、女ってえのは、空恐ろしい智慧を働かせらあ。わかりやしたかい、道中奉行さんよ」

◎夜太は、そう云って、この身の肩をぽんと叩けり。とたん、股間に、もの凄い疼痛をおぼえて、この身は、それきり、意識をうしないたり。末代までの恥辱、この上はなきことなりき。

第十八景

●九月十五日。晴。

◎この身は、おん殿より、お許しもなき所業をきびしくお叱りを蒙り、そのまま、西の宮本陣に、とりのこされたり。たとえ、お供を許されても、歩行はおろか、馬に乗ることも叶わざる身と相成れるゆえ、やむなき無念の仕儀と申すべし。ただ、切腹することはまかりならぬ、とお優しきお言葉をたまわりたるが、せめてものなぐさめでありたり。

◎お行列は、しずしずと、京都へ向って、進みたりき。

梅が香にのっと

教養と唇と

●一

それから三日後――。

江戸へおもむく薩摩藩の大行列（総勢二千三百余人）は、島津家の京都屋敷へ、到着した。

西国大名は、大阪と京都に、別邸をかまえていたのである。

夜太は、伏見のあたりで、アデリアをふたたび変装させて、島津家行列から、はなれるつもりであったが、なんとなく、はなれるきっかけを失って、京都屋敷まで、ついて来てしまった。

アデリアとさしむかって、夕餉の膳に就いた夜太は、

「こいつは、あっしのカンでござんすがね、どうも、島津の殿様の態度は、あっしたちに寛大すぎるのが、ちっとばかり、くせえにおいがしやすから、夜が明けぬうちに、こっそりと、三十六計をきめ込もうじゃありせんか」

と、すすめた。

「ヤタさん、そのはんたいの考えをしてみませんか」

アデリアは、あでやかな微笑をかえした。

「反対の考え？」

「キョウト・ナラを見物するのに、わたしが泊る屋敷、ここが、いちばん、安全です」

「なるほどね、そういう考えかたは、家を持たねえ風来坊のあたまには、うかばねえや。……しかし、あっしのカンとしては、あの島津の殿様は、まだ、貴女さんを抱くことをあきらめちゃいませんぜ」

「ヤタさんが味方してくれますから、心配ないです」

「だって、ここは、島津の殿様の屋敷ですぜ。殿様が、その気になりゃ、あっし一匹ぐれえ片づけるのは、わけはねえやな。やっぱり。夜の明けねえうちに、おさらばさせて頂こうじゃありやせんか」

夕餉を摂《と》りおえた頃合をみはからったように、一人の初老の武士が入って来た。

「それがし、当京都屋敷をおあずかりする古山登左衛門である。見知りおかれい」

アデリアに、そう挨拶した。いわゆる定駐の留守居役であった。

「お世話になりまする」

アデリアは、武家娘の作法通りに、正座し両手をつかえて、挨拶をかえした。

「そもじは、京都や奈良を見物に参られた、とうかがい申したが――？」

「はい」

「いかがござろう。この京は、たしかに王城の地でござるが、すでに、栄華は、遠い過去のものとなって居り申す。いまの日本を、つぶさに見物されたいご意嚮ならば、いっそ江戸へ参られたならば、と存ずる。江戸こそ、まことの日本の首都でござる。武家ならびに庶民のくらしぶりが、なまで肌にふれ申す。将軍家の住まわれる千代田城はじめ、あらゆる建物がござるし、文芸も風俗も趣味も、すべて、集って居りますゆえ、ぜひとも、オランダへの土産話には、江戸を見物して頂きとう存ずる」

古山登左衛門が、しきりにすすめるのをきいて、夜太は、

――やっぱり、そうだ。島津の助平殿様は、東海道を下るあいだに、どうしても、このオランダ娘を抱いてくれるぞ、と肚をきめやがったんだ！

と、合点した。

アデリアは、微笑をつづけながら、

「わたしは、いまの日本の生活を眺めたくて、長崎のオランダ商館を抜け出したのではありません」

と、こたえた。

「と申すと？」

「遠いむかしの美しい文化を保っている日本を見物したいのです。日本の自然の景色、美しいです。そのすばらしい景色の中に、何百年もの前の建物が、溶《と》けこんでいるところは、京都と奈良だけでしょう。江戸は、二百年ぐらいしか経っていない都市です。つまらないです」

「いや、左様なことは、決して――」

「わたしの話、きいて下さい。江戸は、上方にくらべたら、いくら、将軍が住んでいても、まだ、田舎です。文化の歴史、浅いです。本当の文化は、上方から生れました。江戸は、日本の文化、まだひとつもつくっていません」

「これは、したり！　異国の女人から、江戸をけなされようとは！」

古山登左衛門は、憤然となった。

●二

アデリアは、古山登左衛門の態度を無視して、話しつづけた。

「わたし、日本へ来て、日本の文化、しらべました。江戸は、二百年のあいだに、江戸っ子という人間だけしかつくって居りません。元禄時代、文学が生れましたが、チカマツ・モンザエモン（近松門左衛門）もイハラ・サイカク（井原西鶴）も、みな大阪出身で、つくった芝居、京都、大阪で上演されました。俳優も、イチカワ・ダンジュウロウ（市川団十郎）は、江戸から上方へやって来ると、その芸はつまらない、と評判わるかったです。……江戸城の大奥のくらしかた、礼儀作法《エチケット・マナー》は、みな、京都の天皇の御

殿をサル真似しました。……将軍のお城があるから、大名たちは、江戸に集りましたが、文化を発達させることを、ひとつもしませんでした。将軍は、江戸城で、すてきな社交界をつくって、文学や音楽や絵をつくらなければいけなかったのに、なんにも、つくっていません。……安永天明の時代に、江戸にショクサンジン（蜀山人）という文芸の天才いましたね。かれは、大阪へやって来て、こんな手紙を、自分の家へ送っています。

上方は、町人いずれも人柄よく候、この方てい（自分が連れて行った）家来ども、その様子、いやしく気の毒なるくらいなり。さぞさぞ（江戸者）は悪ぜわしく下卑《げび》たること、上方者がさげすみ居り申しす可くと恥じ入り候。

江戸絵というものがありますが、これを描いたミヤカワ・チョウシュン（宮川長春）とか、あるいはトリイ（鳥井）派の先祖は、やはり上方から来ています。音楽でも、一中節や常盤津も、上方でつくられました。こんな音楽は、京都や大阪ですたれた頃、江戸で大はやりしました。

わたし、俳句を勉強しました。やはり、俳句は、上方風の方が傑作です。元禄の頃、上方の人に芭蕉がいて、江戸には、ええと、キカク（其角）がいました。俳句は、風流をうたう文学です。芭蕉の句に、〈いざさらば雪見にころぶところまで〉という傑作があります。これにくらべて、其角の〈秋の雨いざやまんたになぶられん〉という句があります。まんたというのは何か、貴方、知っていますか？」

「い、いや、一向に――」

古山登左衛門は、たじたじとなった。

「まんたというのは、遊廓《クルワ》の女郎のことです。芭蕉は、山へ行って風流をさがし、其角は、人間のいるところへさがしに行きました。遊廓《クルワ》などには、本当の風流ありません。男と女のボディ・ラブがあるだけでしょう。

梅が香にのっと日の出る山路かな　（芭蕉）

御秘蔵（小姓）に墨をすらせて梅見かな　（其角）

このふたつの句を比べるとよくわかります。芭蕉の俳句の方が、すばらしいです。其角の句は、つまらないです。其角のあとに、江戸で、美しい景色をうたう俳人が、たくさん出ましたが、みんな芭蕉を追い抜くことできませんでした。

江戸には、偉張ったさむらいと、人工的に気どった町人が、ごちゃごちゃといるだけでしょう。

わたし、『源氏物語』読みましたが、景色の描写もすてきです。江戸の小説は、人間同士がしゃべっているだけで、退屈です。日本の景色は、世界でいちばん美しいのだから、小説にも琴歌にも三味線歌にも、山や花や月が、描かれ、うたわれなければなりません。江戸の歌には、それが全くありません。……わたし、日本の美しい景色と古い文化の遺産を眺めに来たのです。人間の感情など、ヨーロッパとすこしも変りません。だから、江戸は興味ありません」

まことに、巧妙なことわりかたであった。

古山登左衛門は、アデリアの日本についての豊富な知識の所有ぶりに、ただ唖然となってしまった。

アデリアに、そう指摘されてみると、たしかに、江戸は半開地でしかなかった。

「江戸っ子という名の田舎者」の集合地なのであった。

そのくせ、江戸こそ、最高の文化の発達した都である、という錯覚があった。だから、当節は、小悧巧な人種ばかりになっている。思いきったことが、何ひとつ、できなくなっているのであった。

大博奕をしなくなったから、江戸っ子は、全然くだらない、こまかいところにばかり目をつけて、小悧巧に立ちまわるようになり、思いきりのわるい習慣に、自分をしばりつけてしまっているのであった。

あまり、こまかく隅から隅まで気どって、手落ちのないことにばかり、神経をくばると、人間は、スケールが小さくなってしまうのである。

兼好法師が、

「何物でも、まだ出来上らぬところを、そのままにしておくと、生きのびるような心地がする」

と、云っているが、まさに、その通りである。

おそらく、アデリアは、京都・奈良の文人歌人が、世間の俗物をあいてにせず、昂然と自己の姿勢を堅持して、なかには、山中にひきこもって、人間ぎらいのくらしをしていることなどに、知識を得て、共感をおぼえたに相違ない。

古山登左衛門は、一語もなく、ひきさがって行った。

伝統を尊び、古いものを頑固に守るヨーロッパ人の気風が、アデリアによって、島津家京都屋敷の留守居の目をひらかせたという次第ではなかったであろうが……。

㊂

「あきれやしたねえ、貴女というおひとは！」

夜太は、留守居役が去ると、大きく吐

のまる

「なにがあきれたのです？」

「貴女さんは、日本人より日本のことが、くわしすぎらあ。これが、面《めん》くらわずにいられるものじゃねえや」

「日本のさむらいたち、自分の国の文化について、無関心すぎます。殿様に忠義をつくすのだけが、さむらいのツトメではありません。さむらい、インテリゲンチェアにならなければいけません」

「その、インテレなんとか、ってなんの意味ですかい？」

「文学・芸術・音楽をまなんで、そうですね、教養を身につけた人のことです」

「そいじゃ、あっしのような風来坊と正反対の人間のことでござんすね」

「ヤタさん、たしかに、あまり教養ありません。でも、いまのさむらいより、ずっと、ずっと人間として、魅力あります」

「おだてられているんだか、さげすまれているんだか………」

「ヤタさん！」

アデリアは、態度をあらためて、じっと、夜太を正視した。

「へい？」

「わたし、貴方が魅力ある男だから、貴方に愛されたい、とのぞんでいます」

「………」

愛す、とか、愛される、とか――そんな男女の心情がからみ合う経験など、一度としてなかったし、その言葉自体が、夜太には、ひどく気はずかしくて、微かな戦慄さえおぼえた。

たしかに、お妻という女には、惚れられた。まさしく、「惚れられた」のであって、「愛された」という感覚ではなかったのである。

「ヤタさん、今夜こそ、貴方は、わたしと愛し合わなければなりません」

アデリアは、女王が騎士に命ずるように云った。

「ちょ、ちょっと、待っておくんなさい。……あっしは、まちがいなく、のどから手が出るほど、貴女さんを抱きたくて、毎晩、夢にまでみたり、せがれのやつが、痛えほどに、おっ立ちばなしになっていまさあ。しかし、いまは、まだ、あっしは、貴女さんの案内役でござんす。貴女さんが、京都・奈良の見物をぶじにすませて、いよいよ、長崎へ帰ることになったその時まで、あっしは、てめえを抑えつけなけりゃならねえ、と自分に云いきかせているんでさあ」

――このオランダ女は、ただ名所旧蹟見物が目的で、生命の危険を冒してまで、道中して来たのじゃねえ。きっと、っていやがるのだ。

このカンが、敢えて、夜太に、据膳を辞退させているのであった。

女郎・酌婦・芸妓のたぐいなら、平気で抱くが、素人女が、何かの目的のために、肌身をこっちに提供しようとしているのだ、と察知した場合、テコでも動かぬのが、この男の本質であった。

女などから利用されるのは、死んでも、まっぴらごめんであった。

ありていに云えば、一回だけでも、アデリアを抱けば、自分という男は、惚れて溺れて、ぐにゃぐにゃの骨なしになるおそれをおぼえていたのである。

惚れる、ということは、しばられて自由を失うことであった。

それは、おのが身を自由にするために、武士をすてた生きかたに相反する。

夜太に代って、作者が、その気持を表現すれば、こうなる。

「ヤタさん！」

アデリアは、不意に、夜太へ身を投げかけて来た。

「わたしのくちびるを……」

そう云って、まぶたを閉じた。

夜太は、眼下に仰向いた天女のような貌を、かっと双眼をみひらいて、瞶《みつ》めた。にわかに、心臓が、音たてて鳴った。

――吸っちまえ、夜太！　なにも遠慮することはねえぞ！

――いや、ここが我慢の正念場だい！

相反する声が、夜太の心中で、呻きたてて、争った。

姫路の斑鳩《いかるが》寺では、この二人は、素裸で、現代で謂《い》う６９《シックス・ナイン》の痴態を演じているが、その時は、双方とも酔った挙句の行為であった。

いまは、夜太は、一滴の酒も口に入れていない素面《しらふ》だったのである。

（つづく）


（またまたイラストレーションもつづく）

うろつき夜太

第四四回

マリア寺と仲間と

一

「う、うっ！」

ぶるっと胴ぶるいして、夜太は、首をすくめた。

「まだ十月だってえのに、もう風が肌を刺しやがる。夏は滅法暑いし、こんなろくでもねえ土地を、誰が都にしやがったのか知らねえが、長生きした天子さんが一人もいねえというのは、あたりめえだぜ。暑くて寒い町だから、住んでやがる人間が、じめじめと陰気になりやがって、他国《よそ》者にそっぽを向きやがる」

ここは、小倉山の麓にある二尊院という、洛西の名刹の総門にむかいあった茶屋であった。

茶屋のおもてに、緋毛氈を敷いた休憩《やすみ》台が五つばかりならんでいるが、客は、夜太一人であった。奥に、衝立で仕切った小座敷もあったが、人の気配もない。

夜太に、甘酒をはこんで来た老婆も、ひっ込んだきり、コトリとも音をたてない。

松の枝葉をなぶる秋風だけが、断続的に高く、ものさびしさをつたえているばかりであった。

夜太が、京都の東西南北にある寺院を、たずねまわりはじめてから、もう十日以上になる。アデリアの命令であった。

薩摩藩島津家の京邸屋敷から、こっそり脱出することには、成功したが、アデリアは、夜太が見つけた鳥部野《とりべの》の無人になって久しいおんぼろ草庵に、とじこもったきり、一歩も出ようとしないのであった。

鳥部野は、清水坂と小松谷との中間にある丘であった。古よりの墓地であった。そのおんぼろ草庵は、良人を喪った婦人が、尼になって、一人しずかに、良人の霊をとむらいつづけて、ひっそりと他界したすみか、といったところであったろう。

まず、アデリアのような女性が、身をひそめるには、恰好の場所であった。

それにしても——。

京都、奈良の名所旧蹟を見物したい、といって、身の危険を冒して、上京して来たにもかかわらず、その草庵を動かぬのは、どうしたわけであったろう。

——目的がちがうんだ、目的が！

と、カンを働かせていた夜太も、二日経ち、三日過ぎても、じっとしているアデリアのおちつきぶりに、いらいらして来て、

「見物は、おやめでござんすかい？」

と、催促してみた。

アデリアは、長崎から持参した京都の絵図面をひろげて、終日、眺めつづけていたのである。

「そろそろ、腰を上げても、いいんじゃねえんですかい？」

「ヤタさん、この京都は、そのむかし、マリア寺と称《い》ったお寺があるはずです。そのお寺、さがして下さい」

アデリアは、はじめて、上京目的の端《はし》を、ちらと、口に出したのであった。

「マリア寺？……つまり、切支丹伴天連の寺だった、というわけなんで？」

「そうです。むかし、オダ・ノブナガ（織田信長）が、オランダの神父に建てさせました」

「そいつは、たぶん、あとかたもありやせんぜ。あっしも、二百年も前のことは、くわしくはありやせんが、南蛮寺なんざ、切支丹宗門を厳禁した際、片っぱしから、ぶっこわしたにちげえねえや」

「わたし、まだ、あると信じます。仏教のお寺になって、名も変えてあるでしょう。きっと、マリア寺といったお寺、のこっています！」

アデリアは、確信を持って、断言してみせた。

そこで——。

やむなく、夜太は、足を棒にして、ここ十日間、さがしまわったのである。

京都の住民たちは、口がかたいのか、知らないのか、ただ、横へかぶりを振るばかりであった。「マリア寺といった南蛮寺」ときいただけで、恐怖の色をおもてにあらわせて、そそくさと逃げた者もあった。切支丹を、蛇蝎《だかつ》のごとくおそれた時代であった、とはいえ、ただ訊かれただけで、ふるえあがるとは、よほど京都の住民は、排他性がつよいに相違なかった。

「こん畜生！　勝手にしやがれだ。マリア寺なんてえ南蛮寺は、二百年前に、雲散霧消してらあ！」

夜太が、やけくそ気味に吐きすてた折であった。

すうっと、道を、影のように通りすぎようとした者がいた。

二

「おっ！」

夜太が、声をあげるのと、対手がこちらへじろりと視線を向けるのが同時だった。

地獄人と称される六木神三郎が、偶然にも、この京都にいたのである。

洛西小倉山の麓の、蕭条たる松の木立の中から、すうっと幽鬼のごとく出現するには、まことにふさわしい姿であった。

「旦那ですかい」

夜太は、微かな戦慄が、背すじを匍《は》うのを、振りはらうように、肩をひとゆすりして、挨拶した。

六木神三郎は、夜太の隣りの休憩台へ、腰を下すと、

「眠狂四郎が、この京へ入ったことを、風の便りできいて、やって来た。……お前が、なにやら、洛中をかぎまわっているのを、三度ばかり、遠くから見かけたぞ。なにをかぎまわって居る……」

――いけねえ！　地獄人と称されるくれえだから、地獄耳を持ってやがるに相違ねえ。しかし、おれが、オランダ女の供をしていることは、まだ知っちゃいねえらしいぞ。知ったら、この野郎のことだ、鳥部野の草庵へ踏み込んで来やがったろうぜ。

夜太は、ふっと、この地獄人を、逆に利用することを思いついた。

「あっしゃ、織田信長が、オランダの伴天連に建てさせた南蛮寺を、つきとめようとしているんでさあ。その当時は、マリア寺といったそうですがね、いまは、天台宗だか浄土宗だか禅宗だかの寺に、すりかわっていることはまちげえありますまいが……」

「お前のことだ。その寺に、オランダ金貨がかくされてある、という事実でもかぎつけたか！」

「まあ、そういうところなんで――。旦那は、南蛮寺が、ぶちこわされずに、のこった、ということは、考えられやすかい？」

夜太は、訊ねた。

しばらく沈黙を置いてから、地獄人は、こたえた。

「考えられる」

「どういう理由で――？」

「切支丹禁圧令が布《し》かれた際、その寺が、宮廷へ泣きつき、仏寺にしてもらったのであれば、現在ものこって居ろう」

「成程ね。宮廷に、切支丹を信仰していた公卿がいたってえわけだ」

「その南蛮寺は、マリア寺と称していた、と申したな？」

「そうなんで……」

「ならば、その寺は、いまは比丘尼御所になっていると、想像できる」

「比丘尼御所と申しやすと？」

「天皇の直《じき》宮――すなわち皇女、あるいは近衛・九条・二条・一条・鷹司の五摂家の息女が、門跡となる尼寺だ。………そうだ、宮廷が徳川幕府にさからってまでも、そのマリア寺とやらを仏寺にすりかえた、とすれば、たぶん、皇女が門跡となる比丘尼御所に相違あるまい。その当時の皇女が、切支丹宗門に帰依していたのだ」

――うめえ！　やっぱり、この地獄人にたずねたのは、上首尾だったぜ！

夜太は心中で小躍りした。

「で、比丘尼御所ってえのは、なんてえ寺でござんす？」

「四箇寺ある」

六木神三郎は、こたえた。

大聖寺（御寺《おどう》御所）烏丸通上立賣
宝鏡寺（百々《どど》御所）寺之内通堀川
曇華院（竹御所）東洞院三条上ル
光照院（常盤御所）新町通上立賣上ル

この四箇寺だけが、皇女が門跡となることになっていたが、もし皇女がいない時は、門跡なしのまま、次の時代まで待っているならわしになっていた。

夜太は、地獄人の説明をきくと、

「旦那、かたじけねえ。もし、お宝をあっしが見つけたら、たんまりお礼をさしあげると約束しまさあ」

と、そそくさと立ち上った。

「待て！」

神三郎は、冷やかに夜太をとどめた。

「この仕事の主役、おれが、お前にとって代る」

「冗談じゃねえや！」

「左様、冗談で申しては居らぬ。四箇寺のうち、どれが、むかしのマリア寺であったか、つきとめることに、おれは、興味がわいたのだ」

「興味をわかすのは、そちらさんの勝手でござんすが……」

「お前一人で、つきとめられはせぬ。この六木神三郎が乗り出さねば、目的は遂げられぬのだ……。夜太！　否やは云わせぬぞ！」

凄い凝視を受けて、夜太は、一瞬、生唾をごくっとのみ下した。

「お前は、おれの知識と推理を利用しようとしたのであろうが、それは、とりもなおさず、おれを、仲間に加えることを意味したのだ。わかったか！」

「イヤだとかぶりを振りゃ、抜き討ちですかい。しょうがねえや。お互いに虫の好かねえ間柄だが、この仕事だけは、つるみまさあ。……と、きまったら、二人で早速、四つの尼寺へ、つぎつぎと忍び込むことにいたしやすか」

「そうはせぬ。お前一人が忍び込んで、若い尼僧を一人宛、拉致して来るのだ。おれは、そこの祇王《ぎおう》寺で待って居る」

平清盛がかよって来たその愛人祇王の住んだ往生院祇王寺は、いまでは、荒廃して、無住となっていたのである。

「尼さんをかどわかすなんて、あんまり、いい気持じゃねえが……」

「風来坊のぶんざいで、後生ねがいの慈悲心を起したそぶりなど示して、この六木神三郎を、だまそうとしても、そうは問屋がおろさぬ。……おれの命令を破れば、その首は、必ずとぶことになるぞ！」

三

夜太は、しかし――。

その足で、比丘尼御所四箇寺のひとつへ、忍び込みはしなかった。

ひとまず、鳥部野の草庵へもどって来て、

「マリア寺の見当だけは、つきやした」

と、アデリアに報告した。

あと六回で完結!!

但し、四つの尼寺のどれが、それであるかつきとめるには、地獄人とあだ名されている幽鬼そのものの剣客を一味にして、若い尼僧をつぎつぎと誘拐しなければならぬ。

その旨をありていに語ってから、

「この仕事は、どう考えたって、人道にそむいてまさあ。ついては、貴女さんが、なぜ、マリア寺をつきとめたいのか、その肚《はら》のうちを打ち明けて頂かねえと、あっしゃ、清浄無垢な若い尼さんを、地獄人のいいけにえにはできませんや」

と、夜太は、ひらきなおった。

アテリアは、うなずいた。

「わたしの目的、一枚の証明書、手に入れたいのです」

「証明書？」

「はい。この証明書、わたしの家——へハート男爵家が、むかし、フランス国王から、頂いたものです。フランスのノルマンジー地方に、トォーヴィルという美しい海岸があります。そのトォーヴィルは、ペパート男爵家の所有地です。フランス国王が、このこと、証明して下さいました。……けれど、いま、トォーヴィルは、フランスの公爵シャルル・ド・モルニーのものになっています。ペハート男爵家は、トォーヴィルを、モルニー公爵から、とりかえさなければなりません」

アテリアは、フランスの歴史に就いては、チンプンカンプンの夜太に対して、噛んでふくめるように、くわしく教えた。

ナポレオン・ボナパルトが、ヨーロッパを席捲した時、オランダも、占領されて、ナポレオンの弟ルイ・ボナパルトが、オランダ王になったのであった。

その際、ペパート男爵家の所有地であるノルマンジー地方のトォーヴィルも、奪《と》りあげられたのであった。ジョン・ペパートとアテリア兄妹が子供の頃であった。

そして、ドォーヴィルは、オランダ王ルイ・ボナパルトの異父弟であるシャルル・ド・モルニー公爵に与えられてしまったのである。

モルニー公爵は、その母オルタンスが良人オランダ王ルイ・ボナパルトと離婚したのち、ド・フラオー伯爵と私通して産んだ私生児であった。

そのド・フラオー伯爵というのが、また、ド・タレーランという神父とド・スーサ伯爵夫人との姦通によって生れた男であった。

「このような、二重の姦淫によって生れた、けがれはてたモルニーという人物に、わがペパード男爵家が、七百年もむかしから持っていたドォーヴィルを奪われた、と思うと、くやしくてたまりません。取りかえしたいのです。取りかえすためには、フランス国王の証明書が必要なのです」

「そんな大切な証明書を、どうして、貴女さんの先祖は、こんな遠方の日本の、マリア寺なんぞへおあずけなすったので——？」

「オダ・ノブナガの時代、ペパード男爵は、オランダを代表して日本に来ました。マリア寺を建てた責任者です。ペパード家は、代々、当主が、系図と証明書、身につけて世界中を旅する習慣でした。……ペパード男爵は、系図と証明書を、マリア寺のマロンベール神父に、一時、あずけておきました。マロンベール神父は、ペパード男爵が長崎に帰っている間に、トヨトミ・ヒデヨシに殺されました。その時、神父は、マリア寺の日本人のお坊さんに、それを渡したのです。……わかりましたか？　さあ、どうか、ヤタさん、取りもどして下さい！」

（つづく）

「……」と「……」と

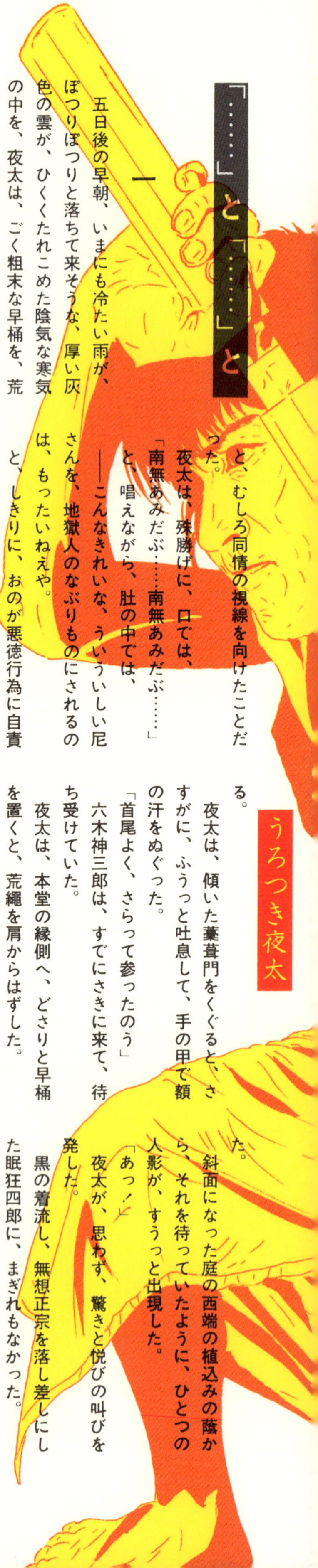

一

五日後の早朝、いまにも冷たい雨が、ぽつりぽつりと落ちて来そうな、厚い灰色の雲が、ひくくたれこめた陰気な寒気の中を、夜太は、ごく粗末な早桶を、荒縄で背中にしばりつけて、小倉山への淋しい野道を辿っていた。

早桶とは、文字通り桶状をした棺のことである。当時の貧しい庶民は、死ぬと、この早桶に納められて、土葬にされた。

早桶の中には、宝鏡寺（百々《どど》御所）のうら若い尼僧が、意識をうしなって、入れられていた。

夜明け前に、宝鏡寺境内に忍び込んだ夜太が、アデリアから、「これを使いなさい」と渡された西洋式水鉄砲で、山門内を掃ききよめているその尼僧へ、麻酔薬の霧を噴きかけて、拉致《らち》して来たのである。

早桶ではこぶのは、アデリアを棺にかくす方法を、斑鳩寺の三悪道宇宙師に教えられたのに、ならったわけである。

ここまでの途中、三人ばかりの人に出会ったが、なにせ、一瞥して風来坊と判る男が、早桶を背負うているので、

——まんぞくな葬式も出せなくて、こっそりと、埋めようとしているのであろう。

と、むしろ同情の視線を向けたことだった。

夜太は、殊勝げに、口では、

「南無あみだぶ……南無あみだぶ……」

と、唱えながら、肚の中では、

——こんなきれいな、ういういしい尼さんを、地獄人のなぶりものにされるのは、もったいねえや。

と、しきりに、おのが悪徳行為に自責の念をおぼえていた。

地獄人・六木神三郎が、まず、この若い処女の尼僧を犯してから、どの比丘尼御所がむかしマリア寺であったか、白状させようとすることは、夜太には、目に見えていたのである。

比丘尼御所の尼僧たちは、黒髪をおろして修業に入ると、最初に、大聖寺・宝鏡寺・曇華院・光照院の由来縁起に就いて、くわしく教えられるはずであった。

したがって、この四箇寺の尼僧一人を拉致して来て、責める手段は、マリア寺をつきとめるには最も適切なはやみちといえた。

やがて——。

竹藪に掩われた、宵闇のような細い坂路を、よたよたと登って、夜太は、祇王寺へ到着した。

現代でこそ、祇王寺は、観光名所のひとつになっているが、当時は、藁葺門は傾き、本堂もいたるところ崩れて、さながら狐狸のすみかのような荒れはてた無住寺であった。有志によって再建されたのは、ずっと後年の明治三十五年である。

夜太は、傾いた藁葺門をくぐると、さすがに、ふうっと吐息して、手の甲で額の汗をぬぐった。

「首尾よく、さらって参ったのう」

六木神三郎は、すでにさきに来て、待ち受けていた。

夜太は、本堂の縁側へ、どさりと早桶を置くと、荒縄を肩からはずした。

神三郎は、早桶の蓋をとって、のぞき込み、

「ふむ！　思いのほか、上玉だな」

と、云った。

「そこいらの町娘が、あたまをまるめたのじゃござんせんぜ。いずれ、堂上公卿のご息女にちげえねえや。……旦那、仏に帰依したこんな可憐な生娘でも、犯そうという気持をすてられやせんかねえ」

「女子という生きものは、まず、抱いてから、泥を吐かせる。たとえ尼であろうと、女にされた男には、弱いものだ。お前は、そこで、見物いたして居れ」

「酷《こく》な仕打ちだぜ」

「お前が持ちかけた話だぞ！」

——ちえっ！　勝手にさらせ！

夜太は、ふてくされた。

二

地獄人が、早桶の中から、かるがると意識を失った尼僧を、かかえ出し、本堂の座敷に仰臥させ、白衣の裾を容赦なく、ひきめくって、白磁のように白い下肢を、むき出させた——その折であった。

斜面になった庭の西端の植込みの蔭から、それを待っていたように、ひとつの人影が、すうっと出現した。

「あっ！」

夜太が、思わず、驚きと悦びの叫びを発した。

黒の着流し、無想正宗を落し差しにした眠狂四郎に、まぎれもなかった。

夜太の叫びをきいて、視線をめぐらした六木神三郎は、けものが呻くような異様な声を、のどからしぼり出した。

「こ、これは、どういうことなんで、眠の旦那？」

夜太の問いに対して、狂四郎は、相変らずの冷たい無表情で、

「お前が、二尊院門前の茶屋で、その生きた幽鬼と出逢った時、わたしは、奥の小座敷に寝そべっていたので、聞くともなしにやりとりが耳に入った」

と、こたえた。その小座敷は、衝立で仕切ってあったので、夜太も地獄人も、狂四郎がそこにいることに、すこしも気がつかなかったのである。

とたん——。

六木神三郎は、はじかれたように、縁側から庭へ跳躍した。

数秒ののち、両者は、五歩の距離をとって、対峙した。

六木神三郎は、その隻腕の剣を、やや上段の青眼にかまえ、眠狂四郎は、ご存じ円月殺法の緒《ちょ》である地摺り下段にとっ

ていた。

「…………」

「…………」

「…………」

「…………」

「…………」

「…………」

「…………」

「…………」

「…………」

「…………」

「…………」

青眼と地摺り下段で対峙したなり、両者は、石と化したように微動だにしなかった。あたかも、真空の中で、呼吸を停止した観があった。

「………………………」

「…………」

「…………」

「…………」

「……………………………」

「……」

「………………………………………………」

「……」

「………………………」

「……………………………」

「…………」

「……」

「………………」

「………………」

「……」

「……………………………………………」

「…………………………………」

「………………………」

「……」

「………………」

固唾《かたず》をのんで、まばたきもせずに見まもる夜太には、いくばくの時刻が過ぎたか、わからなかった。

曇天ゆえ、陽ざしが地上を移らないせいもあったろう。

「………………」

「……」

「……」

「……………………………」

「……」

「…………」

「……………………………」

「……」

「………………」

雨が、ぽつり、ぽつり、と降りはじめた。

「…………」

「…………」

「…………」

「…………」

「……」

「……」

「とおーっ！」（地獄人の天地をつんざく懸声）

「…………」（狂四郎、無言）

三

「…………」

「…………」

「……」

「……」

「………………」

「………………」

「……」

「……」

「…………」

「……」

「……」

「

柴田錬三郎——横尾忠則

「…………」

「……」

「……」

「……」

「……」

「ええいっ!」(再び地獄人の懸声)

「…………」(依然として、狂四郎無言)

「…………」

「……」

「…………………」

「…………」

「……」

「……」

雨は、本降りになり、枝葉を鳴らし、地面にしぶきをあげはじめた。

きえーっ！
と、唸った。
と、同時に、肉と骨を断つにぶい音が起った。

その時――。

六木神三郎

夜太は、ひしとまぶたを閉じていた。

したがって、いずれが、勝ち、いずれが、負けたか、視てはいなかった。

勝負は、終り、静寂がもどった。

ふしぎにも、雨も、一時止んでいた。

夜太は、目蓋をひらこうとした。しかし、どうしたことか、どうしても、目蓋が、ひらかなかった。

夜太は、むりやりに、わが指で、わが目蓋をひらかせた。しかし、盲になったのではないか、と一瞬どきりとした。視界が、かすんでしまっていた。

「ち、ちくしょう！　な、なんでえ！」

夜太は、自分自身を、呶鳴りつけた。

ようやく、視力をとりもどしてみると…………。

夜太の瞳に映ったのは、また激しく降りはじめて、雨脚のしぶく地面に、うつ伏した地獄人・六木神三郎の死体であった。

眠狂四郎の姿は、消えていた。

夜太は、しばらく、茫然と、地獄人のむくろを眺めやっていたが、ふっと、われにかえり、

「おめえさん、斬られる前に、てんかんを起していりゃ、生きのびられたのだぜ」

その独語を、口にした。

（あと五回）

尼寺とストーリイと

一

「ふーっ!」

夜太は、からだ中の息を吐いて、ぶるぶるっと、胴ぶるいした。ずぶ濡れになっていることに、やっと気がついたのである。

ふらふらと、座敷にひきかえしてみると、いまだ意識を失ったままでいる若い尼僧のかたわらに、一枚の紙片が、落ちていた。

『そのむかしのマリア寺は、皇女門跡の四箇寺にあらず。瑞龍寺(村雲御所)也』

そう記されてあった。

地獄人・六木神三郎を、円月殺法で、一閃裡に斬り仆《たお》した眠狂四郎が残して行ったのである。

「そうか、マリア寺てえのは、瑞龍寺かい」

夜太は、昏絶した若い美しい尼僧を前にして、腕組みした。

瑞龍寺というのは、西堀川通元誓願寺下ルところにある尼寺で、夜太は、十日間の捜索にあたって、この寺院の門前の腰掛茶屋で、客に、

「むかしは、このお寺は、マリア寺と申しませんでしたかい?」

と、尋ねたおぼえがあった。

その客は、おそろしげに首をすくめて、「そんなこと、知りまへん」と、大急ぎで立去ったものであった。

夜太は、勿論、瑞龍寺建立縁起については、知識皆無であったが、この尼寺は、まさしく、オランダの神父マロンベールが、織田信長に乞うて、建てた切支丹寺院であった。信長が、本能寺で横死したのち、そのままうちすてられて、荒廃していた。

豊臣秀吉が、「南蛮寺など、すべて、うちこわしてしまえ」と命令したので、当然、この寺院も、地上から消えはてる運命に遭《あ》おうとした。

ところが、秀吉の姉が、「わたくしに欲しい」と、秀吉に申し入れて、もらい受け、瑞龍寺と名づけ、自ら尼となって、法名を日秀と号した。実は、秀吉の姉——日秀尼は、熱心なキリスト信徒だったのである。

おもて向きは、日蓮宗であったが、日秀尼が門跡であるあいだは、マリア像をまつって、祈っていたのであった。

しかし、その後は、まことの日蓮宗寺院となり、代々その門跡には、宮家か五摂家の姫君がなっているのであった。

「ようし! マリア寺が、瑞龍寺と判った以上、アデリアさんに行ってもらうまでもねえや。乗りかかった船だあな。このおれが、忍び込んで、ペパード家の系図と証明書を、手に入れてやる! そして、へい、もらってめえりました、と渡したら、なんの遠慮もなく、アデリアさんを抱くことができるぜ」

夜太は、自分に云いきかせた。

こういうところが、夜太の性格の長所であるとともに短所でもある。

アデリアを抱くためには、まず、自分が首尾よく、彼女の目的物を入手しなければならぬ、と妙に律儀に自分に云いきかせるところに、この男の一種の軽率さが、現れているのではあるまいか?

二

作者「夜太、それは、止した方がいいね。まず、アデリアに告げるのだな。アデリアは、抜群の智能と勇気をそなえた聡明な女性だ。アデリアに、入手の方法を、思案させることだよ」

夜太「シバレン先生よ、作者面して、分別くせえ忠告は、止してもらいてえな。よござんすかい。この小説の主人公は、あっしだぜ。だったら、この一件は、あっしに、活躍させてもらおうじゃねえか」

作者「瑞龍寺のいまの門跡は、伏見宮邦家親王の息女なんだ。この尼さんは、まだ、年は若いが、非常に気象の勝った婦人だ。君のような風来坊が忍び込んで、寝室に踏み込んだところで、おびえたり、ふるえたりは、しないね。……むしろ、アデリアに、訪問させて、真正面からたのませた方が、よくはないか、と思うがねえ」

夜太「シバレン先生よ、あんたも、この小説の作者なら、あっしに、あっしの独力で、手柄をたてさせてくれても、いいじゃねえか。……いままで、いろいろな事件が起って、それぞれ一応解決したがよう、考えてみりゃ、あっし一人の力で、やってのけたのは、ひとつもありゃしねえじゃねえか。オランダ金貨をさがしあてた一件は、ジョン・ペパードが、協力してくれたしよう、下総の代官陣屋で、天下革命党を救った一件は、鼠小僧次郎吉の助勢があったしよう、アデリアさんを、無事に京都まで連れて来られたのは、三悪道宇宙という途方もねえ和尚の智慧を借りたし……、あんたは、あっしを主人公にしておきながら、肝心カナメの場面では、さっぱり、あっしをカッコよく活躍させてくれねえんじゃねえか。こんどの一件だって、そうだぜ。マリア寺をつきとめることは、あっしにさせねえで、あんたと十八年もつきあっている眠狂四郎に、教えさせやがる。くそ面白くもねえやな」

作者「私は、君が、カッコよくない風来坊だからこそ、この小説の主人公にしたのだ。封建社会に背中を向けた自由人とは、まさに、君のような男なんだ」

夜太「おだてたって、その手には、乗らねえや。こんどの一件こそ、あっし一人で見ン事、解決してみせてくれらあ。あんたは、どうも、あっしという人間を、安っぽくとりあつかいすぎるぜ。……どだい、この小説は、あと五回ばかりで、終る、ときめているそうじゃねえか。せめて、最後の一件ぐれえ、あっしの独力で、手柄をたてさせて、もらいやすぜ」

作者「君が、ペパード家の系図と証明書を手に入れるには、かなりの日数が、かかるおそれがある。……君が手間どっているあいだに、作者たる私にも、予測のつかぬ異変が起るかも知れないじゃないか。……そうなると、私は、ホテルの一室で、原稿用紙にむかいながら、さらに、四苦八苦しなければならん」

夜太「そんなことは、小説家であるからにゃ、覚悟の上でござんしょうぜ。あんたが、なんと反対して

うろつき夜太　第四六回

柴田錬三郎　横尾忠則

も、あっしゃ、やるぜ。読者に、カッコいいところをみせなけりゃ、この小説の主人公になった甲斐がねえからな」

作者「君が、どうしても、やる、というのなら、やむを得ないだろう」

夜太「かたじけねえ。やらせてくれるんでござんすね。こう来なくちゃいけねえ。これまでのシバレン先生の主人公は、みんなカッコいい二枚目か、さもなけりゃ、見てくれの面や風体はよくねえが、いざとなりゃ、颯爽と事を片づけていらあな。あっし一人だけを、カッコわるいままに、小説を終らせるのは、片手落ちだあ」

作者「君は、君なりに、自由人として魅力のある主人公と思うがねえ」

夜太「冗談じゃねえや。あっしにすりゃ、そもそも、最初に登場した時から、不満足だったぜ。お妻に、そそのかされて、オランダ金貨をかっぱらった場面なんざ、あまりカッコよくはなかったぜ。あの時は、あっし一人が、事の黒白を看わけて、水際立った腕前を発揮したかったんだ。たのむぜ、シバレン先生よ！　よう！」

作者「長いあいだ、無数の小説を書いて来たが、君のように、主人公から、自分の行為を催促されたことは、なかったね」

夜太「いいじゃねえか。あんたは、原稿が書けなくなると、その弁解ばかり述べたてて、横尾忠則さんによう、てめえの面《つら》を描かせたりしているじゃねえか。自分勝手すぎらあ。だから、あっしも、あんたに、要求するんだ」

作者「しかし、私の反対を押しきって、やるからには、そのために、君自身、生命を落す結末になっても、私は、責任が持てないよ」

夜太「吹けば飛ぶようなこの風来坊一匹のいのちなんざ、どこで散ろうと、みじんも、悔いはねえや。……たのみやすぜ、シバレン先生よ！」

三

十余日が、経った。

作者が、夜太に忠告した通りであった。大名屋敷とか、大名行列の泊る宿駅の本陣などには、かぞえきれないほど、しばしば忍び込んでいる夜太であったが、尼寺には、生れてはじめて、忍び込んだのであった。勝手が判らぬのは、当然であった。

まして、そのむかしは、切支丹寺院であった比丘尼御所であった。瑞龍寺の建物は、本堂はじめ、方丈も庫裏《くり》も、すべて、構造がふつうの寺院とは異っていた。夜太が、いかに必死になって、かぎまわっても、門跡の住居《すまい》が、どの建物か、皆目見当がつかなかった。

そこで、忍び込んでは抜け出し、抜け出しては、また忍び込むしんどい行為を、くりかえして、とうとう、十日以上が過ぎたのである、

夜太は、そのあいだ、アデリアの許へは、一度も、戻っていなかった。夜太の意地であった。自分が、アデリアのかくれ場所へ姿を現した時には、彼女が手に入れようとしている品物を持参していなければならぬ、と自身に云いきかせていたからである。

夜太は、作者に反対されたので、一層意地を張った模様であった。

――おれだって、一度ぐれえは、おれ一人だけで、一件落着させてくれるぜ！

その意地のおかげで、夜太は、瑞龍寺境内のあるゆる建物の天井裏、床下を匍《は》いまわって、蜘蛛の巣だらけになり、ある夜は、鼠を狙っている蛇に、足くびを噛みつかれたり、ある夜は、厠へもぐり込んで、尼僧が落す勢いのいい尿《いばり》を、あたまからひっかぶったりした。

しかし、その苦労と忍耐は、無駄ではなかった。

夜太は、十余日目に、ついに、瑞龍寺門跡の寝所をつきとめることに成功したのである。

伏見宮邦家親王の息女である日照尼が、夜をすごす建物は、方丈でも庫裏でもなく、南隅に、ひとつだけ遠くはなれて建っている草庵であった。

――さて、問題は、門跡がペパードの先祖からあずかった系図と証明書を、代々ひき継いで、持っているかどうかだぜ。瑞龍寺側としては、べつに大切でもなんでもねえ品物だから、とっくのむかし、すてたか燃やしてしまった、と云われちゃ、元も子もねえからな。

夜太は、寝所にしたその草庵内に、それが置かれてあることを祈りつつ、丑刻（午前二時）を待って、そっと忍び寄った。

明りは消されているとみえて、どこからも、光は洩れ出てはいなかった。

夜太は、花頭窓を破って、忍び込むつもりで、そこの板戸へ、耳をあてて、内部の気配をうかがった。

ひそとして、寝息もつたわっては来なかった。

――いざとなったら、しょうがねえから、この双刃の直刀を突きつけることになるかもしれねえが、かんべんしておくんなさいよ、門跡さん。

さきにあやまっておいて、夜太は、音をたてぬように、花頭窓の板戸を、はずしにかかった。

とたん、

「遠慮は無用じゃ。玄関から入るがよい」

澄んだ美しい声音が、ひびいて、夜太をぎょっとさせた。

数分の後、夜太は、その草庵の茶室で、神妙に膝をそろえて、かしこまっていた。

白絹でおもてを包み、切長な双眸だけをのぞかせた若い門跡は、夜太をそのましばらく待たせてから、入って来た。

座に就くと、うこん色の布で包んだ品を、すっと、前に置いた。

「そなたが、欲しいのは、これでありましょう」

「へえ?!」

夜太はろくろ首のように、顔を突き出して、それを見た。

日照尼は、包みをひろげてみせた。古びたふたつの巻物が、あらわれた。

「これは、当時の初代門跡の日秀尼さまが、オランダ国のペパードという御《お》仁《ひと》から、おあずかりになったものです。そなたは、これを欲しゅうて、当寺へ忍び込んだのでありましょう?」

「そ、それを、どうして、ご門跡さんが、ご存じなんで——?」

「それは、わたくしの口からは、申せませぬ。そなたは、ペパード家よりたのまれて、この巻物を、取りに参ったのでありましょう。さ、持っておゆきなさい」

「へ、へい。有難う存じます。どうも……、まことに、どうも——」

夜太は、ぺこぺこ頭を下げながら、その自分の姿を、ひどく滑稽《こっけい》なものに感じた。

自分は、鼠小僧次郎吉よろしく、門跡が睡っているあいだに、この品物をさがしあてて、頂戴し、音もなくひきあげたかったのである。

ところが——。

忍び寄った自分を、門跡の方が、呼び入れて、渡してくれたのである。

ぺこぺこと頭を下げながら、受けとるざまは、はなはだ間抜けなものではないか。

「畜生っ!」

瑞龍寺から、道へ出た夜太は、ひとつ大きなくさめをやってから、どなった。

「どうなっているんだよう、この筋書きは、シバレンの野郎め！」

（あと四回）

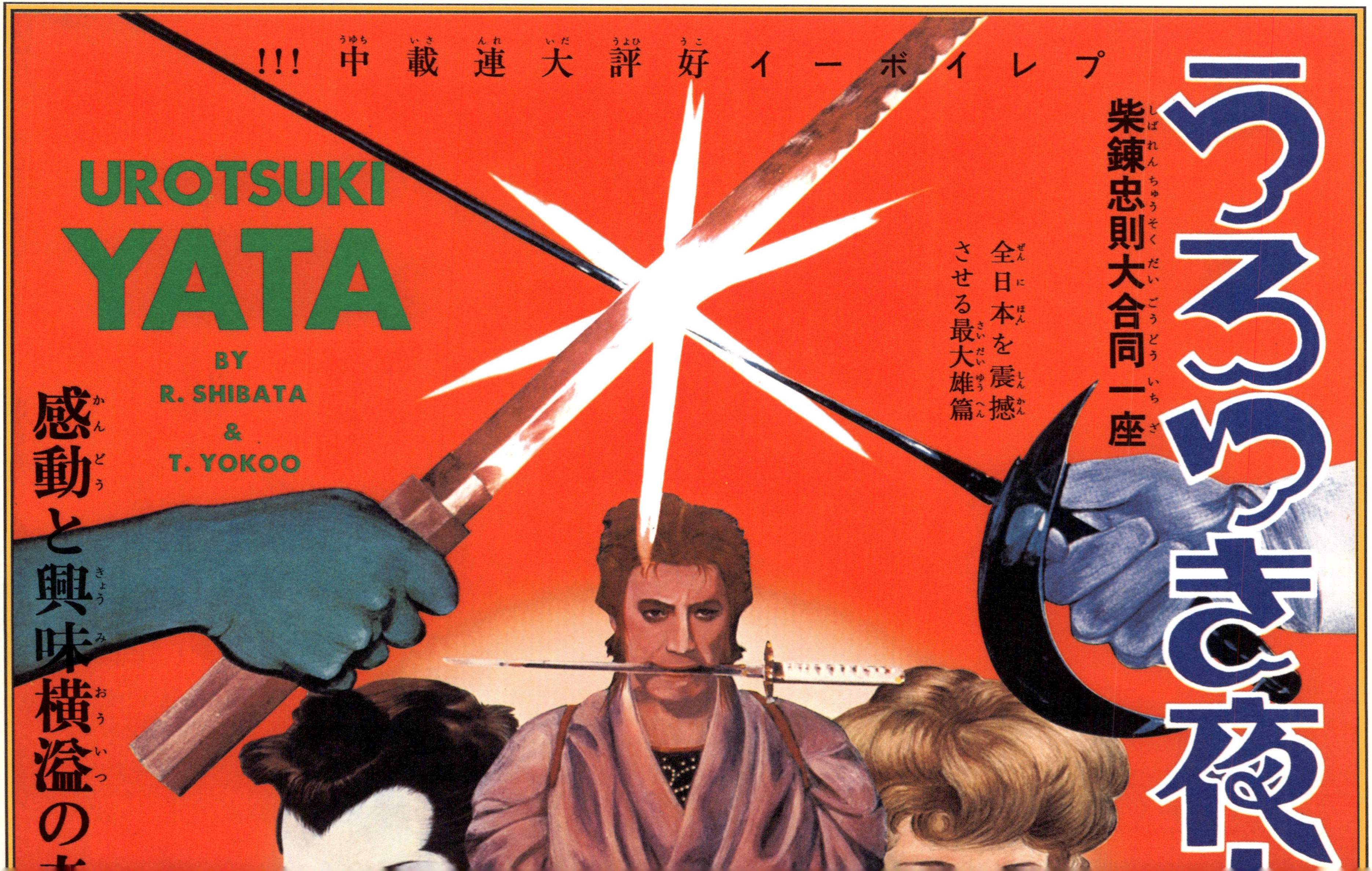

プレイボーイ好《こう》評《ひょう》大《だい》連《れん》載《さい》中《ちゅう》!!!
うろつき夜
柴錬《しばれん》忠則《ちゅうそく》大合同《だいごうどう》一座《いちざ》
全《ぜん》日本《にほん》を震撼《しんかん》させる最大《さいだい》雄篇《ゆうへん》
UROTSUKI YATA
BY R. SHIBATA & T. YOKOO
感動《かんどう》と興味《きょうみ》横溢《おういつ》の

全《ぜん》五《ご》十《じっ》巻《かん》
うろつき夜《や》太《た》氏《し》
お妻《つま》嬢《じょう》
ジョン・ペパード氏《し》
アデリア嬢《じょう》
六《むっ》木《き》神《しん》三《ざぶ》郎《ろう》氏《し》
特別出演《とくべつしゅつえん》
眠《ねむり》狂《きょう》四《し》郎《ろう》氏《し》
その他《た》五《ご》千有余《せんゆうよ》名共演《めいきょうえん》
原作《げんさく》 脚色《きゃくしょく》 演出《えんしゅつ》
柴《しば》田《た》錬《れん》三《ざぶ》郎《ろう》氏《し》
美術《びじゅつ》
横《よこ》尾《お》忠《ただ》則《のり》氏《し》
的《てき》大《だい》活《かつ》劇《げき》傑《けっ》作《さく》!!!
神《かん》田《だ》 遊《ゆう》野《や》郎《ろう》座《ざ》

人気《にんき》沸騰《ふっとう》の大時代篇《だいじだいへん》

第四十七回《だいしじゅうしちかい》

うろつき夜太《やた》

柴田錬三郎《しばたれんざぶろう》・作《さく》　横尾忠則《よこおただのり》・画《えがく》

（決意《けつい》と送《おく》り唄《うた》と）

一

新《あたら》しい墓《はか》、古い墓《はか》――見渡《みわた》すかぎり、いちめんに、枝《えだ》ぶりの優《やさ》しい松《まつ》を配《はい》して、墓碑《ぼひ》が、ちらばっている丘《おか》の斜面《しゃめん》を、夜太《やた》は、のそのそと、登《のぼ》っていた。

必死《ひっし》になって、さがしまわった品物《しなもの》は、懐中《かいちゅう》にあったが、心《こころ》の裡《うち》に、悦《よろこ》びはなかった。

瑞竜寺門跡《ずいりゆうじもんぜき》を、すこしばかり痛《いた》い目《め》に遭《あ》わせてでもいいから、おのが力《ちから》で、ペパード家《け》の系図《けいず》とフランス国《こく》のドーヴィルという土地《とち》の証明書《しょうめいしょ》を、手《て》に入《い》れていたならば、アデリアのかくれ家《が》へ戻《もど》るこの足《あし》が、どんなに軽《かる》かったろう。

十余日《じゅうよにち》もついやして、瑞竜寺《ずいりゆうじ》へ忍《しの》び込《こ》んではまた抜《ぬ》け出《だ》す苦労《くろう》を重《かさ》ねた挙句《あげく》、やっと門跡《もんぜき》の寝所《しんじょ》を突《つ》きとめると、門跡《もんぜき》の日照尼《にっしょうに》の方《ほう》から、声《こえ》をかけて来《き》て、呼《よ》び入《い》れ、その品物《しなもの》を渡《わた》してくれたのである。

有難《ありがた》い、といえばこんな有難《ありがた》い話《はなし》はなかったが、夜太《やた》の性分《しょうぶん》としては、どうもくそ面白《おもしろ》くなかった。

『いまいましいぜ！　こんな筋書《すじが》きは――』

夜太《やた》は、小石《こいし》を蹴《け》とばした。

何気《なにげ》なく、飛《と》んだ小石《こいし》の行方《ゆくえ》へ、視線《しせん》をやった――とたん、

『おっ！』

夜太《やた》は、眉宇《びう》をひそめた。

人《ひと》が斃《たお》れていた。

近《ちか》づいてみると、それは、覆面《ふくめん》をした武士《ぶし》であった。六尺柄《ろくしゃくえ》の手槍《てやり》をつかんだなり、墓石《はかいし》へよりかかって、こと切《き》れていた。

夜太《やた》は、死体《したい》が、刃物《はもの》で斬《き》られたのではなく、額《ひたい》に小《ち》いさな傷口《きずぐち》をみとめて、

『鉄砲《たま》で殺《や》られてやがる』

と、つぶやいた――次《つぎ》の瞬間《しゅんかん》、はっとなった。

――かくれ家《が》を、曲者《くせもの》が襲撃《しゅうげき》しやがった！　アデリアさんが、応戦《おうせん》して、撃《う》ち殺《ころ》したに相違《そうい》ねえ！

夜太《やた》は、地《ち》を蹴《け》って、そのかくれ家《が》めざして、疾駆《しっく》した。

途中《とちゅう》、同《おな》じく銃撃《じゅうげき》で斃《たお》れた死体《したい》を四個《よんこ》、夜太《やた》は、かぞえた。

そのかくれ家《が》は、腐《くさ》りかけた竹垣《たけがき》をめぐらしてあった。一気《いっき》に、門口《かどぐち》に馳《は》せ戻《もど》った夜太《やた》は、竹垣《たけがき》の隙間《すきま》から、庭《にわ》ごしに、草庵《そうあん》の濡《ぬ》れ縁《えん》に、腰《こし》を下《おろ》している人物《じんぶつ》を、視《み》た。

黒《くろ》の着流《きなが》しに、ふところ手《で》をした浪人者《ろうにんもの》の、彫《ほり》の深《ふか》い横顔《よこがお》は、眠狂四郎《ねむりきょうしろう》のものにまぎれもなかった。

そのうしろの障子戸《しょうじど》は、閉《し》められてあった。

『旦那《だんな》！』

夜太《やた》は、ひと呼吸《いき》入《い》れてから、狂四郎《きょうしろう》の前《まえ》へ、近《ちか》づいた。

『判《わか》りやしたぜ。あれは、旦那《だんな》の細工《さいく》でござんしょう。……旦那《だんな》が、アデリアさんから、事情《じじょう》をきいて、瑞竜寺《ずいりゆうじ》の門跡《もんぜき》に、話《はなし》をつけなすった。それとは夢《ゆめ》にも知《し》らずに、あっしは、蜘蛛《くも》の巣《す》だらけになって、青大将《くちなわ》に嚙《か》みつかれたり、婆《ばあ》さん尼《あま》に、小便《しょうべん》をひっかけられたりしながら、やっとこさ、門跡《もんぜき》にお目見《めみえ》したんだ。とんだ道化《どうけ》の三枚目《さんまいめ》を演《えん》じたってえわけだ。冗談《じょうだん》じゃねえや、全《まった》く！　それならそうと、最初《はな》っから、旦那《だんな》は、あっしに、瑞竜寺《ずいりゆうじ》の門跡《もんぜき》をたずねて行《い》って、品物《しなもの》をもらって来《こ》い、と云《い》ってくれ

りゃよかったじゃねえか！　人《ひと》をこけにするのも、てえげえにしてもらいてえや』

『お前《まえ》は、お前《まえ》の手《て》で、品物《しなもの》を取《と》って来《き》たかったのだろう』

『そうでさあ。……それを知《し》っていたのなら、旦那《だんな》は、よけいな細工《さいく》をしてくれなくてもよかったんだ』

『お前《まえ》は、門跡《もんぜき》の寝《ね》ている草庵《そうあん》を、つきとめることだけに、十三日《じゅうさんにち》を浪費《ろうひ》して居《い》る』

狂四郎《きょうしろう》は、無表情《むひょうじょう》で云《い》った。

『十日《とうか》が二十日《はつか》、かかろうが、旦那《だんな》の知《し》ったことけえ！』

『そうだ、わたしの知《し》ったことではない。しかし、結果《けっか》は、その日数《ひかず》の浪《ろう》費《ひ》は最悪《さいあく》の事態《じたい》をまねいた』

『なんだと？　それは、どういう意味《いみ》あいですかい？』

夜太《やた》は、目《め》を剝《む》いた。

狂四郎《きょうしろう》は、こたえるかわりに、障子戸《しょうじど》を、すうっ、と開《あ》けた。

二

夜太《やた》は、愕然《がくぜん》となって、息《いき》をのんだ。

ひとつの遺骸《いがい》が、寝床《ねどこ》に仰臥《ぎょうが》させられていた。顔《かお》には、白布《はくふ》がかけられてあったが、その金髪《きんぱつ》が、誰人《だれびと》であるか、はっきりと示《しめ》していた。

棒立《ぼうだ》ちになった夜太《やた》に、狂四郎《きょうしろう》が、云《い》った。

『今朝《けさ》、目覚《めざ》めた時《とき》、ふと、不吉《ふきつ》な予感《よかん》がしたので、訪《おとず》れてみた。一足《ひとあし》おそかった。このオランダの女性《にょしょう》は、けなげにも、曲者《くせもの》を五人《にん》とも、短銃《たんづつ》で仕止《しと》めたが、自身《じしん》も胸《むね》へ、手槍《てやり》を刺《さ》されて、昇天《しょうてん》していた』

濡《ぬ》れ縁《えん》から、やおら腰《こし》を上《あ》げた狂四郎《きょうしろう》は、ゆっくりと、歩《ある》き出《だ》した。

夜太《やた》は、顔《かお》へ白布《はくふ》をかけられたアデリアのなきがらへ、うつろな視線《しせん》を釘《くぎ》づけながら、

――こんなむごたらしい筋書《すじが》きが、あってたまるかい！　こん畜生《ちくしょう》っ！　ちがってらあ！　まちがっていやがるぜ！

胸《むね》の裡《うち》で叫《さけ》んでいた。


しかし、現実《げんじつ》は、もはや、状況《じょうきょう》を昨日《きのう》にかえすべくもなかった。想像《そうぞう》もしなかったことが、目《め》の前《まえ》に起《おこ》ってしまったのである。

われにかえった夜太《やた》は、

『旦那《だんな》っ！』

と、叫《さけ》んで、竹垣外《たけがきそと》へ、とび出《だ》した。

眠狂四郎《ねむりきょうしろう》の姿《すがた》は、すでに、どこかへ消《き》え失《う》せていた。

夜太《やた》は、がっくりとなった。

アデリアの枕元《まくらもと》へ坐《すわ》った夜太《やた》は、

『あっしが、もう一日《いちにち》、早《はや》く、端竜寺《ずいりゅうじ》の門跡《もんぜき》に会《あ》っていりゃ、こうはならなかった、というわけですかい、アデリアさん。それなら、詫《わ》びても、詫《わ》びきれねえや！』

両手《りょうて》を畳《たたみ》について、ひくく頭《あたま》をたれた。

はじめて……。

夜太《やた》の両眼《りょうがん》から、どっと涙《なみだ》があふれて、したたり落《お》ちた。

『かんべんしておくんなさい！』

ひとたび、涙《なみだ》があふれると、こみあげる嗚咽《おえつ》を抑《おさ》えるべくもなく、夜太《やた》は、哭《な》きつづけた。

それなり――脳裡《のうり》が混乱《こんらん》したまま、一刻《いっとき》あまりが過《す》ぎた。

不意《ふい》に――。

すっと、身《み》を起《おこ》した時《とき》、夜太《やた》の面相《めんそう》は、別人《べつじん》のごとく、鋭《するど》くひきしまったものになっていた。

『そうだ！　おれのしなけりゃならねえことは、これからだ！……眠狂四《ねむりきょうし》郎《ろう》が、黙《だま》って、立《た》ち去《さ》ったのは、こんどこそ、あとは、お前一人《まえひとり》の力《ちから》でやってみろ、という意味《いみ》だった、と判《わか》ったぜ……！　これまでのおれは、案山子《かかし》みてえな風来坊《ふうらいぼう》だったが、いまからは、あてもなく、うろうろとうろつきまわるごくつぶしじゃねえぞ！』

五体《ごたい》に熱《あつ》い血汐《ちしお》がみなぎり渡《わた》って、その独語《ひとりごと》も、決死《けっし》の覚悟《かくご》を示《しめ》す力強《ちからづよ》さをこめた。

『やるぞ！　みてろ！　おれの能力《のうりょく》が五とすりゃ、十の力《ちから》を出《だ》してやる！』

夜太《やた》は、アデリアの金髪《きんぱつ》を、ひとにぎり切《き》りとって、彼女《かのじょ》が念願《ねんがん》とした品物《しなもの》と一緒《いっしょ》に、油紙《ゆし》に包《つつ》んで、胴《どう》に巻《ま》いたさらしの中《なか》に納《おさ》めた。

次《つ》いで、古都《こと》の美《うつく》しい景色《けしき》を、一望《いちぼう》のもとに見《み》はらせる地点《ちてん》をえらんで、墓穴《はかあな》を掘《ほ》り、アデリアのなきがらを、埋葬《まいそう》した。

長崎《ながさき》から京洛《きょうらく》までの、短《みじか》いつきあいであったが、夜太《やた》にとっては、この異国《いこく》の女性《じょせい》は、生涯《しょうがい》ただ一人《ひとり》の愛《あい》する異性《いせい》になっていた。

いわば、夜太《やた》は、生《うま》れてはじめて、『女性《じょせい》を愛《あい》する』という意識《いしき》が、その死《し》によって、おのれの中《なか》にわくのを知《し》ったのである。

アデリアが生《い》きている時《とき》は、その求《もと》める品物《しなもの》を手《て》に入《い》れてやる手柄《てがら》と交《こう》換《かん》に、彼女《かのじょ》のからだを抱《だ》くことだけを考《かんが》えていた夜太《やた》であった。

いま——。

霊魂《れいこん》となったアデリアを、夜太《やた》は、『愛《あい》した』のである。

この愛情《あいじょう》は、おそらく、夜太《やた》の心中《しんちゅう》で不滅《ふめつ》の灯《ひ》となって、その生涯《しょうがい》の最《さい》後《ご》まで、消《き》えることはあるまい。

土《ど》まんじゅうを盛《も》りあげて、その上《うえ》に、夜太《やた》は、小松《こまつ》の枝《えだ》を切《き》って十字《じゅうじ》架《か》を作《つく》ると、差《さ》し立《た》てた。

『アデリアさんよ、この夜太《やた》の魂《たましい》に誓《ちか》って、貴女《あなた》さんがもとめていた品物《しなもの》は、必《かなら》ず、長崎《ながさき》のオランダ屋敷《やしき》の兄上《あにうえ》に、おとどけしやす。安心《あんしん》して、天《はら》国《いそ》とやらへ、昇《のぼ》っておくんなさい』

夜太《やた》は、地《じ》べたへ正座《せいざ》して、あらためて、かたく誓《ちか》った。

三

アデリアを襲撃《しゅうげき》したのは、たぶん、公儀隠密《こうぎおんみつ》であったろう。しかし、もしかすれば、薩摩《さつま》藩主《はんしゅ》島津《しまづ》斉興《なりおき》の命令《めいれい》による薩摩《さつま》隼人《はやと》たちが、下手人《げしゅにん》であったかも知《し》れなかった。

夜太《やた》にとっては、襲撃者《しゅうげきしゃ》が何者《なにもの》であろうと、どうでもよかった。

アデリアは、亡《な》くなったのである。下手人《げしゅにん》を突《つ》きとめて、仇《あだ》を討《う》ったところで、アデリアは、生《い》き還《かえ》りはしないのである。

夜太《やた》は、一路《いちろ》、長崎《ながさき》をめざすことにした。

一刻《ひととき》（二時間《じかん》）後《のち》——。

夜太《やた》の姿《すがた》は、もう伏見《ふしみ》街道《かいどう》に現《あらわ》れていた。

その双眸《ひとみ》は、まっすぐに、遠《とお》くへ送《おく》られて、まばたきもせず、鋭《するど》く冴《さ》えた、しかも昏《くら》い色《いろ》をたたえていた。

『お、お前《まえ》さん！』

一軒《いっけん》の掛茶屋《かけぢゃや》から、声《こえ》がかかったが、夜太《やた》の耳《みみ》には入《はい》らなかった。

茶屋《ちゃや》の落間《おちま》の床几《しょうぎ》から、はねあがるようにして、とび出《だ》して来《き》たのは、鳥追《とりお》い姿《すがた》の、三味線《しゃみせん》をかかえたお妻《つま》であった。

けんめいになって、さがしまわっていたに相違《そうい》ない。ここで巡《めぐ》り逢《あ》えたのは、神仏《しんぶつ》のみちびきとも思《おも》う歓喜《かんき》の表情《ひょうじょう》を、顔《かお》いっぱいにあふらせていた。

『とうとう、つかまえたよ！　もう、金輪際《こんりんざい》、離《はな》れないからね。安珍清姫《あんちんきよひめ》じゃないけど、あたしゃ、蛇《へび》にでもなんでもなって、お前《まえ》さんを、とりこにしてみせるんだ！』

惚《ほ》れた女《おんな》の執念《しゅうねん》を、その双眸《ひとみ》にも口調《くちょう》にも、いや姿《すがた》ぜんたいに、妖気《ようき》のようににじませて、夜太《やた》に迫《せま》った。

しかし——。

夜太《やた》は、お妻《つま》へ、一瞥《いちべつ》だにくれようとせずに、歩調《ほちょう》をゆるめなかった。

『どうしたんだようっ！　あたしが、目《め》に入《はい》らないほど、きらいになったのかい？』

お妻《つま》は、思《おも》わず、夜太《やた》の袖《そで》をつかんだ。

見栄《みえ》も外聞《がいぶん》もなかった。

『うるせえ！　どこかへ、消《き》えちまえ！』

夜太《やた》は、袖《そで》をふりはらった。

『なんだい！　その様子《ようす》じゃ、お前《まえ》さん、あのオランダ女《おんな》に、こっぴどく、振《ふ》られちまやがったな！』

お妻《つま》は、ぱっと走《はし》って、夜太《やた》の行手《ゆくて》をふさぐと、

『あたしをすてて行《ゆ》こうとするのなら、いっそ、斬《き》っちまうがいいや！』

と、タンカを切《き》った。

夜太《やた》は、じっと、お妻《つま》を見据《みす》えた。

『あたしゃ、お前《まえ》さんのいない世界《せかい》に、生《い》きていたってしょうがないんだ！　いっそ、お前《まえ》さんに斬《き》られて、死《し》んじまった方《ほう》が、あきらめがついて、三途《さんず》の川《かわ》を渡《わた》れるのさ』

『お妻《つま》！』

『なにさ？』

『この風来坊《ふうらいぼう》にも、やらなけりゃならねえ仕事《しごと》ができたんだ。その仕事《しごと》をすませるまで、待《ま》っていてもらおう』

夜太《やた》は、云《い》った。

『なにさ、仕事《しごと》って？』

『………』

夜太《やた》は、ちょっとためらっていたが、懐中《ふところ》をさぐると、油紙《ゆし》で包《つつ》んだものをとり出《だ》して、さし出《だ》し、黙《だま》って、ひろげてみせた。

それは、ひとにぎりの金髪《きんぱつ》であった。

さすがに、お妻《つま》は、ぎくっとなって、顔色《かおいろ》を蒼《あお》ざめさせた。

『あ、あのオランダ女《おんな》は、亡《な》くなったのかえ？』

『そうだ。この金髪《きんぱつ》と一緒《いっしょ》にしてある品物《しなもの》を手《て》に入《い》れるために、生命《いのち》をすてる覚悟《かくご》で、京都《きょうと》へやって来《き》たんだ。……品物《しなもの》の方《ほう》は、手《て》に入《はい》ったが、あのひと自身《じしん》は、還《かえ》らぬ冥途《めいど》へ旅立《たびだ》っちまったんだ！』

そう云《い》う夜太《やた》を、お妻《つま》は、はじめて、ただの風来坊《ふうらいぼう》ではなく、前身《ぜんしん》が武《ぶ》士《し》であった者《もの》の、毅然《きぜん》たる気概《きがい》の持主《もちぬし》と、看《み》てとった。

『お前《まえ》さんは、その品物《しなもの》を持《も》って、長崎《ながさき》へ行《ゆ》こうとしているんだね？』

『そうだ』

『わかったよ！　あたしゃ、お前《まえ》さんにくっついて行《ゆ》くことは、あきらめたよ』

『かたじけねえ』

『でも、お前《まえ》さんは、死《し》んじゃいやだよ』

『………』

『いいかい、生《い》きといておくれよ！　生《い》きて、還《かえ》って来《き》ておくれよ！　おねがいだよ！』

夜太《やた》が死《し》ぬくらいなら、いっそ、自分《じぶん》が身代《みがわ》りになってもいい、という必死《ひっし》の気色《けしき》をみせたお妻《つま》であった。

『おまえのことは、一日《いちにち》も忘《わす》れねえ』

夜太《やた》は、頬《ほお》へ涙《なみだ》をつたわせるお妻《つま》を、視《み》かえして、心《こころ》から云《い》った。

『その言葉《ことば》を、胸《むね》にしまって、お前《まえ》さんが還《かえ》って来《く》るのを待《ま》っているよ』

『お妻《つま》！』

夜太《やた》は、さっとはなれて、歩《ある》き出《だ》した。

『お互《たが》いに、愁嘆場《しゅうたんば》をみせるのは、柄《がら》じゃねえや。………おめえの得意《とくい》の小唄《こうた》でもうたって、送《おく》ってくれ』

『あ、あいよ』

夜太《やた》が、五歩《ごほ》あまりはなれると、お妻《つま》の三味線《しゃみせん》をつまびきながら の歌《うた》が、あとを追《お》って来《き》た。

主《ぬし》が往《ゆ》く
道《みち》はひとすじ、その行末《ゆくすえ》を
想《おも》う心《こころ》は、三《み》すじにまよい
まよう三《み》すじの古糸《ふるいと》の
露《つゆ》のいのちをつなぐ音《ね》に
うるむ声《こえ》さえ、みだれ髪《がみ》
その顔《かお》うつす忍《しの》ぶ川《がわ》

『お前《まえ》さあん！……帰《かえ》って……おくれようっ！……待《ま》っているよう……』

（つづく）

『うろつき夜太《やた》』は柴錬先生全作中《しばれんせんせいぜんさくちゅう》での傑作《けっさく》として識者《しきしゃ》の間《あいだ》に非常《ひじょう》な評価《ひょうか》を捲起《まきおこ》しております。次号又次号《じごうまたじごう》、愈愈面白《いよいよおもしろ》くなってゆきますから御期待《ごきたい》下《くだ》さい！

第《だい》四《し》十《じゅう》八《はち》回《かい》

（独語と救助と）

一

ジョン・ペパードならびにうろつき夜太が、実在した人物であることは、すでに、以前に、あきらかにしてある。

私は、三年前、渡仏した際、シャンゼリゼ通りにある『ル・フィガロ』新聞社を訪れて、パリ・コンミューン当時の古新聞を、閲読させてもらった時、夜太という日本人の存在を知ったのである。

その事実を紹介した際、私は、

「夜太のことがなぜ、パリの十九世紀の新聞にのったのか、いずれこの物語の最終回で、くわしく述べるつもりである」

と、ことわっておいた。

すなわち、夜太は、確実に、日本から密出国して、ヨーロッパへ渡っているのである。これは、まぎれもない事実である。

私は、この物語では、従来の小説のパターンを破ることに思考を多く費して来たが（そして、それはかなり成功した、といささか自負しているが）、夜太が実在の人物である以上に、その反対に、きわめて、簡潔に、記録風に書くことも可能なのである。

例えば――。

ペパード家の系図とドーヴィルの土地所有証明書を懐中にした夜太が、どのような経緯で、密出国し、フランスに渡ったか――歴史学者流の味もソッケもない文章で、述べることもできるのだ。

夜太は、まっすぐに、山陽道を下って、九州に渡り、長崎に至り、出島のオランダ商館を訪れて、ジョン・ペパードに、逢おうとした。

ところが――。

ペパードは、すでに、オランダ商館には、滞在して居らず、帰国してしまっていた。

ペパードが、出府して、江戸城内で、幕府の閣老たちに、

「日本は開国して、ひろく、欧米各国と貿易をすべきである」

と、主張したことが、わざわいして、

「わが国に駐在せしめるには、きわめて不都合な人物である」

と、認定されて、退去命令を下されたのであった。

夜太は、ペパードに、アデリアが生命とひきかえにしたペパード家の貴重な品物を渡すことが不可能となった。

そこで――。

「よし！　おれは、オランダへ行ってやる。是が非でも、ペパード旦那に、こいつを渡さなけりゃ、男の一分が立たねえ！」

夜太は、悲壮な決意をした。

と、まあ、こういった調子で、記録的にストーリイを、大詰に押し進めることは、べつに、なんでもないわけである。

しかし、私は、歴史学者ではなく、また歴史小説を書く体質を持たず、あくまで、いわゆる「伝奇時代小説作家」として、通したい一念を持っている。

したがって、夜太という風来坊の性格と行動を活かした描写を主としたいのである。

さりながら、私は、前々回で、夜太との問答に於て、きわめて冷淡な態度を示し、且、夜太に、ペパード家の系図と証明書を入手せしめるために、その成功率を一〇〇%にするべく、十八年のつきあいである眠狂四郎にたのんで、巧妙な裏工作をやってもらった。

但し、夜太が、この一件だけは、自分自身の独力で、カッコよく解決したいという、強硬な主張を、ムゲにしりぞけるわけにもいかず、瑞龍寺門跡の寝所をつきとめる働きを、私は、黙って眺めた。

夜太は、おかげで、十三日の日数をついやした。そのために、アデリアは、あわれにも非業の最期をとげてしまったのである。

こうなると、作者たる者も、夜太をして、ついに、主人公にあるまじきカッコわるさのまま、この物語を終らせるわけにいかなくなった。

さりとて、夜太の性格を、作者が、この際、眠狂四郎的スーパーマンに変えるわけにもいかぬ。

やむなく――。

私は、作者としては一歩しりぞいて、夜太が、おのれが思うがままに、行動するのを、見まもることにする次第である。

二

いい光《ひかり》だぜ、十三夜《じゅうさんや》だあ、お月《つき》さんよ。おれは、これまで、かぞえきれねえくらい、おめえさんに、ツキがあるかねえか、問《と》いかけて来《き》たなあ。おめえさんが、なんとなく、にやっとしてみせてくれた時《とき》は、まちがいなくツキがあったぜ。

おねげえだ。今夜《こんや》こそ、おれの一生一代《いっしょういちだい》の大仕事《おおしごと》のために、にっこりと笑《わら》ってみせてもらいてえんだ。これまで、おれが、おめえさんをふり仰《あお》いだのは、盗《ぬす》みを働《はたら》く時《とき》と、博奕《ばくち》をやる時《とき》だったんだが、こんどは、ちがうんだ。

欲《よく》トク抜《ぬ》きの、男《おとこ》の心意気《こころいき》で、おれは、日本《にっぽん》を脱出《だっしゅつ》しようとしているんだ。こいつは、大名屋敷《だいみょうやしき》や大商店《だいしょうてん》の警戒《けいかい》が厳重《げんじゅう》で、金《かね》を盗《ぬす》むのを中止《ちゅうし》してひきあげる、とか、賭場《とば》でいい目《め》が出《で》ねえままにあきらめるとか――そんなこととは、わけがちがうんだ。中止《ちゅうし》はできねえ。あきらめるわけには、金輪際《こんりんざい》いかねえんだ。

そうだ。おれは、昨日《きのう》までは、その日《ひ》その日《ひ》の風《かぜ》まかせで、うろついて来《き》た風来坊《ふうらいぼう》だったぜ。今日《きょう》からは、ちがうんだ。こんどの仕事《しごと》だけは、気《き》まぐれでやれるわざじゃねえんだ。絶対《ぜったい》に失敗《しっぱい》は許《ゆる》されねえのよ。

アデリアさんが死《し》に、ペパード旦那《だんな》が追放《ついほう》されたいま、おれは、どんなことがあっても、オランダに渡《わた》らなけりゃならねえんだ。

お月《つき》さんよ。

おめえさんは、おれが、この双刃《もろは》の直刀《ちょくとう》を使《つか》う腕前《うでまえ》を視《み》ていなさるし、また、三日《みっか》も水《みず》ばかり飲《の》んで野宿《のじゅく》しても、へたばらねえからだにきたえていることも知《し》っていなさる。カンも、人一倍《ひといちばい》冴《さ》えていることも、みとめていて下《くだ》さるはずだぜ。

あとは、ツキだけなんだ、密出国《みっしゅつこく》するのはよう――。

たのみます！ (合掌《がっしょう》)

おねげえいたしやす！ (柏手《かしわで》)

おっ！

にっこりしてくれたようだぜ！ いや、本当《ほんとう》に、にっこりしてくれたぞ！

しめた！

おれが、今夜《こんや》、出島《でじま》へ忍《しの》び込《こ》んだら、必《かなら》ずツキがあって、密出国《みっしゅつこく》ができる、とのたもうているんだぜ。有難《ありがて》え！ 恩《おん》にきるぜ。

よし、やるぜ！

出島《でじま》へ忍《しの》び込《こ》むのは、丑刻《うしのこく》(午前二時《ごぜんにじ》)ときめたぞ！

おれは、江戸町《えどまち》とをつなぐ橋《はし》を、影《かげ》のように音《おと》もなく渡《わた》る。番所《ばんしょ》の役人《やくにん》は、ねむりこけていやがるから、出島《でじま》へ忍《しの》び込《こ》むのは、なんの造作《ぞうさ》もねえやな。

オランダ商館長《しょうかんちょう》――カピタンの家《いえ》も、おれは、ちゃんと知《し》っているから、この家《いえ》へ、スイと入《はい》り込《こ》むのも、かんたんなしわざよ。

おれは、その寝室《しんしつ》にふみ込《こ》んで、堂々《どうどう》と、

『おい、カピタン！ 起《お》きて頂《いただ》きてえ！』

と、声《こえ》をかける。

カピタンは、はね起《お》きざま、短銃《たんづつ》をおれに向《む》ける。

おれは、わるびれずに、この双刃直刀《もろはちょくとう》を、ポンと、投《な》げすてて、床《ゆか》へ正座《せいざ》する。

『カピタン！ それがし、武士《ぶし》として、おねがい申《もう》したき儀《ぎ》がござる。きくだけでも、きいて頂《いただ》きたく存《ぞん》ずる。武士《ぶし》として、お願《ねが》いに参《まい》った上《うえ》からは、もし叶《かな》わざる際《さい》は、切腹《せっぷく》いたす覚悟《かくご》でござる』

毅然《きぜん》たるおれの態度《たいど》が、カピタンに、短銃《たんづつ》をおろさせる。

おれは、まず、密出国《みっしゅつこく》したい旨《むね》を申《もう》し入《い》れ、それが私利私欲《しりしよく》より出《で》たものではなく、一片《いっぺん》の義侠心《ぎきょうしん》より発《はっ》した行為《こうい》である事情《じじょう》を説《と》く。

カピタンの顔《かお》が、おれの心意気《こころいき》に感動《かんどう》した色《いろ》をあふらせる。

『夜太殿《やたどの》とやら、君《きみ》こそ、まことの日本《にっぽん》のさむらいである。私《わたし》は、君《きみ》がオランダ船《ぶね》に乗《の》ることを許《ゆる》す』

カピタンは、おれの手《て》を、しっかと握《にぎ》ってくれる。

『ご厚情《こうじょう》のほど、生涯《しょうがい》キモに銘《めい》じて、忘《わす》れ申《もう》さぬ』

『夜太殿《やたどの》、たとえ、長崎奉行《ながさきぶぎょう》が、奉行所《ぶぎょうしょ》を総動員《そうどういん》して、君《きみ》を捕《とら》えようとしても、このオランダ商館長《しょうかんちょう》が、出島《でじま》にそなえつけた二十門《にじゅうもん》の大砲《たいほう》にものをいわせて、君《きみ》を守《まも》り、オランダへ渡《わた》ることを確約《かくやく》する。安心《あんしん》されよ』

カピタンは、深夜《しんや》にもかかわらず、黒ン坊《くろんぼう》の召使《めしつか》いに命令《めいれい》して、おれをもてなしてくれる。

ブドウ酒《しゅ》とビールとシャンパン酒《しゅ》と牛肉《ぎゅうにく》とが、卓上《たくじょう》にならべられるぜ。

おれは、フォークとナイフの持《も》ちかたも正《ただ》しく、つまり、ジョン・ペパードのように、貴族《きぞく》に劣《おと》らねえ礼儀作法《れいぎさほう》で、ご馳走《ちそう》になる。

そして、ちょうど、入港《にゅうこう》しているオランダ船《ぶね》に、カピタンの案内《あんない》で乗《の》り込《こ》む。

日本《にっぽん》よ、おさらば！

おれは、万里《ばんり》の波濤《はとう》を越《こ》えて、はるか、彼方《かなた》の見知《みし》らぬ異邦《いほう》へ向《むか》って、出発《しゅっぱつ》する。日本人《にっぽんじん》として、はじめての壮挙《そうきょ》よ。

やるぜ、おれは！

三

その夜《よ》――丑刻《うしのこく》。

夜太《やた》は、計画通《けいかくどお》り、長崎城下江戸町《ながさきじょうかえどまち》と出島《でじま》をつなぐ橋《はし》を、影《かげ》のごとく、ツツ……と、駆《か》け渡《わた》った。

遺憾《いかん》ながら、夜太《やた》の計画《けいかく》が、計画通《けいかくどお》りにはこんだのは、そこまでであった。

夜太《やた》が忍《しの》び込《こ》んで来《く》るのを、待《ま》ち受《う》けていた十余人《じゅうよにん》の公儀隠密《こうぎおんみつ》が、番所《ばんしょ》から、躍《おど》り出《で》て来《き》て、行手《ゆくて》をふさいだのであった。

『畜生《ちくしょう》っ！』

夜太《やた》は、呻《うめ》いて、ちらっと、空《そら》を仰《あお》いだ。

十三夜《じゅうさんや》の月《つき》は、雲《くも》の上《うえ》に姿《すがた》をかくしていた。

『無宿人夜太《むしゅくにんやた》！ 公儀《こうぎ》ご法度《はっと》を犯《おか》したかどにより、逮捕《たいほ》する。神妙《しんみょう》にせい！』

そうあびせられて、

――くそ！ ツキがねえのなら、にっこりしやがるない、十三夜《じゅうさんや》め！

夜太《やた》は、月《つき》の無情《むじょう》をののしりつつ、双刃直刀《もろはちょくとう》を抜《ぬ》きはなった。

一騎討《いっきう》ちでも、かならずしも勝算《しょうさん》がこちらにあるわけでもないのに、柳生《やぎゅう》道場《どうじょう》から送《おく》り出《だ》されて来《き》た手練者《てだれ》を十人以上《じゅうにんいじょう》も、むこうにまわしての闘《たたか》いでは、縄《なわ》をかけられるか、斬《き》り死《じに》するか、いずれかであった。

しかし、夜太《やた》は、縛《しば》られてはならず、まして、犬死《いぬじに》はできなかった。

――生《い》きるぜ、おれは！

声《こえ》なく、闇《やみ》へ叫《さけ》んだ夜太《やた》は、双刃直刀《もろはちょくとう》を、水平《すいへい》に構《かま》えるや、野獣《やじゅう》が闘争本能《とうそうほんのう》をむき出《だ》したごとく、まっしぐらに、突進《とっしん》した。

公儀隠密方《こうぎおんみつかた》は、夜太《やた》の無謀《むぼう》そのものの攻撃《こうげき》ぶりに、一瞬《いっしゅん》、気勢《きせい》を殺《そ》がれる気色《けしき》を示《しめ》した。

尤《もっと》も、それは、あくまで一瞬《いっしゅん》のことであって、夜太《やた》が眼前《がんぜん》に来《き》た時《とき》には、一斉《いっせい》に抜刀《ばっとう》していた。もとより、反抗《はんこう》すれば、斬《き》りすててよい、という許可《きょか》を得《え》ていたのである。

夜太《やた》の方《ほう》は、生命《いのち》をすてる覚悟《かくご》で、突進《とっしん》したわけではなかった。万死《ばんし》の中《うち》に一生《いっしょう》をひろうべく――活路《かつろ》をつくるために突進《とっしん》したのであった。

敵陣《てきじん》の刃圏内《はけんない》に、身《み》を躍《おど》り込《こ》ませて、斬《き》りつけて来《く》る凄《すさま》じい刃音《はおと》の中《なか》で、翻転《はんてん》した――とみた次《つぎ》の刹那《せつな》。

夜太《やた》の五体《ごたい》は、風《かぜ》の迅《はや》さで、橋《はし》げたを跳《と》んで、海上《かいじょう》へ翔《か》けていた。

水音高《みずおとたか》く、落《お》ちるのを視《み》て、隠密団《おんみつだん》は、

『彼奴《きゃつ》！ 水練《すいれん》に長《た》けて居《お》るぞ！』

『舟《ふね》だっ！』

『五人《ごにん》は、飛《と》び込《こ》め！』

と、叫《さけ》びたてて、舟《ふね》をさがしに奔《はし》る者《もの》、夜太《やた》のあとを追《お》って、海《うみ》へ身《み》を躍《おど》らす者《もの》、夜太《やた》がどのあたりへうかびあがるか看《み》わけようとする者《もの》――三手《さんて》に分《わか》れた。

その場所《ばしょ》が、山《やま》か野《の》かであったならば、夜太《やた》は、ついに、そこに三十年《さんじゅうねん》の生涯《しょうがい》を終《おわ》って無縁仏《むえんぼとけ》になりはてたに相違《そうい》ない。

水《みず》がそこにあったことは、百人《ひゃくにん》の助勢《じょせい》よりも、夜太《やた》にさいわいした。

柳生道場《やぎゅうどうじょう》の面々《めんめん》も、いったん、水中《すいちゅう》にもぐってしまった夜太《やた》を、つかまえることはおろか、発見《はっけん》することさえもできなかった。

いくばくかの後《のち》——。

夜太《やた》は、長崎湊《ながさきみなと》の南端《なんたん》の岬端《みさきはな》の岩《いわ》へ、泳《およ》ぎついていた。

『ざまァみやがれ！』

吐《は》きすてたものの、しばらくのあいだ、岩《いわ》から、動《うご》けなかった。

ようやく、岩《いわ》の上《うえ》へ立《た》ち上《あが》った折《おり》であった。

うろつき夜太《やた》

ふたたび雲間《くもま》から、顔《かお》をのぞかせた十三夜《じゅうさんや》の月《つき》が、その光《ひかり》を宝石《ほうせき》のようにちらばせた海面《かいめん》を、せわしく、こちらへ向《むか》って、一艘《いっそう》の小舟《こぶね》が漕《こ》ぎ寄《よ》せて来《き》た。

夜太《やた》は、ぱっと身《み》を伏《ふ》せた。

『おーい！　そこに、泳《およ》ぎついたのは、夜太殿《やたどの》だろう』

『…………』

『わしだ！　西郷但馬《さいごうたじま》だ。お主《ぬし》には、二度《にど》も救助《きゅうじょ》された借《かり》があるそれがしだ。その借《かり》を、いまこそ、かえす！』

天下革命党《てんかかくめいとう》の頭領西郷但馬《とうりょうさいごうたじま》は、革命思想《かくめいしそう》に燃《も》えて、開国《かいこく》を実現《じつげん》せんとしている人物《じんぶつ》だけあって、オランダ商館《しょうかん》のカピタンと親《した》しかったのである。

江戸《えど》に於《お》ける革命運動《かくめいうんどう》を、さきにのばして、九州《きゅうしゅう》へひきかえして来《き》て、たまたま、この長崎出島《ながさきでじま》へ、身《み》を寄《よ》せていたところ、公儀隠密団《こうぎおんみつだん》が姿《すがた》をあらわして、あわただしい動《うご》きをみせたのである。

カピタンから、『夜太《やた》という無頼漢《ぶらいかん》をつかまえるためだ』ときかされた西《さい》郷但馬《ごうたじま》は、

——自分《じぶん》が、夜太《やた》を救《すく》って、にがしてやる！

と、決意《けつい》したのであった。

『お月《つき》さんよ！　やっぱり、ツキがあったぜ！』

夜太《やた》は、夜空《よぞら》をふり仰《あお》いで、云《い》ったことだった。

（あと二回《にかい》）

柴《しば》田《た》錬《れん》三《ざぶ》郎《ろう》作《さく》

横尾《お》忠《ただ》則《のり》畫《えがく》

夜太氏国外脱出！？

革命分子と接触の疑い

パリ観測　柴田錬三郎特派員

バリケードを築くボーダン代議士（中央）この写真の撮影後殺さる＝ＰＢ

『クーデターの起った記録』

一八五一年十二月二日のパリ市の夜明けは、ふかい霧と冷たいこぬか雨で、掩われていた。

市民たちは、まだベッドの中にあった。しかし、その時刻、すでに、大統領命令を受けた軍隊は国会、議事堂《パレエ・ブールボン》をはじめ、市内の主要地域に、音もなく布陣していた。

大統領ルイ・ボナパルトが、クーデターを行い、自分が皇帝の地位に就くためであった。

ルイ・ボナパルトは、ナポレオンと呼ばれるナポレオン・ボナパルトの甥《おい》であった。ルイ・ボナパルトは、偉大なる伯父が、一八一五年六月十八日、イギリスのウエリントンが指揮する二十万の同盟軍に敗れ、捕えられて、セント・ヘレナ島に流されるや、少年のかれは、亡命してドイツで育ち、青年になってイタリアに移ってから独立党員になり、次いで、スイスに行って、砲兵士官としてやとわれ、その後、イギリスへ渡って、巡査をやった男であった。

大ナポレオンが流刑されて以来、この日まで、フランスは、目まぐるしく、政治体制が変転していた。

大ナポレオンが、追われた皇帝の椅子には、ふたたび、ルイ王朝の王政復古《レストーラシオン》となって、ルイ十八世が即《つ》いたが、この人物は無能力で、陰謀政治家どもが暗躍する反動の嵐のさなか、九年間の帝位で、一八二四年九月十六日に、この世を去った。そのあとの皇帝には、ルイ十八世の弟アルトワ伯爵が、シャルル十世となったが、この人物もまた、猜疑心の強い小心者で、とうてい、その地位に在るべき資格はなかった。

一八三〇年七月二六日朝、若きジャーナリストのアドルフ・ティエールが、口火を切り共和主義者、学生、労働者が一団となって、シャルル十世を、皇帝の椅子から、ひきずりおろすべく、武器をふりかざして、行動を開始し、「自由万歳！　ブールボン家をぶっ倒せ！」

という叫びを、嵐のようにパリ市内に噴かせた。バリケードが、六千ヵ所に築かれた。

軍隊と市民との戦闘は、三日間にわたって、市街いたるところでくりひろげられた。腰抜けのシャルル十世は、ふるえあがって、外国へ亡命してしまった。わずか七年間の帝政であった。

そこで、パリ市庁にいたラファ

柴田錬三郎特派員

イエット(74)とティエールら共和主義の指導者は、実権なき皇帝として、オルレアン公のルイ・フィリップを、「人民の主《ロア・デ・フランセ》」に即かせた。

ルイ・フィリップは、皇帝ではなく、人民の王であるから、フランスの帝政は、ここに終了したわけであった。

ルイ・フィリップは、雨傘を手にし、八人の子をつれて、のこのこと、街へ出かけ、食料品店に立ち寄って、焼肉を買い、宮殿へもどるとそれを、自分で切ったりする、凡庸きわまる、でぶでぶ肥った王だった。

こういう王の下では、きわめて俗悪なブルジョア趣味が、社会をにぎわしめる。金というものが、最大の力を持つ。尤も、そのおかげで、大ナポレオンが建てようとしたエトワール広場の凱旋門が、ようやく、完成している。

十八年の王政を経て、ルイ・フィリップは、労働者と社会主義者と共和党員によって、退位させられ、イギリスに追われた。

一八四八年二月、皇帝も王もない政府が、フランスに成立した。

こういう、不自然に成立した臨時政府が、人民の信頼を得られないのは、古今東西の国の歴史を見わたせば、明白である。

パリの労働者たちは、資本主義打倒を旗じるしにして、その年、五月から六月にかけて、暴動を起した。

こういう秋《とき》こそ、冷酷無比な軍人が、活躍する。

臨時政府から招かれて、陸軍大臣の地位に就いたカヴェニャックが、その適任者であった。

バスチューユの広場に集結して、

「自由か？　死か？」

と、勇ましい叫びをあげている数千の労働者に向って、カヴェニャックの命令を受けた二万の軍隊が、凄じい砲撃、銃撃をあびせて、みな殺しにした。生き残った労働者も、牢獄へぶち込まれ、流刑された。

こうして、社会主義政党は、禁止され、大統領制度がきめられた。

そして――。

初代大統領には、選挙によって、任命されたのが、大ナポレオンの甥であるルイ・ボナパルトであった。民衆は、この男が、大ナポレオンの甥である、ということ以外は、どういう人物かほとんど知らなかった。

ただ、フランスの民衆のほとんどは、ヨーロッパを席捲した大ナポレオンという男を、母国はじまって以来の英雄であると、意識無意識に、尊敬していたのである。

『共和主義者が憤怒した記録』

一八五一年十二月二日を、クーデター決行日にきめたのは、ちょうど四十六年前の十二月二日に、大ナポレオンが、ロシアのアレクサンドル一世をかしらとするイギリス・ロシア・オーストリアの連合軍を、ライン河を渡って、アウステルリッツで、徹底的にうち破った記念すべき日だったからである。

大統領ルイ・ボナパルトは、実は、クーデターを行うほど、度胸のある野望家ではなかった。かれのそばに、冷酷で狡猾で知恵者のモルニー公爵という野望家が、黒幕としてついていたために、クーデターを敢行して、帝位に即く気持になったのである。

モルニー公爵は、ルイ・ボナパルトの異父弟であった。

十二月一日の夜は、大統領官邸であるエリゼ宮で、かなりのパーティが催された。ルイ・ボナパルトと異父弟モルニー公爵は、深夜、客をのこらず送り帰したあとで、一室にとじこもり、ひそかに首を突きあわせて、密談したのであった。

革命はこのクーデターの20年後に起った。

ルイ・ボナパルトは、このクーデターは、共和党左派の代議士たちのすこしばかりの抵抗を排除すれば、かんたんに成功すると思っていた。パリの一般大衆は、九年前、暴動を起して、カヴェニャックに数千人が殺された際に、武器の所持を禁止されていたのである。武器のない労働者たちが、軍隊に歯むかうとは、考えられなかった。

しかし、公爵モルニーの肚は、ちがっていた。ルイ・ボナパルトを皇帝にするためには、無辜《むこ》の市民を、できるだけ多数殺戮して、大衆をふるえあがらせなければならぬ、と非情のほぞをかためていた。

夜が明けはなたれた時、パリ市内及び郊外の町村の建物という建物の壁には、大統領ルイ・ナポレオン・ボナパルトの名で、

『共和党左派の代議士たちの陰謀を、国家のために、たたきつぶす』

という布告のビラが、べたべたと貼られていた。

大半の市民たちは、その布告を読んでも、

——べつに、自分たちには、関係ない。

と、きわめて無関心の態度を示した。

共和党左派の代議士、そして知性と勇気のある知識人——『レ・ミゼラブル』の著者ヴィクトル・ユーゴーを代表とする人々が、愕然となり、

「ルイ・ボナパルトに、裏切られた！」

と、憤怒した。

しかし、憤怒した時は、すでに手おくれであった。

公爵モルニーは、自分の手足となって働く人物を、軍部の主脳に置き、また、警視総監に据えておいたのである。

午前八時。

国会議事堂《パレエ・ブールボン》は、大部隊によって完全に包囲された。馳せつけた共和党左派の代議士六十人は、兵士たちに銃を突きつけられて、議事堂から、追い出された。

『パリのたった一人の日本人の記録』

パリの中央市場の魚貝類をとりあつかっている親方クーザン・デヴォア(51)は、夜明け前に市場に行き、ひと仕事すませて、帰途についていた。十二月三日午前九時頃であった。

彼の家は、フォーブル・サン・タントワヌ労働者街《ベルヴィル》にあった。

彼は、一人の助手をつれていた。フランス人ではなかった。日本人《ジャポネ》であった。おそらく、パリ市に、まぎれ込んだたった一人の日本人《ジャポネ》に相違なかった。半年前の夏に、デヴォアの一人娘ジャネット(21)が、マルセーユからパリへ帰って来る途中、トネール駅から乗った汽車の三等車で、知りあった男であった。ジャネットは、気さくで親切な娘であった。偶然、三等車の片隅の席で、となりあわせた、奇妙な頭髪と服装をした、黄色な皮膚を持ったこの男に、しきりに話しかけた。

日本人《ジャポネ》は、まるっきり、フランス語を解さなかった。しかし、ジャネットの熱心な手ぶり身ぶりの質問にこたえて、自分はニースという海岸の町へ行って、オランダの海軍軍人であるジョン・ペパードという男爵《バロン》に逢い、重要な書類を渡した旨を、彼女に判らせた。

日本人《ジャポネ》は、パリという都を見物するべく、汽車に乗っていたが、パリで宿泊するあては全くない模

ナポレオン三世（SG）

様であった。

ジャネットは、日本人《ジャポネ》を、フォーブル・サン・タントワヌのわが家へともない、父親に、中央市場で働かせるように、たのんだ。

人の好いデヴォア親方は、最初は、薄気味わるい思いをしたが、いったん云い出したら絶対にひきさがらぬ娘のたのみに折れて、日《ジ》本人《ャポネ》を居候させることにしたのであった。

日本人《ジャポネ》は、三十三歳だと云ったが、デヴォア親方の目には、二十歳そこそこにしか見えなかった。

居候させてみると、意外に、礼儀正しく、デヴォア親方の命ずることに、すべて、したがった。中央市場でも、労働者たちがいやがるきたない仕事を、平気で引き受けて、よく働いた。金銭には、きわめて淡泊であった。酒は好きでデヴォア親方からもらう一月分の給料三十フランは、ぜんぶ飲んでしまった。

ただ、その奇妙な頭髪と服装を、変えることだけは、断乎として拒絶したし、また、常時、腰にさしている日本刀をすてることは、承知しなかった。尤も、その日本刀は、一見しただけでは、ただの棒に見えたので、警官にとがめられることはなかった。

この男には、ひとつおかしなくせがあった。一日に一度は、セーヌ河に、とび込んで泳いだ。この当時のセーヌ河は塵あくたや犬や猫の死体が浮いている途方もないきたなさであったが、日本人《ジャポネ》は、平気で泳いだのである。

デヴォア親方と日本人《ジャポネ》は、妙にしずまりかえった街中を、黙々とならんで歩いていた。日本人《ジャポネ》は、フランス語をおぼえるのが、ひどく苦手らしく、まだ、日常会話さえ、おぼつかなかったのである。

二人が通りすぎる道の建物の壁には、前日貼られた大統領の布告のそばへ、次のようなビラが貼られていた。

『人民諸君！

ルイ・ボナパルトは、法の外に置かれる。戒厳令を廃止しなければならない。普通選挙は、回復されるであろう。共和政治万歳！　武器を取れ！

ヴィクトル・ユーゴー』

デヴォア親方は、そんなアジビラには目をくれようともしなかった。

しかし――。

わが家のあるサン・タントワヌ街へ帰って来たデヴォア親方と日《ジ》本人《ャポネ》は、恐怖すべき光景を、目撃しなければならなかった。

一八五一年十二月二日と日本人《ジャポネ》と

革命の火はパリ中に燃えあがろうとしていた。

『代議士ボーダンが倒れた記録』

フォーブル・サン・タントワヌ労働者街の端には、乗合馬車とか肥料車とか牛乳運びの車とかパン屋の台とか、その他がらくたで、きわめて粗末なバリケードが築かれていた。

このバリケードを築いたのは、共和党左派の代議士の中でも、最も労働者に人気のある、若い頃小学校の教師をし、のち医師となったジャン・バティスト・アルフォンス・ボーダン(40)であった。

ボーダンは、この日の朝、生粋のパリっ子であることを誇っている この労働者街《ベルヴィル》へやって来て、大統領ルイ・ボナパルトのクーデターが、市民にとっていかに恐怖すべきものであるか、声をからして、労働者たちに呼びかけたが、

パリ市民は命を捨てて立ちあがった（上）　こんなに早く革命が起ることをナポレオン一世（下）は想像していただろうか

パリ生活5年目の放浪画家

横尾忠則さんついに夜太氏を目撃

興奮しながら横尾忠則さん(37)は、次のように語った。「シャンゼリゼ通りのカフェでお茶を飲んでいたら、僕のとなりにチョンマゲのジャポネが坐ったんですよ。ひと目で、夜太さんとボクにはわかりました。『お久しぶりですね』というと、『ああ　横尾ちゃんか、、、シバレン先生に伝えて欲しい。長いこといろいろお世話になったと、、、』とそれだけいわれますと、すっと立ちあがって群集の中に消えて行ってしまいました。でも気になりますね。いつもの夜太さんらしい元気さがなく、なにかとても思い詰めた表情だったのが、、、」

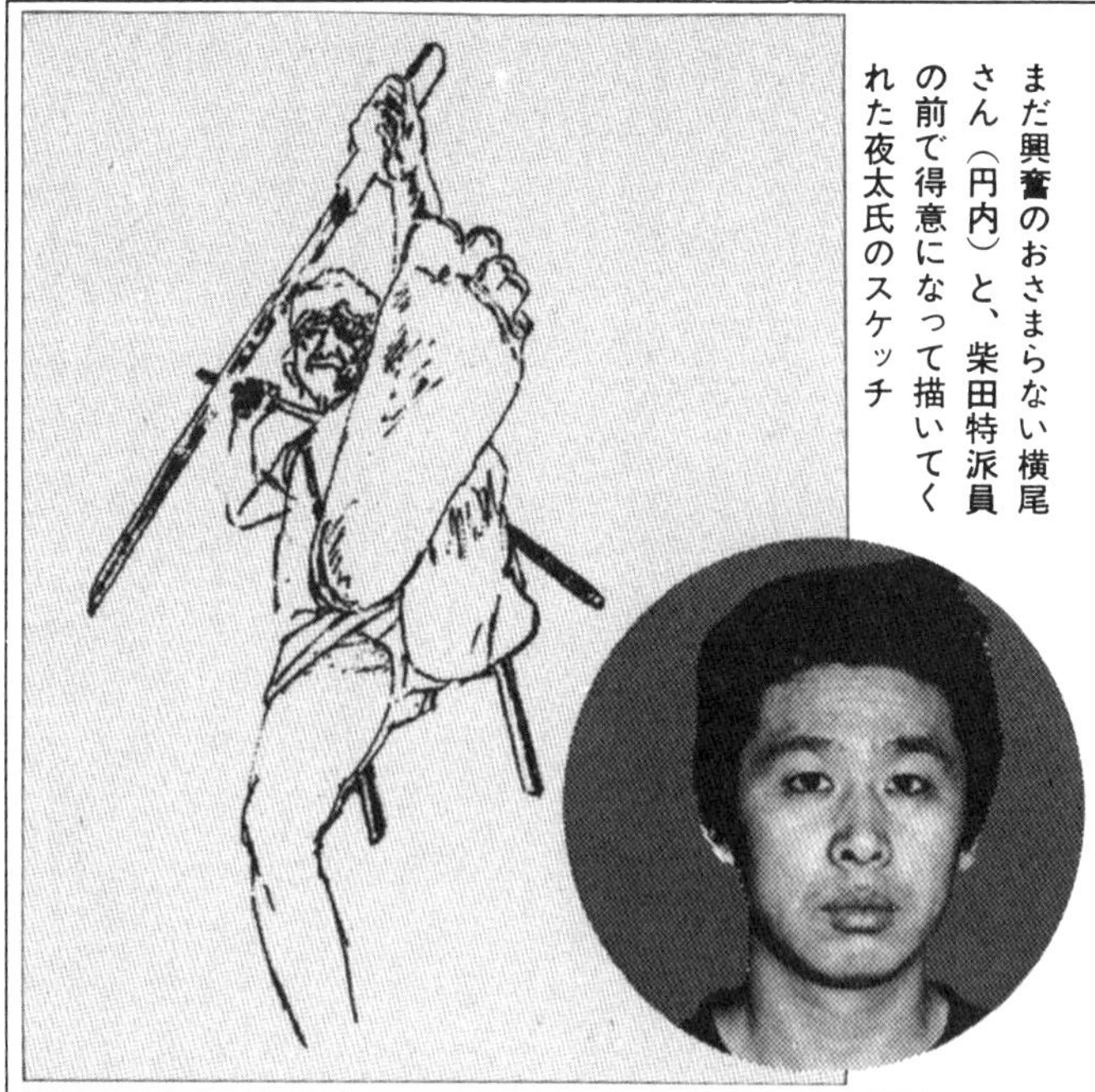

まだ興奮のおさまらない横尾さん（円内）と、柴田特派員の前で得意になって描いてくれた夜太氏のスケッチ

かれらを決起させるにはいたらなかった。

ボーダンは、七人の同僚とともに、やっと百五十人の労働者同志を集め、三十挺の銃を手に入れて、バリケードを築いたのであった。無謀というほかはなかった。

彼方には、バスティーユ広場から疾駆して来た三個中隊の兵士が、陣列を布《し》いていた。

左右の家は、戸も窓もかたく閉じ、労働者たちは、その中で、息をひそめていた。デヴォア親方と日本人《ジャポネ》が、そこへ帰って来た時、ボーダンは、横倒しにした乗合馬車の上に佇立していた。

ボーダンは、なにも武器を持っていなかった。他の七人の代議士も、それぞれ、バリケードの上に突っ立っていたが、素手《すで》であった。

三個中隊を指揮している士官は、銃剣をかまえた兵士たちをしたがえて、じりじりと迫り寄りながら、しきりに、「抵抗を止めろ！」と、叫んでいた。

ボーダンはじめ、代議士たちは、みじんもたじろぐ気色を示さなかった。

「議員諸氏！　引くのだ！　引かねば、一斉射撃する！」

指揮隊長が、叫んだ――その時、兵士の一人が、威嚇するために、空へ向けて一発撃った。瞬間、それに応じて、バリケードの労働者の一人が、兵士を狙い射ちした。

次の刹那、乗合馬車の上に佇立するボーダンめがけて、兵士たちの銃が、火を噴いた。

ボーダンは、ゆっくりと上半身を傾け、馬車の下へ崩れ落ちた。

その光景を、百歩あまりの距離から、目撃していた日本人《ジャポネ》が、デヴォア親方には、意味のわからぬ呶号をあげた。

「冗談じゃねえ！　なんにも得物《えもの》を持っていねえ素手の人間を、撃ち殺すのは、許せねえや！」

日本人《ジャポネ》は、日本語でそう喚いたのであった。

デヴォア親方はあっとなって、バリケードめがけて奔《はし》り出そうとする日本人《ジャポネ》に、とびつき、

「駄目だ！　とんでもない！　止めるんだ！」

と、必死にひきとめた。

お前が、バリケードで抵抗する者たちに加われば、自分も娘も殺されるのだ、ということを、日本人《ジャポネ》に教えるのに、デヴォア親方は、気ちがいみたいになった。

ようやく、日本人《ジャポネ》は、納得した。

大統領ルイ・ボナパルトのクーデターで、最初に凶弾にたおれたのが、ボーダンであった。

犠牲者は、代議士ボーダン一人で、とどまるはずはなかった。なか一日置いて、四日になると、凄じい殺戮が、市内各処で展開することとなった。

●砲火と『花の都パリ』と――

サン・ドニ城門のバリケードの記録

公爵モルニーは、クーデターを成功させるにあたって、最も狡猾で残忍な方法を、熟慮し、実行した。

自分の傀儡《かいらい》であるサン・タルノー将軍を通じて、軍当局に対し、

「バリケードを築く者、そこで反抗する者、また武器を所持している者は、ことごとく射殺せよ」

と、命令しておいて、さらに、

「今夜中（三日夜）は、軍隊は、街頭に於いて、市民を威嚇したり、銃撃してはならぬ」

と、指令した。

つまり、四日の朝まで、共和主義の労働者たちに、あちらこちらへ、バリケードを、自由に築かせる時間を、たっぷり与えてやっておいて、一挙にみな殺しにしようという計画であった。

モルニーにとって、バリケードと反抗するパルチザンの数は、多ければ多いほど、思う壺であった。そのためには、兵士は、街中から姿を消して、待機する必要があった。

パリの市民たちは、十二月三日は、ボーダン代議士の壮烈な戦死をきいても、すぐに起《た》とうとしなかった。夜に入って、軍隊が兵営や宮殿へひきあげてから、ようやく、彼処此処に、バリケードが築かれはじめた。いずれも、大砲が三門もあれば、吹きとばせるほどの粗末なものであったが、それでも、四日の午までには、七十五六が、東はタンプル街、西はモンマルトル街にいたる同一地区内に、築かれた。これらのバリケードに拠った反抗パルチザンは、約千人であった。

これに対して、軍と警察が、午後二時頃、行動を開始した。軍は三万の大部隊であり、総指揮官は、マニャン将軍であった。

七十いくつのバリケードのうち、最大の規模のものは、サン・ドニ通りとグラン・ブルヴァールの交わるサン・ドニ城門前に築かれたバリケードであった。街路の敷石をはがして、高く積みあげ、さらにその上に、馬車や荷台を据えて、そこには、三百人あまりのパルチザンが、拠っていた。

軍隊は、すでに、それを知っていて、三万のうち、二万余の兵士が、サン・ドニ城門めざして、怒濤のように、押し寄せた。

三百人に対する二万人の攻撃であった。

サン・ドニ城門に於いてくりひろげられたのは、戦闘でなく、殺戮であった。四門の大砲が、一時間にわたって、バリケードへ、弾丸をぶち込んだ。

バリケードからの反撃はなかった。三百人のパルチザンは全滅したのか、逃げ散ったのか、砲撃を加える第七十二連隊にも、はっきりと判りかねた。バリケードを、七分通り破壊してから、連隊長は、兵士に突入を命じた。

すると、はじめて破壊されたバリケードの蔭から、一斉射撃がなされた。しかし、攻撃する側は一人も死傷しなかった。それは、ほんの数分間だけのみじめな抵抗であり、パルチザンは、沈黙した。こんどこそ、本当の死の沈黙であった。

殺戮の光景の記録

マニャン将軍の指揮する三万の軍隊が、突如として、全員狂人と化したのは、サン・ドニ城門のパルチザンを完全に沈黙せしめた次の瞬間からであった。

まず、グラン・ブルヴァールの端で待機していた連隊が、不意に、向きを変えるや、舗道で、なりゆきを見物していた野次馬の市民の群めがけて、銃口から火を噴かせた。

パルチザンが、群衆の中へ逃げ込んだ、という名目をつけた冷酷むざんな殺戮であった。

またたく間に、数百人の血汐を舗道に流させた兵士たちは、その血のにおいに酔い狂ったごとく、奔《はし》り出して、建物という建物へ躍り込み、また、舗道を逃げまどう人々を追いかけて、文字通り手あたり次第に、射ち殺し、突き殺した。

大砲もまた、指揮の士官が勝手にえらんで、「撃て！」と命じた建物めがけて、砲火をあびせた。

家の中にいた市民も、路上にいた市民も、狂人と化した兵士に狙われるや、有無を云わさずに殺された。

家具職人も本屋の主人もパン屋の女中も仕立屋のお針子も指物師も花屋のおやじも宝石商人もカフェの給仕も、老人も子供も、手あたり次第に、殺された。

その目で、その光景を見とどけた詩人ヴィクトル・ユーゴーが、『ある犯罪の歴史』の中で、明確に、その事実を、六百頁にわたって、記述している。

『舗道を歩いていたブールシェという七歳の少年が、標的《ひょうてき》にされた。』（チクトンヌ街）

『スーラックという娘が、家の窓を開けて、のぞいたところを、狙い撃ちされた。』（タンプル街百九十六番地）

『本屋の主人は、戸口に立っていたところを、突き殺された。』（ボマッソニエル街十七番地）

『ヴィダルとラボウッソンという二人のお針子は、働いている仕事場に、踏み込まれて、刺し殺された。』

（タンブル街九十七番地）

『十三歳の少年が、銃撃に恐怖して、一軒の店へとび込み、玩具《おもちゃ》を積んだ下にかくれたが、ひきずり出されて、銃剣で胸を貫かれた。少年を殺す兵士は、げらげら笑っていた。』（ソーモン・アーケード街）

『兵士が、舗道を歩いている男を呼びとめた。「おい、そこで何をしている？」「家へ帰るところです」次の瞬間、兵士は、その男を殺した。』（パジュヴァン街）

『二人の兵士が、街角で、子供をかかえて逃げる女を目にとめるや、一人が、「はじめは、女だ！」と叫んで射殺し、他の一人が、「次は、ガキだ！」と叫んで幼児を射殺した。』（サンチェ街）

父親と娘の記録

一台の一頭立馬車《カブリオレ》が、ものすごい勢いで、タンブル街を突っ走って、サン・タントワヌ労働者街《ベルヴィル》に入って来たのは、ブルヴァール・モンマルトルに於いて多量殺戮が行われた直後であった。

馬車が停められたのは、中央市場の魚貝類をとりあつかっている親方クーザン・デヴォアの家の前であった。

馬車を疾駆させて来たのは、この家の居候の日本人《ジャポネ》であった。

飢えた野獣のような兵士が、血眼になって獲物をあさっている大通りを、突破して来た日本人《ジャポネ》は、さすがに、顔面蒼白になっていた。狙撃されたとみえて、馬車には、いくつかの弾丸の孔が、あいていた。

馭者台から、とび降りた日本人《ジャポネ》が、馬車の中から、ひき出したのは、デヴォア親方の死体であった。額のまん中をぶち抜かれていた。

日本人《ジャポネ》が、死体をかかえて、家に入るのと、二階から娘のジャネットが何気なく降りて来るのが、同時だった。

ジャネットは、階段の途中で立ちどまった。この勝気な二十一歳の娘は、悲鳴も叫びもあげなかった。ただ、大きく、いっぱいに、双眸をみひらいて、変りはてた父親の姿を、凝視しただけであった。

日本人《ジャポネ》は、親方の居間に入り、デヴォアが今朝まで寝ていたベッドへ、その死体を横たえさせた。

ジャネットは、戸口に立っていた。

日本人《ジャポネ》が向きなおると、ジャネットは、

「兵隊に殺されたのね」

ぽつん、と云った。

日本人《ジャポネ》は、クーデターのおかげで、兵隊というフランス語を、昨日おぼえたばかりであった。

「そうだ！　兵隊だ！」

日本人《ジャポネ》は呶鳴った。それから、宙をにらんで、云った。

「あん畜生めら！　なんの武器も持っていねえ者たちを、片っぱしから、殺《や》りやがったんだ！　おれは、あんな卑怯な足軽どもを、生れてはじめて、見たぜ！」

それは、日本語であったから、ジャネットには、判らなかったが、日本人《ジャポネ》が義憤に燃えていることだけは、はっきりと読みとれた。

ジャネットは、しずかな足どりで、二階へ上った。

再び、階段を降りて来た時、彼女の手には、古びた銃があった。

ジャネットが、扉を開けて、おもてに出ようとしたとたん、うしろから、日本人《ジャポネ》の手が、彼女の肩をとらえた。

「女は、戦《いく》さをやるものじゃねえ！」

日本人《ジャポネ》は、日本語で、とどめた。

「はなして！　行かせて！」

ジャネットは、フランス語で、たのんだ。

お互いに、言葉は解さなかったが、云っている内容は、通じ合った。

数分間、争ってから、ジャネットは、断念したふりをして、二階へあがった。

それから、ものの十分も過ぎた頃合、日本人《ジャポネ》が、はっと気づいて、自分の部屋のドアを開けた時、風のはやさでおもてへとび出すジャネットの後姿が、ちらっと目にうつった。

「行っちゃいけねえ！　犬死するだけだっ！」

叫びながら、日本人《ジャポネ》は、ジャネットを追いかけた。

一瞬、おくれた。ジャネットがとび乗った一頭立馬車《カブリオレ》は、もう五十米のむこうを疾駆していた。

最後のたたかいの記録

パルチザンの抵抗は、宵闇がパリ市に落ちた頃、あらかた終っていた。街路をふさいだどのバリケードも、すべて、完膚《かんぷ》なきまでに、やっつけられて、退却しなかった者たちは、残らず戦死した。

ところが——。

最後まで、残ったバリケードが、ひとつだけ、プチ・カロオ街にあった。

そこには、七十いくつのバリケードで闘って、奇蹟的に生き残った、しぶとい、生命知らずの共和主義者たちが、吹き溜まるように集っていた。ちょうど、六十人であった。中産階級もいれば労働階級もいたし、職業も、すべてちがっていた。黒い立派なフロックコー

最終回
うろつき夜太
柴田錬三郎
横尾忠則

トをつけているのは、学生だったし、うすよごれた職工服をつけているのは、生れながらの労働者であった。身に微傷だに負っていない者もいたし、全身傷だらけの者もいた。一人で三挺もの銃を持って来た者もいたし、敵士官の捨てたサーベルを携げて来た者もいた。

かれらの三分の一は、顔見知りであったし、顔見知りでなくとも、一瞥しただけで、同志としての連帯感が通じ合った。

一人だけ、異端者がいた。その頭髪のかたちや、服装には、かれらが、はじめて接する異邦人であった。

最年長の靴職人が、「お前はどこの国の人間だ?」とききと、男は、「日本人《ジャポネ》だ」とこたえた。

日本という国について知識を持っている者は、五十九人のうち一人もいなかった。インド哲学を勉強している学生が、東洋の最東端に、日本という国があるということだけを知っていて、皆に教えた。

そんな遠い国からやって来た男が、どうして、敗北するにきまっている最後のバリケードに来て、味方しているのか、誰にも理解しがたかった。

ただ、判っているのは、一人のパン工場の職人が、このバリケードへやって来る途中、正規軍から偵察に出た斥候二人を、この日本人《ジャポネ》が、物蔭から躍り出て、腰に帯びた刀で、あっという間に、斬り殺すのを目撃していることだけであった。フランス語を聞くこともしゃべることもできない日本人《ジャポネ》は、味方する理由について述べることができなかったし、また、それを語るのも面倒くさいに相違なかった。

プチ・カロオのバリケードは、敷石を詰めた酒樽を重ねただけであった。

一人の士官が、二人の兵士をつれて、偵察にやって来て、酒樽でつくられたバリケードなど、一発の砲弾でふっとばせる、と豪語して、立去ろうとした。

とたんに、日本人《ジャポネ》が、酒樽を跳び越えて、まず、士官の首を刎《は》ねとばし、あわてて銃を構えた兵士二人を、地べたをころがりつつ、その双刃の直刀で、股間を刺して、仕止めた。

日本人《ジャポネ》の働きは、パルチザンの士気をふるいたたせたが、かれらが、そこにひそむことを、敵に教える逆効果もあった。

およそ千人の部隊が、夜十時半に、大砲二門とともに、攻撃しかけて来た。

大砲を、十分間も撃ちかけておいて、兵士たちは、殺到して来た。その時、パルチザンは、半数に減っていた。のみならず、銃の弾丸《たま》は、撃ちつくしていた。

しかし、最後に生き残った共和主義者たちは、逃げはしなかった。

かれは、バリケードを乗り越えて来る兵士たちと、弾丸のなくなった銃や折れたサーベルで、死にもの狂いの白兵戦をやってのけた。

若い靴職人は、自分の腹を刺した銃を、逆に奪って、その対手の兵を、突き殺した。その闘いで、六十人のうち、四十六人が殺され、七人が重傷を負い、六人がついに逃げた。

ただ一人、日本人《ジャポネ》だけは、傷も負わず、逃げもしなかった。

日本語の形容でいうならば、阿修羅となって奮戦して、八人以上の兵士を斬り殺し、二人の士官を仆《たお》したばかりか、バリケードを躍り越えるや、彼方に据えられた二門の大砲めがけて、双刃直刀をふりかざしながら、まっしぐらに突撃して行った。

二門の大砲は、日本人《ジャポネ》に向って、轟然と火を噴いた。

日本人の姿は、硝煙の中へ、消えて行った。

後記

大統領ルイ・ボナパルトのクーデターは、成功した。ルイ・ボナパルトを大統領から皇帝ナポレオン三世にのしあげさせるはなれ業をやってのけた公爵モルニーは、こんどは、パリ市民をして、皇帝を尊敬させることに非常な努力をはらった。

資本家と手を組んで、鉄道を敷設、ノルマンディのドーヴィルに海水浴場をつくってそこを発展させ、精糖会社といった新しい企業を起し、競馬を奨励して、グランプリを出した。勿論、それらの大仕事をやるたびに、モルニーのふところには、莫大な金がころがり込んだ。

さらにまた、モルニーは、セーヌ県の知事オースマンに命じて、パリを世界で最も新しい都市につくりかえさせた。

すでに、大ナポレオンの命令によって、エトワール広場には、凱旋門が建てられていた。(実際には、大ナポレオンは、その完成を見ずに、セント・ヘレナ島へ幽閉され、ルイ十八世、ルイ・フィリップにひきつがれて、完成したのであるが——)

オースマンは、この凱旋門を中心として、すばらしい大通り《アヴェニュ》を、放射線状につくり、マロニエの街路樹を植えた。その大通りを代表するのが、シャンゼリゼである。

オースマンは、また、セーヌ河の水を綺麗にし、その流れの上に、いくつもの美しい華麗な橋を架けた。

さらに、かれは、古い建物は、すべて毀し、大通りに面して、同じ構えの六階建てをつらねさせた。

もし、公爵モルニーが、ルイ・ボナパルトをそそのかしてクーデターをやらなかったならば、おそらく、今日、われわれが観る『花の都』は、出現しなかったであろう。


尤も――。

変貌するパリに、にがにがしく、そっぽを向いた芸術家もいた。

《パリは変る！

けれど、私の憂鬱な気持の中では、なにも動かなかった》

シャルル・ボードレェルは、『パリの憂鬱』の中でそう書いている。

パリ・コンミューンの乱が起ったのは、ルイ・ボナパルトのクーデターがあってから、ちょうど二十年後の一八七一年である。

クーデターに於いて、労働者側に味方した一人の日《ジャ》本人《ポネ》が、戦死したか、生き残ったか、そのことについては、当時の新聞は、何もふれていない。

（大団円《おわり》）

もし、かれが生き残った、という別の資料が手に入るなら――手に入るその時まで、作者は、『うろつき夜太』の原稿を書くペンを、ひとまず、擱《お》くのである。

絵草紙「うろつき夜太」

初版印刷　昭和五〇年五月二〇日
初版発行　昭和五〇年五月二〇日
著者　柴田錬三郎
　　　横尾忠則
発行者　陶山巌
発行所　株式会社集英社
住所　東京都千代田区一ッ橋二―五―一〇――郵便番号一〇一
電話　（〇三）二六五―六一一一
振替　東京一五六五三番
印刷所　凸版印刷株式会社
製版所　株式会社トッパンプロセス
製版者　山本　篤

0093-780004-3041

復刻版　絵草紙「うろつき夜太」

初版印刷　平成二五年九月二〇日
初版発行　平成二五年九月二〇日

著者　柴田錬三郎
　　　横尾忠則

発行者　佐藤今朝夫
発行所　株式会社国書刊行会
住所　東京都板橋区志村一―一三―一五　郵便番号一七四―〇〇五六
電話（〇三）五九七〇―七四二一
振替　東京〇〇一五〇―一―六五二〇九

印刷所　凸版印刷株式会社
製版所　株式会社トッパングラフィックコミュニケーションズ
製版者　富岡　隆

著者との了解により検印を廃止します。
ISBN978-4-336-05676-4

定価はカバーに表示してあります。

復刻版スタッフ　◎監修　横尾忠則　◎デザイン　相島大地（ヨコオズ・サーカス）穴井優（anai-kim）／横尾忠則　◎プリンティング・ディレクター　富岡隆（凸版印刷）◎協力（五十音順・敬称略）　斎藤美夏江　篠山紀信　島地勝彦　集英社　田村亮　山本篤

『復刻版　絵草紙　うろつき夜太』附録小冊子　二〇一三年九月二〇日発行　発行所　株式会社国書刊行会　東京都板橋区志村一-十三-十五　郵便番号一七四-〇〇五六　印刷製本所　凸版印刷株式会社

リジナル版よりも鮮やかになるよう心がけました。
別にデータ化した文字はそのまま印刷するとギザギザした不鮮明な文字となってしまいますので、通常よりも四〜五倍の解像度で取り込んで、オリジナル版の文字印刷を再現しています。実は、この文字の再現作業が本復刻版で最も時間と手間がかかったところでもあります。絵の修正も含めて全作業が終わるまで約二年かかりました」

本復刻版での函は今回新たに作成したものである。封入したポスターは当時店頭に貼られたもので、ほぼ原寸大で復刻した。

小冊子収録文章について——初出の記載がないものは本小冊子のための書き下ろしである。柴田錬三郎「うろつき夜太のこと」は、「Weeklyプレイボーイ」誌の創刊十周年記念エッセイとして寄稿されたもので、単行本・全集未収録の文章である（掲載時は前半に人生相談について触れられているが今回は割愛した）。

なお、『うろつき夜太』挿絵と『江戸のデザイン』装幀、大阪そごうでの個展ポスター（「聖なる食物」）で横尾忠則はADC最高賞を受賞している（一九七三年十月）。

（文中敬称略）

『復刻版　絵草紙　うろつき夜太』附録小冊子　目次

うろつき夜太復活縁起

横尾忠則

四十年振りに「うろつき夜太」が出る。といっても再版ではなく、復刻版として出版されるが、その出来栄えはオリジナル版との区別がし難いほど、いやそれ以上に鮮明だ。四十年の間に印刷技術が比較にならないほど向上したためにオリジナルを凌ぐ作品ができたのである。そう思ってこの本を手にしてもらいたい。オリジナルには函も小冊子もポスターもなかったが、当時書店用に作ったポスターと新たに作った小冊子が今回は附録として添付された。

この復刻版を始めて見る人の中にはこの本が出版された四十年前に生まれた人もいるだろう。現にこの復刻を企画し出版にこぎつけた担当編集者の樽本周馬さんが正にその人である。当時この本は一万部限定出版だった。そして一週間で完売したにもかかわらず再版はしなかった。そのようなことと、この本の常識を逸したような内容のために、長い間「幻の奇書」として、

その現物を目にすることは稀であった。そのせいか古書店にも滅多に現われることもなかったそうだ。まあ作っているぼくとしては、そのようなことが目的ではなく、当時は「週刊プレイボーイ」連載時の〆切に追われっぱなしで、単行本のことなど考える余裕さえなかった。逆に終ってホッとした。この間一年間、都内のホテルに作家の柴田錬三郎さんとカンヅメになって、三食共の生活を始めた。

朝のコーヒー（ブルーマウンテン）のあと、朝食のライスクリスピーとエスカルゴ。食べ終ると再びティサロンでコーヒー。その内、昼になり、朝食と同じレストランで、昼食。再び二度目のコーヒーを同じティサロンで。「そろそろ仕事でもしますかね」と柴錬さんの合図で三〜四時頃席を立ってお互いの部屋へ。二〜三時間もしない内に「夕食にでも行きますかね」という柴錬さんの電話で、同じレストランへ。こんな生活を一年中ワン・パターンで通してたというわけだ。

一方うろつき夜太のモデルになってもらったのは田村亮さんだ。彼とは同じ町に住む隣組で、チャンバラ姿で、ぼくの古いアトリエの庭で挿絵のポーズを演じてもらい、それをぼくが写真に撮って絵の資料にした。ぼくと柴錬さんがホテルに缶づめになってからは亮さんにぼくのホテルの部屋に来てもらって、ベッドのある部屋でチャンバラを演じてもらい、それがそのままこの本の中に描かれている通りである。

「うろつき夜太」は柴錬さんの頭の中には映画化のイメージがあったけれど、柴錬さんの体力

人物二人にチャンバラをやらせて、延々勝負をつけようとしない。その間二人は睨み合っていり、「書けない」とか「眠れない」とか文中で述懐しておられる。本当に書けない時は、登場いとわない。時代小説にもかかわらず、突然現代に戻ったり、作家自身が小説の中に登場したるが、現代小説も、中国文学も何んでもこなすことのできる多彩な作家だから、どんな表現も

それはぼくだけではなく柴田錬三郎さんも同じ。柴錬さんは日本の時代小説の第一人者であ

また誰かと競争するようなこともないので、その場その場に応じて閃いた絵を描くだけだ。「これ」というスタイルというかアイデンティティがないので、深く悩むということもない。ひとつのスタイルではある日突然行きづまるというようなことが起るかも知れないが、自分に見つけて行なうのである。だから妙なことかも知れないが、行きづまるということはなかった。とができなく、いつも思いつきというか、直感に従って衝動的に、生理的にその瞬間の表現をもともと定まった自分のスタイルが持てないのである。同じことを深く掘り下げて追究するこもしれないが、そうではなく、同じことをする方がよほどの苦痛なのだ。そういう性格なのでえないとすぐ行きづまってしまう。この本を見る人は冒険と実験精神に裏づけされたと思うか

毎週同じ絵を描くことのできない、飽きっぽい性格のぼくは、毎回コロコロとスタイルを変してスクリーンに現われたら、これはこれとして凄い映画ができるのではないだろうか。力してくれていたのに。いつか、この本の復刻を機に、あれから四十年経ったうろつき夜太との問題などのために残念ながら実現はなかった。田村亮さんも映画化されることを愉しみに協

るだけで無言のシーンが何ページも続く。「……………」「……………」。こんな個所はただ睨み合っているだけで、言葉が不必要であることを表している。普通ならこのような状況を言葉で観念的に描写するところだが、この小説ではいっさいそんな余計なことはしない。非常に感覚的で、まるで映画か絵画みたいだ。これを文学として評価する評論家などひとりもおらず、単に「柴錬の遊び」とまともにつき合おうとしない。漫画などで慣れている若い読者なら、この空白のシーンに多くの情報を想像して独特の愉しみ方をすることだろう。

柴錬さんの沢山ある小説の中でご自身が一番好きなのはきっと「眠狂四郎」だろうと誰もが思うかもしれないが実は、この「うろつき夜太」だとおっしゃる。この小説はかつての自分の小説に対する反乱であったのではないだろうか。「うろつき夜太」は時代小説でありながら、最後はフランス革命の現場にまで乗り込んでいく。その歴史的現場を報道する日本の記者がなんと現代人の私「横尾忠則」であります。もうここまできちゃうと、柴錬さん、睡眠薬とメスカリンを間違って飲んじゃったのではないかと思わせるような奇想天外な物語になり、「眠狂四郎」や「うろつき夜太」なる人物が架空の人物ではなく、歴史的人物であったのではないかとまで疑いたくなる。歴史まで書き変えてしまおうとする柴錬さんの自らの作家人生まで転覆させてしまおうという魂胆さえ感ぜずにはおれない悲しい小説である。それは睡眠薬と闘いながら創作する柴錬さんの、迫りくる自らの肉体の衰弱、死と対峙した時、死を待たずに自己崩壊を先行させたいという見えざる力の働きによる運命の否定であったのではないだろうかと、

四十年経った今頃、ふと頭を掠める思いでもあります。

復刻版「うろつき夜太」は柴田錬三郎さんの三十五回忌への供養として、今この世に再び蘇ってきたような気がする。完成本を持って柴田さんが眠る伝通院のぼくのデザインした墓の霊前にご報告に行かなければならない。

柴田錬三郎墓碑（小石川・伝通院墓所）　デザイン＝横尾忠則

うろつき夜太のこと

柴田錬三郎

生来、無精者で、私は、短篇小説やエッセイを書くと、それを雑誌新聞から切り取って、しまっておくことをしない。書いて、発表すると、もう、私自身、なんの愛着もなくなり、忘れてしまうのである。長篇小説でさえ、誰かが切り取っておいてくれないと、手もとから、散ってしまい、これを本にする時に、往生するのである。どだい、自分の書いたものを、後世にのこそうというような料簡は毛頭みじんも持ってはいない。

私の代表作といわれている『眠狂四郎』も、私がこの世から去ったならば、狂四郎もまた永久に姿を消してもらいたい、と思っている。

尤《もっと》も——。

自作でも、好きな小説ときらいな小説がある。

いま「好きな小説は？」ときかれたならば、私は『うろつき夜太』（昭和四十八年に本誌連載）を挙げるだろう。

『うろつき夜太』は、時代小説のパターンを、すべて破ってやろう、という肚で本誌に連載をはじめた物語であった。さいわいに、横尾忠則という天才が、さし絵を引き受けてくれた。このコンビが、私の空想力をかきたてさせる強烈なたたかいとなった。

すなわち、私の方は、時代小説のパターンを破る趣向を、毎回こらし、横尾君が、この挑戦に応じて、破天荒な絵を描いたのである。

私を担当したM君と、横尾君を担当したS君は、まさに、筆舌に尽しがたい苦労をした。

殊に、S君の方は、横尾君を、高輪プリンスホテルへカンヅメにし、自分も、その一年間、深夜まで、つきあい、締切ギリギリで、できあがった絵を、持って奔馬のごとく、凸版印刷所へ、飛んで行った。

私と横尾君は、ホテルの一階にあるティ・サロンで、昼間は、数時間も向いあって、雑談をつづけた。その雑談の中から、両者はヒントをつかんだ。

私も横尾君も、わずか一年間で、二十年間分ぐらいの言葉を口にした。これはしかし、貴重な経験であった。

かつて、ヨーロッパでは、文学は、貴族のサロンから、生れた。一人の作家は一人の貴婦人

に捧げるために、必死になって、一篇の佳作をものした。

コミュニケーションというものが、対話によってなされるのは、いわずもがなであるが、その対話は、一切の日常性を切りすてることが、絶対条件である。

私と横尾君の対話は、一切の日常性が切りすてられた。

そのおかげで『うろつき夜太』は、飛躍した意外なイマジネーションによってつくられたのである。

たとえば——。

ある回では、半分あまり書いておいて、私は、突如として、読者へ呼びかけ「ここまで書いて来て、自分のイマジネーションは消えた」という弁解を述べておいた。

すると、横尾君は、私が、ティ・サロンでコーヒーをのんでいる絵を描いた。

時代小説の中で、作者自身の顔があらわれたのは、前代未聞であろう。

本誌もまた、われわれ二人の途方もない冒険を、よくみとめて、許してくれたものである。

こん後、ふたたび、このような小説は書けないし、また連載してくれる雑誌もないであろう。

その意味では、私は、本誌が、新しいわがままな冒険をさせてくれたことを、あらためて、感謝したい。

ちなみに、上梓された豪華な『うろつき夜太』は、フランスあたりへ持って行くと、何よりもよろこばれる、と三宅一生君が、私に告げていた。

（「Weeklyプレイボーイ」一九七六年十一月九日号）

柴田錬三郎　横尾忠則

東京高輪プリンスホテルにて（一九七五年）　撮影＝篠山紀信

柴田先生と『うろつき夜太』をめぐる人々

横尾忠則

不可思議世界の探求者　柴田錬三郎先生

柴田先生と出会ったのは一九七二年十月五日赤坂の「龍田」でだった。『週刊プレイボーイ』誌に先生が『うろつき夜太』を執筆されることになり、ぼくがその挿絵を描くことが決まり、小説家と挿絵画家が顔を会わせることになったのである。

ぼくが抱いていた小説家柴田錬三郎のイメージは会うまでは一口にいって「怖い」ということだった。柴田先生に限らず剣豪作家はみんな怖いイメージなのである。中でも柴田先生は最もニヒルでシャープな感じがしていた。先ず眠狂四郎なる人物がニヒルでシャープだからだ。作家はどこか自作の登場人物と二重写しになっているところがあるものだ。

さて、このニヒルでシャープな柴田錬三郎なる作家はぼくが編集者と一緒に「龍田」に着い

た時すでにぼくを待ちかまえている形であった。後から現われた者の引け目を感じながらぼくはおずおず席に着いた。二人を取り囲むように十人近い人間がいるように思えた。奇妙な二人の出会いと対決を演出した部屋には編集者達の好奇心に満ちた視線が一斉に二人にそそがれている。

眼鏡の奥の柴田先生の視線もぼくが如何なる人物であるかを見抜こうとしているようだ、ということを見抜いたぼくはいきなり堰を切ったようにしゃべりまくった。実にたわいない内容だったが、結構受けたようだった。柴田先生は時々目を細めて、「へえーっ」とか、「あっそうか」とか、「なるほどね」といってぼくの話に相槌を打ってくれた。ぼくがニューヨークでホモに四時間ばかり監禁された時の話をした。

さてこの二人は早速都内のTホテルにカンヅメになって仕事のスタートを切ることになった。挿絵画家が作家と一緒にホテルにカンヅメになるなんて異例のことである。それだけではない。ぼくが時代小説の挿絵を手掛けるのが初めてで全く自信がない、だから本物の役者でなきゃ描けないといったら、本当に本物の役者を時代劇の格好に扮装させてぼくのところにつれてきてくれた。主人公のうろつき夜太には俳優の田村亮さんがモデルを買ってでてくれた。ラブシーンが必要だといえばちゃんと女優さんが現われた。

何しろ毎週、六頁四色オフセットのカラー挿絵入りの前代未聞の絵草紙というから、編集部も大変な熱の入れようである。そのためか、小説家と挿絵画家にそれぞれ別の担当編集者がつ

いたぐらいだから、如何にこの企画が目玉商品になっていたかが伺えよう。そこでわれわれ二人にも自然に力が入るというものだ。

先ず朝の九時になると柴田先生から朝のお茶を誘う電話が入る。一階のティー・サロンでブルー・マウンテンにラークの煙草で朝を迎える。コーヒーも煙草も飲まなかったぼくが柴田先生の影響でこの二つを覚えたが、ホテルを出ると全く興味がなくなるのも不思議といえば不思議。

昼近くまでお茶を飲みながらだべっていると間もなく昼食の時間。昼食はきまってフランス料理。ここではスッポンのスープに、エスカルゴ。明けても暮れても全く同じものしか食べない。昼食後再びティー・サロンのリザーブ席に帰ってまたおしゃべり。二時か三時近くに別れてお互いの部屋で夕食まで執筆活動。そして六時前後にどちらからともなく夕食を誘う電話。電話で食べる物を決めて、その場所で落ち合い、食後は三度ティー・サロンで一日の終りを会話で締める。これがわれわれ二人の日課である。こんなことを一年間にわたってやっていたのである。

この一年に交わした言葉を一語二語繋げていくと月までとどくのではないかと思われるほどの分量になろう。ホテルの人達もわれわれの奇妙な行動には呆れ果てているところがあった。時には話す内容が底をついて長い沈黙が辺りを支配することもあった。ここまでくるともう言葉は本来の機能を失い、沈黙の機能にはかなわなくなってしまっていた。どうしても話したい

時は以前すでに語り尽した話題をもう一度掘り起こしていじくりまわして楽しんだりもした。

しかしいつも二人がテーブルを挟んで語り合っていたわけではない。柴田先生に連れられてゴルフに行ったり、旅に出たりしたこともあった。ホテルにカンヅメになると同時に柴田先生はお酒を止め、銀座に足を運ばなくなってしまった。

柴田先生に対するぼくのイメージは「怖い」から「優しい」に変わった。ぼくが今さら言うまでもなく柴田先生は驚くばかりの博識だ。しかし、その反面驚くほど抜けているところもある。『うろつき夜太』が豪華本になった時、先生は初版の印税を計算した。先生の計算によるとざっと一千五百万円になる。先生は二人で等分しても七百五十万円入るぞといってぼくを欣喜雀躍させた。もし増刷を繰り返せば、「横尾君たちまち家が建つよ」と言った。何しろこんな大金が一度に入るなんて想像もしていなかっただけにぼくは少々怖くなってきた。

ところが計算された数字を見ると先生は一ケタ間違っているではないか。一千五百万円ではなく百五十万円である。こんなへまはしょっちゅうなのだ。

柴田先生は二、三年前ベストドレッサーに選ばれ、新聞、雑誌にそのダンディぶりが報道された。ところがこのベストドレッサーがある日ホテルの中をチャップリンのように足を真横に開いて歩いてくるではないか。変だなあ？　と思ってふと足元を見ると、子供がよくやるように左右の靴を違えて履いている。注意すると、テレもしないで「ああ、そうか」というだけである。

また、柴田先生一家はよくぼくの家に遊びに来てくれる。ある時またも先生は左右逆さに靴を履いてやってきた。そして帰りもそのまま逆さに靴を履いて帰っていった。洋服のボタンを段違いでかけて奇妙な格好でいる時もある。大阪のホテルではレストランを出る時ナフキンを取るのを忘れズボンの前にナフキンをフンドシのようにぶら下げて歩いたこともある。また京都のホテルでは入口のガラスのドアーが透明だから、そのまま入っていってガラスに顔をぶっつけて眼鏡を壊したこともある。とにかくユニークなベストドレッサーなのである。

ぼくは以前からUFOに大変興味を持っていたので勿論柴田先生にもこの話をした。「本当にいるのか?」といって先生はホテルの自室から毎晩夜中に空を眺め始めた。そしてその結果三度ばかり先生ははっきりとUFOと型のわかる物体を見た。またスプーン曲げ少年が出現した時もその少年を呼んでスプーン曲げの実演をやらし、その事実を認めた。長い間曲った大きなカレーライス用のスプーンをカバンの中に入れて持ち運びをしていた。それが不思議なことにカバンを開けて見るたびに大きく曲っているのだった。

そんな頃先生のホテルの部屋で奇現象が相ついで起こった。プラスチック製の湯飲み茶碗が何もしないのに真二つに割れた。こんな現象が数日間続き結局四個の湯飲み茶碗がいずれも真二つに割れたのである。ぼくにはこの現象が単なる偶然とは思えないのだ。小説の構想を練る際に発する思念のエネルギーが起こした現象とは考えられないだろうか。

ある日テレパシーの実験を二人でやったことがある。先ず先生がぼくに送るべき図形をぼく

に見えない所で紙に描いて、その図形を思念するのだ。数分後ぼくの頭の中に奇妙な形が浮かんできた。○と＋をミックスした図形⊕である。ぼくは早速この⊕を描いて先生に差し出した。先生の描いていた図形も⊕だった。二人でテレビの「木曜スペシャル」に出れるぞといって大喜びした。長い間密着してつき合っているとお互いの心が以心伝心で通じ合うようになるのも当然だが、それ以前に二人のバイブレーションが合わなければこんなに長く世代の異なる者同士が一緒におれないはずだ。

創作にはしばしば観念を越えた世界の助けを借りなければならない時がある。ふと気がついた時には作者はいつの間にか自作に導かれて想像だにしなかった物語を展開していることがあるが、柴田先生の近作には特にこの傾向が著しく感じられる。先生の作品が常に運命的なものを主題にしているのもこうした作家の資質に由来しているところが多いとぼくは考える。

ぼくが柴田錬三郎の小説を信じるのは先生が非合理なものを何よりも優先していることである。

今は亡き今東光大僧正は「不可思議な世界を信じない作家は、作家であっても芸術家ではない」と言っていた。柴田先生はこのような不可思議な世界を作品の素材にするだけではなく、自らこの世界の探求者でもある。

占星術の好きな先生は作品の中にもこのアイデアを使うが、本人も自分の天宮図を知人の占星術学者に作ってもらい、それに従って未来を予見しながら自己の運命を冷静に観察しながら

行動に移している。江戸時代の将軍達も自分の天宮図に従って人生設計や戦略を練ったという。自己を知ることが自己に勝つ最大の道ということなのだろう。

また占星術によると先生には殺人鬼の星が人一倍強く働いているのだ。しかし柴田先生を現実の犯罪から守っているのはもう一方で働いている知性と創造の星があるからである。もし先生に知性と創造が欠如していると今頃は新聞の社会面のトップを賑わす殺人鬼として民衆の敵になっていたところである。創造の世界で犯す殺人は誰もとがめない。皆様は柴田錬三郎が剣豪作家である理由がこれによって理解されたことであろう。

さて他人は時に柴田先生とぼくとの関係について頭をひねる。先生とぼくの人間関係を理解するのが困難な模様である。先生とぼくとは思想、趣味、利害関係を越えて繋がっている。と、すればそこには何か因縁的なもの以外には考えられないのだ。前世に於ける因果関係か、それとも来世で再び出会うべき運命にあるのか、いずれにせよ何かきっと人知を越えた深いわけによって二人はこの宇宙に存在しているのだ、とぼくは、固く信じているのである。

柴田先生とぼくがTホテルにカンヅメになったのは一年間だった。しかしあれから五年の歳月が経ったというのに先生はまだ出てこない。驚くべき忍耐というか、ものぐさというか、浮世離れしているのである。昼でもカーテンを閉めたままで、膨大な書籍と資料に囲まれた先生はまるで洞窟の中の仙人といったイメージである。部屋のメイド係も手のつけようのない部屋に圧倒され掃除機の音だけをたてててすぐ出ていく。というのもこの部屋にはある種独得の剣豪

作家が放つ殺気がみなぎっており、普通の人はこの空気感に対応できないといった方が正しいかも知れない。

（柴田錬三郎『度胸時代』［集英社文庫、一九七八年］解説）

柴田錬三郎先生との出会いと別離

柴田先生の訃報は『プレイボーイ』の島地勝彦君の電話でだった。夜型の彼が早朝、電話してくること自体が、すでに不吉な予感を孕んでいた。

「センセ……死ンジャッタヨ……」

電話の声は涙で濡れていた。

病院に向かうタクシーの窓から飛び込んでくる新宿の街が、妙に白々しく映った。街だけではない、森羅万象総てが、まるで重力を失ったかのように浮わついていた。ぼくの目に入る風景は現実のものではなく、それが投げかけた影を見ているようだった。

病室の主の姿は、すでにそこにはなかった。その代り数人の黒い背広の男達が、もぬけの殻になった白いシーツだけのベッドの周囲に群がって、深い悲しみに顔を曇らせていた。真赤に目を腫らしたお嬢さんの美夏江さんだけが、人々の顔を虚ろな眼で追っていた。しかし誰一人として彼女に掛ける適切な言葉を用意している者はいなかった。入口の棚には手のつけられて

いない皿に盛ったスパゲッティとオレンジが置かれていた。昨夕運ばれたままの食事であろう。ぼくはしばらくスパゲッティの山を、じっと見ていた。やがて理由を超えた悲しみと悔しさが襲ってきた。見慣れた生活感のあった病室は半ば片付けられ、もうそこには先生の息を感じさせるものは何ひとつ残っていなかった。ただ一つ天井から吊り下げられた用のない千羽鶴だけが、幽かに揺れていた。

この千羽鶴は先生の回復を祈願して、ぼくの長男が二ヵ月かかって折ったものだった。先生は「英君はなかなか色感がいいよ」といって、いつもベッドから千羽鶴を眺めてくれていたそうだ。このことを長男に伝えると、「早く治ってくれるといいのになあ」といってテレた。

重い足取りの行列が、病院の廊下を死体安置室に向かって歩いて行ったのは、午前十一時前だった。先生は白い棺の中から変わり果てた姿で、われわれを迎えているようだった。棺の一部がガラス窓になっており、そこから顔が覗いていた。ガラス一枚が死者の国と生者の国を分けているように思えた。だが実際は標本函に入っている先生という感じだった。

そのことが、かえってぼくを悲しませる結果になった。堰を切ったように涙が、どっと溢れた。

先生を知ったのは五年前だった、当時『週刊プレイボーイ』にいた島地君がぼくを先生に引き合わせた。時代小説『うろつき夜太』の挿絵を描くためにだった。彼はぼくの時間を独占するために高輪プリンスホテルに罐詰にした。勿論、先生もだ。ぼくと先生の一年にわたる奇妙

な生活はこうして始まった。

不眠症の先生は朝方になって、やっと寝る。が、三、四時間で目が覚める。

「お茶飲みませんか?」

朝の九時か十時に、必ず掛かる先生の電話で、ぼくは一階のティーサロンに降りて行く。二、三時間はあっという間に過ぎ、昼食の時間がくる。二人でレストランへ。昼食が終わると再びティーサロンに戻ってブルーマウンテンのコーヒー。

夕食の誘いがくるのは、それから三時間後。待ってました! とばかりに、再びレストランへ。夕食後もティーサロン。閉店時間の九時が過ぎてもねばること屡々《しばしば》。こんな生活を一ヵ月のうち十五日から二十日、それを一年も続けた。そして先生は連載が終わっても、エスカレートして、そのままホテルに残ってしまった。ぼくはその後も一ヵ月に一度の割りで、ホテルに仕事を持ち込んだ。一つは先生と会うためにでもあった。

先生は世間では無口で通っている。確かに無駄口はきかない。しかし、心と心が通じ合うと、一変しておしゃべりになる。ぼくは先生からありとあらゆる話を聞き出した。生い立ちから学生時代、中国に渡った頃、戦争の頃、終戦後カストリ雑誌に小説を書いたり、児童本の翻訳で細々と生活をつないでいた話、そして直木賞受賞から、今日の流行作家に至るまでの軌跡。さらに、バクチ、女、ゴルフ、文学と形而下から形而上の話まで、言葉を一つずつ繋げば地球を何周したことだろう。

そんな先生が今、永遠に口を閉ざしたまま、奇妙な函の中に横たわっている。それをガラスの上から覗いているぼく。とても現実の出来事に思えない。アンドレ・ブルトンの〈解剖台の上でミシンと蝙蝠傘が出合った〉事件以上に超現実主義的である。夢か、コラージュの世界を見ているとしか思えない。だというのに涙は留め処なく頬を伝う。

「こんなに泣いて貰ってお父さん幸せねエ……」

棺の横で美夏江さんが、すでに聞く耳のない先生に語り掛けた。〈どうして死んでしまったのですか!!〉、声にならない声で、ぼくは何度も胸の中で叫んだ。死体安置室の外で、先に別れを済まして待っていた妻が、そっとハンカチを手渡してくれた。

無言のうちに棺は車に乗せられ、弔問客を後に、高輪の自宅へ向かった。初夏の陽光がアスファルトの道路に眩しく反射して、涙で濡れた眼に痛く突き刺さってきた。いつか観たフランス映画で、路上が次第にハイキーになって、そのまま真白なスクリーンに変質してしまったあの瞬間が、今現実にぼくの目の前で起こりつつあった。

一旦、病院を引きあげて成城に帰ることにした。成城の駅前の公衆電話で事務所に電話をしている時、一人の女性が顔を強張《こわば》らせて、まるで怒ったような表情で、ぼくに近づいてきた。田村正和君の奥さんである。

「たった今、主人と一緒に高輪のご自宅に行ってきたところですが、棺はまだ病院から帰宅していなかったんです」

田村正和君を知ったのは、先生からだった。正和君が大阪コマで『眠狂四郎』を演ることになった時、舞台美術を二人から頼まれた。

公演が近づくと連日連夜、東京と大阪のホテルで罐詰になって打合わせが続いた。不眠症の先生が打合わせになると不思議と、強烈な睡魔に襲われ、その場で大きな鼾をかいて眠ってしまうのだった。だから先生は打合わせがあるというと「また眠れそうだ」と嬉しそうな顔をした。公演が近づいた時、ぼくはまる三日間、一睡も出来ない状態になった。舞台のイメージが強烈に頭に焼きつき、どうしても頭が冴えて眠れないのだ。

「俺も不眠症で有名だが、あんたは俺以上だなあ」

先生は半ば、ぼくを尊敬しているような顔で言った。

そんな先生が、入院するなり泥のように眠りこけた。

「うらやましいなあ。よく眠れて」

というと、

「十五年間の不眠を取り戻しているんだ」

といって笑った。しかし先生は、自分が一番ベストな状態は不眠の時であって、こんなに眠れるのはきっとどこか悪い証拠だといって、決して喜んでいる様子ではなかった。先生がホテルで真夜中、独り原稿用紙に向かっている姿は鬼気迫るものがあった。不眠が肉体を極限まで追い込んだ時、先生の霊感が、指先から流星のようなスピードで言葉を刻んでいった。先生の

集中力は物質にも影響を与え、何もしないのに湯飲み茶碗が四個も真二つに割れたことがあった。一種の念力が起こした超常現象であろうか？

唯物論者の多い作家の中で、先生は珍しく超常現象に興味を持っていた。スプーン少年が出現したというと、早速少年に会いに行き、曲げられたスプーンを貰って帰り、大事そうにいつも鞄の中に仕舞っていた。ぼくがUFOの話をすると早速、UFO観察を実行した。ホテルの自室から数時間にわたって夜空に思念を送った。ぼくが知っているだけでも、この行為を何回も続けた。その結果、先生はついにUFOと遭遇した。ぼくが知っているだけでも、先生は四回目撃している。その結果、先生はついにUFOと遭遇した。真昼間、ふとホテルの自室から空を見上げると、そこに半透明の青いクリスタル状のUFOが静止していたこともあったそうだ。

ぼくがユリ・ゲラーと会った夜、先生を相手にユリ・ゲラーがやったと同じ方法でテレパシーの実験をした。先生がぼくにある図形を送信した。ぼくの脳内にその図形が白銀色で輝いて浮かんだ。適中率は百パーセントだった。このことは先生が色んな所で活字にしている。また先生は占星術にも異常な関心を示していた。占星術によると、先生には殺人鬼の星が集中していた。だが先生を本物の殺人鬼にしなかったのは、一方で物書きの星がバランスをとっていたからだ。先生が人を殺す時代劇を得意とするのも、実はこうした星の下に生を受けていたからかも知れない。また先生は自らの天宮図に従って、常に一ヵ月後の計画を立てるという慎重さも、一方にあった。放蕩無頼といわれる大胆さと、器械のような緻密な計算の上に立った繊細

さの両方を兼ね具えていた。

僚友、梶山季之さんの死もすでに先生の天宮図の中に予告されていた。

「占星術によると今月、俺は親しい者と悲しい別離をするということになっているんだなあ」

と漏らしていた。梶山さんの死を知ったのは先生とぼくが京都に行っている時だった。

「別離っていうのは、梶山のことだったのか……」

遠くを見てポツリと一言、寂しそうに呟いた。この日、われわれは和歌山の人里離れた山奥の小さな温泉に行った。露天風呂につかりながら先生は独り言をいった。

「そうか、梶山はもういないのか……」

先生のとんがった浪人のような肩が湯の中でピクッと動いた。眼下から熊野川のせせらぎの音が湯気と一緒に上昇してくる。

「日本の風景は、どことなく無常感が漂ってますね」

「うん、人間は死ぬんだなあ……」

梶山さんの死が頭から離れないのか、ぼくの質問の答にはなっていない。

心霊科学に関心があるぼくに、先生はよく尋ねたものだ。

「おい横尾君、死んだらどうなるんだね?」

「ちゃんと死後の世界は存在しますよ。生前の想念がそのままストップ・モーション化されて死後まで持ち越すようですよ」

「そりゃいやだねえ……」

「夢はまだ肉体感覚が残っているから、あの程度ですが、死んだら肉体の枷《かせ》がなくなるから、魂は自由自在に飛び廻り、想念はよりクリアーになって真の自分と正対しなければならないから、きっときついでしょうね」

「地獄だねえ！」

「現世への執着がなければ、死んでも大したことないでしょうけどね」

「俺は死んだら無になってもらいたいねえ」

「そりゃ無理ですよ」

「やっぱりそうか！」

『週刊プレイボーイ』の『柴錬円月説法』で先生は、「人間死んだらどうなるか？」という読者の質問に対して「そりゃ無にきまっているよ」と答えている。しかしこれは先生の本心ではない。無になりたいことを願望して先生は自らにいい聞かせているのだ。先生は人間の死後生存を信じていたはずだ。旅行先の旅館で、先生は一度幽霊に遭遇している。先生は死に対する恐怖よりもむしろ、死後、生命が生存することに恐怖があったようだ。

お通夜の時、先生の霊前に跪きながら、ぼくはふと天井を見上げた。もしかすると先生の幽体が上からぼくを見ているような気がしたからだ。死の世界を垣間見た人々の話によると、天

井の辺りから部屋の様子がありありと手に取るように眺められたという報告がなされているからだ。田村正和君も霊前に魂を奪われたように、つっ立ってあの端正な顔を涙で濡らし、その場を一向に立ち去ろうとする気配がなかった。

先生は市川雷蔵亡き後の狂四郎役者は、田村正和をおいて他にいないといって、彼を可愛がっていた。ところがいつも狂四郎ばかりを演っているわけにはいかない。正和君が来る仕事、来る仕事を片っ端から断わるものだから、先生は「近頃にない大した役者だ！」といいながら、一方では心配して、「おい、横尾君、正和の所へ行って、あんたから何んでも演るようにいってくれないか、そうでないと奥さんが可哀想だよ！」といった。

ぼくの家と彼の家は目と鼻の先にある。

「どうだった？　正和は？」

「何んだか狂四郎に取り付かれたようで、他のものを演るようになんていえるような雰囲気じゃなかったですよ」

「それでどうした？」

「結局、宇宙やUFOの話をして帰ってきた」

「やっぱり……」

そんなことを想い出しながら、涙にくれている正和君を見ていると、優しかった先生のことが偲ばれて、こちらまで悲しくなってきた。そんな所に島地君がやってきて、涙声で「横尾さ

「……あたなあ、こんなに悲しまなきゃならないのだったら、先生を知らなかった方がよかったなあ……」

といった。彼にしても、正和君にしても、ぼくにしても、先生との出会いは運命づけられていたように思える。もしぼくの六月三十日（先生の亡くなった日）の占星術をしらべれば、きっとそこには〈悲しい別離〉という一項が刻まれていたに違いない。島地君の気持ちは、ぼくにも痛いほど伝わってきた。両親が死んだ時も、ぼくはこれほど涙が出なかったような気がする。

三年前、ぼくが鶴見総持寺宝物館で個展をした時、ジャーナリストを集めたパーティーの席で先生は奇妙な発言をした。

「あと三年すると、横尾君は地球上からいなくなります。だから今のうちに、うんと仕事を注文して置いた方がいい」

先生の言葉には不思議と確信があった。一瞬会場がシーンとした。ぼくは正直いって先生の言葉に不吉な予感を抱いた。というのも先生と一緒に仕事をした、『眠狂四郎』の市川雷蔵、またその小説を書かせた編集者の麻生吉郎氏、挿絵画家の中尾進氏、映画『大番』の主役、丸井太郎等の人々が早死していることが、ふと頭を掠めたからだ。このことがあって実際、ぼくは自分の占星術を調べてもらったほどだ。結果はまだ三年後も無事地球上にいることがわかって、ひと安心ということだった。

だが結果は、先生が自分の運命を予感していたかのように三年後、自ら地球を去ってしまった。きっと先生はあの時、ふと三年後にぼくと別離するような予感がして無意識に出た言葉だ

ったのかも知れない。ある親しい編集者は「柴田先生の言葉は何を意味しているんですか？」と尋ねた。「きっとぼくがＵＦＯに連れ去られるとでも思っているのでしょう」と答えた記憶がある。

天も悲しんでいるのか、密葬の日は雨だった。親戚縁者に混じって、ぼくも焼場まで先生を送りに行った。子供達も学校を休ませ、先生との最後の別れをさせた。われわれ家族の他に、正和君を初め、黒岩重吾、芦田伸介、生島治郎諸氏の友人も一緒だった。

先生は見る影もないばらばらになった骨だけの姿で、われわれの前に現われた。先生のこんな姿は見たくないと思ったが、これが先生の本当の姿でないことは知っていた。美夏江さんは身体をのけぞるようにして、変わり果てた父親から逃れようと必死だった。ぼくの子供もお骨を拾うのを恐がって拒否したが、結局泣きながら拾っていた。ぼくはわが子の姿を見ながら、まるで自分の骨を拾われているような錯覚に陥った。いずれこのような情景がわれわれ親子にも訪れるのかと思って、眺めていると妙に淋しくなった。

先生の喉仏の骨はきれいに坐禅を組んだまま、壊れないでもとの形を留めていた。滅多にないことだそうだ。「このような仏様は必ず極楽に行かれます」と、係員が説明してくれた。「死んだら地獄だなあ」といっていた先生の言葉を想い出したが、この係員の言葉を信じれば、先生は地獄に堕ちるというようなことはない。ぼくはふと心の中で「先生安心して下さい、極楽に行くそうです」と四次元の先生に思念を送った。そしてまたしても高い天井を見上げた。そ

こに先生の幽体があるように思えたから。

本葬は七月十日、青山斎場で行なわれた。お通夜の時も、密葬の時もそうだったが、正和君と一緒に出席した。先生らしく非常にシンプルな祭壇である。菊の花で縁どられた遺影が黒い幕の中に浮き出していた。一切の飾りものがない、まことに先生のダンディズムにふさわしい格調高いディスプレイである。

四人の作家仲間の弔辞があった。中でも最も印象に残ったのは、黒岩さんの言葉だった。書いたものもなく、遺影に向かってボソボソと語る言葉にはウソがなかった。晩年、最も親しく付き合っていた作家の一人が吐く言葉には、全く飾りがなかった。ドボンをやる時の錬さんが好きだった、と呼び掛け、滅多に笑わない錬さんが笑うのを見るのが好きだった、といい、錬さんの笑い方を何種類も声色で真似られた。エッヘッヘッヘッとか、ウッフッフッフッとか、ホッホッホッホッホッとか、という具合に。そこには四次元に通底するような鬼気迫るものがあった。

黒岩さんを初め他の三人も一様に、「やがて向うで会おう」という言葉で弔辞を結ばれたが、そこには不思議な無常観があった。人生を深く見つめた人達が、初めて吐く言葉である。この世の総ては一つとして止まることなく移り変わっていくものだという実感が、胸に突きささってきた。生あるものは必ず一度は死ななければならないのか……何んとも無常なことであるが、これが現実である。

先生は死んだ。確かに死んだ。だが、死こそが真のリアリティだとすると、先生は単に物質界から精神界に移行したに過ぎないのだ。

魂の根幹から出て、魂の根幹に還っていったに過ぎない。現象界は霊界から見れば影みたいなもので、真のリアリティは、総て霊界に存在しているのかも知れぬ。ある期間をおいて、先生は再びこの現象界に還ってくるだろう。すでにどこかに転生しているかも知れない。

先生の肉体の消滅と共に、先生の膨大な脳の記憶や知識もどこかへ消え失せてしまったのだろうか？　ぼくはそう思わない。先生の記憶や知識はこの宇宙の中に記録されたまま、われわれに残してくれているはずだ。だから波長さえ合わせれば、いつでも先生の記憶や知識をわが物にできる。アイデアに困った時など先生を瞑想すれば、きっといいアイデアが浮かぶに違いない。先生と波長を合わせる時、先生は必ずそこにいる。生者は常に死者と共に棲んでいるのだ。

われわれの潜在意識の奥は無限の宇宙になっており、そこは現象界も霊界も区別ない。死者、生者を問わず森羅万象が一つになることのできる神の国がある。

先生を知って間もなくの頃、高輪プリンスでぼくは先生が死んだ夢を見た。

心中だった。朝方、眼が覚めても夢だと思えず、うっかり島地君に電話するところだった。という話を先生にしたら、先生は「島地のやつ、おっちょこちょいだからうちのかみさんに電話したりすると、それこそ大騒動になる所だったよ」といって大笑いした。

先生の死は結局、島地君から知らされる結果になったが、先生との短かったが非常に中身の濃かった交際期間は一応終わった。だが今後も先生の肖像画を描いたり、装幀をデザインしたり、想い出を文章にしたりする仕事がありそうで、決してぼくの中では先生は死んでしまったのではなく、生き続けることだろう。

先生は別離の悲しみと同時に、人と人の触れ合いが如何に大切なものであったかを、身体を通して教えてくれた。

人生の重要な時期に先生と知り合い、そして別れたことは他の何ものにも代えられないぼくの不滅の宝物である。

――今日は最高に太陽が強く照り輝いている。インドの蒼い空を想い出す。約束のインドには一緒に行けなかったのが心残りだ。

しかし、先生は今、十方の果てもなく、限りもない世界に住まわり、過去、未来、現在の一切の覚った人たちと共に無量の光、無量の命の中で永遠の自由を満喫していることだろう。今日は一日この原稿を書きながら先生と付き合った。少し感傷的になり過ぎたきらいがある。これは先生の最も嫌うところだ。

高輪プリンスのティーサロンの先生の「予約席」は、今でもちゃんとそのままだ。まるで先生が再び帰ってくることをテーブルは知っているかのように。

（「月刊プレイボーイ」一九七八年十月号）

犬恐怖症の島地勝彦君の失敗

島地勝彦君は『週刊プレイボーイ』の編集者である。非常に変わった人物である。どのように変わっているか説明しろといわれてもなかなか一口にはいえない。とにかく不可思議な魅力の星のもとに生まれて来た人物であるとしかいいようがないのである。その証拠といったらなんだが、あの大僧正今東光先生とニヒルとダンディズムの大御所柴田錬三郎先生の今や秘蔵っ子的存在とでもいえばおわかりいただけるだろうか。こんな風に彼を紹介するとまるで怪物かなにかのように誤解されるといけないので、別の面について語るとしよう。彼が最も得意とするものに水泳がある（他にも色々あるようであるが）。そして最も不得意とするものに犬がある。

彼の家への帰り道にいつも熊のような犬が太い鎖でつながれており、鎖いっぱいの長さのところで地面に鼻をくっつけて寝そべっていた。彼は大の犬恐怖症だ。しかしこのような不自由な犬の状態を知って安心した彼は、落ちていた棒切れの端で犬の鼻の頭をくすぐり続けた。こんなことを明けても暮れても毎日必死に続けていたのである。

そして今日も昨日と同じように犬の鼻の頭をこちょ、こちょ、とやっていた。ところがその時、犬がこともあろうに、〈ニタッ!!〉と笑った（そう彼がいっているのだから真実だろう）

という。世の中には変わったことがあるものだと思って、ふと鎖の先を見ると、鎖は根元からブッツリ切れているではないか。ギクッとした彼は全身から血の気が引いていくのがわかったという(これも真実だろう)。このあとは彼は後ろもふり向かず脱兎のごとく命からがら逃げた。勿論猛犬がこのまま大人しくしているわけがない。日頃の怨念をここで晴らさなければどこで晴らす! といわんばかりに彼の後を追って猛進してきた。この話は長くなるのでここで止めるが、この時の彼の様子は自由に想像していただきたい。

次は水泳の話。これは日本の前近代的情念をはらんだやはり怨念の因縁話だ。彼に常日頃からコンプレックスを抱いていたある友人がある大きな湖の中央にある有名な蛇島を指して、「おい島地あそこまで泳げるか?」といった。蛇が山と生息する島と知らない彼は、何をぬかすか、あれぐらいの距離を、とざっぶと湖に飛び込んで、抜き手を切りながら蛇島目指して泳いでいった。えらそうなことをいったものの相当の距離があったものだから彼は疲労こんぱいでやっとの思いで岸にたどりついて、茂みの草に手をかけた。ところが草と思ったのは実は蛇のかたまりだった。驚いた島地君はあわてて水の中に戻った。かたまりのほぐれた蛇の群れは島地君を目がけて一斉に襲いかかってきた。そしてもと来た方向に向かって逃げる彼の後を水面に鎌首を持ちあげた無数の蛇が彼をどこまでもどこまでも追ってきたという。何だか今昔物語の一節のような古典的な話である。

(「話の特集」一九七六年十月号)

製版の天才　山本篤さん

よく人からデザインの原画を見せて欲しいといわれることがある。そんな時、「原画なんてないんです！」というと大抵の人は怪訝な顔をする。ぼくのデザインする作品のすべてには原画などないのであって、あるのは、建築でいう設計図、音楽でいう楽譜のような、いわゆる製版のための指定紙があるだけだ。だから正直いって印刷が出来上がってこなければ自分もどんな作品になるのか百パーセント予測できないのである。

特にぼくの作品は製版の指定が複雑怪奇で自分でやっていてもよくわからないところがあり、製版者の才能と技術に大いに負わなければならないのである。そのためには、製版者と常に密接にかかわっていなければならない。デザインの生みの親がデザイナーであれば製版者はデザインの育ての親で、氏より育ちというほどぼくの作品においては製版者が重要な役割を果たしてくれている。

凸版プロセスの製版者、山本篤さんはそんな意味でぼくにとっては非常に重要な存在である。ぼくがデザインの新しい表現を求めようとする時、製版のテクノロジーを最大限に活用することをまず念頭に置く。十代のころ印刷所に勤めていたことがあったが、現代のコンピューター製版のことになると何ひとつ知らない。だが山本さんならどんな不可能なことでも（いまだか

って山本さんが経験したことのないことまで）挑戦してくれる。むしろだれでもできそうな製版ならなかなか乗ってくれない。したがってぼくはますますエスカレートして、山本さんを喜ばせるために（苦しませるために）ルールを無視した原稿を入稿することになる。

山本さんとの出会いは六年前、『週刊プレイボーイ』で柴田錬三郎さんの小説のカラーさし絵を担当した時からである。ぼくは編集者に最高の製版者をつけてもらうよう頼んだ。だが最高の製版者山本さんは第一回の製版に見事大失敗をやらかした。青い海を背に紅顔の美剣士を描いた絵が、何を勘違いしたのか、深紅の海に、雨ガエルのような緑色の顔をした怪しげな剣士に刷り上げてきたのだ。さすがこれには仰天したが、この大胆さが気に入り、以後今日までぼくの作品の大半を山本さんに製版してもらっている。山本さんは常に思いもよらぬ失敗（?・）をしてくれる。それがいつも見事過ぎて、残念ながら成功につながってしまうのだ。

山本さんは天才製版者である。

（「日本経済新聞」一九七九年一月十二日）

＊以上『昨日のぼく今日のぼく』（横尾忠則、講談社、一九八〇年）に収録。

山本篤（中央）　横尾忠則　東京凸版プロセスにて（1976年）　　撮影＝篠山紀信

横尾忠則さんの思い出

山本　篤

横尾忠則さんとの出会いは今から四十年ほど前、集英社刊行の週刊プレイボーイ巻頭の連載小説『うろつき夜太』口絵の製版の時であった。

小説は、今は亡き小説家柴田錬三郎先生の執筆で、挿絵を担当されたのが横尾忠則さんであった。このミスマッチのお二人、果たしてどのような作品になるのか皆目見当がつかなかった。

その頃の私は、製版実務を兼ねたプリンティング・ディレクターの駆け出しで、集英社担当の営業より『うろつき夜太』の話が舞い込んできた。私は、憧れの横尾さんに逢えるとばかり喜び、安易に引受け、高輪プリンスホテルと向かった。

この後、地獄の一年が待っているとは知る由もなかった。

横尾さんと柴田先生はこのホテルで一年間投宿して作品を書くことになっていた。

横尾さんの原稿はいつも複雑怪奇であり、入稿時は説明を聞きながら自分の頭の中で出来上がりを想像し、組み立てて行かねばならない。当時の横尾さんのデザインはコラージュ作品が多く奇想天外と云うかアバンギャルド的で製版者泣かせと云っても過言ではない。常に新しい発想へのチャレンジで、製版者苛めと云うか挑戦してくる様にも思えた。

愈々『うろつき夜太』のスタートである。ところが、第一作で私はとんでもない失敗をしてしまったのだ。

徹夜で刷り上げた校正刷りを確認もせず渡されるがままに横尾さんの待つホテルへと向かった。横尾さんは校正刷りを見た瞬間「なんだこれは」と絶句したまま暫し茫然としている。校正刷りは赤版と藍版を間違って刷ってあるではないか。

主人公のうろつき夜太の顔が緑色に、そして背景の山と海が真赤になっていた。

私も暫し茫然とし、腋の下を冷たいものが流れるのを覚えた。

然しこのミスをきっかけに横尾さんは印刷に於ける偶然性に興味を持つようになった。印刷のズレ、モアレ（印刷時に起る現象）、版違いなど、わざとそのような作品も作った。

その後、横尾さんは私にミスを誘発させる為複雑なデザインで私を苛めるかのように挑発してきた。私も挑戦を受ける意味で無理難題を克服してきた。

このような遣り取りのなか意思疎通ができる様になり親密感を覚えるようになった。

その後無事に数ヶ月が過ぎた。最初の失敗を除いては順調に進んでいたが、ある日、ふたた

び大事件がおきてしまった。

デザインの中に柴田先生所有の書物の一部を原稿として使うことになった。その書物は、明治初期の貴重な古書であったが、その書物を不覚にも破損してしまったのである。「原稿は命の次に大切な物」と教えられて来た私にはなす術もなく事情を横尾さんに話し、柴田先生に謝罪することになったが、その夜は眠れず翌日、愈々その時が来た。

柴田先生が横尾さんの部屋に入って来る。私の心臓は飛び出さんばかりに高まり、手はブルブルと震え、冷や汗が腋の下から腕へと伝わってくる。「南無阿弥陀仏」……。事情を柴田先生に話をし謝罪をした。

柴田先生は「へ」の字に曲げた口を徐に開き「そんなのどうでもいいよ、それより腹が減った。飯を食いに行くぞ」と何も無かったように云う。私は張りつめた緊張感が一気に抜けその場にへたり込みたい思いであった。

大きな失策をした数日後、校正刷りを届けにホテルに向かう。玄関からティー・サロンの前を通りかかると「山本君〜」と呼ぶ声がする。柴田先生のお呼びであった。

コーヒーをご馳走になりながら、横尾さんの事や製版の事を話し合った。でも著名な大先生との同席、気も動転唯々手が震えるのを覚えている。名前を覚えて頂いたことが感動であった。

ある日、入稿打合せ中に夜太のモデルを演じる田村亮さんが見えた。撮影が始まると横尾さんは、皆んなの腕時計を貸して欲しいと云いだした。その腕時計二〜三個を田村亮さんの左手

に填め上半身裸で刀を振り冠ぶらせ撮影を始めた。何んと滑稽なシーンなのだろうか。

ある時は、線画に着色をする作品となったが「真ともな着色では面白くない、サイコロで色を決める」と云いだした。予めサイコロの目の色を決めておいた。人物の顔の部分が紫色になったり、黄色になったり偶然の着色は結構面白い作品となった。

『うろつき夜太』作成中の合間に、横尾さんデザインのポスターを何点か作成した。ある時、横尾さんは「テレパシーでポスターを作ろうか」と云い出した。横尾さんはテレパシーの経験が有ったと云う。疑問を抱きつつある日のこと、ヤマギワ電機のウィンドーポスター入稿の連絡があった。営業共々横尾さんの所に向かう途中、車の中で営業が「どんなポスターかなあー」と呟く、咄嗟に私は「たぶんキリストが出て来ると思う。そしてオーラを発している様な気がする」と答えた。

当時、横尾さんはアトリエに仮設のピラミッドを造り、その中で瞑想しアイデアを産み出していたからである。

営業は原稿を見た途端、奇声を発した。正しくズバリその通りのデザインであったからである。キリストの画像が中央に有り、バックに蛍光インキを使いオーラを表現するデザインであった。

横尾さんと打ち合わせたわけでもない。これがテレパシーなのだろうか。

このポスターはコマーシャルでなく、ヤマギワ電機のショーウインドーに顔面が表に出るようにして丸め詰め込んでゆくものだった。それをウインドーの外から見るとキリストの顔が、笑ったり、悲しんだり、泣いているように見えるから面白い。中にブラックライトを点灯することによって、蛍光インキで刷った部分が微妙な光を発する。この発想は横尾さん初の試みであったと云う。

ある時横尾さんは、サンタナ・ロータス日本公演に伴い22面体と云う超大物レコードジャケットのデザインを手掛けた。

観音開きの5面体を開くと中央に黄金の釈迦像を配し右手にキリスト、左手にインドの神様が配置されていて、又その右外側には闇の世界と左外側には光の世界が、各々縦3面体のデザインで出てくる。そして、その画面は左右に引き出させる様になっていて、その引き出された画面には、サンタナ専用の飛行機とUFOが並飛している情景が描き出されている。

後日、サンタナ・ロータス公演に招待された。特等席とのことだったが前から二十番目ぐらいの席で、後で分かったことだが、終演間近になると観客が舞台に押し寄せるためだった。公演中に横尾さんが舞台に招かれジャケットの紹介があり、横尾さんの退場時にはUFOの飛行音が奏でられた事を思い出す。

ある日、一本のカセットテープが届いた。ポスター入稿の説明が録音されていた。横尾さん

がインドに旅行に行かれた時の事で、現地から届いたテープであった。インドの楽器シタールを奏でながら「ポスターの入稿でーす」横尾さんはポローン・チャラチャランーと文章では表現できないような音色で演奏しながら説明が始まった。

作品は、過去に作ったポスター二枚を合体させたデザインで前衛的な作品にしたいと云う。やがて説明が終わると「それではインドの音楽を歌います」とシタールを奏でながら歌い始めた。「ハリランマー・ハリランマー・ラマラーマ・ハリクシッナー・ハリクショナー・ハリランマー、皆さんもご一緒に」と気持ち良さそうに歌っている。

このテープは我が家の宝物の一つとして大切に保管してある。他にも横尾さんに描いて頂いた私の肖像画や篠山紀信先生の撮影した横尾さんのサイン入り写真（全紙）、私の手掛けたポスターや横尾さんの著書などがある。

横尾さんは『聖シャンバラ』と云う超大物の版画の作成に入った。

「シャンバラ」とは地底にある王国「アガルタ」の首都の名称で、この国には「バラモン」と云う神様が地面の中に居て、地面を踏むことが崇拝にあたると云う。

この版画は、その神様の姿態を色々な角度から表現したもので、作品（B全）十数枚が一組となっていて、五十部限定で銀座の南天子画廊に於てオープニングが行われ即完売となったとか。当時でン十万円とか……。

印刷は、オフセット印刷で六〜八色を刷った上にシルク印刷で十数色を刷り重ねて行き、印刷物としては大変な作品となった。

一部の作品は、金泥を横尾さん自らの足に塗り踏みつけ崇拝する意味のデザインもあった。今でも宇宙に拘る横尾さんは、空飛ぶ円盤が秘めている最も重要なことが、シャンバラと関連することに気がついたと云う。

シャンバラは、宇宙意識の中心に有って流動するエネルギーのピラミッドより、我々の太陽とエネルギーの交流を行っていて、シャンバラは、人類に精神的な指導を差し向ける世界の中心として、我々に働きかけている。との事で、この作品は「シャンバラの神意と一体化するための瞑想のようなものである」と云う。

この作品の序文に私の名前が載っており大変名誉なことであると共に、南天子画廊の社長より「シャンバラ」の版画一セットが贈られた。これは我が家最大の宝ものである。

当時の事を老いたる頭で回想してみても数限りなく思い出は脳裏をかけ巡る。

横尾さんとの最後の仕事となったのが、今から四年程前のことである。

世田谷美術館で横尾さんの個展が開催された時、某印刷会社で製版した図録の校正刷りを横尾さんが気に入らず凸版印刷に「何んとかして欲しい」と相談されて私が呼び出された。私は、校正刷りを見た途端「これでは駄目」と直感した。横尾さんの作品は必ずプラスアルファーを

入れなくてはならない。

この出来事は個展オープニング十日前の事である。

何はともあれ、オープニングに図録が無いとは考えられず、即凸版印刷に持ち帰り緊急会議を開き、何んとしても図録は間に合わせることを決意する。ただし、その図録は二五〇頁のオールカラー・ハードカバーで、物理的に云ってもまったく無理な話である。

然し、凸版印刷の技術陣は凄い。その夜から製版開始、出来上がった校正刷りを逐次横尾さんの元へと運び込む。色校正は電話交信、本刷りへと入る。ハードカバーの為、製本が大変であったが、何んとか数冊が出来上がりオープニングに間に合わせることができた。図録希望者には後日郵送と云うことになった。

横尾さん、故郷兵庫県に見事な「横尾美術館」が完成されたこと、心よりお祝いを申し上げます。又、今年香川県に「豊島横尾館」が完成するとの事、言葉に表現できない偉業に心より敬意を表します。

画家としての横尾さんの制作意欲には、只々頭が下がる思いですが、健康には充分に留意され、作品を画き続けていただきたいと思います。後世にその名声を、その作品を轟かせる為にも。

うろつき夜太の思い出

田村　亮

かれこれ、もう四十年にもなろうかと云う昔のこと、私の記憶も細〜い糸でしか繋がっていませんが……。

私の兄、正和が柴田錬三郎先生の代表作「眠狂四郎」を演らせて頂いて以来、柴田先生とは親交があり、又、横尾忠則さんとも、同じ様にお付き合いが……。そういったご縁もあって、私に「うろつき夜太」のモデルの話が飛び込んできました。当時、横尾さんも私も成城に住んでいたせいか、近くの家をお借りしての撮影。かつら合せもしないで、出来合いのかつらをかぶらされ、お粗末な着物を着せられ、大した打ち合せもなく、こんな仕事でいいのかなァ、と不安でした。

さて、いよいよ出版される日がやってきて、出版社から一冊の完成された「うろつき夜太」

田村亮　横尾忠則　東京成城にて（1973年）　　撮影＝集英社写真部

が送られてきました。

柴田錬三郎の「うろつき夜太」は、格好よく、クールで、セクシーで……痛快。

そして横尾忠則の手に掛かった「夜太」は〈色使い〉といい、横尾さんの〈遊び心〉といい、撮影の時の粗末なかつらと着物からは想像もつかない「うろつき夜太」に仕上がっていました。

柴田錬三郎と、横尾忠則と……。

お二人の筆の力で、こうして「うろつき夜太」は誕生しました。

イヤイヤ、恐れ入りました。

柴田先生と横尾画伯との黄金の日々

島地勝彦

横尾忠則画伯は生まれつきアルコールを一滴も受け付けない体質である。奈良漬けを一切れ食べただけで歩行困難になるそうだ。反対に根っからの甘党で鯛焼きには目がなく、立て続けに五個くらいペロリと召し上がる。『うろつき夜太』の連載が中盤に差し掛かるころ、柴田錬三郎先生と横尾画伯を缶詰にしている高輪プリンスの柴田先生からわたしに電話がかかってきた。

「シマジ、すぐ高輪プリンスにきてくれ。横尾君が倒れた。いま医務室にいる」

「わかりました。すぐ伺います」

わたしがホテルに着くころには横尾画伯はまだ真っ昼間だというのに、自室のベッドでパジャマに着替えて横になっていた。柴田先生と横尾画伯の話を纏めると、〝事件〟の真相はこう

いうことだった。両先生は朝起きると連絡を取り合い、まずホテルのティーサロン・シャトレーヌで柴田先生はコーヒーを、横尾画伯は紅茶を飲むことになっていた。その日、毎度同じ紅茶では芸がないとホテルの人が気を利かせて、画伯の紅茶にブランデーをほんのちょっと風味づけに垂らしたらしい。

「柴田先生、そろそろランチに行きますか」と横尾画伯が立ち上がった瞬間、転倒した。画伯にとってブランデーの一滴は致死量に近いものであったのだろう。頭は割れるようにガンガンし、生まれてはじめての不快感を味わったらしい。医務室のドクターは「これは寝ているしかありません」といったそうである。

翌日昼過ぎわたしが横尾画伯を見舞うと、画伯はまだベッドに寝ていて、真剣な眼差しでいったものである。

「シマジ君、今日は二日酔いで仕事は無理だね。ぼくにとって生まれてはじめての二日酔いだからね」

「われわれ飲んべえは毎日昼過ぎまで二日酔いですが、不思議なことに夕方には治ります。仕事は夕方からやってください。また今夜七時ごろ凸版の品田と参ります」

じっさい週刊プレイボーイで『うろつき夜太』を連載することは、まさに〝暴挙〟に近かった。毎週四色カラーグラビア六ページ分を柴田錬三郎先生の時代小説に合わせ、横尾画伯がカンバスに絵を描き豪華絢爛な時代絵巻を作ろうというアイデアである。柴田先生には締め切り

の四週間前に小説を書いてもらい早めに清刷を作る。その作業は編集部の先輩の美濃部さんが担当してくれた。それに画伯がハサミを入れて巧く絵のなかに嵌め込み、四色カラーグラビア六ページが完成するのだ。だから毎週火曜日の入稿はどうしても水曜日の朝方になった。画伯はぎりぎりになっても妥協せず手を抜かなかった。仕事に対する情熱とはかくあるべしという荘厳さをわたしは身をもって画伯から教わった。担当編集者として自慢出来ることは、丸々一年、連載を落としたことはただの一度もなかったことだ。いま考えてもこれは奇跡に近い。まだ二十七、八歳だったわたしにとって、この厳しい連載を成し遂げた高揚感は、のちのちのわたしの編集者人生にどれほどの自信を与えてくれたことか計り知れない。

柴田先生と横尾画伯はわたしが紹介するまでおたがいの面識はなかったが、二人は必ず気が合うだろうとわたしは密かに確信していた。いよいよ初顔合わせの日がやってきた。柴田先生が赤坂の料亭で編集長と待っていらっしゃるというのに、横尾画伯とわたしは、成城を出発したハイヤーのなかでまだ高速道路の渋滞に巻き込まれていた。正直わたしは生きた心地がしなかった。柴田先生をすでに一時間以上待たせている。寡黙になったわたしを元気づけようと横尾画伯が冗談をいってくれるのだが、わたしはまったく聞く耳を持てなかった。ところがわれわれが赤坂の料亭にようやく到着して、柴田先生がしびれを切らせて待つ部屋に急ぎ転がるように入るなり、横尾画伯が開口一番いったのである。

「柴田先生、今日シマジ君に聞くまでぼくはずうっと眠狂四郎は歴史上の人物だと思っていた

んです」

　この一言が功を奏して、への字に曲がった柴田先生の口元が思わずゆるみ、相好を崩された。冷蔵庫のなかのような部屋の雰囲気が一変し、急にどこからか常夏の気持ちのいい風が吹きはじめたようだった。

　横尾忠則は天才である。その場の凍りついた雰囲気が一気に溶解するように大芝居を打ってくれたのである。見事な一言でみんなを救ってくれた。天才が故に出来た一世一代のパフォーマンスだったのだとわたしは思う。難破しかけた帆船が今度は大きく風を孕んで大海に勇壮な姿を現したのである。柴田先生と横尾画伯は酒も飲まずに饒舌になり、話題は枝から枝へと華が咲き、笑いの渦が何度も巻き起こった。これで前代未聞の時代絵巻の連載はうまくいきそうだとわたしは密かにほくそ笑んでいた。

　ある日、画伯は高輪プリンスホテルの夜の池を写生した。池の真ん中に大きく不気味な蓮の花を描いた。緋鯉の上半身が飛び出していた。だが、どうしても右端の滝に蛇を描きたいと天才はいう。わたしが動物図鑑を買って持って行くと、天才は「本物の蛇でなければ描けない」という。夜の八時ごろの天才の無心であった。

「わかりました」とわたしは寒風吹きすさぶ街に飛び出した。秋葉原あたりの蛇料理屋を探し平身低頭して一匹分けてもらい、生きている蛇を持ち帰った。これには横尾画伯も感激し見事な作品を仕上げてくれた。蛇にはモデルを務めてもらったあと、真冬の夜中のホテルの庭に

「生きのびろよ」と声をかけて放してやった。

一年間の連載がめでたく終わったとき、横尾画伯が夢のようなことをいい出した。

「シマジ君、君の助力と忍耐に感謝する。どの作品でもいい。一点あげよう」

わたしは迷わず蓮の花と蛇の画を選んだ。この原画は連載中、横尾画伯が長く手元に置いてもっとも手をかけていたものであり、画伯もいちばん気に入っていたものである。

いまその絵は新宿伊勢丹メンズ館八階のサロン・ド・シマジのバーの壁に架かっている。わたしの信奉者たちは、「この蛇は生きながらえましたでしょうかね」と訳知り顔で訊いてくる。

バーで一般的に公開する前は、広尾のサロン・ド・シマジ本店の玄関に飾っていた。しかもそのそばにボロボロになった『うろつき夜太』のページを原画に合わせて開いてあった。ある日金持ちの友人が遊びにきたとき、昼間からシングルモルトを飲んで気前が大きくなったのか、突然いい出した。

「シマジさん、この横尾忠則さんの原画を売ってください」

「とんでもない。これはわたしの編集者人生の宝モノなんです」

「一千万円払いましょう。ぜひ譲っていただけませんでしょうか」

「一億円でも無理です。どうしても手放すことは出来ないのです」

成城に遊びに行ったとき横尾画伯にその話をすると、天を仰いで嘆くのだった。

「シマジ君、もったいないことをしてくれたねえ。あれと同じ絵をぼくがもう一枚すぐ描いてあげるから、あの絵を一千万円で売って、二人で山分けしようじゃないの」

「いいアイデアかもしれませんが、何か釈然としません。それって贋作ではないですか」

「いいや、モーリス・ユトリロなんて同じ絵を何枚も描いている。第一、ぼく自身の絵だし、そんなに深刻に考えなくてもいいんじゃないの」

しかしもしわたしが天才の甘言に乗ってホイホイあの絵を売ったりしたら、あの冬の夜に逃がしてやった蛇の祟りがあるような気がしてならない。どんなことがあっても売れない運命なのである。

柴田先生と横尾画伯はホテルに缶詰になった一年間で、おたがいの奥様に話す以上に人生の出来事を語り合ったそうである。

「何を話し合ったんですか」とわたしが横尾画伯に尋ねると、「それがすっかり忘れてしまっているんだよ。ときどき断片的に思い出すことがあっても、ストーリーにならないんだね」

それはそよと吹いた春風のような一瞬だったのだろう。二人だけでいること自体が気持ちよかったのではないだろうか。わたしも出来るだけ時間を作って二人の談笑に参加したものだ。作品のブレーンストーミングも行われた。

横尾「柴田先生は小説が書けないことはないんですか」

柴田「ありません。ストーリーが泉のごとく湧いてきますんですわ。これは一種の病気だろ

うね」

横尾「先生に一回だけ『………』『……………』『………』と無言の決闘シーンを書いてもらいたいのですが……」

シマジ「それは奇抜で読者が驚きますよ」

柴田「それでシマジは原稿料を切ってくれるんだろうな」

シマジ「当然です。編集者として前代未聞のアイデアに乗りましょう」

柴田「では眠狂四郎と六木神三郎の決闘シーンでそのアイデアを使ってみようか」と剣豪作家は横尾画伯の遊びに乗った。

その「…………」が連続する決闘シーンが載った週刊プレイボーイをみた梶山季之先生から早速電話があった。

「シマジ君、あれで錬さんは原稿料をもらったのか。あれはずるいよ。あれはないよな」

「はい。人類史上ただ一度だけ一人の作家が使えた神業でしょうね」

もう一つ秘話を告白しよう。連載第三十六回目の一ページ大の男の日焼けした上半身の裸の写真は、まだ二十代後半のわたしの上半身の肉体である。そのころ椿山荘のプールで毎日千メートル泳いでから出社していたので見事にタンニングされていた。そんなわたしの肉体まで材料にしてしまう横尾画伯のどん欲さに喜んでモデルになったのである。いまや心臓の冠動脈の手術をやり大腸癌の手術をやり、みるも無残な肉体になってしまったが、このページをめくる

たびに、若くて陽気だったあのころを懐かしく思い出す。

それにしてもこの時代絵巻『うろつき夜太』を約四十年ぶりに復刻してくれる国書刊行会にこころから感謝の意を表したい。柴田先生は『うろつき夜太』の序文で予言している。《上梓されたこの豪華な本は、稀覯の書として、のちのちまで、ねうちがある、と確信する》

本物のアートは永遠に不滅なのである。この稀覯本と高校時代に巡り会い、のちに一流のデザイナーになった男を、わたしは知っている。

（エッセイスト＆バーマン）

『復刻版　絵草紙　うろつき夜太』製作ノート（国書刊行会編集部）

『絵草紙　うろつき夜太』は「Weeklyプレイボーイ」一九七三年一月二・九日合併号から同年十二月二十五日号まで全五十回連載された。〈絢爛豪華！　PBならではのカラー小説!!〉と謳われた連載前の告知では、以下のような〈作者の言葉〉が記されている。

《私は、これまで、いわゆるアウトロウの人物を、たくさん書いて来たが、今回は、同じアウトロウでも、全くの自由人を描きたいと思っている。ひとつの事件が未解決でも、イヤになれば、さっさと消えてしまうような男なのである。そういう勝手な行動をする男を、横尾忠則君が、どういう風に描くか、その方が、私は興味がある。劇画ばやりの当今だが、これは劇画などとはちがった全く新しい絵物語だと思って頂きたい。私自身が、どうなるかわからぬところみをやるのであるから――。》

連載終了後の一九七四年六月に小説のみが『うろつき夜太』として単行本化された（集英社刊。装幀は横尾忠則）。そして翌七五年五月に雑誌カラー連載をそのまま単行本化した『絵草紙　うろつき夜太』が刊行された。本書はこの単行本（以下オリジナル版）を復刻したものである。なお、一九九二年に刊行された文庫版『絵草紙　うろつき夜太』はグラフィックをメインにした新編集版で、著者名義は横尾忠則一人である（但しカバーに原案＝柴田錬三郎と表

記）。図版の多くは原画に差し替えられ、文字は打ち直されている。また、オリジナル版未掲載の田村亮ほかモデルの撮影風景と横尾忠則・島地勝彦の解説対談が収録された。

本書はオリジナル版を完全復刻し、さらに横尾忠則が本来意図していたデザインを実現することを目的とした。例えば、本文使用紙はより絵草紙にふさわしい和紙の手触りがあるものを採用し、函・カバーにはオリジナル版にはない金色の印刷を施す、等々。そして、何よりもオリジナル版を超えるグラフィックの鮮明さを追求している。なお、オリジナル版にあった帯は本来必要ないものとして復刻はしていない。またオリジナル版表紙に使われた布クロスは現在入手不可能のため紙クロスで代用した。

本文については当時の原版が現存しないため、オリジナル版をスキャンしたものを元にした。その作業にあたったのは、オリジナル版製版を担当した山本篤の弟子であり、現在多くの横尾作品の製版を手がけているプリンティング・ディレクター富岡隆である。以下は作業のプロセスについての富岡による説明である。

「全ページをスキャン後、文字と絵を分けてデータ化し、修正を進めました。原本を分解してスキャンすると、〃のど〃（ページ中央の綴じ部分）と〃断ち〃（製本時にカットする断ちしろ部分）の画像が無い状態ですのでページの続きを想像して足す修正を施します。また、経年変化による紙の焼けや黄ばみ、印刷時のゴミ・汚れなどを除去し、当時の新鮮な色味を再現していきます。色調については、横尾さんに校正刷を確認していただいて慎重に調整を重ねて、オ

『うろつき夜太』（単行本）カバー

『絵草紙　うろつき夜太』（文庫版）カバー

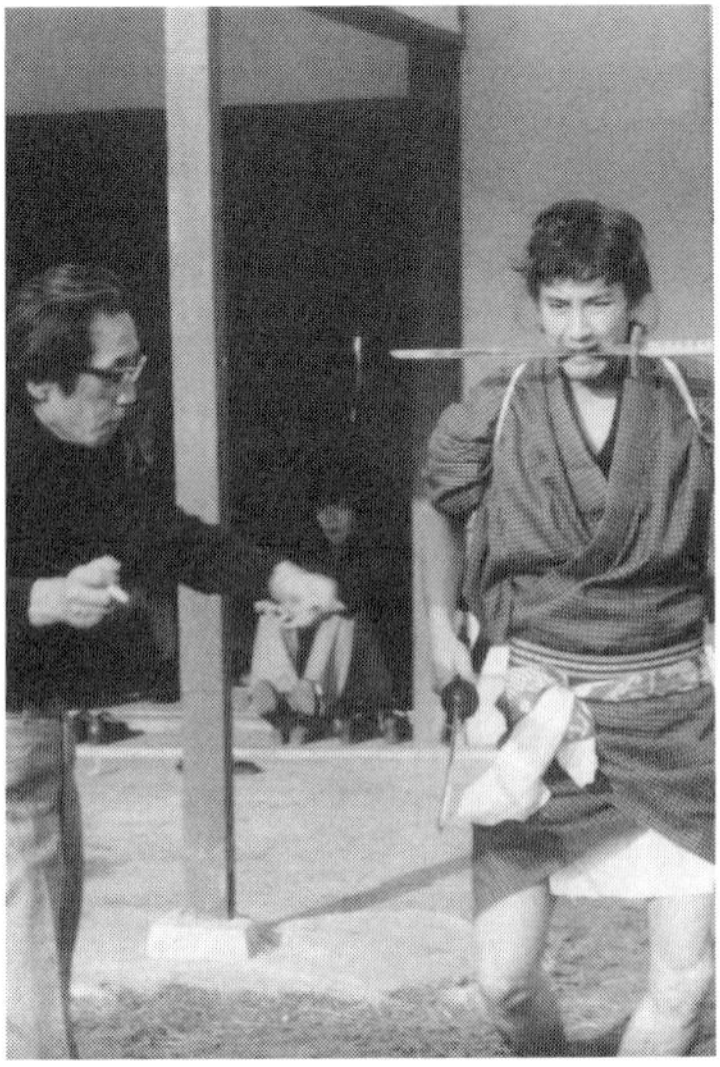

田村亮に振りをつける柴田錬三郎（本文より）